U0559187

中华译学倡言传字与

以中华为根 译与学并重
弘扬优秀文化 促进中外交流
拓展精神疆域 驱动思想创新

丁酉年冬月许钧撰 罗卫东书

中华译学馆·中华翻译研究文库

许　钧◎总主编

中国文学译介与传播研究

（卷一）

许　钧　李国平◎主编

浙江大学出版社

总　序

改革开放前后的一个时期,中国译界学人对翻译的思考大多基于对中国历史上出现的数次翻译高潮的考量与探讨。简言之,主要是对佛学译介、西学东渐与文学译介的主体、活动及结果的探索。

20世纪80年代兴起的文化转向,让我们不断拓展视野,对影响译介活动的诸要素及翻译之为有了更加深入的认识。考察一国以往翻译之活动,必与该国的文化语境、民族兴亡和社会发展等诸维度相联系。三十多年来,国内译学界对清末民初的西学东渐与"五四"前后的文学译介的研究已取得相当丰硕的成果。但进入21世纪以来,随着中国国力的增强,中国的影响力不断扩大,中西古今关系发生了变化,其态势从总体上看,可以说与"五四"前后的情形完全相反:中西古今关系之变化在一定意义上,可以说是根本性的变化。在民族复兴的语境中,新世纪的中西关系,出现了以"中国文化走向世界"诉求中的文化自觉与文化输出为特征的新态势;而古今之变,则在民族复兴的语境中对中华民族的五千年文化传统与精华有了新的认识,完全不同于"五四"前后与"旧世界"和文化传统的彻底决裂与革命。于是,就我们译学界而言,对翻译的思考语境发生了根本性的变化,我们对翻译思考的路径和维度也不可能不发生变化。

变化之一,涉及中西,便是由西学东渐转向中国文化"走出去",呈东学西传之趋势。变化之二,涉及古今,便是从与"旧世界"的根本决裂转向对中国传统文化、中华民族价值观的重新认识与发扬。这两个根本性的转变给译学界提出了新的大问题:翻译在此转变中应承担怎样的责任?翻译在此转变中如何定位?翻译研究者应持有怎样的翻译观念?以研究"外译中"翻译历史与活动为基础的中国译学研究是否要与时俱进,把目光投向"中译外"的活动?中国文化"走出去",中国要向世界展示的是什么样的"中国文化"?当中国一改"五四"前后的"革命"与"决裂"态势,将中国传统文化推向世界,在世界各地创建孔子学院、推广中国文化之时,"翻译什么"与"如何翻译"这双重之问也是我们译学界必须思考与回答的。

综观中华文化发展史,翻译发挥了不可忽视的作用,一如季羡林先生所言,"中华文化之所以能永葆青春","翻译之为用大矣哉"。翻译的社会价值、文化价值、语言价值、创造价值和历史价值在中国文化的形成与发展中表现尤为突出。从文化角度来考察翻译,我们可以看到,翻译活动在人类历史上一直存在,其形式与内涵在不断丰富,且与社会、经济、文化发展相联系,这种联系不是被动的联系,而是一种互动的关系、一种建构性的力量。因此,从这个意义上来说,翻译是推动世界文化发展的一种重大力量,我们应站在跨文化交流的高度对翻译活动进行思考，以维护文化多样性为目标来考察翻译活动的丰富性、复杂性与创造性。

基于这样的认识，也基于对翻译的重新定位和思考，浙江大学于 2018 年正式设立了"浙江大学中华译学馆"，旨在"传承文化之脉，发挥翻译之用，促进中外交流，拓展思想疆域，驱动思想创新"。中华译学馆的任务主要体现在三个层面：在译的层面，推出包括文学、历史、哲学、社会科学的系列译丛，"译入"与"译出"互动，积极参与国家战略性的出版工程；在学的层面，就翻译活动所涉及的重大问题展开思考与探索，出版系列翻译研究丛书，举办翻译学术会议；在中外文化交流层面，举办具有社会影响力的翻译家论坛，思想家、作家与翻译家对话等，以翻译与文学为核心开展系列活动。正是在这样的发展思路下，我们与浙江大学出版社合作，集合全国译学界的力量，推出具有学术性与开拓性的"中华翻译研究文库"。

积累与创新是学问之道，也将是本文库坚持的发展路径。本文库为开放性文库，不拘形式，以思想性与学术性为其衡量标准。我们对专著和论文（集）的遴选原则主要有四：一是研究的独创性，要有新意和价值，对整体翻译研究或翻译研究的某个领域有深入的思考，有自己的学术洞见；二是研究的系统性，围绕某一研究话题或领域，有强烈的问题意识、合理的研究方法、有说服力的研究结论以及较大的后续研究空间；三是研究的社会性，鼓励密切关注社会现实的选题与研究，如中国文学与文化"走出去"研究、语言服务行业与译者的职业发展研究、中国典籍对外译介与影响研究、翻译教育改革研究等；

四是研究的(跨)学科性,鼓励深入系统地探索翻译学领域的任一分支领域,如元翻译理论研究、翻译史研究、翻译批评研究、翻译教学研究、翻译技术研究等,同时鼓励从跨学科视角探索翻译的规律与奥秘。

　　青年学者是学科发展的希望,我们特别欢迎青年翻译学者向本文库积极投稿,我们将及时遴选有价值的著作予以出版,集中展现青年学者的学术面貌。在青年学者和资深学者的共同支持下,我们有信心把"中华翻译研究文库"打造成翻译研究领域的精品丛书。

　　　　　　　　　　　　　　　　　　许　钧

　　　　　　　　　　　　　　　　　　2018 年春

目　录

第一编　中国文学对外译介与传播的理论思考

第二编　中国文学对外译介与传播的媒介研究

第三编　中国作家与作品海外译介的个案研究

第四编　中国文学对外译介与传播的学者对话

第一编

中国文学对外译介与传播的理论思考

中国当代文学海外传播与中国形象塑造

姜智芹

中国当代文学在海外的传播是中国形象塑造的一个维度。中国形象和中国文学海外传播之间既有同构性,也有因文学传播的多样性而带来的中国形象的复杂性。文学的向外传播从宏观上讲有两个主渠道:外方作为主体的"拿"和中方作为主体的"送"。"拿"是外方基于自身的欲望、需求、好恶和价值观塑造的,多少带有某种偏见的"他者"形象;"送"是中国政府基于外宣需求传播的具有正向价值的"自我"形象,是对西方塑造的定型化中国形象的矫正和消解。这两种中国形象在新中国的每一个历史时期铰接并存,构建出中国形象的不同侧影。

一、20 世纪 50—60 年代:定性译介与敌对性形象

意识形态对文学传播和形象塑造起着不容忽视的作用。新中国成立之初,中国文学的海外传播和外国人眼中的中国形象受冷战思维的影响,呈现出定性译介和敌对性的形象特点。

海外的中国形象在不同阶段有不同的主导塑造者:18 世纪是法国,19 世纪是英国和德国,20 世纪以来主要是美国。20 世纪50—60 年代,美国主导、影响着西方人眼中的中国形象,而这一时

期由于美苏冷战和朝鲜战争的爆发,中国被美国视为敌国,负面的中国形象成为抹不去的主色调。在这一中国形象主导下,西方英语世界对中国当代文学的译介甚少,仅有王蒙揭露官僚主义的小说《组织部新来的青年人》、郭沫若的《浪淘沙·看溜冰》、冯至的《韩波砍柴》《我歌唱鞍钢》、何其芳的《我好像听见了波涛的呼啸》、臧克家的《短歌迎新年》《你听》、艾青的《在智利的纸烟盒上》《寄广岛》、毛泽东的《北戴河》《游泳》等部分诗歌、①老舍的戏剧《龙须沟》②等。我们对王蒙《组织部新来的青年人》的译介略作阐释。这篇小说收入《苦涩的收获:铁幕后知识分子的反抗》一书,该书选择的是当时社会主义阵营如苏联、民主德国、波兰、匈牙利、中国等国的作品,偏重于那些揭露社会黑暗、干预生活的小说、诗歌、杂文。编选者埃德蒙·史蒂曼坚持入选的作品要"鲜明地表达了这些国家的作家想要打破政治压抑,独立、真实地表达个人感情、经历和思想的愿望"③,因而,那些大胆揭示社会弊端、批判政府管理方式的作品是《苦涩的收获:铁幕后知识分子的反抗》选择的重点。王蒙的小说《组织部新来的青年人》即被看作是满足了这样的要求而收入的作品。史蒂曼特别强调了这部小说描写对象的特殊性——北京某区党委,说这个区党委是一处"懒惰和错误像'空气中飘浮的灰尘'那样悬挂着的地方",该小说的主人公——新来的林震"与不知因何堕落的韩常新、刘世吾展开斗争以拯救区党委",并特意指出《组织部新来的青年人》作为"中国知识分子的春天中

---

① 参见:Hsu, K. (trans. & ed.). *Twentieth Century Chinese Poetry: An Anthology.* New York: Anchor Press, 1964.

② 参见:Shimer, D. B. (ed.). *The Mentor Book of Modern Asian Literature from the Khyber Pass to Fuji.* New York: New American Library, 1969.

③ Stillman, E. (ed.). *Bitter Harvest: The Intellectual Revolt behind the Iron Curtain.* London: Thames & Hudson, 1959: xvii.

较早开放的鲜花""受到了严厉打击"①。史蒂曼意在借文学作品
窥探社会主义新中国的政治管理和社会发展状况。

从这一时期英语世界的研究来看,新中国文学中所谓的"异端
文学"成为关注的重心。鉴于当时资本主义阵营和社会主义阵营
之间的冷战与对峙,西方研究者多采取潜在的敌视新中国的立场,
对那些背离了主流文学规范的作品给予较高评价,旨在证明作家
与新生的社会主义政权之间的矛盾。典型的研究如谷梅的《胡风
与共产主义文学界权威的冲突》②《共产主义中国的文学异端》③
等。其中谷梅几乎完全将注意力集中在新中国的"异端"作家身
上,将他们视为新中国知识分子的代表,从而忽略了更大范围内的
"正统"作家,反映出她批判新生的社会主义政权,用所谓的"社会
主义社会的残暴"来反证西方社会的自由、民主的意图。对西方英
语世界而言,中国是意识形态上的"他者",专制、残暴的中国形象
更符合西方自我形象建构和文化身份认同的需要。

与此同时,新中国也通过对外译介文学作品,向西方展示自我
塑造的中国形象。新中国成立后,由于西方国家的封锁政策和中
国采取的严密防范措施,中西交流的大门关闭了,幸而《中国文学》
杂志通过向外译介文学作品介绍新中国的真实情况,以抵消西方
媒体报道中对我国形象造成的消极影响。

1951年创刊的《中国文学》以英、法两种语言向西方世界译介
中国文学。就当代文学来说,20世纪50—60年代主要选译反映
中华人民共和国成立后人民群众生活的作品,宣扬革命、斗争、战

---

① Stillman, E. (ed.). *Bitter Harvest: The Intellectual Revolt behind the Iron Curtain*. London: Thames & Hudson, 1959: 143.

② Goldman, M. Hu Feng's conflict with the communist literary authorities. *The China Quarterly*, 1962(12): 102-137.

③ Goldman, M. *Literary Dissent in Communist China*. Cambridge: Harvard University Press, 1967.

争等工农兵题材的尤多。如《王贵与李香香》《新儿女英雄传》,魏巍的《谁是最可爱的人》,刘白羽的《朝鲜在战火中前进》,赵树理为配合新中国第一部婚姻法出台而创作的《登记》,沙汀歌颂新型农民的《你追我赶》,等等。"文革"开始后样板戏成为译介的新方向,《沙家浜》《智取威虎山》《红灯记》都通过《中国文学》走向了海外。《中国文学》由于承担着外宣任务,在译介的篇目选择上受到主流意识形态、配合国家外交需要等因素的制约,服从于对外宣传我国文艺发展变化的需要,通常以作家的政治身份为标准选择当代作家,不支持"左倾"思想的作家作品往往被排斥在外。在思想倾向上,《中国文学》支持亚非拉、东欧等第三世界国家的民族解放运动,声援法国的社会运动,批评英美国家的侵略行径,因而,从接受情况来看,《中国文学》受到亚非拉等国家的称赞,遭到英美国家的批评。亚非拉等国家的读者通过阅读《中国文学》确曾受到鼓舞,西方资本主义国家的读者虽然从中对中国的现实生活和文学创作有所了解,但并没有产生同情和理解,反而生出否定和排斥。特别是《中国文学》上刊登的反美斗争文章,引起外国读者的强烈反应。这种对立面形象的自我塑造同样使得西方对中国的认识片面化、妖魔化,以"蓝蚂蚁"①"蚂蚁山"②等蔑视性词语来描述中国。

二、20 世纪 70 年代:"正统"文学译介与美好新世界形象

20 世纪 70 年代,以美国为首的西方世界与新中国的关系发生了较大转变。此时深陷越战泥潭的美国出现一股自我反思、自

---

① 参见:Guillain, R. *The Blue Ants*: *600 Million Chinese Under the Red Flag*. Savill, M. (trans.). London: Secker & Warburg, 1957.

② 参见:Labin, S., Edward, F. *The Anthill*: *The Chinese Human Condition in Communist China*. Santa Barbara: Praeger, 1960.

我批判的情绪，越来越认识到资本主义社会的弊端和帝国主义战争给其他国家造成的伤害，转而肯定殖民地国家的反帝斗争。尤其是尼克松 1972 年的访华使美国人心目中邪恶的中国形象得到扭转。此后西方各行各业的人寻找机会来到中国，看到红色中国巨大的物质进步和社会主义"新人新风尚"，带回大量有关中国的正面报道："中国是一个开明的君主制国家……是一个信仰虔诚、道德高尚的社会……人民看上去健康快乐，丰衣足食。"① 一个美好的新世界形象出现在西方人的视野里。70 年代末中国改革开放的方针和邓小平访美，使西方人眼中美好的中国形象进一步走向深入。由于改革开放的思路与传统的马列社会主义存在一定差别，西方世界将之误读为中国开始放弃社会主义，向资本主义靠拢。在苏联这个西方人眼中的最大敌人的陪衬下，改革开放并"资本主义化"的中国形象显得无比美好。

在如此的形象背景下，英语世界对新中国文学的译介不再将重点放在"异端"文学上，而是加大了对正统的、主旋律文学的关注。海外中国文学研究者的政治立场亦发生较大转变，不再像 20 世纪 50—60 年代那样敌视新中国，而是理解、同情中国共产党的革命斗争，把描写革命与建设的新中国文学视为严肃的作品，肯定新中国文学中的价值质素。这一时期英语世界译介的新中国文学远远超过上一个时期，涵盖小说、戏剧、诗歌等多种体裁，择其要者有英国汉学家詹纳编选的《现代中国小说选》②，收入孙犁的《铁木前传》等；美国学者沃尔特·麦瑟夫和鲁斯·麦瑟夫编选的《共产

---

① Hollander, P. *Political Pilgrims: Travels of Western Intellectuals to the Soviet Union, China, and Cuba*, 1928—1978. Oxford: Oxford University Press, 1981: 278.

② Jenner, W. J. F. (ed.). *Modern Chinese Stories*. Oxford: Oxford University Press, 1970.

主义中国现代戏剧选》①,收入《龙须沟》《白毛女》《妇女代表》《马
兰花》《红灯记》等当时有代表性的剧目;巴恩斯顿与郭清波合译的
《毛泽东诗词》②以及聂华苓、保罗·安格尔合译的《毛泽东诗
词》③,二者收录的都是毛泽东在中华人民共和国成立后发表的诗
歌,编目上大同小异,只在注释方式上有所不同;约翰·米歇尔编
选的《红梨园:革命中国的三部伟大戏剧》④,收入了《白蛇传》《野
猪林》《智取威虎山》;许芥昱编选的《中国文学图景:一个作家的中
华人民共和国之行》⑤,节选了杨沫的《青春之歌》、高玉宝的自传
体小说《高玉宝》、浩然的《金光大道》等主旋律作品;许芥昱的另一
个选本《中华人民共和国文学作品选》⑥,收入了杨朔的《三千里江
山》、李准的《不能走那条路》、艾芜的《夜归》、峻青的《黎明的河
边》、周立波的《山乡巨变》、茹志鹃的《百合花》、梁斌的《红旗谱》、
杨沫的《青春之歌》、柳青的《创业史》、李英儒的《野火春风斗古城》
等或节选或全文的内容;美国汉学家白志昂与胡志德合编的《中国
革命文学选》⑦,收入了秦兆阳的《沉默》、周立波的《新客》、浩然的

---

① Meserve, W. J., Meserve, R. I. (eds.). *Modern Drama from Communist China*. New York: New York University Press, London: University of London Press, 1970.

② Barnstone, W. (trans.), (intro.), (notes), Ko, C.-P. *The Poems of Mao Tsetung*. New York: Harper & Row, 1972.

③ Engle, H. N., Engle, P. (eds.). *The Poetry of Mao Tse-tung*. London: Wildwood House, 1973.

④ Mitchell, J. D. (ed.). *The Red Pear Garden: Three Great Dramas of Revolutionary China*. Boston: David R. Godine, 1973.

⑤ Hsu, K. *The Chinese Literary Scene: A Writer's Visit to the People's Republic of China*. New York: Vintage Books, 1975.

⑥ Hsu, K. (ed.). *Literature of the People's Republic of China*. Bloomington: Indiana University Press, 1980.

⑦ Berninghausen, J., Huters, T. (eds.). *Revolutionary Literature in China: An Anthology*. New York: M. E. Sharpe, 1976.

《初显身手》等；聂华苓的《"百花"时期的文学》卷 2《诗歌与小说》①，收入了张贤亮的《大风歌》、王若望的《见大人》、李国文的《改选》、王蒙的《组织部新来的青年人》等作品。总的来说，这些选本的意识形态色彩与第一个时期相比明显减弱，编选者更注重从文学发展轨迹及作品的审美特性出发选译作品。他们的言说中虽然不能完全排除抨击新中国政权的话语，但敌对态度大为缓和。选本和研究中透露出来的中国形象比第一个阶段明显友善。

20 世纪 70 年代，《中国文学》杂志继续向国外译介中国当代文学。"文革"期间，样板戏受到异乎寻常的重视，继续得到译介，并刊载相关评论文章，对"样板戏"的思想内容和艺术价值予以评价，以引导异域读者，促进其在海外的接受。浩然等硕果仅存的"合法"作家塑造"社会主义新人"形象的作品也成为此时对外译介的重要对象，浩然的《艳阳天》《金光大道》《西沙儿女》、李心田的《闪闪的红星》、高玉宝的《高玉宝》等，都被作为代表时代特色的作品译介到国外。而集体翻译的毛泽东诗词无疑是该时期最重要的英译作品。《中国文学》杂志为此专门成立了毛泽东诗词英文版定稿组，有的负责翻译，有的负责润色，并向国内高校师生和亲善中国的美国记者安娜·路易斯·斯特朗征求意见，于 1976 年隆重推出。以至于国内有学者指出："毛诗翻译受重视程度之高，翻译过程持续时间之长，参与人员之复杂，规格之高，译入语种之多，总印数之大，在世界诗歌史和文学翻译史上是罕见的。"②"文革"后至 70年代末，《中国文学》也及时译介、刊载了反映新时期中国人民真实心声的作品，如宗璞的《弦上的梦》、刘心武的《班主任》等伤痕小说。

---

①   Hieh, H. (ed.). *Literature of the Hundred Flowers Period*, Vol. 2 *Poetry and Fiction*. New York: Columbia University Press, 1981.

②   马士奎. 文学输出和意识形态输出——"文革"时期毛泽东诗词的对外翻译. 中国翻译, 2006(6): 17.

《中国文学》此一时期推出的这些译作集中体现了新中国方方面面的发展变化,向世界展示了一代"社会主义新人"形象。这些作品对外传递的是与西方社会的个人主义截然不同的、以集体主义为核心的价值观,旨在树立新的自我文化形象,以显示社会主义制度的优越性。

三、新时期以降:多元化译介与"淡色中国"形象

新时期以降,以美国为主导的西方人眼中的中国形象是变动不居的。先是中美建交结束了两国多年的对抗与猜疑,随后邓小平访美以及中国改革开放的深入使得美国舆论对中国的赞成率大幅上升。美国媒体对中国经济改革的正面报道越来越多,尤其是《时代》周刊以不无欣喜的态度,不断报道中国充满活力的经济、丰富多样的市场和"新体制试验田"取得的成功。但美好的中国形象并没有持续多久,20 世纪 80 年代末的那场政治风波使西方的中国形象陡然逆转,再加上 90 年代初东欧社会主义阵营的解体,中国不仅失去了制衡苏联的地缘政治意义,而且成为资本主义全球化大潮中唯一一个社会主义大国,被视为"对抗世界"的"他者",是美国主宰的世界秩序下的异己。于是,"中国威胁论""中美冲突论"成为 20 世纪 90 年代西方之中国形象的主调。21 世纪以来,"中国机遇论"逐渐成为西方人的共识。2004 年,美国一位家庭主妇萨拉·邦乔尼对没有"中国制造"的日子的慨叹让西方人认识到中国既是竞争对手,更是合作伙伴。中国的发展不仅让西方人享受到中国制造的质优价廉的商品,也给西方经济注入了活力。加上中国在"反恐"问题上站在美国一边,西方对中国的好感暗自增长。美国著名的中国问题专家、高盛公司高级顾问乔舒亚·库珀·雷默将中国形象界定为"淡色中国"。他说这个词不很强势,

又非常开放,同时体现出中国传统的和谐价值观,因为"淡"字将"水"和"火"两种不相容的东西结合在一起,使对立的东西和谐起来。雷默认为,中国要想在世界上塑造良好的形象,最强有力的办法就是保持开放的姿态,而不是硬性推销中国文化。① 这种观点何尝不体现了历史上西方对中国的态度和看法:长期以来,西方人眼中的中国形象在"浪漫化"和"妖魔化"之间徘徊,在喜爱和憎恨之间摇摆。西方需要抛弃意识形态的偏见,摆脱欲望化的视角,用"淡色"来看待中国。

与对中国变动不居的认知相应,新时期以来西方世界对中国当代文学的译介呈现出多元化、多样性的特点。既有不同作家的合集,也有单个作家的作品集、小说单行本;既有对新时期不同文学流派的追踪翻译,也有对女作家群体的结集译介;既有按主题编选的译本,也有按时间段编排的选本;既有对正统文学的关注,也有对争议性作品的偏好。

就合集译介来说,新时期的作品从伤痕文学、反思文学、改革文学,到寻根文学、先锋小说等,都引起海外学者的关注。比如《伤痕:描写"文革"的新小说,1977—1978》②收录了卢新华的《伤痕》、孔捷生的《姻缘》、刘心武的《班主任》和《醒来吧,弟弟》等伤痕文学作品;《新现实主义:"文革"之后的中国文学作品集》③收入了高晓声的《李顺大造屋》、蒋子龙的《乔厂长上任记》、叶文福的《将军,你不能这样做!》、王蒙的《夜之眼》、谌容的《人到中年》、张弦的《被爱情遗忘的角落》等"反思文学"和"改革文学"作品;

① 参见:乔舒亚·库珀·雷默,等. 中国形象:外国学者眼里的中国. 沈晓雷,等,译. 北京:社会科学文献出版社,2006:16-17.

② Barmé, G., Lee, B. (eds.). *The Wounded: New Stories of the "Cultural Revolution", 1977—1978*. Hong Kong: Joint Publishing Co., 1979.

③ Lee, Y. (ed.). *The New Realism: Writings from China after the "Cultural Revolution"*. New York: Hippocrene Books Inc., 1983.

《春笋:中国当代短篇小说选》①收录了郑万隆的《钟》、韩少功的《归去来》、王安忆的《老康归来》、陈建功的《找乐》、扎西达娃的《系在皮绳扣上的魂》、阿城的《树王》等"寻根文学"作品;《中国先锋小说选》②收入了格非、余华、苏童、残雪、孙甘露、马原等人创作的先锋小说。

除多人合集外,新时期一些作家的个人作品集和小说单行本也得到大量译介。像莫言的短篇小说集《爆炸及其他故事》《师傅越来越幽默》,小说单行本《红高粱》《天堂蒜薹之歌》《酒国》《丰乳肥臀》《生死疲劳》《变》《檀香刑》《四十一炮》等都被译成英语,"译成法语的作品就有近 20 部"。③ 余华的短篇小说集《往事与刑罚》,长篇小说《活着》《许三观卖血记》《在细雨中呼喊》《兄弟》;苏童的中篇小说集《妻妾成群》(《大红灯笼高高挂》)、《刺青时代》,短篇小说集《桥上的疯女人》,长篇小说《米》《我的帝王生涯》《碧奴》《河岸》;贾平凹的《浮躁》《古堡》《废都》等,也都译成英语、法语出版。

新时期一些有争议的作品也是西方关注的对象之一。美国汉学家林培瑞编选的《倔强的草:"文革"后中国的流行文学及争议性作品》④选入的大多是 20 世纪 70 年代末有影响、有争议的小说和诗歌;同样是他编选的《玫瑰与刺:中国小说的第二次百花齐放,

① Tai, J. (ed.). *Spring Bamboo: A Collection of Contemporary Chinese Short Stories*. New York: Random House, 1989.

② Wang, J. (ed.). *China's Avant-Garde Fiction: An Anthology*. Durham: Duke University Press, 1998.

③ 许方,许钧. 翻译与创作——许钧教授谈莫言获奖及其作品的翻译. 小说评论, 2013(2): 6.

④ Link, P. (ed.). *Stubborn Weeds: Popular and Controversial Chinese Literature after the "Cultural Revolution"*. Bloomington: Indiana University Press,1983.

1979－1980》①收入了发表于 1979－1980 年间的不同程度上的"刺",他认为在中国,歌颂性的作品是"花",批评性的作品是"刺"。《火种:中国良知的声音》②收入的是中国文坛上的杂沓之声,其中有些是有争议的作品,而堪称《火种:中国良知的声音》续篇的《新鬼旧梦录》③收录的是和原来严格的意识形态文学不同的文坛新声。被视为"中国现当代文学中事实上的、最具争议性的作家"④阎连科,其《为人民服务》《丁庄梦》《年月日》《受活》等都被译成法语,"阎连科的'被禁'以及他的'批判意识'""赢得法国人的无数好感"⑤。

海外对中国新时期文学的多元译介反映了西方人心目中杂色的中国形象。虽然文学的交流不能和渗透着意识形态的异国形象严格对应,但隐秘地投射出西方人对中国的态度和看法。

在海外"拿"来中国新时期文学的同时,中国在"送"出去方面也加大力度。《中国文学》在新时期拓宽译介的题材范围,并注重同英美国家的文学交流。20 世纪 80 年代初推出的"熊猫丛书"把诸多新时期作家如池莉、冯骥才、方方、邓友梅、梁晓声、刘绍棠、王蒙、张洁、张贤亮、周大新等人的作品传播到国外,其中销售较好的《中国当代七位女作家选》《北京人》《芙蓉镇》《人到中年》《爱,是

① Link, P. (ed.). *Roses and Thorns: The Second Blooming of the Hundred Flowers in Chinese Fiction*, 1979—1980. Oakland: University of California Press, 1984.

② Barmé, G. R., Minford, J. (eds.). *Seeds of Fire: Chinese Voices of Conscience*. New York: Hill and Wang, 1988.

③ Barmé, G. R., Jaivin, L. (eds.). *New Ghosts, Old Dreams*. New York: Random House, 1992.

④ 胡安江,祝一舒. 译介动机与阐释维度——试论阎连科作品法译及其阐释. 小说评论,2013(5):76.

⑤ 胡安江,祝一舒. 译介动机与阐释维度——试论阎连科作品法译及其阐释. 小说评论,2013(5):77.

不能忘记的》等引起英美一些主流报刊如《纽约时报书评》的关注。

21世纪以来，中国政府多措并举，进一步加大中国文学海外推广的力度。2003年中国新闻出版总署提出新闻出版业"走出去"战略。2004年国务院新闻办公室与新闻出版总署启动"中国图书对外推广计划"，成立"中国图书对外推广计划"工作小组，每年召开专门会议，出版《"中国图书对外推广计划"推荐书目》。2006年，中国作家协会推出"中国当代文学百部精品译介工程"，2009年开始实施"经典中国国际出版工程"，并全面推行"中国文化著作翻译出版工程"。中国政府旨在通过这些文学、文化层面的努力，塑造一个多元、开放、积极的中国形象。

但不管是西方的"拿"过来还是中国的"送"出去，对新时期女作家作品的译介都是焦点之一。我们下面通过西方自发译介和《中国文学》、"熊猫丛书"自主输出的中国新时期女作家的作品，看看文学译介中"他塑形象"和"自塑形象"的不同。

英语世界对新时期女作家颇为关注。《玫瑰色的晚餐：中国当代女作家新作集》①《恬静的白色：中国当代女作家之女性小说》②《我要属狼：中国女性作家的新呼声》③《蜻蜓：20世纪中国女作家

① Liu, N., et al. (eds.). *The Rose Colored Dinner: New Works by Contemporary Chinese Women Writers*. Hong Kong: Joint Publishing Co., 1988.

② Zhu, H. (ed.). *The Serenity of Whiteness: Stories by and about Women in Contemporary China*. New York: Ballantine Books, 1991.

③ Kingsbury D. B. (trans.). *I Wish I Were a Wolf: The New Voice in Chinese Women's Literature*. Beijing: New World Press, 1994.

作品选》①《红色不是惟一的颜色》②等收入了谌容、张洁、张抗抗、宗璞、茹志鹃、王安忆、张辛欣、铁凝,蒋子丹、池莉、陈染等作家的作品。此外还译介了不少女作家的个人作品集和小说单行本。国内对新时期女作家的译介也相当重视。承担《中国文学》和"熊猫丛书"外译出版工作的中国文学出版社出版了七卷中国新时期女作家的合集和个人文集,将茹志鹃、谌容、宗璞、古华、王安忆、张洁、方方、池莉、铁凝、程乃珊等众多女作家的作品推向海外。但中外在选译女作家的作品时秉承的理念、原则迥然不同。海外的译介主要是用他者文本烛照本土观念,以印证本国的文学传统和价值观念,是在借"他者"言说"自我","是认识自身、丰富自身的需要,也是以'他者'为鉴,更好地把握自身的需要"③。而中国是要通过对本土文学的译介,塑造积极、正面的中国形象,彰显中国的文化软实力,为改革开放和经济建设创造有利的国际环境。以海外、国内对王安忆作品的译介为例。英语世界最早选译的是王安忆探讨男女隐秘幽深的本能欲望的"三恋"——《小城之恋》《荒山之恋》和《锦绣谷之恋》,这种选择偏好和西方的女性主义诗学传统以及 20 世纪 70—80 年代女性主义批评理论在西方的兴起与发展有关。"三恋"让英语世界的读者在他国文学中看到了熟悉的影子,并因此给予好评:"王安忆对人类性意识的描写敏感且具有说服力……任何一个熟悉过去几年中国文学发展的人都会认识到王

① Sciban, S., Edwards, F. (eds.). *Dragonflies: Fiction by Chinese Women in the Twentieth Century*. New York: Cornell University, 2003.

② Sieber, P. (ed.). *Red Is Not the Only Color: A Collection of Contemporary Chinese Fiction on Love and Sex between Women*. Lanham: Rowman & Littlefield Publishers, 2001.

③ 许钧. 我看中国现当代文学在法国的译介. 中国外语,2013(5): 11.

安忆坦诚、公开地探讨性主题,需要何等的勇气。"①从中可以看出,英语世界对中国文学的译介内在里隐含着对自身文化的自恋式欣赏,是在用他者确认自我,完成的是自己的身份认同。

国内对王安忆的译介则体现出截然不同的选材倾向。尽管王安忆的创作题材十分广泛,从伤痕、反思、寻根,到先锋、新写实、新历史无不涉猎,但《中国文学》和"熊猫丛书"选译的却是《小院琐记》《妙妙》《雨,沙沙沙》《人人之间》《流逝》等短篇小说。究其原因,恐怕和这些小说在主题上符合"主旋律"、在艺术表现上中规中矩有关。《中国文学》和"熊猫丛书"偏重选择以现实主义为基调的作品,试图通过中国文学向世界展示一个秉承传统文化价值观、生活化、市井化的中国形象。"三恋"虽然在王安忆的创作中占有重要位置,但其对女性欲望的大胆直面使得对爱情的表现由彰显灵魂到突出本能欲求,不仅在审美趣味上和中国传统的观念相距甚远,也与国家倡导的主流文学不相符合,因而被排除在外也就在所难免。

新中国成立以来,构建良好的中国形象受到国家层面的高度重视。从人民民主国家到改革开放的形象,从对外宣传中展示中国的"五个形象"到树立和平、合作、发展、负责任的大国形象,从提出"文化软实力"战略到具体实施各项"译介工程""推广计划""出版工程",中国一直在致力于塑造一个国际舞台上良好的中国形象。然而,中国对自我形象的认知和其他国家对中国的认知尚有很多不一致之处,尽管这在国与国之间是普遍存在的现象,但在中国身上尤为突出。怎样通过文学的译介增进彼此的共识,缩小二

---

① Mason, C. Book review: *Love on a Barren Mountain*. *The China Quarterly*, 1992(129): 250.

者间的差距,让世界理解并认可中国自我塑造的形象,是我们要进一步思考的问题。

(姜智芹,山东师范大学文学院教授,原载于《小说评论》2014年第 3 期)

关于中国文学对外译介的若干思考

曹丹红　许　钧

　　"中国文学'走出去'"战略已经实施了一段时间。在种种利好政策的支持下,在各方面的努力下,"走出去"工程初见成效。在此期间,随着文学文化"走出去"日益成为全社会关注的热点问题,有越来越多的社会各界人士参与到相关问题的讨论之中。然而,由于参与讨论者来自不同领域不同层次,再加上媒体的聚焦放大,讨论不时呈现混乱局面。一方面看似发言者众,另一方面却是观点和意见的重复,某些观点未经深思熟虑就已发表,随即很快在人云亦云间扩散,导致形成了诸多认识误区。在众声喧哗中,有一些问题尤其引起了我们的注意,这些问题主要涉及译介过程中文学价值的传播与文学性的再现,对它们的思考与澄清在我们看来关系到文学"走出去"下一阶段的进展。

一、"误解"与"正解"

　　在文学"走出去"过程中,有一个问题被不断重提,那就是西方读者能否正确认识与欣赏中国文学的问题。这种担忧首先可能来自对中国文学在外译介和接受状况的观察。例如莫言获得诺奖后,即有评论者质疑"'诺奖'评委们真的能读懂中国的文学作品吗?"①因为在该评论者看来,将诺奖颁给莫言,证明以诺奖评委为代表的外国读者归根到底无法真正理解中国语言文学之美,而最后由莫言摘得桂冠,"很大程度上,是'诺奖'评委根据'象征性文本'误读的结果"②。所谓的"象征性文本"即译文。从更广泛角度看,外国译介者对中国文学作品的选择亦会引发"被误解焦虑"。很多人都认同"文本选择将在很大程度上决定翻译成品所塑造的文学形象与国家形象或正面、或负面的读者评价"③。从目前来看,中国文学外译的一条重要途径是国外译介者看中某部作品,主动翻译后不遗余力地加以推介。

这一类作品往往有良好的市场反响,但它们不一定都属于"纯文学"范畴,例如2014年由英国企鹅兰登书屋、美国FSG出版集团出版的麦家的谍战小说《解密》,2014年由美国托尔出版社出版、目前已被几百家海外图书馆收藏的刘慈欣的科幻小说《三体》等。通俗文学先于"纯文学""走出去"的现象引发了一部分研究者的思考,他们指出"如果在'走出去'的中国文学中没有严肃文学的踪影,或者说严肃文学不受人们的待见,在很大程度上还不能说中国文学真正地'走出去'了"④,质疑"如果我们想以真正的中国文学融入世界文学中去的话,丢掉了自己民族传统的文学算是一种什么样的文学?"⑤也有研究者担心如果外国读者只偏爱两三种小说,"一种是sex(性爱)多一点的,第二种是politics(政治)多一点

① 李建军. 直议莫言与诺奖. 文学报,2013-01-10.
② 李建军. 直议莫言与诺奖. 文学报,2013-01-10.
③ 胡安江,胡晨飞. 再论中国文学"走出去"之译者模式及翻译策略——以寒山诗在英语世界的传播为例. 外语教学理论与实践,2012(4):57.
④ 姜玉琴,乔国强. 中国文学"走出去"的多种困惑. 文学报,2014-09-11.
⑤ 姜玉琴,乔国强. 中国文学"走出去"的多种困惑. 文学报,2014-09-11.

的,还有一种侦探小说"①,那么最终会"造成'中国形象'的选择性误读与差异性重构"②。

另一方面,担忧也可能来自对我国种种文学外推工程的观察。中国文学外译的另一条重要途径是通过中国政府资助"走出去",而这种途径又让人担忧我们在选择推介作品时不顾接受国需求,"采取'一刀切'的方式,孤芳自赏、自得其乐,最终使现当代文学'走出去'步履维艰"③,更不必提在外国读者心中树立好的形象。担忧也有可能来自非文学因素,例如陈平原在提到中国学术外译时曾指出:"眼下中国政府积极推动的中国文化'走出去',是一种助力,但弄不好也会成为陷阱——很多原本不值得译介的图书或论文,因得到政府的资助而得以'走出去',反而影响了中国学术的整体声誉。"④尽管陈平原谈论的是学术外译,但他的结论似乎同样适用于文学外译。

担心中国文学和文化在外译过程中因种种内外因素而被误解,我们认为这种忧虑既属正常,亦无太大必要,因为文学译介和传播有自己的规律。一个国家对另一个国家文学的翻译与接受总是存在从无到有、从量变到质变的过程,在这个过程中,我们对异国文学面貌的认识通常是越来越深入全面。不仅如此,按照波普尔的观点,认识的加深不仅来自正确认识的不断叠加,更来自错误认识的逐渐纠正。因此即使外国读者和评论者暂时对中国文学有所误解也无须太过担心。而如果是担心糟糕的作品影响外国读者

---

① 季进. 我译故我在——葛浩文访谈录. 当代作家评论,2009(6):46-47.

② 胡晨飞. "中国形象"的书写与中国当代文学"走出去"——从《一地鸡毛》英译本谈起. 岭南师范学院学报,2015(2):98.

③ 尚亚宁,王方伟. 我国政府支持文学"走出去"的困境与对策. 兰州学刊,2015(6):174.

④ 陈平原. "道不同",更需"相为谋"——中美人文对话的空间与进路. 中华读书报,2015-05-13(13).

对中国文学的看法,进而影响国外译介中国文学的热切度,那么这种担忧似乎更加没有必要。译介与接受并非一朝一夕之事,目前中国文学才刚刚开始"走出去",接下来的文学翻译、传播、交流与接受都会帮助澄清误解,让外国读者对中国文学的整体面貌有更为充分的认识,令读者对中国文学做出更为客观和公正的判断。

与此同时,阐释学和接受美学理论表明,我们对他者的理解和接受都有主观的一面。受制于自己的"先见"甚至"偏见",我们对他者的理解总是掺杂着自己的想象。从这个意义上说,无论交流如何深入,对异域和异文化的看法之中总是会存在或多或少的"误解"。体现在译介活动中,"误解"无时无刻不影响着翻译选择和翻译接受过程,而《解密》《三体》《狼图腾》等作品的外译和畅销与其说会导向"误解",不如说正是"误解"的结果。

另一方面,"误解"折射的是文化差异。外译的中国文学作品在异域文化的棱镜照射下,或许会呈现被本土读者忽略的内涵。例如《解密》在国内出版后,很长时间里只被看作谍战类型小说。但汉学家蓝诗玲(Julia Lovell)看过片段翻译后却认为"写得非常好"①,并把它推荐给了著名的企鹅出版社。这就是"误解"的创造力,它向我们提供了更多阅读理解文学作品的视角,充分体现了文学的开放性本质,也让我们借助他者之镜更好地认识自身。

反过来,我们也可以追问:真的存在"误解"一说吗?"误解"是相对于"正解"而言的。那么对于中国文学的真实面貌,我们有"正解"吗?无论哪国的文学都是一个庞大、复杂、非均质的整体,作品之间的差异可以非常大,但它们都可以被称为文学作品,都从某个角度承担了文学的使命。认为一些作家的作品比另一些更能"代

① 戴利. 麦家:翻译是作品的再生父母. (2014-03-27)[2015-06-01]. http://www. beijingreview. com. cn/2009news/renwu/2014-03/27/content_610091. htm.

表"中国文学的"真实"水平,这种说法本身是可疑的,因为这个"水平"实际上并不存在。

二、他者与自我

伴随中国文学外译出现的另一种焦虑可以说是"被接受焦虑"。目前公认的观点是,"译出去"不等于"走出去",文学真正"走出去"的标志是"作品在接受文学体系中'活跃'地存在下去……同时以'流通'及'阅读'两种模式在接受体系中得到自我实现,缺一不可"①。

为了达到这个目标,改变翻译模式是一个频繁被提出的建议。除此之外,也有学者和译者建议从源头——也就是写作方面进行努力,葛浩文就是其中的代表。葛浩文十分重视读者,倚重译入语文化和读者的心理。这不仅体现于他的翻译模式上,也体现于他对翻译对象和内容的评价上。在 2014 年于华东师范大学召开的"镜中之镜:中国当代文学及其译介研讨会"上,葛浩文曾发言指出,中国小说如果要被西方读者接受,就必须采用西方读者习惯的叙事模式。比如说中国当代小说中的描写太冗长琐碎,会使西方读者感到厌烦。中国作家要想真正在西方尤其是在美国图书市场受到欢迎,其作品就必须符合西方主流诗学的要求。这种诗学观进而影响了葛浩文的翻译方法和标准。

不少中国学者和媒体人的观点也与葛浩文不谋而合,某些观点甚至将与西方主流诗学的距离视作中国当代文学质量低下的根据。例如 2015 年美国 BEA 书展(5 月 27 日—5 月 29 日)结束后,

---

① 刘亚猛,朱纯深. 国际译评与中国文学在域外的"活跃存在". 中国翻译,2015 (1):5.

《新京报》记者撰写了题为《哪里是门可罗雀,简直是一个雀儿也没有——中国作家囧在纽约》的文章,在文中描述了中国作家作品英译本在书展签赠活动中少人问津的场景。记者认为,中国作家在外遇冷的原因在于他们完全不顾世界文学的走向,依然固执地坚持着"陈旧"的写作模式,也就是"贴着现实写作",而没有"在小说的结构上、语言上、节奏上种种和技巧有关的部分下功夫,进行各种尝试"①。还有一些中国媒体文章则认为,西方读者喜爱故事性强、情节曲折、人物形象鲜明的小说,但很多中国当代小说"较为含蓄、内敛的写作风格,也许会令外国读者觉得沉闷甚至不知所云"。批评之余建议中国作家撰写类似《解密》那样具有"环环相扣、逻辑严密的情节设置,以及紧张诡秘的心理和情感描写"的小说,这样才能"跨越了文化差异的鸿沟,契合了外国读者的阅读需求"②。

那么我们应该如何看待上述观点呢? 首先要指出的是,葛浩文与中国媒体人的言论尽管从表面看很相似,其实本质不同。葛浩文的观点尽管让不少中国写作者和评论者难以接受,但它是有根源可循的,它至少从侧面反映对国外文学作品的理解和译介受译入语国家诗学传统的深刻影响。正如有学者指出的那样:"媒体和学界普遍认为,葛浩文式的'连译带改'翻译策略常常体现在作品的开头部分,究其原因,葛浩文曾在访谈中做出如下解释:'英美读者习惯先看小说的第一页,来决定这个小说是否值得买回家读下去;中国作家偏偏不重视小说的第一句话,而中国的读者对此也十分宽容,很有耐心地读下去。国外的编辑认为小说需要好的开

---

① 张潇冉,姜妍. 哪里是门可罗雀,简直是一个雀儿也没有——中国作家囧在纽约. 新京报·书评周刊,2015-05-29.

② 江源. 当代文学"走出去"迎来契机. (2014-07-03)[2015-06-01]. http://www.cfen. com. cn/web/meyw/2014/07/03/content_1102542. htm.

篇来吸引读者的注意。'"①诗学传统既显性地规范着写作活动，又在无意识深处隐性地影响着人们对文学作品的赏析和评价。诗学传统又扎根于一个国家的历史文化之中，因而中西方诗学必然存在差异。这就意味着中国作家写的东西可能会令西方读者感到陌生，甚至因此受到排斥。而要令作品在短期内被西方读者接受，也许学习并模仿西方作家尤其是名家的写作方式是条捷径。葛浩文可能是出于这样的考虑，才会提出在我们看来有些居高临下的建议。

问题在于，葛浩文的言论有一定的前提，要放到具体语境也就是美国对中国文学的译介范畴中去看。当这番话被媒体断章取义后，就显得有些耸人听闻，仿佛整个"西方"乃至"海外"读书界和评论界遵循的都是葛浩文提出的批评标准。葛浩文代表的是美国读者，而美国不是文学"走出去"的唯一目的地。比如"西方"除了美国，还有欧洲，美国的主流诗学与法国、德国的主流诗学就不一定吻合。正是因此，当葛浩文在"镜中之镜"研讨会上结束发言后，法国汉学家何碧玉在会场直接反驳了他的观点。从对中国文学名著的欣赏角度和程度来看，两人的诗学观是截然不同的。

与此同时，正如葛浩文的翻译模式不是唯一的翻译模式，葛浩文指出的受"西方"读者欢迎的叙事模式也不是西方甚至美国唯一的叙事模式。一个国家或民族不可能只有唯一一种诗学标准。与很多国家一样，美国本土的文学发展也是多元的，仅在小说领域就涌现了无数诗学特征各不相同的知名作家，例如菲利普·罗斯、托马斯·品钦、唐·德里罗、科马克·麦卡锡等都是当代美国最著名的小说家，但他们的创作旨趣各不相同。文学是时代文化的产物，

---

① 刘云虹,许钧. 文学翻译模式与中国文学对外译介——关于葛浩文的翻译. 外国语,2014(3):13.

更是个性和创造力的体现,这就意味着优秀的文学作品基本上不可能通过模仿产生。如果为了"走出去"而去模仿葛浩文推崇的叙事模式或其他写作方式,那无异于东施效颦。反过来,具有独创性的伟大作品在任何一个国家的读者看来都是伟大的。各个国家列出的世界文学名著清单大同小异,这说明只要作品本身足够优秀,就必然会被欣赏和接受,与它是否"贴着现实写作"没有直接的联系。

从长远看,中国文学要屹立于世界文学之林,只能依靠文学自身的价值。对于一个国家民族优秀文学的特征,读者基本上已达成共识:它既是世界的,又是民族的。也就是说既具普遍维度,又具民族特性。从普遍性来看,文学作品无论用哪种语言写成,无论讲述多么具有地方性的故事,无论用何种方式写作,最终要思考并尝试回答的,是有关人性、人的存在、人与世界关系这些问题。文学记录生活点滴,揭示情感真谛,探讨存在意义,描绘个体或集体所遭遇的生存困境,呈现困境面前人之抉择的复杂与困难,在对过去的记忆与对未来的想象之中书写了另一种人类历史。读者通过文学接触到自身存在以外的种种可能性经验,借助他者经验反思了自己的存在问题,通过想象他者的生活丰富了生存体验,拓展了自己有限生命的宽度。正是因此,优秀文学作品尽管讲述不同民族的故事,却因为始终将人的存在作为终极思考对象而能引起全世界读者的共鸣。这也是文化"走出去"要以文学"走出去"为先导的原因。纵观中国文学史,此类能引发共鸣的优秀作品在我们国家并不在少数。

另一方面还有民族性的问题。中国文学保持自身,其实就是对世界文学的贡献,因为差异本身就是价值。中国文学作品讲述中国经验,它起码向海外读者呈现了另一种文明,表明了文化的多样性。有人曾说,中国文学要"走出去",就不宜把太过"乡土"的东西呈现给外国读者,害怕他们理解不了,更害怕他们不感兴趣。不同的社会文化语境造成的理解障碍确实存在,但有好奇心的读者应该都会欢迎差异的展现,同时学着理解和接受差异,来丰富和确立自身。除了经验的不同,中国文学作为异质因素的价值还体现在另外一个可能更为重要的维度上。上文提到人类境遇的相似性。不同社会文化背景的人在看待这些境遇时的角度可能很不同,所给出的回答因而也可能不尽相同。中国文化源远流长,几千年的积淀形成了独特的文化心理和处世智慧。这些心理和哲学因素全部反映在文学作品之中。如果被译介出去,应该能为其他民族反思自身存在提供一种重要参照。只有当千姿百态的中国文学作品不再仅仅被当作了解中国的档案和满足"猎奇"心理的资料,而是因为自身的价值被世界各国人民广泛阅读并喜爱时,才可以说中国文学真正走向了世界。

三、"桥梁"与"瓶颈"

中国文学要走向世界,翻译是唯一的桥梁。但由于文学"走出去"步履维艰,翻译首当其冲成了众矢之的,被视作是中国文学"走出去"的"难关"[1]或者"瓶颈"[2]。有些报道则直接以"'文化走出去'需过翻译关"[3]或"低劣的翻译可能会毁掉作家"[4]等字眼为题,表明翻译对文学"走出去"产生的阻力。

从"桥梁"到"瓶颈",翻译形象的转变,一方面可能因为中国文学作品的翻译难度确实很大。我们在不同场合都能听到或读到海

---

① 郭珊. 伦敦书展:透视中国文学输出三大难关. 南方日报,2012-04-29.
② 李雪昆. 本土战略中国文学"走出去"方向已明. 中国新闻出版报,2010-08-30;
   苏亚,张炜. 文学"走出去"不能草率. 人民日报(海外版),2013-09-10.
③ 胡兆燕. "文化'走出去'"需过翻译关. 中国财经报,2011-12-22.
④ 陈祥蕉,黄茵茵. 低劣的翻译可能会毁掉作家. 南方日报,2014-08-21.

外译者谈论种种翻译困难。上文提到的质疑"诺奖"评委无法理解中国文学的评论者也指出，"对西方人来讲，中国的语言和文化几乎就是一个无法进入的封闭结构，实在是太难理解、太难掌握了，所以，即使那些孜孜无倦、用力甚勤的汉学家，包括在中国生活了许多年的外国人，通常也都很难真正了解中国文化和中国人，很难深刻、准确地理解和评价中国文学"①。翻译的难度也导致部分潜在文学译者在文本面前望而却步，令本来就不多的翻译人才更为稀缺。另一方面，确实也存在译者"看到难翻的部分常常就删掉不翻"②的现象。可能正因译者的舍弃和折中策略，中国文学作品的许多特色——构成作品价值的语体和文体特殊性等——都在翻译中消解，最终让人感觉中国文学的翻译质量不尽人意，并合理猜测中国文学在外遇冷，翻译应该负一部分责任。

"难关"或"瓶颈"暗示着翻译要为文学"走不出去"的事实负大部分责任。似乎翻译难度大，所以好的中国文学作品无法"走出去"；翻译质量低，所以好的中国文学作品译出去后明珠暗投、无人欣赏。那么事实是否果真如此？只要反观我国的文学翻译史就能知道，答案应该是否定的。乔伊斯作品的翻译难度太大，戴从容花八年时间才译出半部《芬尼根守灵夜》；普鲁斯特《追忆似水年华》的翻译难度太大，译林出版社不得不在20世纪末组织了十几位最有经验的法国文学翻译家来共同翻译它。但这两本"天书"最终走进了我国，也走进了世界其他国家。可见翻译难度并不是阻碍作品外译与传播的根本因素。谢天振曾发表题为"中国文学'走出去'不只是一个翻译问题"的文章，指出"文学、文化的跨语言、跨国界传播是一项牵涉面广、制约因素复杂的活动，决定文学译介效果

---

① 李建军. 直议莫言与诺奖. 文学报, 2013-01-10.
② 葛浩文. 中国文学如何"走出去"?. 林丽君, 译. 文学报, 2014-07-3.

的原因更是多方面的"①,我们认为谢天振的观点很中肯。

另一方面,很多优秀的中国文学作品都还没能"走出去",但这些作品的翻译难度并不是同等的。文学作品差异很大,因此它们的可译性程度也存在差别。中国古典文学的翻译难度也许大于现当代文学,用方言写成的作品的翻译难度也许大于用普通话写成的作品。从音形意兼备的角度看,中国古诗几乎不可译。但是,正如法国学者梅肖尼克指出的那样,翻译具有历史性:文学作品并非绝对的不可译,作品给人不可译的印象,是因为可译的时刻还没有到来。本雅明也在《译者的任务》开头指出,可译性是文学作品的本质。优秀文学作品注定要走出国门,成为全世界读者的财富。因为翻译困难而被耽搁的几年,或者十几年,甚至几十年,放到整个人类文明交流史中去看,都是弹指一挥间。

不少人之所以觉得中国文学作品特别难译,可能还跟一个原因有关:对于自己所熟知的事物,我们更容易看到它的难度。中国文学"走出去"成为国家战略后,海外译者被当作英雄受到中国读者追捧,频繁被请到中国来进行演讲和经验交流,大批中国学人开始投入文学文化"走出去"的研究之中,媒体对这个问题也很感兴趣,不时跟踪报道。所以,我们不时会听到一些译者或国内研究者指出中国文学作品翻译难度大,像成语俗语、地方语言、乡土气息、体裁特征等都是被反复提及的不可译因素。媒体也是抓住几个他们认为的"关键词",不失时机地加以报道。这些被媒体放大的声音掩盖了其他较微弱的声音。比如,假设统计一下近年来讨论外国文学中译的论文或专著中列举的翻译难点,我们一定也会震惊于外国文学的翻译难度。

---

① 谢天振. 中国文学"走出去"不只是一个翻译问题. 中国社会科学报,2014-01-24.

四、文学性的消解与补偿

与"被误解焦虑"和"翻译困难"密切相关的另一个问题是:中国文学作品的特殊性会不会在翻译中消解? 或许正是担心作品文学性因其翻译难度在语言转换过程中消解,"被误解焦虑"才会就此产生。作家刘庆邦曾断言:"翻译有一个问题,我们中国的作品,文字它是有味道的、讲味道的,每个人写作带着他自己的气息,代表作者个人的气质,这个味道我觉得是绝对翻译不出来的,就是这个翻译家他不能代替作者来呼吸,所以他翻出来的作品就没有作者的味道。"[①]这段话有几层意思:首先对刘庆邦来说,中国文字有"味道",对此我们既可以理解为汉字有别国文字不具备的"味道",也可以理解为文字有深意,也就是说有言外之意;其次每个作家有自己的"气息",后者或许可以用更为通俗的"风格"一词取代;最后,风格不可译,因为它与呼吸也就是作家的生理特征挂上了钩,而没有两个人的生理特征是完全相同的。

关于中国文字特殊"味道"及其可译性问题,已经存在诸多讨论,此处不再展开论述。总的来说,不只汉字,所有语言文字都会散发独特"味道",这是其所扎根的文化环境提供给语言文字的联想空间,很容易在文字系统和文化背景转换过程中消失,但它同样不是文学作品独特性的主要构成因素。

作家的"气息"是另一回事。对作家来说,文学"走出去"的理想状态是作品风格在译本中得到了如实再现。尽管刘庆邦认为风格如呼吸一样深浅自知,但笔者曾撰文探讨法译本对毕飞宇作品

---

① 高方,毕飞宇. 文学译介、文化交流与中国文化"走出去"——作家毕飞宇访谈录. 中国翻译,2012(3):50.

风格的再现,发现整体风格确实存在可感知性,也存在很大的重构可能性。经验也告诉我们,对于同一个文本的整体风格,不同读者可以获得比较接近的整体阅读印象。对于后者,刘勰归纳出"典雅""远奥""精约""显附""繁缛""壮丽""新奇""轻靡"[①]八种,我们按照他的思路,或许能归纳出更多。无论如何,当译者获得这种风格印象后,会为其翻译定下声音基调,随后有针对性地选择语言和句型,并控制行文的节奏。以莫言两部作品《檀香刑》和《蛙》的法译本为例。这两部作品均由汉学家尚德兰(Chantal Chen-Andro)翻译。《檀香刑》法译文多短小的简单句,在人物独白时,一个长复合句常常被译者用标点截成几个短小的部分,有时某个成分独立成句,经常刻意重复主语或句子其他成分,选取的动词时常音节较少、读音干脆。这些局部选择组合在一起后形成了译文口语化、节奏快、富有韵律的基调。或者说译者正是体会到原作的这种基调,才做出了文字上的选择和安排。相比之下,在《蛙》的法译文中,长句增加,标点减少,声音基调明显平缓了很多。而这与我们对两部小说的风格印象是一致的。另外还有一个相对有效的办法可以帮助判断译作是否以及多大程度上再现了原作的风格,那就是看译文读者的反应与原文读者是否一致,类似奈达所说的动态对等或德国功能学派所说的功能对等。要统计读者的反应,就需要研究者到海外中国文学读者群中去展开实地调查,以此取得更有说服力的结果。

作品基调是相对容易把握和传达的层面,因为一部作品的"主旋律"相对来说比较明确。相比之下,风格的另一些层面可能更加难以在翻译中再现,甚至根本无法再现。如上文提到的语言文体特色。越具时代和地域色彩的因素越难以在翻译中得到保留。面

① 刘勰. 文心雕龙注. 范文澜,注. 北京:人民文学出版社,1958:505.

对这些语言文体特殊性，译者有时毫无选择的余地。还是以《檀香刑》及其法译本为例。《檀香刑》第一部分是四人独白。莫言根据独白者的身份和个性，为他们选择了不同的自称，平民孙媚娘和赵小甲自称"俺"，刽子手赵甲自称"我"，县令钱丁自称"余"，法译本全都译作"Je"（作为主语的"我"），附着于这些自称的文化内涵也随之消失。另外，要译出猫腔戏的体裁特征也不可能，因为译入语文化中不存在这种戏剧类型。如此一来，猫腔戏这种体裁所具备的语言特征及文化内涵也无法在译文中得到体现。对于此，译者能做的补偿十分有限，最多借用译入语文化中某种类似的戏剧形式，或者像葛浩文那样译成较为工整的形式来暗示文体特殊性，尝试获得对等的效果，或者像法译者那样，通过阐释的方式将"猫腔"翻译为"用猫声演唱的歌剧"（l'opéra à voix de chat），来引导读者的阅读和想象。

但翻译本来就是在得失之间寻求平衡的艺术。尽管译文不再具备原文的语言文体特色，但它在其他方面可能有意想不到的收获，以此来弥补缺失。例如我们知道莫言擅长用成语，在《檀香刑》中尤其如此，成语和其他语言手段一起，"制造出流畅、浅显、夸张、华丽的叙事效果"①。如《檀香刑》第一部第四章"钱丁恨声"中一段话："夫人，你是大清重臣之后，生长在钟鸣鼎食(1)之家，你外祖父曾国藩为挽救大清危局，殚精竭虑(2)，惨淡经营(3)，鞠躬尽瘁(4)，为国尽忠(5)，真可谓挽狂澜于既倒(6)，做砥柱立中流(7)。没有你们老曾家，大清朝早就完了，用不了拖到今天。"②法译本译作："Madame, vous descendez d'un grand serviteur de la dynastie, vous avez été élevée dans une famille où résonnent les instruments

---

① 莫言. 檀香刑//莫言文集(第 2 卷). 北京：当代世界出版社，2003：380.
② 莫言. 檀香刑//莫言文集(第 2 卷). 北京：当代世界出版社，2003：72-73.

anciens, où l'on mange dans de la vaisselle antique(1). Votre grand-père, Zeng Guofan, pour sauver la dynastie de la situation critique dans laquelle elle se trouvait, a déployé toute son énergie ainsi que les trésors de son imagination(2). Il s'est donné beaucoup de peine(3), s'est dépensé sans compter(4), s'est dévoué corps et âme pour son pays(5). On peut dire qu'il a su contenir les vagues fureuses(6), qu'il a été un pilier de l'Etat aussi inébranlable que le rocher Dizhu au beau milieu du fleuve Jaune(7). Sans votre vieille famille, la grande dynastie des Qing aurait été perdue depuis longtemps, elle n'aurait pas eu à perdurer jusqu'à ce jour. "①尽管有不少译者和论者主张中国成语不可译，但我们看到法译者努力通过各种手段将原文中的成语、四字结构和典故都进行了移译，没有一处遗漏。有趣的是译者对"钟鸣鼎食""做砥柱立中流"的处理。中国读者在读到这两个词时一般不会关注它们的字面意义，法译者却完全照着字面意义，即成语最初始的意义，分别将这两个词译为"有古老乐器奏鸣、用古老餐具吃饭的家庭"和"他曾是国家的支柱，像黄河中游的砥柱石一样不可撼动"。这些信息尽管被包含在原文文字中，但它们在原文中处于背景层，而译者的处理令这些信息"前景化"，向译文读者提供了额外的文化信息，体现了翻译的补偿功能。

　　进一步看，风格只是体现文学性的一个重要层次，文学作品另一个重要层次是它开拓的精神世界。从这个角度说，猫腔戏固然重要，但《檀香刑》更重要的价值在别处。莫言在《檀香刑》后记中说他的小说写的主要是"声音"，第一种声音是火车，"节奏分明，铿

---

① Mo, Yan. *Le supplice du santal*. Chantal, C.-A. (trans.). Paris: Seuil, 2005: 114.

铿锵锵，充满了力量"①，第二种声音是猫腔，"婉转凄厉"②。这两种声音其实分别代表了新与旧、外来因素与地方因素、现代与传统。小说无疑想通过声音的反差来表现新旧时代更迭之际的种种矛盾和碰撞，而这一深刻的主题并不会消解于翻译之中。

五、结　语

以上我们着眼于"文学"两字，就中国文学"走出去"大讨论过程中存在的一些认识误区进行了思考。我们认为，一方面，文学译介同样遵循译介活动的普遍规律，另一方面，文学译介的最终目标是文学价值的传播。不得不承认，只要国家一直重视文学文化"走出去"，这个问题的热度就不会消退，众声喧哗的局面也将始终存在。这是一个正常的社会现象。在这个问题上，同样要持发展的目光。一方面，错误甚至偏激的观点由于得不到应和，会自行慢慢退出舆论前沿，讨论会越来越趋向理性。另一方面，众声喧哗之中，确实有以讹传讹、人云亦云、随波逐流的现象，但也有负责任的学者、评论者，在讨论中始终坚持客观理性地看待问题。经过一段时间的努力，他们的声音逐渐被学界乃至社会大众听到。对这部分学者、评论者来说，各行各业的人能共同参与讨论反而是好事，这样就能听到不一样的声音，在观点的碰撞中发现问题的症结，以更好地思考问题并提出解决方案，来推动中国文学更为稳健地走向世界。

（曹丹红，南京大学外国语学院法语系教授，许钧，浙江大学外国语言文化与国际交流学院教授；原载于《小说评论》2016年第1期）

---

① 莫言. 檀香刑//莫言文集（第2卷）. 北京：当代世界出版社，2003：376.
② 莫言. 檀香刑//莫言文集（第2卷）. 北京：当代世界出版社，2003：378.

文学外译中译者的文化认同问题

周晓梅

引　言

　　文化认同对于中国文学外译而言是一个复杂且无法回避的重要问题,因为它直接关涉"我是谁"这一主题,代表了主体对于自身归属感的界定。按照文化人类学的观点,在异域文化交流中,译者对于"自身"的认识同样决定了其对于"他者"的看法,不同的文化认同会直接影响其对于作品的认知和态度,甚至左右其翻译策略的选择;译者的解读和传达能够帮助译作读者构建关于异域文化的认同,读者会在想象性认同中形成对作品的价值评价。

　　何为认同? 认同(identity),又译身份或同一性,一方面关乎主体自身的特征,通过建立主体与其所在群体之间的关联使其更深刻地理解自身;另一方面又将主体与他者区分开来,突出主体的异在感,使其产生对于归属感的诉求。Segers 认为,个体可以同时拥有不同的认同指标(indicators of identity),例如,国家层面、地区/种族/宗教/语言归属(affiliation)层面、性别层面、某一代人层面；社会阶级层面、由于工作关系所属的组织或社团层面等。① 而文化认同（cultural identity）则是指个体对其所属民族起源的主观倾向性。② 文化认同方面的系统研究可以追溯至心理学家埃里克森。他认为，同一性是一种熟悉自身的感觉，是主体从信赖的人们中获得所期待的认可的过程，因此，文化认同不仅是个体主体的核心，还是大众文化（common culture）的中心。③ 在文化人类学家纳什看来，文化认同不仅涵盖语言、行为、规范、信仰、神话、价值观等要素，还关涉社会制度的形成和实施。④ 沃斯则更为清晰地指出，文化认同会让主体有一种同根同源的感觉，因为主体间享有共同的信仰和价值观，这也可以成为其将自我界定为圈内人（self-defining in-groups）的基础。⑤

在文学外译这一关涉多语境的跨文化交流活动中，译者时常要面对各种差异性和异质性，体验迥异的价值体系、生活方式、伦理范式、心理结构等带来的冲击感，因此会产生对于自我文化认同的追问。译者不仅需要在强势文化与弱势文化之间进行选择，还要经历混合身份认同（hybrid identity）的过程，这对其而言不啻为一种强烈的思想震撼甚至精神磨难，从这一焦虑与希冀、痛苦与愉

① Segers, R. T. Inventing a future for literary studies: Research and teaching on cultural identity. *Journal of Literary Studies*, 1997(13): 269.

② Alba, R. *Cultural Identity: The Transformation of White America*. New Haven: Yale University Press, 1990: 25.

③ Kim, Y. Y. Ideology, identity, and intercultural communication: An analysis of differing academic conceptions of cultural identity. *Journal of Intercultural Communication Research*, 2007, 36(3): 240-241.

④ Kim, Y. Y. Ideology, identity, and intercultural communication: An analysis of differing academic conceptions of cultural identity. *Journal of Intercultural Communication Research*, 2007, 36(3): 240-241.

⑤ De Vos, G. A. Conflict and accommodation in ethnic interactions. In De Vos, G. A., Suarez-Orozco, M. (eds.). *Status Inequality: The Self in Culture*. Thousand Oaks: Sage, 1990: 204.

悦并存的主体体验中,译者不仅丰富了对于作品的理解,也可以更加准确地为读者进行多元化的阐释。

一、"我是谁":译者自身文化认同的构建

对于译者的文化认同问题的探究有助于厘清"我是谁"这一命题,有助于我们分析译者的文本选择、目的意图、意向性、翻译策略等,因为译者的文化认同渗透于文学译介这一真实语境的话语实践活动中,影响着其一系列的选择与取舍;在与他者文化认同的冲突中,译者的文化认同也会不断受到挑战,得以重塑和发展。

那么,译者的文化身份是如何得以构建的? 一方面,认同首先关乎自身存在的同一性,译者的文化认同主要来自于自身的民族情结,因为文学译介是译者表征或重现自身民族性的一种形式。根据汀-图梅(Stella Ting-Toomey)的认同有效性模型(identity validation model),认同不仅是关系性的,而且需要经由一种协商过程得以建构,因为主体间的交流是自我和相关的他者在认同协商的过程中实现的。① 译者在阅读作品之前,其文化认同的一部分特征,例如其民族情结,就已经具备且难以改变;另一部分则是在翻译的过程中,尤其是在遇到冲突时通过协商的方式进行构建甚至是重塑的。译者的民族性主要来自传统的影响和塑造,因为传统可以连接"语言和思想,过去的知识和当前的认识,社会群体中个体间的差异",因而能够跨越时间的长河保留群体的民族特

---

① Ting-Toomey, S. Communicative resourcefulness: An identity negotiation perspective. In Wiseman, R., Koester, J. (eds.). *Intercultural Communication Competence*. Thousand Oaks: Sage, 1993: 72-111.

征,并使包括移民在内的本民族人民和非本族的人群区别开来。①
传统通过节日、博物馆、纪念碑等形式强化主体的集体记忆,通过
戏曲、影视、广播等形式记录并重现历史,并通过文学作品、课本等
形式加深主体的归属感、家园感和荣誉感,在这一过程中译者和读
者的文化认同也得以塑造。1997 年,江苏人民出版社和江苏教育
出版社联合出版了《拉贝日记》的中译本,将六十年前侵华日军所
制造的南京大屠杀的真相公布于众。这本书基于拉贝本人的所见
所闻,记载具体而翔实,具有很高的史料价值,其翻译和出版就是
为了揭露侵华日军的残暴罪行,控诉这一惨绝人寰的行径。由于
译者和中国读者有着相同的民族情结,也与其维护世界和平及正
义的政治立场相一致,二者很容易形成相似的文化认同,并产生共
鸣。而对比一下日本译者平野卿子所翻译的日译本《南京的真
实》,我们会发现译者将原著删减了一半以上,并着意删除了有关
日军暴行的记载,这与日本政府企图掩盖、隐瞒甚至否认事实真相
的政策是分不开的。1998 年,由孙春英翻译的美国华裔作家艾里
斯·张(张纯如)的《南京受辱记:被遗忘的二战大屠杀》的中译本
由东方出版社出版发行,书中详细记载了日本的种种罪行;但由于
日本右翼势力的阻挠,日本的出版社未能与作者达成一致意见,最
终取消了该书日译本的出版计划。②不仅在这一具体的翻译案例
中如此,战后的日本政府还推行教科书审查制度,故意隐瞒有关二
战的重要历史信息,以"南京事件"指代"南京大屠杀",通过削减数
字、涂抹历史的方式,试图淡化和消除战争的影响,加深国内民众

---

① Gracia, J. J. E. *Old Wine in New Skins: The Role of Tradition in Communication, Knowledge, and Group Identity*. Milwaukee: Marquette University Press, 2003: 26-28.

② 马祖毅. 中国翻译通史(现当代部分第四卷). 武汉:湖北教育出版社,2006: 18-19.

的文化认同,以掩盖本民族曾经犯下的罪行。

另一方面,文化认同也突显了差异性,毕竟,只有在与"他者"进行比较的时候,我们才能对于自我的特质有更加深刻的认知和理解。李安之所以广受欢迎,除了其艺术上的造诣和才华之外,也是因为他身处文化冲击的夹缝中,一直在努力寻求两种文化的平衡点:他并没有将自身的文化认同异化为符合西方人想象的东方情调,而是将民族性上升为对普遍人性的诉求,这样既让西方观众能够理解,又考虑到了中国观众的感受。在文学译介的过程中,当译者与作者在文化认同方面存在差异时,文本所展现的文化认同会对译者形成一定的限制和约束;而当两种文化认同出现明显冲突时,译者通常会通过文化身份协调(cultural identity negotiation)的方式,适应、补充或者不再与他者的文化身份相抵触。[1]在两种文化存在明显强弱对比的情况下,比较容易出现的一种错误倾向就是对自身的文化认同极端自信,拒斥外来文学作品,由此导致文化上的孤立和封闭。按照鲍克公司的统计,每年在美国出版的图书中,译作仅占3%;而纽约罗切斯特大学的学者们所创设"百分之三"计划收集的数据则表明,百分之三是就全门类译作而言,在小说和诗歌领域,译作比例大约只有0.7%,而且其中只有很小的一部分能出现在市场和报刊的书评版面上,进入主流视野,这或许也是自1993年托妮·莫里森(Toni Morrison)获奖之后,美国作家已整整十七年无缘诺贝尔文学奖的原因。[2]可见,要促进本国文学的不断发展与进步,译者和读者都需要尽力对外来文学作品保持一种宽容接受和积极学习的态度。

---

[1] Jackson, R. L. II. Cultural contracts theory: Toward an understanding of identity negotiation. *Communication Quarterly*, 2002(50): 362.

[2] 康慨. 百分之零点七! 美国作家为何十七年无缘诺贝尔奖. 中华读书报,2011-01-12.

　　一般而言,译者在翻译过程中会充分尊重作者的民族情感和文化立场,因为通常二者之间的冲突并非不可调和的,文学作品的创作风格和它所彰显的人文情怀才是吸引译者和译作读者的前提。莫言作品的主要法译者杜特莱就指出,莫言之所以与众不同,主要在于他具有强大的写作能力和独创又多元的写作风格。[①] 莫言小说的瑞典语译者陈安娜(Anna Gustafsson Chen)在20世纪90年代初首次阅读了《红高粱》,即被小说中的异国风情深深吸引,她非常喜欢莫言的叙事手法和讲故事的能力,于是开始着手翻译他的作品。她表示,翻译中最大的困难并非理解,而在于需要找出作家自己的声音,因为看懂比表达要容易得多,"但你要找出作家自己的声音,他那个故事的气氛,要让瑞典读者有同样的感觉,这不容易"[②]。这里的"作家自己的声音",既包括了莫言的叙事风格和技巧,又涵盖了其作品的民族特色,因为这些是能带给外国读者最直接而深刻的阅读体验的部分,也最能吸引他们的关注。谈及瑞典读者对于莫言作品的评价,她说自己看到的评价几乎都是正面的,因为瑞典读者很欣赏莫言的叙事手法,例如以幽默的手法描述佛教传统里的轮回,让他们觉得新鲜而有趣。"瑞典读者读莫言的作品可能也不会觉得很遥远。虽然他是写中国,但我觉得我们都是人,人的感情、人的爱和恨我们都能理解。"[③]我们知道,一部文学作品在创作过程中,作者所运用的技巧并不仅仅源于美学意图,更包含着其特定的"政治、宗教、性别等立场的伦理态度和写

① 周新凯,高方. 莫言作品在法国的译介与解读——基于法国主流媒体对莫言的评价. 小说评论,2013(2):11.
② 李乃清. 莫言的强项就是他的故事——专访莫言小说瑞典语译者陈安娜. 南方人物周刊,2012(36):46-48.
③ 李乃清. 莫言的强项就是他的故事——专访莫言小说瑞典语译者陈安娜. 南方人物周刊,2012(36):46-48.

作意向"①。因而,译者在译介这一作品的过程中,不仅需要创造性地解读出作品的隐含意义,更要充分尊重作者的伦理态度和价值立场,并以其道德标准和民族情感打动读者。

二、我们与他者:冲突中译者的文化认同选择

"文学作为一种最重要的表意实践,通过故事、人物、情节、场景和历史的塑造,对特定社会文化语境中的个体和群体具有深刻的认同建构功能。"②应该说,译者在阅读文本的过程中,很容易感受到文化认同上的差异性,因为小到家族、性别、地域、社会地位等,大到国家民族的差异,译者与作者之间的文化认同上的差异有着复杂的起源、层级和影响。

在译者翻译中国的文学作品之前,来自传统的先入之见构成了其理解文本的基础;而在翻译的过程中,他也无法抹去自己的民族性,自我的民族性决定了他更多考虑的是本国读者的接受度和需求。莫言作品的英译者葛浩文(Howard Goldblatt)坦言自己更多的是遵循西方读者的阅读习惯进行翻译:"我看一个作品,哪怕中国人特喜欢,如果我觉得国外没有市场,我也不翻,我基本上还是以一个'洋人'的眼光来看。"③中国作家偏爱长篇幅的地域场景描写,因为基于对地域区别的了解,中国读者比较容易理解小说中人物的文化认同,并对其性格有一个基本的概括性的印象;而在葛浩文看来,这种叙事方式不够精练,不仅会造成外国译者理解上的

---

① 李建军. 小说伦理与"去作者化"问题. 中国社会科学,2012(8):183.
② 周宪. 认同建构的宽容差异逻辑. 社会科学战线,2008(1):130.
③ 姜玉琴,乔国强. 葛浩文的东方主义文学翻译观:作品要以揭露黑暗为主. (2014-03-17)[2014-03-18]. http://culture.ifeng.com/wenxue/detail_2014_03/17/34833407_0.shtml.

困难，更会让西方读者觉得难以理解。基于对西方叙事手法和读者阅读习惯的了解，他认为在翻译中应当遵循"易化原则"：省略意识形态方面的敏感词汇，对小说结构进行部分调整，删减非叙述评论，调整句式和叙事时间，并增加解释性文字，以确保文意贯通。①但这并不是任意为之：他选择精简的部分只是叙述的线索，而非叙述的展开。有关删减策略的一个反面例子是 1945 年，伊文·金（Evan King）在将老舍的《骆驼祥子》翻译成英译本 *Rickshaw Boy* 时，为了迎合美国读者的阅读心理，在事先未经老舍同意的情况下，擅自给作品换了一个皆大欢喜的结局：祥子把小福子从白房子中抢了出来，两人终获自由。这一改动虽然让译作成了畅销书，却完全违背了作者的初衷和小说的本意：如此，作品就失去了鞭笞现实的力量，不再具有批判和控诉"人吃人"的旧社会的意义，甚至还在一定程度上肯定了被奴役的生活。所以直至 1950 年上海晨光出版公司出版了校正本，老舍在自序中仍然深感遗憾。

需要注意的是，当异质文化相遇时，主体未必都会选择顺应自身的文化认同，遵从自己所处的社会政治文化语境——主体不同的目的和意图同样可以决定文学作品的传播形式及其影响。布莱希特的戏剧在中国的传播即是一例：一方面，由于中国的社会实践要求戏剧必须发挥教育功能，戏剧在中国比其他任何一种文学形式都更加富有战斗性，布莱希特作为左派革命戏剧家的身份无疑是他在中国学界受到高度关注的一个因素；然而，分析其戏剧在中国产生的影响，我们会发现，他的这一文化身份和作品的政治批判性已经被淡化甚至抹去了，中国戏剧界更关注的是他的"陌生化效果"等创新性戏剧形式，这其实也反映了特定政治语境中中国知识分子的刻意选择。

---

① 吕敏宏. 论葛浩文中国现当代小说译介. 小说评论，2012(5)：10-11.

那么,中国文学作品在西方是否受欢迎呢?我们不妨先来看一下有关文学作品译介的两组数据对比:2004 年,中国共购买了美国出版的 3932 种书,但美国出版机构只购买了 16 种中文书;2009 年,美国共翻译出版了 348 种文学新书,真正译自中文的文学作品只有 7 部。① 作家王安忆表示:"去国外旅行的时候,我经常会逛书店,很少能看到中国文学作品的踪影,即使有也是被摆在一个不起眼的地方。由此我了解到中国文学的真实处境:尽管有那么多年的力推,但西方读者对中国文学的兴趣仍然是少而又少。"②新西兰多伦多维多利亚大学孔子学院院长罗辉也指出,西方的读者对于中国的文学作品了解很少,在西方主流书店的书架上,中国的文学作品大多伴随着热点事件和话题而来,往往只是昙花一现;而日本文学的译介从战后的 20 世纪 50—60 年代就开始了,读者相对比较熟悉日本文学,例如村上春树的作品在英语国家的发行几乎与原作的发行同步,而且会在《纽约时报》等大的媒体上有重要的评论出现。③ 葛浩文更是直言尽管西方越来越关注中国,但是中国文学在西方的地位还不及日本、印度甚至越南,"近十多年来,中国小说在英语世界不是特别受欢迎,出版社都不太愿意出版中文小说译本,即使出版了也甚少做促销活动"④。

如果我们分析一下中国文学外译的这一稍显尴尬的现状,则会发现大致有以下几方面的原因:(1)作品创作方式的问题。中国

① 高方,许钧. 现状、问题与建议:关于中国文学"走出去"的思考. 中国翻译,2010(6):7.
② 刘金玉. 镜中之镜:中国当代文学及其译介研讨会举行. (2014-04-25)[2014-04-25]. http://www.sinoss.net/2014/0425/49975.html.
③ 受众小收益少中国文学作品在西方国家处境尴尬. (2014-09-18)[2014-09-18]. http://www.hanban.edu.cn/article/2014/09/18/content_551474.htm.
④ 尹维颖. 在国际上,中国文学地位真不如越南?. (2014-05-08)[2014-05-08]. http://jb.sznews.com/html/2014-05/08/content_2865984.htm.

的文学创作着重故事情节和行为的展开,叙事要精彩,写得要好看,与西方相比缺少对于内心体验的深度描写,因而人物缺乏深度,而这正是西方读者评价小说好坏的一个重要标准。德国汉学家顾彬就曾经指出,西方读者要求现代性的作家能够聚焦一个人,集中分析他的灵魂和思想,从中表达作家对于世界的认识和看法,故事则应当从日常报纸杂志等渠道获知,如果中国作家仍然采用例如章回体的传统叙事手法来讲故事,就会被认为是很落后的。葛浩文也说过,中国当代作家缺乏国际视野,写作时几乎不考虑不同文化读者的欣赏口味,这是造成中国小说走不出去的重要原因。法国文学翻译家胡小跃则认为我们的文学作品可以传世的并不多,"关键是作品本身要站得住,要有世界级的目光和思想深度。民族的虽然并不一定就是世界的,但人文关怀却永远具有普遍的价值"①。(2)价值观认同的困难。主体间由于社会地位的尊卑、生存环境的优劣、历史风情的雅俗、社会演进的快慢、应然实然的差距等方面的不同,很容易产生价值观上的差异,而且并不是所有的价值差异都可以通过通约和沟通消除。②(3)文学审查制度的不完善。一方面,中国当代的文学作品评估机制存在严重问题,国外的汉学家所接触到的文学作品一般都是中国官方机构挑选出来的,难免会被误导;另一方面,中国国内的文学批评更倾向于一种捧场的行为,编辑作为把关人缺乏权力和地位,只能做文字层面上的校对工作。加之中国作家常常有说教心理,又缺乏取舍能力,因此中国的文学作品往往过于冗长,给西方读者留下了粗制滥造的印象。(4)西方读者的窥视欲望。陈希我认为,中国小说在西方只

---

① 尹维颖. 在国际上,中国文学地位真不如越南?. (2014-05-08)[2014-05-08]. http://jb. sznews. com/html/2014-05/08/content_2865984. htm.

② 何玉兴. 价值差异与价值共识. 河北师范大学学报(哲学社会科学版),2000 (4):27.

被赋予了一个标准,即能否满足西方人窥视中国的欲望。译作读者选择阅读文学作品,并不仅仅是希望了解中国社会,更希望透过文学家的视角真实地了解中国人和中国文化,突破他们平时通过新闻报刊所看到的中国镜像的局限。那么,什么样的文学作品对于西方读者更具吸引力呢?葛浩文认为,美国读者并不喜欢知识分子小说,而是偏爱性描写较多的、政治元素较多的作品,喜欢描写暴露社会黑暗和国人价值信仰缺失的作品,"对讽刺的、批判政府的、唱反调的作品特别感兴趣。就比如,一个家庭小说,一团和气的他们不喜欢,但家里乱糟糟的,他们肯定爱看"①。这一方面是由于这一类文学作品更加符合西方读者对于中国和中国人的想象认同,因为基于对东方文化的脸谱化的理解,他们更倾向于将中国的文学作品视为一种地区性、局部性的文学,是无法与西方文学作品相媲美的;另一方面也是由于后现代主义的影响,既定的文学评价标准被颠覆,使得揭露人性丑恶一面的作品更受读者的欢迎,作家开始用虚无主义看待一切,用感官主义把握世界,文学创作成为沉溺于语言之中的自由嬉戏,这使得精英文化与商业操作并行,不朽著作和文字游戏共存。

三、"我们可以成为谁":译者需要展现的文化认同

英国文化研究的代表人物霍尔(Stuart Hall)指出,认同问题的核心即主体化问题,而主体化问题只有在话语实践中才可形成并得以生产。换言之,认同并非自然形成或一成不变的,而是具有开放性和可塑性,因此他主张将认同研究的焦点由"我们是谁"转

---

① 姜玉琴,乔国强. 葛浩文的东方主义文学翻译观:作品要以揭露黑暗为主. (2014-03-17)[2014-03-18]. http://culture.ifeng.com/wenxue/detail_2014_03/17/34833407_0.shtml.

向"我们会成为谁"。由此,原来固定而完整的认同观被颠覆,身份的塑造和发展也拥有了多种可能性。那么,在文化认同有了发展与改变的空间,文学交流的语境变得更加多元和开放的现阶段,我们应当如何看待和解决文学外译中的文化认同问题呢?

其一,在文化输出的过程中,我们需要充分尊重西方读者的感受和文化认同,这是许多成功的文化外译案例给我们的启示。需要注意的是,西方读者对我们的文化认同的理解也是建立在阅读经验、个人经历、媒体宣传等之上的,由于获取的知识和信息不够全面,加之经济、历史等方面的原因,很容易形成对于某一民族或者群体的刻板印象(stereotype),其实,这种刻板印象是可以改变甚至消除的,文学外译即是一种行之有效的方式。例如,美国在战后就集中译介了一大批描写日本人民追忆亲人、怀念过去美好生活、带着淡淡伤感情绪的文学作品,将日本塑造为柔弱而顺从的形象,重建美国人民对日本的同情和尊重,淡化了其对日本在战争所犯下罪恶的记忆和仇恨。因此,到战争结束后二十多年的 1967 年,在美国组织的民意调查显示,美国人对日本人的印象已由战争中的"奸诈""极端民族主义"等恢复为战前的"勤奋""聪明"和"进取心强"等正面评价①。基于人性本身的趋同性,选择让读者更易接受的翻译方式会让读者产生对文学作品的亲密感,更受欢迎的作品也会吸引更广泛的读者群体。但是,如果完全不考虑译作读者的文化认同,就会演变为拒斥和敌视,因为我们和他者本应当是平等共存的,如果刻意压制其中的一极,必然会导致对于他者的宰制,沉溺于自我欣赏和赞美中,这无疑会极大地阻碍中国文学作品"走出去"。

其二,不要拒绝我们自己的文化传统,要对我们自身的文化认

---

① 高一虹.“文化定型”与“跨文化交际悖论”. 外语教学与研究,1995(2):36.

同有一个清晰而准确的认知。传统往往是本体安全的依据,也会
增强译者和读者对于自身文化认同的依赖和自信;而如果两种文
化存在明显的强弱对比,在异质文化的碰撞过程中,译者难免会产
生对于自我身份的不确定感和忧虑,即认同焦虑。"一种文化,或
者一种文学,无论其内容、形式、风格如何,当它们被生产出来后,
或会被社会或文化共同体认可、接纳,或被拒斥、批判。这其实就
是判定它们合法或不合法的文化'诉讼'。"①文学外译同样也是一
个为本国的文学作品争取合法化的过程,在此,尊重传统并不意味
着要单向度地回归过去,一味地遵循固有的文化认同,而是要基于
更加多元的认识对传统进行重建。应当看到,随着我国综合国力
的提升和国家扶植奖励"走出去"政策的出台,作品外译已经取得
了相当显著的进步:1999 年,中国图书的版权贸易引进与输出比
为 15:1,而在 2004 年至 2013 年的 10 年间,图书版权引进增长了
6585 种,输出增长了 5991 种,引进和输出比例由 2004 年的 7.6:1,
缩小到 2013 年的 2.3:1,图书版权贸易逆差呈逐年缩小的趋
势。② 关于文学作品的译介策略,图里(Gideon Toury)指出,外国
著作中的文化因素在翻译时往往会被重新选择和整合③。韦努蒂
(Lawrence Venuti)也认为,大部分外国文本的英译本都采用了相
同的文化处理策略,即:使用归化的翻译方法,让原作适应占优势
的目的语文化。④ 与之不同的是,在我国,潘文国在《译入与译

---

① 周宪. "合法化"论争与认同焦虑——以文论"失语症"和新诗"西化"说为个案.
南京大学学报(哲学 · 人文科学 · 社会科学版),2006(5):98.

② 2013 年全国图书版权贸易分析报告. (2014-08-27)[2014-08-27]. http://www.
bkpcn. com/Web/ArticleShow. aspx? artid=121307&cateid=A07.

③ Toury,G. *Descriptive Translation Studies and Beyond*. Amsterdam:John
Benjamins,1995.

④ Venuti,L. *The Translator's Invisibility:A History of Translation*. London:
Routledge,1995.

出——谈中国译者从事汉籍英译的意义》一文中,有理有据地驳斥了以英国汉学家葛瑞汉(Angus Charles Graham)为代表的一些国内外学者所持的"汉籍英译只能由英语译者译入,而不能由汉语学者译出"的观点,呼吁中国译者理直气壮地从事汉籍的外译工作①。霍跃红也认为,中国译者有资格、有义务从事典籍英译工作,而且在翻译时应当采用异化的策略。② 只有当我们对于自身的文化传统充满眷恋和自豪感时,才能坚持在文学译介中保留自身文化认同的特色,自觉地捍卫本民族的价值观,不至于造成与本土文化的疏离和断裂。

其三,在文学作品外译和交流的过程中,译者的任务由简单地传递信息、表达情感、展现自己的文化认同转变为对读者进行积极而适度的引导,从而帮助其更加深入而全面地理解作品及其文化内蕴。因为文化认同是一个不断发展丰富的过程,通过政府、出版社、作家、翻译家等共同的努力,西方人心目中的中国镜像是可以不断得到修正和完善的。文化认同具有历史性、可塑性和开放性,而阅读是认同建构的重要认知形式,我们可以通过翻译这一话语实践活动不断地丰富和完善自己的文化认同和民族形象。这里,我们可以参考一下别的国家进行作品推广和文化传播的做法:韩国设立了文化产业振兴基金、出版振兴基金;法国在中国设立了傅雷计划,资助翻译出版;俄罗斯在莫斯科设立了翻译学院,专门负责对外文学翻译和出版,并向外国出版机构翻译、出版本国图书提供翻译出版经费补贴。应当说,这些措施还是颇有成效的:与2012年相比,在2013年的12个引进地中,韩国的图书版权贸易增长了263种,俄罗斯增长了36种;而在2013年的12个输出地

① 潘文国. 译入与译出——谈中国译者从事汉籍英译的意义. 中国翻译,2004(2):43.
② 霍跃红. 典籍英译:意义、主体和策略. 外语与外语教学,2005(9):55.

中,韩国(374 种)、法国(54 种)、俄罗斯(20 种)也都是增幅较大的地区。为了更好地推进中国文学作品"走出去",我国也采取了一系列措施:2014 年 7 月,国家外文局成立了中国翻译研究院,旨在组建翻译国家队、提升我国对外话语能力和翻译能力。目前我国中国文学"走出去"的形式趋于多元化,不仅加大了政府的支持力度,还开始注重市场化运作,并将"走出去"的形式扩展到版权输出、合作出版、收购海外书店和出版传媒机构等领域,这在很大程度上提高了中国文学作品在国际上的传播力和影响力。① 不难看出,在文学外译中,语言已经远不止是一种工具,更是译者塑造和展现文化认同的手段。因为如果仅仅接触有限的几部文学作品,西方读者很可能抱着一种看看作品是否符合自己认知和想象的验证心理去阅读,或者持有一种猎奇的心态;只有让读者更加全面地接触丰富多样的文学作品,才能深化其对于中国文化的认识,更多地带着获取新知的目的去阅读作品。

四、结　语

综上所述,译者在文学外译中所采取的翻译策略与其文化身份密切相关:一方面,译者的文化身份很大程度上决定了其翻译策略,这是决定"我是谁"的关键因素;另一方面,译者的文化身份也会在翻译这一话语实践过程中不断得以构建并持续发展,这会让读者更加明确"我们可以成为谁"。在文学外译中,我们需要为译者提供相对宽容而开放的空间,这不仅有助于丰富西方读者对于中国文学作品的认识,也有助于我们通过文学外译更好地构建民

① 2013 年全国图书版权贸易分析报告.(2014-08-27)[2014-08-27]. http://www.bkpcn.com/Web/ArticleShow.aspx? artid=121307&cateid=A07.

族认同和国家形象,让读者通过生动、丰富而精彩的文学作品更好地领略中国文化的内涵。

本文系国家社科基金项目"汉籍外译的价值取向与文化立场研究"(编号:13CYY008)和上海市教委科研创新重点项目"汉籍外译中译者的价值取向与文化立场研究"(编号:14ZS081)的阶段性成果。

(周晓梅,上海财经大学外国语学院教授;原载于《小说评论》2016年第1期)

中国文学译介与影响因素

——作家看中国当代文学外译

许 多

进入新世纪以来,随着中国综合国力的增强,中国文化"走出去"成为国家战略,而"中国文化要'走出去',文学的译介与传播是必经之路。因为文学涉及人类精神与物质生活的方方面面"①。近一段时间,有关中国文学,尤其是中国当代文学的外译,成了翻译学界和文学界关注的重点。如《小说评论》于 2010 年第 2 期就开始推出"小说译介与传播研究"栏目,"持续追踪中国文学译介以及传播研究的学术动态",至今已发表了有关中国文学外译与传播的研究论文 50 余篇,在学界产生了相当大的影响,引发了普遍的关注。② 从发表的文章看,以个案研究为主,涉及的主要是具有代表性和较大影响力的中国当代作家,如莫言、余华、毕飞宇、贾平凹、苏童、阎连科等。有关这些作家重要作品的译介,是中国文学外译研究考察的主要对象。然而,翻译学界普遍关注的是这些重要作家如何看待中国文学"走出去"? 他们对中国文学"走出去"的现状有何认识? 对中国当代文学"走出去"进程中出现的问题与障

---

① 周新凯,许钧. 中国文化价值观与中华文化典籍外译. 外语与外语教学,2015 (5):70.

② 张楚悦. 如何从"受关注"到"受欢迎". 光明日报,2016-11-07.

碍,他们有何思考? 有哪些因素影响中国当代文学的译介与接受? 对于自己的作品的外译,是否有什么诉求? 本文针对上述问题,根据《中国翻译》《外国语》《外语教学与研究》杂志发表的中国当代作家的系列访谈和学界对上述问题的思考,就中国当代作家眼里的中国当代文学外译作一探讨。

一、中国当代文学国际地位与译介状况

学界在讨论中国当代文学外译问题时,有一个普遍的共识:从整体来看,中国当代文学在国外的影响力相对来说还比较弱。对此,有学者认为应该清醒地认识到,在目前阶段,"汉语在全球范围内仍然是非主流语言,中国文学在世界文学中仍然处于边缘地位,中华文化在整个世界文化格局中'仍然处于弱势地位',中国文学的对外译介、传播与接受必然遭遇困难和波折"[1]。对目前这一整体状况的判断,应该说是符合中国文学外译的基本状况的。但就个体而言,中国具有代表性的一些当代作家在国外的译介还是相当活跃、令人关注的。2012 年获得诺贝尔文学奖的莫言,是一个重要的参照。到目前为止,他的作品的外译已经涉及近 20 个语种,包括英语、法语、德语、西班牙语、俄语、日语等主要语种,被翻译的作品有20 余部。苏童是在域外受到关注度较高的作家,他的作品外译也较多。据他自己讲,截至 2012 年,他的作品"被翻译语种较多的是英语、法语、意大利语、韩语,大约有七种,其次是德语、荷兰语、日语,有四五种,其他的如西班牙、葡萄牙、北欧及其东欧的语种翻译较少,各有一两种。各种翻译文字版本加起来,应该超过五十种"[2]。

---

① 刘云虹. 中国文学对外译介与翻译历史观. 外语教学理论与实践,2015(4):4.
② 高方,苏童. 偏见、误解与相遇的缘分——作家苏童访谈录. 中国翻译,2013(2):46.

从上面几位具有代表性作家的作品外译的数量看,中国当代文学的译介前景似乎是乐观的。但是,恰恰就是这些在国外译介较多、影响力不断扩大的作家,对中国当代文学在域外,尤其在西方的地位有着清醒的认识。在毕飞宇看来,即使作家个人的作品在国外的译介数量较多,在现阶段,也并不代表中国当代文学在国际上有着普遍影响力。他坦陈:"中国文学的魅力毋庸置疑。但是,如何看待世界文学里的中国文学,我还是很谨慎的。去年得了亚洲文学奖之后,许多西方记者问我:你觉得你走向世界了吗? 我的回答是否定的,没有。你也知道的,我不是一个喜爱做谦虚姿态的人,但是,我认为我也没有丧失最基本的冷静。写作的人最终都要面对世界、面对事实的。"① 毕飞宇认为,中国当代文学虽然有越来越多的作品得到译介,有的作家还获得了国际性的奖项,但还没有形成世界性的影响。对此,作家苏童也持同样的观点。他指出:"莫言获得诺贝尔文学奖,也许短时间内会让西方文学市场'正视'中国文学,但是等到莫言效应渐渐冷却,一切都会恢复原形,'巴黎人'还将以'巴黎人'的目光看待'外省人',这不是歧视或者偏见的问题,而是某种惯性。对于西方视野来说,中国文学不仅在东方,而且在中国,与中国经济不同,它集合了太多的意识形态,是另一种肤色与面孔的文学,另一种呼吸的文学,有着宿命般的边缘性。"基于这一认识,他对中国当代文学在国际上的地位作了如下的判断:"莫言的成功,并不暗示其他中国作家的成功,莫言与'世界'的缘分,也并不契合别人走向世界的缘分。凭我个人的认识,中国文学在西方,欧美文学在中国,这两者将长久性地保持非对等地位。这几年也许会有更多的中国文学在海外出版,但无法改变其相对

---

① 高方,毕飞宇. 文学译介、文化交流与中国文化"走出去"——作家毕飞宇访谈录. 中国翻译,2012(3):53.

的弱势地位。"①毕飞宇与苏童对于中国当代文学的国际地位与影响力有着客观的判断。对于自己作品难以克服的某些先天性的"缺陷"，他们更是有着"冷静"的认识。他们的这些认识带有某些普遍性。作家贾平凹虽然认为中国文学已经走上了世界舞台，但还很少见到具有世界影响力的典型性作品，他认为："中国文学可以说走上了世界舞台，但还没有写些在世界格局下的那种典型性作品。已经成为经典的作品我们都读过，那是多么震撼过我们的作品啊。我所说的营养不良、骨质疏软，就是指我们的作品还是受政治的影响太多，虽然这正在逐渐摆脱和消除着，它对整个人类的思考、对于文学的创新还做得不够。虽然现在可以说中国文学向外国文学的学习、模仿的阶段已完成，但真正属于中国文学的东西才刚刚开始，要走的路还长啊。"②

目前，国内学界对于中国当代文学外译的研究在不断深入。对于中国当代文学在国际上的地位和影响力有限的原因，学界进行了不少富有启迪意义的探讨。就总体而言，已有的研究主要集中于对外部因素的探讨。

二、促进中国当代文学外译的因素与途径

尽管中国当代文学的国际地位目前来说还比较弱，但近几年来中国当代作家在国外的译介呈上升的趋势，是不争的事实。从历史的角度看，中国文学译介，是一个不断发展的过程，其中有多重因素起着重要的推进作用。那么，在作家们看来，到底有哪些最

① 高方，苏童. 偏见、误解与相遇的缘分——作家苏童访谈录. 中国翻译,2013(2):47.
② 高方，贾平凹. "眼睛只盯着自己，那怎么走向世界"——贾平凹先生访谈录. 中国翻译,2015(4):58.

基本的因素促进了中国当代作家作品在国外的译介？

　　一是"作品自身的本质"。莫言认为，中国当代文学能够得到译介与传播，最重要的因素在于作品的品质。他结合自己的作品的外译过程，特别强调："我敬重、感谢翻译家，这其中包括将外国文学翻译成中文的翻译家，也包括将中国文学翻译成外文的翻译家。没有他们的劳动，像我这样的作家，就没法了解外国文学，中国文学也没法让外国读者了解。文学的世界性传播依赖翻译家的劳动，当然，翻译过来或翻译出去，仅仅是第一步，要感动不同国家的读者，最终还要依赖文学自身所具备的本质，也就是关于人的本质。"①莫言对于"文学自身所具备的本质"这一决定性的因素的认识，一方面是他对学界"莫言获奖是靠翻译"之说的直接回应，借此强调作品的本质是第一位的，另一方面也表达了他对于文学作品品质的关注。他坦言："法国是全世界译介中国当代文学最多的国家，仅我一人的作品，就有二十多种译本。必须承认，张艺谋等人的电影走向世界之后，引发了西方阅读电影背后的小说原著的兴趣，但这种推力是有限的。持续的翻译出版，还是靠小说自身具备的吸引力。"②对于作品本身的品质，阎连科的观点更为明确，他认为中国当代文学要"走出去"，必须有好作品，"对于中国文学的输出，我说关键是我们要写出好作品，写出值得输出的作品来。"③

　　小说自身的本质和具备的吸引力，是作品能够得到译介与传播的最根本的要素。作品的艺术个性越独特，翻译的价值就越高，被译介的可能性就越大。对一部具体的文学作品的本质的认识，

① 许钧,莫言. 关于文学与文学翻译——莫言访谈录. 外语教学与研究,2015(4)：614 .

② 许钧,莫言. 关于文学与文学翻译——莫言访谈录. 外语教学与研究,2015(4)：613.

③ 高方,阎连科. 精神共鸣与译者的"自由"——阎连科谈文学与翻译. 外国语,2014(3)：25.

离不开对于文学本质和文学功能的深刻理解与整体把握。作家铁凝指出："在经济全球化的今天，文学作品的译介和交流对于不同国家、不同文化之间的相互理解起着更为重要的作用。这一点，正在成为越来越多的文学人的共识。在世界仍然被各种政治的、文化的偏见所分隔的时候，当一种文化企图将自己的价值观强加于其他国家和民族的时候，是文学让万里之外的异国民众意识到，原来生活在远方的这些人们，和他们有着相通的喜怒哀乐，有着人类共同的正直和善良；文学也会使他们认识一个国家独特的文化和传统，这个国家的人民对生活有自己的理解和安排。他们将在这种差异中感受世界的丰富和美好。从这个意义上说，文学和文学翻译都是通向一个和谐世界的重要桥梁，因为这两者的创造与合作能使如此不同的人们心灵相通，并共享精神的盛宴。"[1]铁凝从文学的本质与独特功能这一视角出发，指出了优秀的文学作品被译介的重要性、必要性与某种意义上的必然性。这也在一定程度上说明了中国政府看重中国文学的外译并采取了积极的举措促进中国文学外译的重要原因。

二是文化与文学交流的因素。考察中国当代文学外译的发展进程，我们可以看到积极的文化交流是一个不可忽视的重要促进因素。改革开放以来，中国文学界不断打破文学观念上的禁锢，与西方文学界建立起交流的关系。对这一因素，翻译学界有比较系统的分析。有学者指出，在新的历史时期，"中国文学走向世界不仅仅是一种愿望，也不仅仅限于中国文学界的一阵阵强烈的呼声，而是一份份实实在在的努力。在西方国家举办的一些重要的国际书展上，我们可以看到越来越多的中国作家的身影，听到他们发出的

---

[1] 王杨. 连接心灵与友谊的彩虹——汉学家文学翻译国际研讨会在京召开. 文艺报,2010-08-11.

逐渐增强的声音;在国外一些著名的大学和文化机构,越来越多的中国作家走向讲坛,谈文学,谈文化,谈心灵的交流与人文精神的传递;中国政府更是积极创造机会,开拓中国作家与国外的作家、出版家和读者面对面的交流的途径"①。中国作家参与文化与文学交流的途径是多样的。中国政府在国家的层面推进并组织的中外文化年活动创造了积极的文化交流环境,组团外访、国际书展、大学演讲、住校访问、读者会、新书发布会等,都为中国当代文学的译介与传播起到了重要的助推作用。

三是作家与译者之间的合作与互动因素。译者是文学译介活动中最为活跃的因素。在翻译文本选择、文本理解与阐释、文本翻译策略、翻译质量的保证等涉及译介活动整个过程的主要环节,译者都起到决定性的作用。中国当代文学的外译,在很大程度上得益于国外一批热爱中国文化、了解中国当代文学的优秀翻译家。通过坦诚的交流,中国作家与这些优秀的翻译家逐渐建立了稳固、充满信任的合作关系。在与国内著名作家的访谈对话中,我们可以看到一个普遍的现象:中国作家与相关语种的译者之间都保持着长久的联系。池莉是在国外译介较多的女作家,在法国译介的作品十余种,具有广泛的影响。她与译者之间不仅仅是一种合作的关系,更是一种相互理解的友好关系。池莉谈道:"我几乎和所有翻译我书的译者,都有联系。在翻译期间,联系还会比较频繁。比如德国的,日本的,韩国的,美国的。十几年来一直有比较多联系的,应该是何碧玉教授了。最初何碧玉名字并不叫何碧玉,那时候我对法文也还很陌生。何碧玉写信联系我,名字是法文缩写,以至于我一直以为她是个男生,直到她在巴黎火车站接我,原来是一

---

① 许钧,高方. 现状、问题与建议——关于中国文学"走出去"的思考. 中国翻译,
2010(6):5.

个苗条玲珑精致的法国女人。何碧玉身边还有安比诺教授，他也是一个了不起的人。还有邵宝庆教授以及其他几位法国翻译家。他们都被何碧玉团结在一起，前前后后翻译我的多部小说。何碧玉教授的文学感觉特别细腻精准，不放过每一个细节，常常会询问我许多问题，力图让法文版更加完美。这种良好合作，对我来说，就是很理想的关系。我要说感谢都嫌轻浅，我真的很感恩。"①就文学译介而言，译者之于作家，在很大程度上，是一种同源共生的关系。翻译，是文学作品在新的语言与文化环境里的再生。许钧认为，一个作家能遇到一个好的翻译家，那是历史的奇遇。在中国，"当我们谈起契诃夫，我们就会想起汝龙；说起莎士比亚，就会想起朱生豪；说起巴尔扎克，就会想起傅雷"②。而反观中国当代文学的外译，我们可以看到葛浩文、杜特莱、陈安娜等一些中国文学界特别熟悉的名字。莫言、余华、毕飞宇等作家论及他们的作品在国外的译介时都谈到他们与译者的互动关系。译者在翻译过程中，为了更为透彻地理解作品，大都会与中国作家建立通信的关系，就一部作品的理解与阐释问题向作家讨教，与作家讨论。比如据许诗焱在俄克拉何马大学中国文学翻译档案馆发现的有关资料，葛浩文与林丽君夫妇为了翻译毕飞宇的《推拿》，与毕飞宇互通邮件，提出了 131 个问题。不少译者还到中国作家的家乡访问，了解与熟悉作家的创作环境，比如莫言作品的法文译者和日语译者都到莫言的家乡访问过。莫言作品的法语翻译家杜特莱深情地回忆道："我第一次与莫言见面是 1999 年在北京。那时我正在翻译《酒国》，我问了他很多问题。后来，我去过高密两次，第一次是和莫言一起，参观了他童年的旧居。当时我正在翻译《丰乳肥臀》，能

---

① 高方，池莉. "更加纯粹地从作品出发"——池莉谈中国文学译介与传播. 中国翻译，2014（6）：51.

② 许钧. 文学翻译的理论与实践——翻译对话录，南京：译林出版社，2010：117.

亲眼看看小说故事发生的地方,这对我来说非常有意思。在高密和莫言的朋友们一起聚餐时的欢乐气氛,让我感受到了《酒国》中所描绘的喝酒艺术,这在山东确实是一个现实。第二次,我在莫言获得诺奖后去了高密,我想参观高密的莫言纪念馆和他曾经居住过的地方。再后来,2015 年,莫言来到埃克斯-马赛大学参加了一个关于他的作品的国际研讨会,并被授予名誉博士学位。当我翻译莫言的小说时,我经常给他发电子邮件,他总是耐心地回答我的问题。此外,在诺贝尔文学奖的颁奖典礼上,莫言对所有翻译他作品的译者都表示了热情的感谢,认为没有他们,他根本不会获得这个奖。"①在作家与译者的联系中,讨论最多的是翻译问题。而翻译,就涉及翻译的原则与方法。对此,中国当代作家都有自己的诉求与原则,比如莫言就提出,译者最好是做"信徒"。在回答访谈者高方教授关于语言与译介关系的问题时,余华对翻译的处理原则非常明确:"尊重原著应该是翻译的底线,当然这个尊重是活的,不是死的,正如你说的'汉语与其他语言之间的不对应性和非共通性使得这些选择变得更为困难',所以我说的'内科式的治疗'是请翻译家灵活地尊重原著,不是那种死板的直译,而是充分理解作品之后的意译,我觉得在一些两种语言不对应的地方,翻译时用入乡随俗的方式可能更好。"②译者与作家之间的这些联系与来往,一方面有助于作品的理解和翻译质量的提升,另一方面有助于建立长久的友谊,推动长期的文学合作与交流。推动中国文学译介的积极因素还很多,比如作家与出版社之间的合作、作家与经纪人之间的合作等等,这里不再赘述。

---

① 刘云虹,杜特莱. 译者"应对原文本'尽可能'绝对忠实"——关于中国文学对外译介的对谈. 小说评论,2016(5):40-41.
② 高方,余华. "尊重原著应该是翻译的底线"——关于中国文学译介与传播. 中国翻译,2014(3):60.

三、阻碍中国当代文学译介与传播的因素

在上文中，我们从作家的视角，就推动中国当代文学译介的积极因素作了梳理与讨论。在对中国当代文学译介的考察中，学界也发现存在着不少阻碍中国文学真正"走出去""走进去"的因素。中国当代文学走向世界的路还不太通畅，中国文学在译介的过程中，其文学所具备的"异质性"没有受到特别的尊重。有研究指出："中国文学的文本异质性在西方的显化与接纳尤显艰难，因为中西方文学译介呈现出明显的不平衡性，这种不平衡性不仅体现于中西方文学输入上的巨大逆差，更体现于文学输入过程中原文本异质性保留与重现程度上的差异。"[①]那么，中国当代作家是如何看他们作品的外译所遇到的障碍或困难的呢？

首先是政治与意识形态因素。文学与政治和意识形态的关系向来比较复杂。中国的现当代文学，与政治和意识形态有着密不可分的关系。而西方对于新中国，更是怀有偏见，对中国当代文学的理解与阐释自然会受到政治与意识形态因素的影响。考察中国当代文学在西方的译介，学界有个基本的共识，那就是政治与意识形态因素是最重要的阻碍因素。对这一问题，大多数有域外译介经历的中国当代作家都有同感，并对此问题表示不解或者不满。贾平凹讲得非常明确："我是最害怕用政治的意识形态眼光来套我的作品的。我的作品在这一方面并不强烈，如果用那个标准来套，我肯定不被满意。在北京的一次汉学家会上我有个发言，就说要看到中国文学中的政治，更要看到政治中的文学。如果只用政治的意识形态的眼光去看中国文学作品，去衡量中国文学作品，那翻

---

① 过婧，刘云虹. 中国文学对外译介中的异质性问题. 小说评论，2015(3)：52.

译出去,也只能是韦勒克所说的'一种历史性文献',而且还会诱惑一些中国作家只注重政治意识形态的东西,弱化了文学性。这样循环下去,中国文学会被轻视的,被抛弃的。"①对莫言作品的理解与阐释,遭遇到最大的问题,就是过于政治化的解读与理解。对于这一现象,学界应该有进一步的思考和研究。

其次是语言的因素。在中国文学的译介进程中,语言是个不可忽视的因素。这个问题至少有两个方面值得思考。一是中国当代文学作品本身的语言质量问题。德国汉学家、翻译家顾彬在多个场合,就对中国当代文学的语言问题提出批评,甚至直言不讳地指出有的作家语言不好。二是汉语有自己的特性,与西方文字不同,其独特的言说方式给译介造成了客观的障碍。此外,由于汉语在现阶段还处于非主流的地位,而语言与政治、与权力的关系非常复杂,对中国文学作品的传播构成了直接的影响。苏童就认为:"'西方中心论'揭示了某种霸权,同时也简要描述了全球化时代一个作家的外在生存环境。用汉语方块字写作的作家是特别的,与来自英语国家甚至西班牙语国家的作家相比,他们拥有大比例的潜在读者人群,却不可避免地游离在国际大舞台之外,因为国际大舞台修建在'西方中心'。"②苏童是从语言地位与权力中心的角度来看目前阶段用方块字创作的作品走进"西方中心"的困难。韩少功则从语言与文化的特性与异质性的视角出发,对中国文学译介的障碍有着清醒而科学的认识:"外语中也有或多或少的成语,但中文的成语量一定最大和超大——这与中文五千多年来从无中断的历史积累有关。一个成语,经常就是一个故事,一个实践案例,

---

① 高方,贾平凹."眼睛只盯着自己,那怎么走向世界"——贾平凹先生访谈录. 中国翻译,2015(4):57.
② 高方,苏童. 偏见、误解与相遇的缘分——作家苏童访谈录. 中国翻译,2013(2):48.

离不开相关的具体情境和历史背景,要在翻译中还原,实在太麻烦,几乎不可能。中文修辞中常有的对仗、押韵、平仄等,作为一种文字的形式美,也很难翻译出去——类似情况在外译中的过程中也会碰到,比如原作者利用时态、语态、位格等做做手脚,像美国作家福克纳和法国作家克洛德·西蒙那样的,意义暗含在语法形式中,因中文缺少相同的手段,也常常令译者一筹莫展。"[①]目前的译介与传播研究中,对于苏童所揭示的问题关注较多,而对韩少功所指出的困难和障碍,则少有深入的研究。作家们指出的这两个层面的问题,都值得译学界关注与探索。

三是文化差异的因素。中国文学的译介,在一定意义上,也是中国文化的传达。"文学,是文字的艺术,文化的一个重要组成部分,而文字中,又有文化的沉淀。"[②]要真正了解文学作品,必须对文化有深刻的了解。对中国当代文学作品的外译,作家们或多或少都感受到,无论对于译者而言,还是对西方的普通读者而言,文化的差异,是造成对中国文学作品理解、阐释与接受困难的重要因素之一。在很大程度上,这也是造成中国当代文学作品的文学性难以被真正把握的因素。中国当代文学在译介过程中,译者或出版社的编辑对原文本会加以不同程度的删改。他们这样做,往往就是强调文化差异造成的隔膜会影响接受国读者对原作的理解和欣赏,需要做出调整。对这种有碍于忠实原作的做法,苏童认为:"出版社出于商业与市场的需要(尤其是英美出版社),经常要求译者删改内容,多数情况是过多考虑了海外市场的接受,过分畏惧文化差异造成的阅读障碍(有时也不排除是当事编辑或出版社的一

① 高方,韩少功."只有差异、多样、竞争乃至对抗才是生命力之源"——作家韩少功访谈录. 中国翻译,2016(2):71.
② 许钧. 文字·文学·文化——《红与黑》汉译研究. 南京:译林出版社,2011:16.

厢情愿,甚至出于偏见)。"①以文化差异造成阅读与理解困难为理由,调整、弱化或直接删改中国文学作品中有深刻的文化沉淀与内涵的文字,有可能遮蔽原文本的异质性。对此,韩少功提出了非常重要的观点:"差异是交流的前提,否则就不需要什么交流。之所以需要持续不断的交流,就在于即便旧差异化解了,新差异也会产生。差异有什么不好?依照物理学中'熵增加'的原理,同质化和均质化就意味着死寂,只有差异、多样、竞争乃至对抗才是生命力之源。"②对因文化差异而造成的阅读与接受障碍,贾平凹则持发展的眼光,认为:"因为社会与文化的差异而造成的传播中的误读和看错眼,这是不可避免的,也很正常。随着世界各国的交流,尤其对中国的社会、文化了解加深,这种情况逐渐就可以消除了。"③在这个意义上说,文学译介与交流会促进对中国文化的了解。而对文化的深入了解,会促进对文学的理解与阐释。翻译中的删改现象虽然不会如贾平凹所言,"逐渐就可以消除",但至少可以逐渐减少。

影响中国当代文学译介和接受的因素比较复杂,如诗学的差异、文学价值观的差异、审美的差异等问题,当代中国作家在他们有关文学译介的谈话中,或多或少都有涉及,值得译学界展开深度研究。中国当代文学在西方的接受,任重道远,阎连科的观点非常具有代表性:"一部翻译作品被异地的读者简单接受还不算有影响、被接受,如果改变或丰富了那儿读者的文学认识并影响了那儿作家的写作,那才叫真的'文学印象'和被接受。达不到这一步,都

---

① 高方,苏童. 偏见、误解与相遇的缘分——作家苏童访谈录. 中国翻译,2013 (2): 47.

② 高方,韩少功. "只有差异、多样、竞争乃至对抗才是生命力之源"——作家韩少功访谈录. 中国翻译,2016(2): 73.

③ 高方,贾平凹. "眼睛只盯着自己,那怎么走向世界"——贾平凹先生访谈录. 中国翻译,2015(4): 57.

还是仅仅停留在翻译、出版和阅读的层面上。就此而言,我以为中国文学真正的'文学印象'在海外并没有形成,形成的只是'文学社会'印象。所以,中国文学要给人家留下真正的'文学印象',还有很远的路。"①

四、结　语

文学译介与传播,是一个复杂而漫长的过程。从我们所掌握的材料看,中国当代文学"走出去"的必要性在中国文学界得到了普遍的认同,但我们欣喜地看到,中国当代作家对中国文学译介的现状与问题有着清醒的认识,对影响文学译介与传播的各种因素也有深刻的思考。中国作家的这些认识与思考,对于我们学界进一步思考有关中国文学"走出去"的问题,寻找中国文学文化"走出去"可行的路径,无疑具有重要的启迪与参照的价值。

本文系"江苏高校优势学科建设工程二期项目"(20140901)的研究成果。

(许多,南京师范大学外国语学院副教授;原载于《小说评论》2017 年第 2 期)

---

① 高方,阎连科. 精神共鸣与译者的"自由"——阎连科谈文学与翻译. 外国语,2014(3):25.

文学的多元诉求与文学接受的多重可能

——从诗学观差异看中国文学的外译问题

曹丹红

近期一些研究指出,在中国文学外译过程中,"目标语社会比较关注小说的政治意义和社会价值,对译本的评价标准主要不是其文学性,常常片面地解读中国文学"①。这一状况促使部分研究者与读者呼吁:"在中国文学'走出去'的过程中……选择最值得翻译的作品,构建最好的译文,并对译本进行有效的推介,让中国文学在'走出去'的道路上呈现出最佳的状态,被更加'文学地'加以对待。"②由于外译过程中,中国文学的认知价值被过分强调,审美价值被遮蔽,文学面貌被歪曲,国人因而不得不反复提醒外国译者和读者,把中国文学当作文学来对待。这看似同义反复的呼声中不仅有维护文学纯洁性的焦虑心情,更有捍卫中国文学尊严的迫切心情,因而这呼声和愿望本身无可厚非。不过,面对种种焦虑、质疑与呼吁,我们也心生一些疑问:在所有译介了中国文学的国家与地区中,究竟有多少"片面地解读"了中国文学? 对"政治意义和社会价值"的关注是否与对"文学性"的关注截然对立? 怎样的翻

---

① 王颖冲,王克非. 洞见、不见与偏见——考察 20 世纪海外学术期刊对中国文学英译的评论. 中国翻译,2015(3):42.
② 许诗焱. 翻译中的"文本批评". 文艺报,2016-08-19.

译与接受才算关注到了文学性？怎样的方式才是全面解读或者说"更加'文学地'对待"中国文学的方式？所有这些问题之中，"文学"二字被凸显出来，因而我们拟主要借助诗学理论，对上述关系到中国文学外译事业本质、现状与未来的问题做出思考。

一、诗学观的差异之一：不同质的"海外"

中国学界和读书界之所以会认为中国文学的文学价值在外译过程中没有得到如实的呈现和应有的重视，原因是多方面的。首先是中国研究者的结论。近些年，以中国文学外译为主题的项目和研究日渐增多。研究者或从翻译选材入手，或从翻译方法和结果入手，或从国外专业或普通读者的评论入手，考察中国文学在海外的翻译接受状况，得出了一些具有普遍性的结论。其次是媒体的报道和宣传。"文学文化'走出去'"成为社会热点问题后，无论是"请进来"还是"走出去"，越来越多的国际文学文化交流活动得到媒体的高度关注、迅速反应与及时报道。这一过程中，某些言论被不同媒体竞相传抄后，很容易从个人的甚至有些片面的观点变成普遍的真理。再次是国外译者和汉学家的言论。汉学家和翻译家是助推中国文学文化走向世界的功臣，因此他们的言论似乎很容易博得国内研究者与学者的信任和重视。而不少汉学家确实又都指出过中国文学在海外令人担忧的命运。例如葛浩文在某次受访时坦言中国作家中"真正能够深入美国社会里面的并不算多，或者根本没有，这是目前，将来希望会有"①。英国汉学家蓝诗玲在《"大跃进"》一文中指出英国出版界在出版中国当代文学时陷入的

---

① 木叶. 葛浩文：中国当代文学真能深入美国社会的根本没有.（2008-03-16）[2016-10-01]. http://www.literature.org.cn/Article.aspx? id＝29132.

恶性循环。一方面,大部分英国出版商慎于翻译出版中国当代文学作品,认为其"文学价值贫乏,无法吸引读者",另一方面,即便当他们决定翻译出版时,也往往对译文质量不加控制与检验,这反过来"促使普通读者和其他出版商更加确信,可以毫无顾忌地忽略中国近期的文学"①。最后可能还有翻译理论的影响。熟悉图里多元系统理论、勒菲弗尔改写理论、韦努蒂后殖民理论等翻译理论的研究者时常会带着这些理论的影响去考察中国文学在海外的接受状况,之后得出下述结论:"西方文化中心主义的强势制约在译介策略中的体现,使得西方立场成为文化与审美价值的审视者和裁判员,在这种'中心'与'边缘'的不平等关系支配下,中国文学被西方随心所欲地解读和扭曲。除此之外,西方读者对中国文学长期以来持有根深蒂固的偏见,使得对这种边缘地位的改变更加困难。"②

问题在于,无论是研究还是报道,通常都有时间与地域的限制,没人能以一己之力为广阔的海外世界代言。实际上,已有越来越多的研究者注意到,"海外"甚至"西方"本身是种异质的存在。仅以我们关注较多的欧美几国也就是通常被称为"西方世界"的国家为例,对于中国文学的翻译与接受,这些国家之间甚至国家内部都存在着巨大差异。

造成这种差异的一大原因是诗学观的差异。诗学观首先体现为整个社会赋予文学的地位与价值:在不同国家,文学的重要性不尽相同。根据美国东亚研究中心教授罗福林的言论,在美国政治家眼中,与政治经济相比,文化没有优先权;在文化之中,文学处于边缘地位;在整体文学之中,翻译文学仅占百分之几的体量;而在

---

① Lovell, J. Great leap forward. *The Guardian*, 2005-06-10.
② 吴赟,顾忆青. 困境与出路:中国当代文学译介探讨. 中国外语,2012(5):92.

美国全部翻译文学中,中国文学又处于边缘地位。由此可以想见美国社会对待中国文学作品的态度。从学术研究看,"与中国相关的研究领域,很少涉及人文学科方面。……反而是欧洲人要比美国人更关注中国文化。中国当代作家在法国、意大利、德国有一定知名度,在美国却不受关注"①。"美国学者往往从历史学或社会学的视角来研究中国现代文化,就算有一些谈到文学作品的学者,也并非专业的文学研究者。夏志清其实是从文学研究的视角探讨中国现代文化的第一人。"②相比之下,法国的情况有所不同。从社会历史角度看,法国是个具有悠久文学传统的国家,文学在法国社会的文化版图与人民的日常生活中均占重要位置;从学术研究角度看,研究中国的法国学者尽管人数相对较少,但平衡分布于不同学科,一些研究者即在比较文学或中国研究系科内专门从事文学研究,这些因素使得中国文学在法国能得到相对更好的翻译与接受。事实上,不少中国当代作家都认为法国读者对他们作品法译本的接受情况令人满意,例如池莉就曾指出法国读者对她的阅读"是更加纯粹地从文学出发"③。

不同国家民族间诗学观的差异不仅体现于对文学的不同重视程度,还体现于对不同内容与主题的青睐。例如由中外编辑共同编写的《人民文学》外文版即会根据不同语种选择不同主题,"如英文版主题设计'未来',选取了年轻科幻作家、'85 后'新人作家作品,英文版的主题还有'大自然文学''中国多民族文学''速度''丢失与寻找'等;法文版主题包括'中国当代女性作家作品专号''中

---

① 张芳. 美国中国学的红色想象与现代转型——罗福林教授访谈录. 文艺研究,2016(4):82.

② 张芳. 美国中国学的红色想象与现代转型——罗福林教授访谈录. 文艺研究,2016(4):76.

③ 高方,池莉."更加纯粹地从文学出发"——池莉谈中国文学译介与传播. 中国翻译,2014(6):52.

国当代男作家作品专号'等;德文版主题是'思想'"①。选题差异反映了不同国家民族对"文学"的想象,以及《人民文学》对这种想象本身的想象。

诗学观的差异还表现为各地文学代言人的观念差异。在2014 年于华师大召开的"镜中之镜"研讨会上,当被誉为中国现当代文学"接生婆"的葛浩文发言指出,冗长琐碎是中国现当代文学的缺点,如果不改变则难以为西方读者接受时,法国汉学家兼文学译者何碧玉当即表明,琐碎正是生活本身的面貌,因此琐碎的描写不仅不是文学的缺陷,甚至是文学的优势。葛浩文与何碧玉诗学观的差异体现出两位译者不同的文学趣味,导致他们无论在待译作品的选择上还是在具体的翻译方法上都体现出差别。例如何碧玉欣赏余华,翻译了其多部作品,但葛浩文从来没有翻译过余华的作品。余华《第七天》在国内出版后毁誉参半,甚至有读者指责其是"微博段子串烧",但与何碧玉长期合作的法国南方书编出版社(Actes Sud)出版《第七天》法译本时,撰写的封底介绍透露出译者与出版者对作品诗意的密切关注与高度赞扬:"余华表现出与之前作品同样游刃有余的叙事能力,同样的幽默与激情,不过,本书中,人物被置于一个充满柔情的世界,而他们的记忆却时常促使我们去面对今日中国社会的暴戾,这样的安排令余华达到了之前作品都不曾表现过的诗意维度,因为那些游荡在绿树遍野、飞鸟成群的自然环境中的死者,它们的目光充满了诗意,将读者带到了一个美得揪心的世界。"②

何碧玉与葛浩文的诗学观存在很大差异,但他们关注的主要

① 杨鸥. 十几个语种《人民文学》外文版向世界立体传播中国文学. 人民日报(海外版),2015-12-11.

② Yu, Hua. *Le septième jour*. Binot, A., Rabut, I. (trans.). Arles:Actes Sud, 2014.

是小说或者说叙事文类。在叙事文类之外,还存在其他文类的翻译。例如顾彬曾指出:"在翻译工作上我们会发现美国和德国有很大的区别。美国重视翻译中国的当代小说,比较认可莫言、余华、苏童等,老请他们去美国大学做报告。……而在德语国家最红的是你们的诗人,他们是由大学、文学中心邀请在那里开朗诵会,会来好多人欣赏或者跟他们交流,他们出版的书也会卖得很好。"① 如果德国对中国文学的翻译接受确乎如顾彬所说,那么我们就不能下判断说海外读者只看重中国文学的社会价值与认知价值,因为诗歌具有篇幅短、非写实性等特点,很难直接提供认识社会与文化的材料。

反过来,美国重视翻译中国的当代小说,并不代表美国读者对中国诗歌的完全忽略。一方面,顾彬欣赏北岛的诗歌,美国汉学家宇文所安同样肯定北岛具有"杰出的诗歌天赋"②。另一方面,顾彬之所以欣赏并选择翻译北岛,是因为他认为翻译北岛就是翻译他自己,因为两人的"来源一个样,是西班牙朦胧诗派的二三十年代的",因此"很容易能把北岛的诗歌翻成很好的德文"③。由此观之,西班牙诗歌对北岛创作的影响,甚至北岛诗歌体现出的西班牙朦胧诗风格在顾彬看来应该构成诗歌的品质。宇文所安的观点恰好相反,他认为在意象、情感、结构和行文方面对西方诗歌的模仿确实使北岛或其他中国当代诗歌具有更高的可译性,但这种无根基的"世界诗歌"无甚新意,有时"其虚假做作远比以往时代的古典诗歌所有令人乏味的东西更甚"④。

---

① 顾彬. 海外中国当代文学与文学史写作. 山西大学学报(哲学社会科学版),2014(1):27.

② 宇文所安. 环球影响的忧虑:什么是世界诗?. 中外文化与文论,1997(2):55.

③ 顾彬. 我看中国作家,喜欢睡午觉喝白酒. (2015-10-19)[2016-10-01]. http://cul.sohu.com/20151019/n423608233.shtml.

④ 宇文所安. 环球影响的忧虑:什么是世界诗?. 中外文化与文论,1997(2):54.

由上文可见,我们希望中国文学被更"文学地"加以对待,但中国文学的海外受众本身不是一个均质的存在,他们对待中国文学的态度也不尽相同。从一些国家和地区的现状来看,我们甚至可以说不少海外读者已经充分"文学地"对待了中国文学。

二、诗学观的差异之二:想象的"文学性"

提出让中国文学"被更加'文学地'加以对待"的愿望后,我们会面临另一个问题:中国文学如何才算被"文学地"加以对待了呢?一种具有代表性的观点认为应该是"对于在西方或者世界其他国家中,中国文学具有真正'文学性'意义上的阅读,一种并不仅仅是'中国'意义上的'文学'的了解,而是'文学'意义上的'中国'的阅读的出现"①。以这种观点来看,"文学地"对待文学这种看似同义反复的说法实际强调的是对作品文学性的关注。问题在于,作品的文学性又是什么呢?自雅各布森提出"文学性"概念以来,这个概念的外延与内涵一直在演变。而讨论文学外译中的"文学性"问题比一般情况更为复杂,因为涉及不同文化体系对文学性的认识。仅以我们收集的讨论中国文学外译的文献资料来看,面对这一问题,研究者认为关注作品的文学性意味着:用细读的方法来阅读文学,并在细读过程中注重"对词语确切意义的探讨和挖掘","对于文本语言特色的敏锐感知"②,或者主要关注作品的情节、人物与结构③,或者关注"文本的语言与美学问题、作者对整体叙事技巧

---

① 张颐武. 文学"走出去"之惑. 解放日报,2010-10-30.
② 许诗焱. 翻译中的"文本批评". 文艺报,2016-08-19.
③ 王颖冲,王克非. 洞见、不见与偏见——考察 20 世纪海外学术期刊对中国文学英译的评论. 中国翻译,2015(3):43-44.

的把握"①等。一位考察过理雅各《诗经》翻译的研究者在比对译者 1871 年与 1876 年两个英译本《诗经》后,指出 1871 年版"注重《诗经》的文化阐释,但在翻译的文学性方面存在缺失",而 1876 年版"在文化阐释的深广度有所不及,但在文学性上有显著提升"②。对该研究者来说,以文化阐释为导向的翻译注重发掘原作的文化内涵,而以文学阐释为导向或者说更具文学性的翻译"注重用韵和格律……译者改变了逐字逐句的直译,实施拆句翻译,将原文句式打乱、内容打散……努力保持译文和原诗相同的行数和长度,保留了原诗韵式,使译文读起来朗朗上口,增加了诗歌语言的表达效果",总之就是注重诗歌的"韵律、格式、节奏、修辞等方面"③。

　　上述观点对"文学性"的理解不尽相同。尽管如此,它们仍有相似之处,即都认为文学性主要与作品尤其原作的语言特色与叙事特征有关。另有一些观点则认为谈论翻译与接受中的文学性问题,不能不考虑译文读者的互文感受。例如胡宗峰曾将贾平凹的《黑氏》翻译成英文,并发表于美国文学期刊《新文学》。在谈到《黑氏》翻译时,胡宗峰指出文学翻译"不同于科技翻译,文学翻译要保持作品本身的文学性,以贾平凹的《黑氏》为例,在翻译这个题目时,开始直译'黑'字,就被会被人冠以种族歧视的嫌疑。于是,他们意译为'乡下的老婆',而这恰和英国 17 世纪的一部作品同名,熟悉英语文化和历史的读者也能立刻理解其意"④。胡宗峰没有

---

① 马逸珂. 中外专家为中国文学"走出去"支招. (2016-09-05)[2016-10-01]. http://www.ccdy.cn/wenhuabaosban201609/t20160905_1253756.htm?jsiqgmfbcvomfiqn? dxsbmfkbtdqnrzfu.

② 刘永亮. 理雅各《诗经》翻译出版对中国典籍"走出去"之启示. 中国出版,2016(13):63.

③ 刘永亮. 理雅各《诗经》翻译出版对中国典籍"走出去"之启示. 中国出版,2016(13):64.

④ 赵蔚林.《白鹿原》为何没有出现在英语世界?. 华商报,2016-06-13.

对文学性展开定义,不过由他这番话看,文学性更多是译者和译文读者共同努力的结果:熟悉译入语文化的译者通过一种较为自由的"意译"法,令译作与原作形成了奈达意义上的动态对等,而译文读者将译文与本民族的历史文化和文学经典相联系,自动将译文归入文学作品行列,并对它的意义与内涵展开想象,由此获得审美体验。

无论如何,尽管讨论者一致主张,"文学地"对待文学即是关注文学作品的"文学性",但对于什么是"文学性"这一问题本身却存在认识上的不统一。不止国内如此,国外的研究同样如此。以上文提到的几位汉学家和海外译者为例,文学价值对蓝诗玲来说是"微妙的心理分析,对时间空间的有力呈现,对人类生存条件的哲学领悟"①,对葛浩文来说是"故事很强、很值得看;人物,写得比较有血有肉的"②。两位译者的回答差别很大。因此这里就出现了一个悖论:我们有时指责国外对中国文学的选择与翻译过分强调文学外因素,导致中国文学被歪曲、被冷落,但如果只要求关注"文学性",结果可能也不一定乐观。原因就在于彼此对文学性的不同认识与理解。例如顾彬曾说:"2000 年以前我研究中国现当代文学好像基本上都是一种社会学角度,和其他汉学家们一样,觉得通过研究中国当代文学可以多了解中国社会,当时研究工作的目的不一定在于文学本身,而是在政治、社会学,文学无所谓……我为什么2000 年后慢慢开始公开地批判中国当代小说?因为我开始出版自己的文学作品,不再仅从社会角度来看文学,而是从文学本身、从语言来看。我觉得应该用这样的标准看待中国作家和当代小说。"③

---

① Lovell, J. Great leap forward. *The Guardian*, 2005-06-10.

② 木叶. 葛浩文:中国当代文学真能深入美国社会的根本没有. (2008-03-16) [2016-10-01]. http://www.literature.org.cn/Article.aspx? id=29132.

③ 顾彬. 海外中国当代文学与文学史写作. 山西大学学报(哲学社会科学版), 2014(1):30.

但我们也不必因此类言论恐慌,因为对于"文学是什么"这一问题,谁也无法宣布自己掌握了终极答案。文学本质与价值问题在东西方被持续讨论了成百上千年,关于它的回答也在历史中不断发生着变化。变化之巨大,促使朗西埃在面对伏尔泰与布朗肖的答案时,忍不住发问:"伏尔泰的定义和布朗肖的语句告诉我们的,难道是一回事?"①文学观念与时代和文化语境紧密相连,即使被普遍接受的"文学性"术语与定义也是时代——确切地说是 20 世纪的产物,与雅各布森和俄国形式主义者的努力不可分割。就中国文学史来说,将文学本质等同于狭义的"文学性"其实也是 20 世纪 80 年代以来的产物。受先锋文学影响,人们谈论文学时越来越"注重形式、注重技巧、注重叙事方式"②。面对"文学性",真实情况可能如朗西埃所言,一方面"人人都知道个大概",另一方面"由于概念太过宽泛"③而无法被定义。也正是因此,让中国文学在外译过程中被"更加'文学地'加以对待"只能作为一个良好的愿望,而无法得到真正的落实或检验,因为我们既缺乏落实的手段,又缺乏检验的标准。

三、文学的多元诉求与文学接受的多重可能

不过朗西埃也指出,文学观念既不是完全实证的,也不是完全超验的。换句话说,尽管"文学性"缺乏统一的定义,但对"文学"的外延与内涵,学界还是存在一些共识,促使我们大致能据其判断什么是文学,以及文学是否被"文学地"加以对待了。

那么,什么是文学?对这个问题的回答能为理解中国文学外

---

① 朗西埃. 沉默的言语. 臧小佳,译. 上海:华东师范大学出版社,2016:7.
② 李松睿,等. 重建文学的社会属性. 文艺理论与批评,2016(4):27.
③ 朗西埃. 沉默的言语. 臧小佳,译. 上海:华东师范大学出版社,2016:1.

译活动提供怎样的启示意义？首先我们不会否认，文学作品可以被人为地分为形式与内容两个方面。从形式看，文学是语言文字的艺术，作家雕琢语言描绘外部现实、刻画人物情感与心理，调遣语言讲述人物行动，借助语言发表有关世界的看法。从内容看，文学作品包罗万象，万事万物都可入诗。巴赫金将这万象主要分为认知因素与伦理因素两个部分，认为此二者赋予了文学作品以认知和伦理价值，指出它们对文学作品来说至关重要，因为"为使形式具有纯粹的审美意义，它所统辖的内容应该有某种认识和伦理意义；形式要求内容蕴涵有非审美的价值，没有这种价值，形式就不能作为形式而实现自己"[1]。

也就是说，文学除了上文提到的语言特殊性、词语意义、情节结构、表达效果等被等同于狭义"文学性"的因素，还包括认知与伦理因素，而文学的认知与伦理功能在东西方历史上早就得到认识和肯定。以认知功能为例。《论语》指出"诗"有"兴观群怨"的功能，其中"观"即是指文学作品对社会政治与道德风貌的记载与呈现。由于文学作品常以直接或间接的方式描绘社会，因此常被历史学家、社会学家、人类学家等当作研究社会的史料，对于已消逝的远古时代来说尤其如此，文学也因此博得了"纪念碑"[2]的名声。对于一些学者来说，文学作品的认知功能远远超越了对社会的记录功能，由浅层至深层，分别指向"最基本的善恶观和道德世界""社会生活世界""社会情绪世界""文化原型世界""生命意识世界"[3]。实际上，很多作家不但对文学这一功能了然于心，有时甚至将其作为自己写作的重要任务。2014 年《第七天》法译本出版

---

① 巴赫金. 文学作品的内容、形式与材料问题//巴赫金全集（第一卷）. 晓河，等，译. 石家庄：河北教育出版社，1998：333.

② 韦勒克，沃伦. 文学理论. 刘象愚，等译. 南京：江苏教育出版社，2005：102.

③ 宋耀良. 文学认识功能解析. 文艺理论研究，1988（6）：28-34.

后,余华在巴黎接受了一些法媒采访,当采访者提到他是"书写现实的作家"时,余华明确地说:"我感到自己被赋予了介绍自己国家的使命。"①由此来看,读者将文学作品当作认知材料不仅无可厚非,甚至还是切入文学作品的一种重要途径。与此同时,具备认知功能的并非只有现实主义或自然主义作品,"假若分析得当,即使最深奥的寓言、最不真实的牧歌和最胡闹的滑稽剧等也能告诉我们一些关于某一时期社会生活的情况"②。因此,面对"专业读者常常把虚构的小说(fiction)当作详细了解现实生活的重要渠道……译本更多是被当作文献来研读"③的情况,似乎也应具体地去分析,而不是立即对其做出否定。

由于内容的认知与伦理因素又涉及政治、经济、社会、文化、心理、意识形态等多个方面,因此,一方面,文学作品允许读者从多元的角度与途径对其进行解读,而且恰恰是一种穷尽文学作品内涵、意义与价值的理想,促使了种种文学批评理论与方法的诞生。以我们从法国各类媒体上收集的对《第七天》法译本的评论来看,形形色色的读者之中,自然有对小说"呈现"的中国社会现状感兴趣的④,但也有如译者和出版者这样特别关注作品叙事和语言特征

① Nivelle,P.,Yu,Hua. J'ai transposé au crématorium ce qui se passe dans les banques chinoises. *Libération*,2014-11-05.

② 韦勒克,沃伦. 文学理论. 刘象愚,等译. 南京:江苏教育出版社,2005:114.

③ 王颖冲,王克非. 洞见、不见与偏见——考察 20 世纪海外学术期刊对中国文学英译的评论. 中国翻译,2015(3):44.

④ Pascalzh. Bibliographie:Le Septième Jour,Yu Hua. WordPress. com. 参见:http://sinoiseries. wordpress. com/2013/12/07/bibliographie-le-septieme-jour-yu-hua; Venayre,D. Courage! Mourons!. Parutions. com. 参见:http://www. parutions. com/index. php? pid=1&rid=1&srid=121&ida=16900,检索日期:2016-10-01.

的,或者关注小说家创作方式与小说批判现实力度的①。在海外翻译出版的其他中国文学作品的接受情况也往往如此。另一方面,上述因素在不同作品中所占比重不同,在形成作品独特性的同时也影响着读者的解读。就中国文学而言,在 20 世纪的大部分时期,文学进程与政治社会进程之间都有着紧密联系,使得强烈的政治色彩与社会抱负成为中国文学作品的重要特征,也使得大多数时候,中国"文学的表现'内容'被突出和重视,而形式的探索相对处于边缘的'地位'"②。我们甚至可以说,或许正是中国文学作品本身对政治与社会因素的强调引起了海外读者对这些因素的关注。

反过来,在文学阅读与批评中,人们关注政治、社会与意识形态的方式和认知与伦理实践不同,因为此时读者必须经由语言审美因素才能抵达文本意义,意义受审美因素的限制与塑造。因此对内容的谈论往往离不开形式,反之亦然。笔者曾考察法国读者对毕飞宇法译本的接受,发现在很多评论中,"要区分哪里是对内容的谈论哪里是对风格的谈论其实是很困难的"③。即使评论没有明确涉及形式元素,形式元素——包括人物形象、叙事结构、核心意象等——也往往隐含在对作品思想内容的谈论中。毕飞宇的《苏北少年堂吉诃德》法译本 2016 年年初在法国出版后,译者柯梅燕(Myriam Kryger)曾应邀做客法国电视 3 台《一日一书》节目介绍新书,她就这本书谈了三点:首先,少年时代的作者也曾像堂吉诃德一般,骑水牛与假想敌展开过斗争;其次,身处极度贫困环境

① Nivelle, P., Yu, Hua. J'ai transposé au crématorium ce qui se passe dans les banques chinoises. *Libération*, 2014-11-05; Nivelle, P. Défunt sans les moyens, *Libération*, 2014-11-05.

② 洪子诚. 中国当代文学史, 北京:北京大学出版社,1999:389.

③ 曹丹红. 从风格视角看法国对毕飞宇的翻译和接受. 小说评论,2014(6):42.

中的少年只有依靠这种浪漫主义想象才能战胜外界,得以存活下去;最后一点也是柯梅燕特别强调的一点,那就是"堂吉诃德"是对"文化大革命"的一种隐喻。从"猎奇"角度看,柯梅燕确实提到了"文化大革命"、中国社会的极度贫困状态、中国乡村儿童的童年生活这些可能会吸引海外读者眼球的元素。但在此之前,我们首先应该看到,译者提出了"堂吉诃德"这个形象并对其进行了强调。在原作中,这一形象连接了不同故事,赋予了原作以整体性和统一性,令原作产生了不凡的立意,向读者传递出一种积极向上的精神面貌。译者准确抓住了《苏北少年堂吉诃德》的点睛形象,并用它串联了自己对原作的理解,这样的解读,我们不能不说它是文学的解读。

四、结　语

希望中国文学得到"文学的"翻译和接受,这是一个无可厚非的愿望。但从上文讨论看,要从学理层面考察中国文学在外译过程中是否以及如何能被"文学地"加以对待并非易事,因为读者受众的异质性和文学的多元化都在挑战着简单化倾向,提醒我们慎下以偏概全的结论。实际上,当判定文学之所以为文学的文学性概念逐渐受到质疑甚至失效后,某些外部因素反而成为判断的标准。例如外译图书是否由偏重出版文学作品的出版社翻译出版,是否被列入文学系列丛书,是否被图书馆收编于文学作品目录中,是否被放置在书店的文学类书架上,对其的评论是否发表于偏重文学研究的报纸或刊物中,等等。从这个角度说,中国文学确实已经被"文学地"加以对待了。人们之所以有反面的感觉,可能是因为目前海外某些国家地区对中国文学的接受还停留于较为单一、粗浅的文学解读模式。造成这一状况的原因很多,改变这一状况恐怕也不是一朝一夕之事。作为翻译研究者,我们可以做的,一方面是认清和接受译介规律,另一方面,由于中国文学在海外的翻译与接受很多时候是少数几位译者与研究者的行为及其结果,其中包含不少偶然性因素。因此,与其从普遍角度思考中国文学是否以及如何能被"文学地"加以对待,不如借助个案去分析文学作品特殊性的再现可能性及程度、读者的接受反应、译者的策略方法,由此为同类文学作品在某个国家地区的外译提供策略与方法上的建议,这似乎是更为合理的做法。

(曹丹红,南京大学外国语学院法语系教授;原载于《小说评论》2017 年第 4 期)

文化自觉与文学译介

——论许渊冲的对外译介

祝一舒

当中国文化"走出去"上升为国家的一项文化战略,中国文学的对外译介便日益凸显出其必要性和迫切性。当下的中国文学对外译介研究,十分关注文本接受国的文化语境、接受环境与接受途径,对中国文学对外译介的主体、过程、方法与阐释特点有越来越深入的研究。在研究中,我们发现,在中国对外的译介中,译者起着决定性的作用,其对拟译文本的选择、翻译的策略与方法、译介的文本质量,在很大程度上决定了中国文学在接受国的再生进程,如美国的葛浩文、法国的杜特莱等译介各家的翻译,就提供了最有说服力的证明①。本文拟结合许渊冲先生的中国诗词外译的实践与贡献,就翻译主体的文化自觉的问题作一探讨,进而就中国文学译介所关涉的问题作一思考。

---

① 参见:刘云虹,许钧. 文学翻译模式与中国文学对外译介——关于葛浩文的翻译. 外国语,2014(3).

一、"中国古代文化翻译的探索者"

许渊冲先生,是具有国际影响的著名翻译家和翻译理论家,2014 年获得国际翻译家联盟授予的"北极之光"翻译家奖。学者张西平曾以"许渊冲——中国古代文化翻译的探索者"为题,对许渊冲教授在中国典籍翻译理论上的贡献作了探讨,指出:"在 20 世纪下半叶的中国典籍翻译的历史上,如果我们选择人物的话,中国的许渊冲先生,无疑是一个绕不过去的丰碑。无论是将其放在国际汉学的范围内,还是放在中国近百年的中译外的历史上来看,许渊冲都是一个典范。他不仅仅给我们提供了丰硕的翻译作品,也写了大量的关于翻译理论的文字,这些都是我们研究 20 世纪中国古代文化经典在域外传播的宝贵财富。"①

许渊冲生于 1921 年,93 岁高龄的他至今仍在翻译的第一线辛勤耕耘。从我们目前掌握的资料看,许渊冲早在 20 世纪 40 年代初在西南联大上学期间,就"种下了后来把中国诗词译成英、法韵文的根苗"②。如果从 1957 年许渊冲与人合译秦兆阳《农村散记》的法译本由外文出版社出版开始算起,许渊冲的中国文学对外译介之路已经走过了半个多世纪的历程。他先后用英法两种语言翻译出版了数十部中国文学和中华诗词作品,如《毛泽东诗词四十二首》(洛阳外国语学院内部出版,1978)、《动地诗——中国现代革命家诗词选》(英译本,香港商务印书馆,1981)、《苏东坡诗词新译》(英译本,香港商务印书馆,1982)、《唐诗一百五十首》(英译本,陕西人民出版社,1984)、《唐宋词一百首》(英译本,香港商务印书馆,

---

① 张西平,许渊冲——中国古代翻译的探索者. 中华读书报,2014-06-25.
② 许渊冲. 诗书人生. 天津:百花文艺出版社,2003:210.

1986)、《唐诗三百首新译》(英译本,香港商务印书馆,1987)、《唐宋词选一百首》(法译本,外文出版社,1987)、《李白诗选》(英译本,四川人民出版社,1987)、《西厢记(四本十六折)》(英译本,外文出版社,1992)、《诗经》(英译本,湖南出版社,1993)、《中国古诗词六百首》(英译本,新世界出版社,1994)、《中国古诗词三百首》(英译本,英国企鹅图书出版公司,1994)、《楚辞》(英汉对照本,湖南人民出版社,1994)、《唐宋诗一百五十首》(汉英对照本,北京大学出版社,1995)、《汉魏六朝诗一百五十首》(汉英对照,北京大学出版社,1996)、《唐宋词画》(英译本,新加坡教育出版社,1996)、《元明清诗一百五十首》(英译本,北京大学出版社,1997)、《中国古诗词三百首》(法译本,北京大学出版社,1999)、《新编千家诗》(英译本,中华书局,2000)、《古诗绝句百首》(英译本,吉林文史出版社,2000)、《中国古诗精品三百首》(汉英对照,北京大学出版社,2004)、《中国唐家诵唐诗三百首》(英译本,高等教育出版社,2004)、《宋词三百首》(汉英对照,高等教育出版社,2004)、《元曲三百首》(汉英对照本,高等教育出版社,2004)、《唐诗选》(大中华文库,汉法对照,五洲传播出版社,2014)等。2013 年,北京海豚出版社出版了《许渊冲文集》,共二十七卷,其中十五卷为中华典籍的翻译,收录了许渊冲先生数十年来致力于中国传统文化经典译介的代表性成果。从《论语》《道德经》到《诗经》,从楚辞、汉魏六朝诗到唐宋元明清的诗、词、曲,再到《西厢记》《牡丹亭》《长生殿》《桃花扇》,全为中国传统文化典籍之精华,恰如瑞典诺贝尔文学奖评奖委员会委员华克维斯特院士所言,许渊冲译介的是"伟大的中国传统文学的样本"。

半个多世纪的不懈追求,早年种在许渊冲先生心田的那颗把中国诗词译成英法韵文的根苗,最终结下了累累硕果。二十七卷的《许渊冲文集》,集中体现了许渊冲先生的翻译成就与理论成果。从他翻译的成果看,许渊冲先生在当今译坛可谓独树一帜,英法名著的汉译,中国诗词的英译或法译,可以说是中西互通。一般而言,翻译家大都是从事将外语译成母语的译介工作的。就我们所了解的情况看,鲜有听说法国翻译家将法语文学作品译成中文,或英国翻译家将英语作品译成中文的。出于种种原因,在中国当代翻译史中,有一批从事中国文学对外译介的翻译家,如我们非常尊重的杨宪益先生就是他们中的杰出代表。但许渊冲先生与杨宪益先生有所不同:他的目光一方面投向西方的文学经典,另一方面投向中国传统的文化经典,中外互译,且英法两种语言都十分精通。更值得关注的是,从许渊冲所选择的作品看,他的目标非常明确:除 1957 年他法译的《农村散记》外,几乎全部集中于中国古代文化经典,涉及诗、词、曲和戏剧作品。

在大量的翻译实践的同时,许渊冲先生一直在进行积极的理论思考与探索,在文化交际的层面,探索中国文学作品的对外译介之道和文学翻译的基本理论。他出版了《翻译的艺术》(中国对外翻译出版公司,1984)、《中诗英韵探胜——从〈诗经〉到〈西厢记〉》(北京大学出版社,1992)、《诗书人生》(百花文艺出版社,2003)等一系列重要著作,提出了文学翻译的三美论、三似论、三化论与包含知之、好之、乐之的三之论,还就神似与形似、忠实与再创、交流与竞赛等涉及翻译的一系列重大问题,提出了许多独特观点,在翻译界产生了重要影响。其中一些涉及翻译原则与方法的重要观点,对中国文化"走出去"的文化战略的实施与中国文学作品的对外译介的具体实践,具有不可忽视的启迪作用。

二、文化交流、文化自觉与文学译介

文学翻译,不是简单的语言转换。许渊冲先生在长达半个多世纪的翻译实践与翻译探索中,对翻译的实质有着深刻的认识,对翻译者的使命更是有着明确的定位。早在 20 世纪 80 年代初,他就明确提出:"中国文学翻译工作者对世界文化应尽的责任,就是把一部分外国文化的血液,灌输到中国文化中来,同时把一部分中国文化的血液灌输到世界文化中去,使世界文化愈来愈丰富,愈来愈光辉灿烂。"①翻译之于文化的重要性是 20 世纪 80 年代以来译界十分关注的一个重要问题。根茨勒在《当代翻译理论》一书中,强调指出:"研究表明,翻译在全世界文化的发展中扮演了重要角色。"②考量许渊冲先生的翻译,有一点需要探明,那就是许渊冲一辈子献身于翻译事业,其动机何在? 对于这一问题,许渊冲关于译者使命的上述观点是最好的回答。

翻译作为跨文化的交流活动,译者所承担的历史使命就是促进世界文化的发展。许渊冲先生正是基于这样的历史担当,在跨文化交流的高度,以充分的文化自觉,以不懈的努力,通过自己富于创造性的翻译,为中西文化交流,尤其是让优秀的中华文化走向世界,做出了实实在在的贡献。

译者的文化自觉,就其根本而言,就是将翻译置于文化交流的高度加以考量与定位,是译者翻译文化观建立的基础。针对步伐不断加快的全球化,许渊冲先生明确指出:"所谓全球化,并不只限于西方的经济全球化,还应该包括使东方的文化走向世界。"那么,"如何使孔子的智慧全球化? 如何使中国的文化成为全球的财富呢? 这就需要翻译的艺术了。无论是把外国的先进文化吸收到本国来,或是把本国的先进文化宣扬到外国去,都不能没有翻译,因此到了全球化的新世纪,翻译取得了前所未有的重要意义"③。

---

① 许渊冲. 翻译的艺术. 北京:中国对外翻译出版公司,1984:前言.
② Gentzler, E. *Contemporary Translation Theories*. London & New York: Routledge, 1993: 193.
③ 许渊冲. 诗书人生. 天津:百花文艺出版社,2003:464.

正是基于翻译之于文化交流的重要性,许渊冲先生明确了自己翻译的方向:要以自己的翻译为世界文化的发展做出贡献。文化自觉,首先要求译者对他者文化和自己民族的文化有充分的了解。结合当今中国文化"走出去"的语境,应该看到,无论对拟译文本的选择,还是对翻译方法的选择,对于他者与自身的深刻了解都显得非常重要。许渊冲先生就是这样一位清醒的译者。对于西方文化,他有着深刻的认识。比如,许渊冲先生在 1994 年由中国文学出版社出版的英译《诗经》序中,比较了《诗经》与荷马史诗《伊利亚特》,指出:"中国史诗注重真和美,西方史诗注重美和力;前者描写平凡人物的日常生活,歌颂农民和猎人的勤劳,人与自然的和谐关系,是现实主义的作品;后者描写非凡人物的强烈感情,歌颂战士的英雄主义,强调了人与自然的矛盾冲突,是浪漫主义的作品。中国史诗显示了热爱和平的保守精神;西方史诗突出了个人主义的英雄主义。"①许渊冲先生就《诗经》与《伊利亚特》的精神与特点作了比较,在此,对许渊冲的判断与结论,我们不拟进行进一步的分析。但我们在此比较中,可以看到重要的一点,那就是作为一个对自己的文化使命非常明确的译家而言,选择《诗经》进行翻译,是有所参照的,这种参照就是西方文化。许渊冲在翻译《诗经》时,应该在思索:《诗经》对西方读者而言,到底会带去什么新的东西?《诗经》之于世界文化,到底会有怎样的不同? 会对西方文化的发展有怎样的贡献? 就此而言,文化的自觉,在许渊冲的翻译过程中,就内化为一种开阔的视野,基于比较而明确不同文化传统与文学经典的异质性,而恰恰是这种异质性可以丰富世界文化并促进共发展。

从许渊冲在翻译中国文化精华与对其不懈追求的漫长历程

① 许渊冲. 诗书人生. 天津:百花文艺出版社,2003:381-382.

中,我们可以清楚地看到其比较的路径所展现的对文化异质性的关注和对他者文化与自身文化的精神把握。又如他于1994年在湖南人民出版社出版的汉英对照本《楚辞》的译者前言中,"比较了《离骚》和荷马史诗《奥德赛》:荷马写的是英雄人物经历的海上风险,他过人的智力和身受的痛苦;屈原写的却是诗人追求理想的天路历程,他高尚的品德和内心的悲哀"①。在与异域文化的接触、交流中,如何深刻把握其异质性与不同点,是至关重要的。作为一名译家,许渊冲先生深知,要了解自身,必须对他者有清醒的认识。比较的路径,在某种意义上,是任何一个致力于跨文化交流的译者所必须走的。检视许渊冲先生所译介的中华古诗词曲,我们可以更为真切地体会到歌德所一贯重视的一点,那就是通过异域之镜,明照自身,在世界文学之林中,相互借鉴与丰富。

三、文化竞赛与发挥译文的优势

要将中国文化推向世界,翻译是必经之路。许渊冲先生基于自己对中西文化的基本把握与深刻认识,在其半个多世纪的翻译历程中,一方面着力于选择最能体现中国文化与文学精华的作品进行翻译,另一方面则是尽可能将中国古诗词曲的全貌展现给西方读者。如果说选择译什么,体现了许渊冲明确的翻译文化观与翻译使命,体现了许渊冲先生高度的文化自觉,那么,如何译,则是许渊冲先生的翻译文化观在翻译策略与翻译方法层次的具体体现。国内译介已有不少学者对许渊冲先生的翻译思想与艺术进行过多方面的研究。结合中国文化"走出去"的文化语境,我们认为许渊冲先生对于翻译的认识与具体方法的探讨有如下几个方面值

---

① 许渊冲. 诗书人生. 天津:百花文艺出版社,2003:382.

得特别关注。

一是从现实出发,在国内较早地提出中国学者在中国文学对外译介,特别是中国诗词对外译介中所承担的责任。早在 20 世纪 80 年代初,许渊冲先生就在对中国诗词外译的具体文本进行分析的基础上,如对鲁迅《无题》的几个英译文本加以比较与衡量之后,提出了中国学者参与译介的优势与中外学者合作的重要性。他明确写道:"不少人认为中诗英译,应该是英美汉学家的事,因为他们的英语表达能力更强;但是外国学者对中文的理解却可能不如中国学者,所以最好是中外学者合译。但是就这首诗的译文而论,外国学者翻译的和中外合作的译文,读起来却都不如一个中国译者的译文,这就说明翻译的关键在于译者的理解力。译者对汉诗的理解越深,运用英语的能力又能表达自己的思想,那就可能译得比英美译者甚至比中外学者合译的作品更好。一般说来,翻译中国诗词,中国译者的理解力比外国译者强,因此,只要能用外语表达自己的思想(相对而言,这点比理解中文诗词更为容易),译文就有可能达到比外国译者更高的水平。"①对许渊冲先生的这番论说,虽然学界各有不同的认识,但他提出的译者对原文理解力的重要性,则是中国古诗词外译确实应该重视的一个问题。许渊冲先生身体力行,其翻译的《中国不朽诗三百首》在英国企鹅公司出版并获好评,在很大程度上也证明了中国学者参与中国文学对外译介工作的必要性与重要性。

二是勇于探索,提出翻译理论应该是双向性的,应该扎根于中外互译的丰富实践。翻译作为人类跨文化交流的基本路径,其实践性是第一位的。中国文化要"走出去",没有翻译不可能做到。在理论探索方面,许渊冲先生始终坚持实践第一的观点。他在论

---

① 许渊冲. 翻译的艺术. 北京:中国对外翻译出版公司,1984:178.

述翻译实践与理论的关系时,明确指出:"理论不能脱离实践,不能付诸实践的理论是毫无意义,毫无价值的。没有实践,也不能提出解决实践问题的理论。"①一方面,许渊冲进行着丰富的翻译实践,用英法两种语言系统地译介代表中华文化精华的中华古诗词曲,另一方面,他则在跨文化交流的高度,思考翻译问题。他认为,就翻译实践而论,"全世界有十多亿人用中文,也有约十亿人用英文,因此,中文和英文是全世界最重要的文字,而中英互译则是全世界最重要的翻译。直到目前为止,还没有一个西方人出版过一本中英互译的文学作品。所以西方人不可能提出解决中英互译的理论"②。中英法三种文字俱佳的许渊冲先生,从凡人难以企及的丰富的翻译实践出发,着力于探讨能指导或者作用于中英互译的翻译理论。他说:"我曾作了一个独一无二的试验,就是把中国的诗经、楚辞、唐诗、宋词、元曲中的一千多首古诗,译成有韵的英文,再将其中的二百首唐宋诗词译成有韵的法文,结果发现一首中诗英译的时间大约是英诗法译时间的十倍。这就大致说明了:中英或中法文之间的差距,大约是英法文差距的十倍,中英或中法互译,比英法互译大约要难十倍。因此能够解决英法互译问题的理论,恐怕只能解决中英或中法互译问题的十分之一。由于世界上还没有出版过一本外国人把外文译成中文的文学作品,因此,解决世界上最难的翻译问题的担子,就只能落在中国译者身上了。这就是说,只有解决了三种以上中西文字互译问题的人,才可能登上国际译坛的顶峰。"③许渊冲独一无二的试验,目标非常明确:在将中国

① 许渊冲. 山阴道上——许渊冲散文随笔选集. 北京:中央编译出版社,2005:27.
② 许渊冲. 山阴道上——许渊冲散文随笔选集. 北京:中央编译出版社,2005:27.
③ 许渊冲. 追忆似水年华. 北京:生活·读书·新知三联书店,1996:239.

文化精华推向世界的同时,要在译坛上有所建树,用以指导中西互译的实践,解决世界上最难的翻译问题。当他译介的《中国不朽诗三百首》由企鹅出版公司出版时,他由衷地道出自己的追求:"我也把这当成一种荣誉,当作中国文化走向世界的开路先锋。"①

三是在译论上卓有建树,敢为天下先,提出了能指导中国古诗词外译的"三美三之论"与致力于中外文化交流与发展世界文化的"创译论"。中国译学界对许渊冲先生提出的许多翻译观点有不同的认识。近几年,随着中国文化"走出去",中国译学界越来越重视中译外研究,学界有不少学者重新审视许渊冲先生的译学观念与理论,对其思想的独特性与贡献给予了越来越充分的肯定。但对他提出的有些观点,如翻译竞赛论、翻译是"美化之艺术"等,一些学者也有不同的意见。纵观许渊冲先生的翻译理论与实践,我们认为有一点值得特别关注:许渊冲提出的翻译观点与理论,具有很强的针对性,不同于一般的理论探讨。他个人一直认为不能指导实践的理论是无价值的,所以,对他提出的有关翻译理论,要从他的翻译实践出发去观察去理解。比如,他提出的"三美论",就是从他的中华古诗词曲的外译理论中来,反过来又用于指导其实践的。他认为:"英文诗拼音文字只有意义和声音;而中文是象形文字,有意义,有声音,还有形象。这是西方文字没有的。东方文字有三美——意美、音美和形美,西方只有两美。"②对于中国古诗词艺术中对意、音与形三美的独特追求,许渊冲先生有着深刻的了解。正是基于对中国文字独特性和中国古诗词曲的美学价值的把握,他在译介中提出了"意美、音美和形美"的"三美论",并在翻译中身体力行,以"三美论"为指导,译出了许多令人拍案叫绝的古诗佳句。

---

① 许渊冲. 诗书人生. 天津:百花文艺出版社,2003:381.
② 许渊冲. 诗书人生. 天津:百花文艺出版社,2003:458.

如他自己所言："把一种语言文字的优秀基因引进到另一种语言，如把杜甫《登高》中富有三美的'萧萧下'引进到英文中，成了 shed its leaves shower by shower，用富有三美的英文丰富了英美文学。"① 又如许渊冲先生提倡的翻译"三之论"。他以孔子提出的"知之""好之"与"乐之"为指导，提出文学翻译应该让读者"知之"，理智上"好之"，感情上"乐之"。在我们看来，"三之论"是完全针对文学翻译提出的：知之，为认知层面，是基础；好之则进入审美层面；乐之则是达成读者与作者的共鸣，而趋于融合了。其理论的合理性与价值如今越来越得到译界的认同。

四、结　论

结合中国文化"走出去"的现实语境，考察许渊冲先生丰富的翻译实践与独特的译论建树，可以进一步看到，在中国译学界越来越重视对中国文学对外译介与传播的研究的趋势中，应该特别重视总结为中国文化"走出去"做出过重要贡献的中国翻译家的经验。建立明确的翻译文化观，在对自身民族文化与异域文化充分了解与尊重的基础上，建立起高度的文化自觉，以翻译促进跨文化交流，让中国文化走向世界，丰富世界文化。许渊冲的翻译实践与理论探索便给了我们这样的启示。

（祝一舒，南京林业大学外国语学院讲师；原载于《小说评论》2014年第6期）

---

① 许渊冲. 山阴道上——许渊冲散文随笔选集. 北京：中央编译出版社，2005：27.

中国文学对外译介中的异质性问题

过　婧　刘云虹

　　随着我国综合国力的日益增强,中国文化"走出去"成为加强中外文化交流、在国际树立中国形象的重要战略。其中文学"走出去"又被视为最好的文化传播与推广方式之一,因其承载了民族文化中最有特色和魅力的部分。然而,作为一种异质文学,中国文学在西方的传播与接受遭遇了重重困难,直到目前也只有少数作家的作品得到一定的关注,而中国文学研究在海外也属于边缘学科。于是,随着中国文学、文化对外译介与传播热潮的不断升温,各方的关注点越来越多地集中于如何能够尽快"走出去",甚至将"删节""改写"乃至"整体编译"等翻译策略视为中国文学对外译介的必然模式,不惜消解、改造中国文学中的异质性,以追求译入语国家读者最大程度的接受。然而,译本的畅销是否就意味着中国文学真正"走出去"了? 改头换面之后的文学作品是否还能够代表中国文化? 失去了异质性的中国文学"走出去"还有意义吗?

一、汉学家与作家眼中的文本异质性

　　"中国现当代文学之首席翻译家"葛浩文作为莫言作品的英译者,被认为是莫言获诺奖背后最强大的助力,其翻译策略与方法也进而被推崇为典范。葛浩文的翻译方法特色鲜明,被称为"连译带改"式翻译。其中的"改"字不可避免地指向对原文异质性某种程度的淡化或抹平,葛浩文本人也曾表示认可翻译即背叛,甚至明确指出"翻译的性质就是重写"①。那么,是否可以据此认为葛浩文是提倡在译本中抹去原作的异质性呢?答案是否定的。事实上,莫言获奖后部分学者和媒体将注意力过多地集中于葛式翻译中的"改"字上,却没有意识到这仅仅是窥一斑,并未见全豹。

早在 2010 年,胡安江就在《中国文学"走出去"之译者模式及翻译策略研究——以美国汉学家葛浩文为例》一文中对葛浩文的文学翻译理念进行了研究,将之总结为三性——"准确性""可读性"及"可接受性"②,并指出葛浩文尤其强调译者对于译文"准确性"的追求。文中还提到,葛浩文对伊万·金在译本中将老舍《骆驼祥子》的悲剧结局改成喜剧表示不予认可,认为这样的改写很危险。葛浩文在一次访谈中也提及重译《骆驼祥子》的计划,并表示"原因很明确,并不在于原译本过于陈旧等历史原因,而是要'对得起'老舍","译本既不能'歪曲了原著',也不能'没了老舍作品的味儿'"③。所谓"老舍作品的味儿"不正是老舍作品里体现出来的文学与文化上的独特性么?可见,葛浩文在翻译中对原作异质性的保留不仅有所追求,甚至可以说是非常看重的。

不可否认,葛浩文在翻译过程中确实会对原文进行改动,有时甚至幅度较大,例如在正文中添加相关背景信息,或是删减涉及中国历史与文学典故的部分。但这一切都基于其坚定的"为读者翻

---

① Goldblatt, H. The writing life. *The Washington Post*, 2002-04-28(BW10).
② 胡安江. 中国文学"走出去"之译者模式及翻译策略研究. 中国翻译,2010(6): 13.
③ 刘云虹,许钧. 文学翻译模式与中国文学对外译介——关于葛浩文的翻译. 外国语,2014(3): 12-13.

译"的立场,葛浩文还曾公然批评中国作家的写作不符合西方文学的标准。显然,葛浩文的翻译策略沿袭了西方翻译界长期以来的本族中心主义传统。应该说,葛浩文充分意识到原文本异质性的重要性,但由于受到本族中心主义的影响,其以读者为皈依的一系列操作还是对原文本异质性造成了不同程度的破坏。

所幸,有越来越多的汉学家意识到并强调对中国文学作品中的语言文化异质性的保护与再现。例如,法国汉学家何碧玉曾表示:"东方美学有东方美学的标准,西方美学有西方美学的标准,两者有着明显的区别,比如按中国的美学传统,写作是要无限贴近现实生活的,而琐碎之美正是中国美学的一部分。'我实在没有办法想象《红楼梦》和沈从文的作品怎么合乎西方美学的标准?'"德国汉学家高立希也认为,外国读者选择中国作家的书来看,就是要看中国、中国人是怎么样的,不能把陌生文化的每个因素都抹平,不能都法国化德国化,要留点中国味儿,否则干脆读本国作品就行了。"①俄罗斯圣彼得堡大学教授罗流沙在谈及译介到俄罗斯的中国当代文学作品时同样表示:"那种过分倚重西方文学范式,而不彰显中华文化历史底蕴与优良传统的文学作品,难以在俄罗斯产生多大的影响力。"②德国汉学家顾彬的弟子卡琳也曾坦言,喜欢如王安忆的《小城之恋》那样的中国文学作品的主要原因之一是其委婉的表达方式,而这种"委婉"恰是东方人思考与表达上的特点。

如果说译者是"接生婆",作者就是"母亲"。那么,身为"母亲"的文学创作者又是如何看待这个问题的呢?

在"镜中之镜:中国当代文学及其译介研讨会"上,王安忆表示:"慢慢地还是会发现为自己国家的人写作最好。作家毕飞宇认

---

① 傅小平. 中国文学正在疾步走向世界?. 上海采风,2014-06-15(31).
② 胡燕春. 提升当代文学海外传播的有效性. 光明日报,2014-12-08(1).

为,面对西方市场,中国作家最好的状态是:'永远不要理它。'他尤其反对那种为了'走出去'而写作的策略,'尤其是对于相对比较好的作家来讲,在写作的时候还考虑所谓的海外发行的问题,进入其他语种的问题? 这可能是不堪重负的事情'。"①"为自己国家的人写作最好","永远不要理它"这些似乎显得有些任性的表达,却清晰地表明了两位作家的立场:不愿意为迎合西方读者的口味而损伤自身作为中国本土作家的创作特质。

那么,对于文学译介中原作异质性的保留与传递的问题,作家们又是如何看待呢? 阎连科在一次访谈中表示:"对于一些译本在一定程度上不能完全忠实原著的看法,我个人以为没有那么忠实就没有那么忠实吧。要给译者那种'自由度'。"②显然,阎连科采取的是一种比较开放的态度,不过他又进一步加以解释:"于我言,我宁要翻译中韵律的完美,而不要机械翻译的字词之完整。译者和原作精神的共鸣,远比译者单纯喜欢原作所谓语言的字、词、句子更重要。"③可见,阎连科在访谈中所说的"忠实"主要指语言文字层面的忠实,也就是说他不需要"抠字眼"式的翻译,但并不意味着他对原作异质性的保留与传递没有要求。相反,他特别强调了"要翻译中韵律的完美",要求"译者要能译出作家叙述中的韵律和节奏",而这些正是作品异质性的体现。

余华的观点与阎连科有相似之处,愿意留给译者一定的自由,"在文学翻译作品中做一些内科式的治疗是应该的,打打针、吃吃

---

① 傅小平. 中国文学正在疾步走向世界?. 上海采风,2014-06-15(31).

② 高方,阎连科. 精神共鸣与译者的"自由"——阎连科谈文学与翻译. 外国语,2014(3):22.

③ 高方,阎连科. 精神共鸣与译者的"自由"——阎连科谈文学与翻译. 外国语,2014(3):22.

药"①,同时也有自己的坚持,"但是我不赞成动外科手术,截掉一条大腿、切掉一个肺,所以最好不要做外科手术"②。做过"外科手术"之后的译文必然不再"完整",原因在于原文的异质性遭到了严重破坏,这样的呈现是作者所不愿接受的。

也有作家给予译者充分的自由,比如莫言曾直言葛浩文可以"想怎么弄就怎么弄"。但我们绝对不能孤立地理解这句话,而应该看到,在它的背后,是莫言与葛浩文在长达二十多年的合作中所积累的信任与默契。

同样是葛浩文的翻译,高尔泰则明确表示出不认可,并坚持翻译应着力呈现原作品的本来面目。他在《文盲的悲哀》一文中表达了对葛浩文译本的强烈不满,认为葛译中对原文的"所谓调整,实际上改变了书的性质。所谓删节,实际上等于阉割"③,认为葛浩文的译本是"一个敷衍了事和不真实的译本"④,并最终拒绝了葛浩文的译文。

可见,对于作家而言,异质性是文学的生命所在,是文化的根本所在,因而也理应在翻译中得到充分的尊重与传达。

二、文本异质性与归化式翻译策略

其实,以葛浩文为代表的、在中国文学译介中常见的这种以读

---

① 参见:http://www.chinawriter.com.cn/2010/2010-08-12/88689.html,检索日期:2015-01-20。

② 参见:http://www.chinawriter.com.cn/2010/2010-08-12/88689.html,检索日期:2015-01-20。

③ 参见:http://magazine.caixin.com/2012-11-02/100455577.html,检索日期:2015-01-20。

④ 参见:http://magazine.caixin.com/2012-11-02/100455577.html,检索日期:2015-01-20。

者接受为着眼点、以本土需求为依归的策略就是学界早已耳熟能详的归化式翻译。这种翻译策略主张最大限度地淡化源语异质性,也就是说,归化式策略是实现在翻译中淡化甚至抹平原文异质性的一种手段。

这种翻译方法长期占据着西方翻译界的主流。尽管如此,西方学界中也不乏质疑之声。美国著名翻译家韦努蒂便对此提出了尖锐批评,认为这种手段"实质上是以本土文化价值观为取向对源文本进行的一种粗暴置换和暴力改写,因而它在很大程度上'消解''压制'并'同化'了源语言固有的文化基因,是英美文化政治霸权中帝国价值观的外在表现,其特点是不尊重文化'他者'和少数族裔的一种强势文化心理"①。

从这段话中我们可以看出,归化式翻译在三个层面上对原文本的异质性造成了损伤:

第一,译入语的语言文化价值观将源语文本中的异质元素进行强势修改或替换,即"剥去原文的诗学形式,留下原文的内容,然后再用能迎合译文读者语言文化价值观的形式对残留的内容进行重新包装"②。王东风在《解构"忠实"——翻译神话的终结》一文中提到,赫德在评价法国新古典派对荷马作品的翻译时举了这样一个例子:

> 荷马必须作为俘虏进入法国,得穿法国人的衣服,以免冒犯他们的眼睛;必须让他们剃掉他尊贵的胡子/扒掉他朴素的外衣;必须让他学习法国的习俗,无论何时,只要他那小农的尊严稍有表现,必会招来一阵讥讽,被斥为野蛮人。③

① 胡安江. 中国文学"走出去"之译者模式及翻译策略研究. 中国翻译,2010(6):14.
② 王东风. 解构"忠实"——翻译神话的终结. 中国翻译,2004(6):8.
③ 王东风. 解构"忠实"——翻译神话的终结. 中国翻译,2004(6):8.

那么问题来了：剃掉胡子、穿上法国人的衣服、一举一动皆依照法国习俗的荷马，还能算是荷马吗？同理，经过"重新包装"之后所呈现的译文还具备原文本来的身份吗？一个事物的"身份"，其最重要的作用就是将该事物与其他事物区分开来，所以身份的标志就是该事物的"不同"与"独特"之处。而一部文学作品的身份标志就在于：区别于其他国家、民族的语言文化上的异质性以及区别于其他作者的文学风格上的异质性。归化式翻译用本土语言文化价值观、阅读习惯等强行置换和改写了原文本中的异质性因素，当然这种置换和改写不是全面的，只是局部的，但即使只是形式上的、表面的，依然是对原文身份标志的消解。

第二，归化式翻译的文本暴力不仅存在于外部，还触及了文本深处——源语文本内里的文化基因遭到"消解""压制"和"同化"。生物基因携带着生命的遗传信息，支持着生命的基本构造与性能，可以说生物的基因中蕴藏了其生命的本质。同样，一种文化的基因也蕴藏着此种文化之根本，文化基因的改动意味着原文本异质性从根本上遭到了破坏。

第三，缺乏对"他者"的尊重。"他者"与"异质"在本质上存在某种一致性。韦努蒂提出"存异的伦理"（ethics of difference），认为"好的翻译就是实施非中心化，就是用译入语来表现异域文本中的异域性"[①]。而公认率先提出"翻译伦理"概念的法国翻译理论家贝尔曼更是指出要"尊重原作、尊重原作中语言和文化的他异性"[②]，以实现翻译的伦理目标，即"通过对'他者'的传介来丰富自身"[③]。显然两位学者都十分强调对他者的尊重以及对"异"的传递。

---

①　王大智. 翻译与翻译伦理. 北京：北京大学出版社，2012：31.

②　王大智. 翻译与翻译伦理. 北京：北京大学出版社，2012：23.

③　王大智. 翻译与翻译伦理. 北京：北京大学出版社，2012：23.

当然,"伦理"概念内涵丰富而复杂,伦理模式远不止一两种,但纵观西方翻译伦理研究的发展历程,仍然可以清晰地看到由"趋同"逐步走向"趋异"的轨迹。反观国内的翻译伦理研究,对待异质和他者的伦理态度也一直是争论的焦点之一。吕俊与侯向群表示"翻译伦理学的宗旨是建立跨文化交往活动的行为准则。它是一种以承认文化差异性并尊重异文化为基础,以平等对话为交往原则,以建立良性的不同文化间互动关系为目的的构想"①。申连云认为,"面对文化他者,译者应该寻求差异、发掘差异、尊重差异"②。

文学翻译总是深植于与语言、文化、思维异质性的不懈斗争之中,这些不同层次上的"异"是翻译及翻译研究所必须面对的,因为它们从根本上构成了翻译的必要性。然而,"异质性"是否真如贝尔曼所坚信的那样,"可以在译入语中原封不动地被解释为异质性"③,或者说,异质性是否可以完好无损地从源语文本转移到译语文本之中?对此,韦努蒂显然是不认同的,他在《翻译改变一切》中指出:"任何源文本的异质性都不可能以直接或未经打扰的方式获得,异质性是根据译文接受情境的知识和利益构建出来的。在此过程中,源文本的语言和文化差异性不可避免地经过增添或删改。源文本的异质性从来都无法通过翻译过程完好无损地呈现在另一种文化中。翻译向来都是译者的阐释,受制于译入语文化的意识形态影响。"④无独有偶,国内比较文学学者孟华也持相似观

① 吕俊,侯向群. 翻译学——一个建构主义的视角. 上海:上海外语教育出版社,2006:272.
② 申连云. 尊重差异——当代翻译研究的伦理观. 中国翻译,2008(2):16.
③ 刘微. 翻译学:走向解释学模式与质疑伦理——评韦努蒂新著《翻译改变一切》. 中国翻译,2013(3):52.
④ 刘微. 翻译学:走向解释学模式与质疑伦理——评韦努蒂新著《翻译改变一切》. 中国翻译,2013(3):51.

点:"任何一种相异性,在被植入一种文化时,都要做相应的本土化改造。那么,被传递的因素就不可能是真正的'相异性'。"①也就是说,异质性元素要想被译入语环境所认可、接受,就不可能不经过任何加工改造,或许是历史、社会、文化语境和意识形态造成的,或许是译者主体性造成的,或许两者兼而有之。韦努蒂与孟华的观点提醒我们,在被译入语文化接纳的过程中,异质他者要承受来自对方非常强劲的阻力,因而异质性的传递与接受必然经历漫长而艰难的过程,不可能一蹴而就、一劳永逸。

三、文本异质性与文学译介的不平衡性

中国文学的文本异质性在西方的显化与接纳尤显艰难,因为中西方文学译介呈现出明显的不平衡性,这种不平衡性不仅体现于中西方文学输入上的巨大逆差,更体现于文学输入过程中原文本异质性保留与重现程度上的差异。这一切与国家民族间经济、语言地位乃至心态上的不平等有直接关系。

西方大国经济发达,以英语为代表的西方语言具有更加强势的地位,因此中国文学向西方的译介是将汉语作品翻译成拥有更大读者群、经济地位更高的国家的语言,根据美国普林斯顿大学"翻译与跨文化研究中心"主任戴维·贝娄斯(David Bellos)的观点,这样的翻译属于"向上翻译"(translation up),而"向上翻译"的译文"往往努力去适应目的语的表达习惯,在很大程度上抹去了源语文本的异域痕迹"②。这一现象在英美国家尤为明显,因为"由

① 孟华. 翻译中的"相异性"与"相似性"之辩//多边文化研究:第一卷. 北京:新世界出版社,2001:110.
② 郑庆珠,孙会军. 评戴维·贝娄斯的新作 Is That a Fish in Your Ear?. 中国翻译,2012(5):33.

于历史的原因，英语成为使用最广泛的语言，实际上已经成了一门世界语言。作为世界语言，为了能够为更多读者所理解，所有用英语撰写的东西，所有被翻译到英语中的东西都经历了一个'English minus'的过程，所有的地方特色都被过滤掉了，目的是能够让更多的读者没有困难地阅读这些作品"①。可见，经济地位、语言地位的差异是导致译介出现不平衡的重要原因，这种不平衡又造成了原文本异质性的流失。不平衡的程度越高，异质性的流失越严重。

除此之外，心态也是不容忽视的一个重要原因。西方长期以来的本族中心主义无须赘述，而中国目前从媒体到民间又都陷入了一种"强势认同焦虑"，在本已不平衡的天平上又添了一块砝码。首先，同样是海外接受，"我们更看重欧美等发达国家，没有多少人会真正在意非洲等不发达国家地区的影响力"②。在这个前提下，有学者提出，建立在"译入翻译"基础上的译学理念并不适用于中国文学"走出去"，强调并呼吁"更新翻译观念"，建议现阶段多出节译本、改写本以求达到更好的效果；还有学者表示，"尽管有人持异议说'删节本会在读者中塑造一个偏狭而错误的原文印象'，但是它至少达到了让海外读者能够接受现代中国文学作品之目的"③。某些国内重要媒体甚至"立足中国文化'走出去'的宏大背景对所谓'传统的翻译观念'提出责问，'陈旧的翻译理念''中国文学和文化走出去的绊脚石'等字眼屡屡让人触目惊心"④。还有人认为，

---

① 郑庆珠,孙会军. 评戴维·贝娄斯的新作 *Is That a Fish in Your Ear ?*. 中国翻译,2012(5)：33.

② 刘江凯. 通与隔——中国当代文学海外接受的问题. 文艺争鸣,2013(6)：48.

③ 杨四平. 现代中国文学海外传播与接受的差异性问题. 中国现代文学论丛,2013(1)：20.

④ 刘云虹,许钧. 文学翻译模式与中国文学对外译介——关于葛浩文的翻译. 外国语,2014(3)：11.

中国作家应按照西方小说的标准写作,从而让中国文学更快地走向世界。以上种种无一不是渴望得到西方国家认同的焦虑的表现。出于这样的焦虑,难免会将目标读者的文化立场与阅读惯例放在第一位,从而忽视甚至主动放弃本国文学文化异质性的传递。

事实上,由译介不平衡导致的异质性的流失也曾出现在外译中的历史中。在过去很长一段时间,外国文学译介入国内的过程中文本异质性的保留度并不高,历史上不少翻译家如严复、林纾、傅东华等都以其归化式翻译而闻名就是有力的证明。"严林的翻译桐城派十足,原文中有大量他性因素被删节和窜改,如果不是里面还有一些外国专名,是很难看出其文化身份的;傅东华的《飘》,文辞优美,但人名地名皆已中国化,甚至连一些叙事方式的差异也被删去,整个一个中国化的文本。"①当时这样的译本在读者中的接受状况极好并在后世产生了深远的影响,然而反观当今中国,对于外国文学作品的翻译皆以忠实为原则,"出版的一般都是全译本,改译、节译或编译等处理是不被接受甚至不能容忍的"②。也就是说,如今的中国读者不再接受外国文学译本中对源语语言文化异质性的大量消解与改造,相反对异质性的保留度与重现度具有越来越高的要求。

何以出现这样的情况?因为在严、林、傅所处的年代,中国对外国文学的接受历史并不长,文化接受语境及读者接受心态尚未达到较高的水平,加上特定历史时期的社会背景,就决定了对外国文学作品的翻译必须牺牲"异质性"以保障"可读性"和特定的价值目标。而今天,随着文学接受历史的延伸和文化交流的日益密切,接受环境大为改善,接受心态也已达到较高水平,译本中保留的异

---

① 王东风. 解构"忠实"——翻译神话的终结. 中国翻译,2004(6):8.
② 刘云虹,许钧. 文学翻译模式与中国文学对外译介——关于葛浩文的翻译. 外国语,2014(3):15.

质元素不再会对中国的读者造成障碍或成为拒绝的对象,中国读者对"原汁原味"的要求自然也越来越高。那么,中国文学在西方国家的译介是否也正在经历类似的过程呢?

莫言小说在西方的译介历程似乎对此有了一个隐约的印证:"莫言小说最开始进入英语世界的时候,莫言作为文学家的地位还没有确立,英语世界更多地把莫言小说当成了解世界的窗口,而不是从文学的意义上去欣赏莫言的。后来,随着葛译莫言作品在英语世界的不断推出,随着莫言在西方多项文学奖项的获得……人们才越来越关注莫言小说的文学性和艺术性、越来越有兴趣了解中国文化的差异性。"正是在这样的背景下,译者的翻译策略也相应地发生了变化,呈现出从归化向异化转变的趋势,"而在莫言获得诺贝尔文学奖之后,其异化的程度达到最高,不再刻意迎合英语读者,而是努力将莫言小说原汁原味地呈现在他们的面前"[1]。显然,随着莫言在国际上的获奖,他的知名度不断提升,作品影响力也在不断增加,作品中的异质性元素为西方读者所关注和接受的程度也越来越高,甚至在不断融入目的语语言文化之中。

可见,异质文学在译入语文化中的接纳是呈阶段性的,当译入语文化的接受环境与读者心态偏强势与保守时表现得尤为明显。因此,中国文学的对外译介也需要顺应规律,经过一个不断发展的阶段性过程,不可急于求成。目前中国文学在海外尤其是在西方的译介可以说仍处于起始阶段,对方文化对中国文学文化异质性的包容力和接受力尚未达到较高水平,翻译时对原文本异质性的保留与重现一时无法达到较高程度也属正常。相信当中国文化在国际上的影响力越来越大时,中国文学也会以越来越真实和完整

---

① 孙会军. 葛译莫言小说研究. 中国翻译,2014(5):86.

的面貌呈现在海外读者面前。

本文系刘云虹主持的江苏省社会科学基金重点项目"中国当代文学对外译介批评研究"（编号：14WWA001）的阶段性研究成果。

（过婧，南京大学外国语学院博士研究生，南京大学金陵学院讲师；刘云虹，南京大学外国语学院教授、博士生导师；原载于《小说评论》2015 年第 3 期）

试论中国文学译介的价值问题

周晓梅

译者在译介中国文学时,更倾向于选择什么样的作品? 在翻译的过程中,又希望能实现文学作品的哪些价值? 在探讨这些问题之前,让我们先廓清一下"价值"这一概念。按照价值哲学的观点,价值就是指"客体与主体需要的关系,即客体满足人的需要的关系"①。可见,人是价值评价中至关重要的因素,缺少了对人的需要的关注,译作的形式再特别,表达再清晰,叙述再生动,都很难吸引读者群体的关注,也难以实现经由译介展现民族特色、传播本国文化的目的。可以说,文学译介活动是一种译者发现文本价值,通过翻译创造价值和实现价值,从而让读者享用价值的过程。

据此,如果一部译作能够满足或者部分地满足异域读者在知识、审美、伦理等方面的需要,我们就可以说它对于读者而言是有价值或者是有部分价值的;如若译作不能满足读者的各种需要,其价值就难以实现。由于译作读者与原作读者在成长环境和文化背景方面存在明显差异,他们对于小说所传递的信息和情感的接受度也就必然不同。而在中国文学译介的过程中,译者更需要满足的其实是异域读者的需要,只有当作品能够提供他们想要获取的

① 冯平. 评价论. 北京:东方出版社,1995:31.

信息,才能吸引他们的关注,进而实现文学传播的目的。

当我们还沉浸于莫言获得诺贝尔文学奖的喜悦中时,2013 年 1 月 10 日,李建军在《文学报》的"新批评"专栏发表《直议莫言与诺奖》,直指"莫言的写作经验,主要来自对西方小说的简单化模仿,而不是对中国'传统文学'和'口头文学'的创造性继承"。李建军认为,莫言只是根据自己的主观感觉来创作,违背了中国小说强调准确而真实地刻画人物的心理和性格的写实性原则。因而他获奖的主要原因是他的作品所展示的是符合西方权力话语体系的中国、中国人和中国文化,并援引了德国汉学家顾彬的话,认为莫言的获奖是因为其小说的英译者葛浩文(Howard Goldblatt)采用了整体性的翻译方式,将已经改头换面的"象征性文本"呈现在诺奖评委的面前。于是,"莫言的作品,经过翻译家的'丹青妙手',便脱胎换骨,由'媸'变'妍',成了西方读者眼中的'顶尖'作家"①。

应该说,莫言和葛浩文之间有着深厚的友谊和良好的合作关系。莫言在包括发表获奖感言的很多场合都表达了对葛浩文的感激之情;对于葛浩文在翻译过程中采取的增删和易化策略,他也表达了足够的宽容和理解。在《我在美国出版的三本书》的演讲中,他提及为了达到更好的翻译效果,他们频繁交流、反复磋商,并澄清了葛浩文在译作中添加的性描写也是他们事先沟通好的结果,称赞道:"葛浩文教授不但是一个才华横溢的翻译家,而且还是一个作风严谨的翻译家,能与这样的人合作,是我的幸运。"②而葛浩文也表示为发现了莫言这样的作家而自豪,他被莫言小说的历史感深深吸引,才会乐此不疲地进行翻译。他不仅翻译了莫言的十几部小说,还写了大量评介性的文章进行宣传和介绍,并非常谦虚

---

① 李建军. 直议莫言与诺奖. 文学报,2013-01-10.
② 莫言. 我在美国出版的三本书. 小说界,2000(5):170-173.

地表示:"如果评论觉得小说写得很好,我与作者都有功;如果他们认为小说不好,那就完全是我这个翻译的错了。"①应该说,葛浩文的推介和翻译对于莫言小说在西方世界的传播确实起到了关键性的作用,对于莫言的获奖更是功不可没。

现阶段在进行译作评价时,批评者往往会从文本层面出发,从字词的角度切入,进行比较式的分析研究。这当然是一种较为方便快捷且有理有据的研究方式,但也难免失之偏颇。因为在翻译的过程中,为了使译作的语言更加流畅地道,更容易被读者接受,译者难免会对语言甚至内容进行相应的调整和改变,葛浩文自己也坦言:"翻译的小说里所用的语言——优美的也好,粗俗的也好——是译者使用的语言,不是原著作者的语言。"②但如果据此就说葛浩文的译作呈现的是一个与原作完全不对等的版本,则未免言过其实。葛浩文说过:"对待翻译我有一个基本的态度,有一个目标。我怀着虔诚、敬畏、兴奋,但又有点不安的心态接近文本。"③他认为,如果因为个别晦涩的暗指解释不当,或者没有加上合适的脚注就肆意批评,会让译者在工作时"如履薄冰",并坦言在收到研究自己的翻译的论文后,"为保护脆弱的自我——我经不起打击——我是不读的"。他声称更乐意看到宏观的剖析,希望批评者能从语调、语域、清晰度、魅力等更宽的视角来判断他的译作成功与否。④ 更何况出版社作为"把关人"也会要求译者作相应的调

① 葛浩文. 我行我素:葛浩文与浩文葛. 史国强,译. 中国比较文学,2014(1): 37-49.
② 葛浩文. 我行我素:葛浩文与浩文葛. 史国强,译. 中国比较文学,2014(1): 37-49.
③ 葛浩文. 我行我素:葛浩文与浩文葛. 史国强,译. 中国比较文学,2014(1): 37-49.
④ 葛浩文. 我行我素:葛浩文与浩文葛. 史国强,译. 中国比较文学,2014(1): 37-49.

整,企鹅出版社在给葛浩文的信中就明确要求他删减三分之一。因此,如果我们仅由一些文字层面的不对等就得出结论,认为葛浩文的译作掩盖甚至修正了原作的弱点——因此莫言才能依靠这一"象征性文本"获得诺奖——显然是不够全面的。

其实,这场争论背后的一个深层原因是:作为外国译者的葛浩文和作为中国文学评论家的李建军所持的文化立场是不同的,二者所面对的读者群主体也是不同的。译者希望能够推进中国文学外译,拥有更多的外国读者,这样翻译的目的和价值才能实现。而作家和批评家则更多地坚持本民族的文化立场,认为应该为了本国读者而非外国读者写作,因为一方面,外国读者并不真正关注和理解中国的文学作品;另一方面,为了"走出去"而改变作家的创作风格也是不恰当的。毕飞宇就说过:"写作时,如果还考虑海外发行、进入其他语种的问题,这是不堪重负的事情。"①应该看到,或许莫言的小说的确不能代表当代中国作家的最高水平,但是莫言小说的精神价值、艺术魅力与东方文化特质等因素无疑既吸引了译者的目光,也打动了诺奖的评委们②。莫言获得诺奖,对于中国作家而言无疑是一种鼓励,至少代表了西方社会对于中国小说创作较高程度的认可和接受;对于我们的文学外译当然也是一件好事,因为这个奖项打开了中国文学作品的知名度,吸引了更多国外读者的关注,也让中国作品和中国文化进入了西方批评家的视野。如果一直被诺奖拒之门外,坚守本民族的评价标准和价值体系,中国的作品就会失去很多国外的读者,无法听到他们的评论和建议,也会失去很多学习和提升的机会。葛浩文说,尽管作家没有为读

---

① 石剑峰. 华师大昨举办"镜中之镜:中国当代文学及其译介研讨会". (2014-04-22)[2014-11-20]. http://sh. eastday. com/m/20140422/u1a8045610. html.

② 刘云虹,许钧. 文学翻译模式与中国文学对外译介——关于葛浩文的翻译. 外国语,2014(5):6-17.

者写作的义务,更没有为国外读者写作的义务,他们可以只为自己而写,但基于中国文学"走出去"的强烈意愿和努力,写作就不能无视一些长期以来形成的、国际公认的对小说的标准。[①]

那么,在中国文学译介的过程中,译者更希望能够展现哪些文学作品的价值? 一般而言,文学作品的价值以精神价值的形式体现,因此我们大体可以将其分为知识价值、道德价值和审美价值三种。其中,知识价值即"真"的问题,主要指文学作品具有一定的描写、展现和反映现实世界的功能,有助于异域读者更加真实地了解作者的生活世界和文化背景;道德价值即"善"的价值,它强调文学作品对于社会群体的感召力量,有助于读者从伦理道德的角度深入地理解作者所处的社会;审美价值就是所谓"美"的问题,因为文学作品的美感和情感往往是最直抵人心的感受,是让异域读者和本族读者产生相似审美体验的最为关键的一个因素。以下我们将分别进行探讨。

一、文学作品的审美价值:直抵人心的个体体验

在判断一部文学作品是否具有译介价值的时候,译者一般会首先考虑它是否具有审美价值,即美感价值和情感价值;要考察它能否为读者带来心灵上的启迪和精神上的愉悦,能否以真挚的情感打动人,能否让读者在内心深处产生共鸣。文学作品的审美价值是最容易引起译者和读者共鸣的部分,因为抛开不同的文化背景和社会习俗,作品所展现的生活场景,表达的对于生活的热爱,对于真善美的追求,对于不公正的境遇的控诉和批判,等等,都是

---

① 陈熙涵. 中国小说应否迎合西方标准? 汉学家葛浩文观点引争议. (2014-04-22)[2014-11-20]. http://sh. eastday. com/m/20140422/u1a8045030. html.

人类共通的,是最能唤起读者理解的部分,也是最能让读者感到亲切的部分。只有当一部文学作品具有一定的审美价值,它才能经得起时间和地域的考验,才能为更广泛的读者群体所接受,才能产生更为深远的影响,也才能更为长久地保存下来。

文学作品本身的形式会直接影响译者的选择,具备直抵人心的美感的作品才能吸引译者,进而吸引译作的读者。而在两种文化存在明显差异的情况下,译作读者更倾向于从叙事的相似之处寻找亲切感和熟悉感。葛浩文说过,莫言创作的对象是中国 20 世纪早期到 21 世纪、受过教育的、对汉字及其发音熟稔于心的中国读者;而他翻译的对象则是美国的出版商和美国读者,为了让译文读者读起来更加愉悦,他的翻译常常要比作者的创作还要费时①。而且,西方读者更希望作者能够"把人物写得跃然纸上,使人物的形象烙印在读者的记忆里,这当然不容易做到,但这样才能吸引读者,也是西方敏感的读者评价小说好坏的一个标准"②。但是,中国小说的叙述偏重故事和行动,缺乏心灵的探索,人物塑造的深度不够,因此在美国及其他西方国家并不特别受欢迎。这种心灵的探索恰恰是莫言的小说创作擅长的,也正是李建军所批评的莫言小说的致命问题,即感觉的泛滥。应当说,与西方叙述方式的契合的确有助于莫言小说在西方的传播和接受。

让我们反观一下五四时期外国小说在中国的译介和传播。当时中国译者译介的很多外国作品均出自二三流的作家之手,而非真正意义上的名著。但这并不能说明译者自身的欣赏水平不够,导致作品选择的失误,而是因为译者受到当时读者的影响和制约:

---

① Stalling, J. The voice of the translator: An interview with Howard Goldblatt. *Translation Review*, 2014, 88(1): 1-12.

② 葛浩文. 我行我素:葛浩文与浩文葛. 史国强,译. 中国比较文学, 2014(1): 37-49.

由于中国读者偏好侦探小说,因而在清末小说中,侦探小说和具有侦探小说元素的翻译作品占了三分之一;由于读者偏爱曲折的情节,翻译家进行了一定的增删以迎合读者的口味;而由于中国的作家对国外小说巧妙的布局更感兴趣,译者也着重译介了此类小说。陈平原就曾经评论道:"我倒怀疑当年倘若一开始就全力以赴介绍西洋小说名著,中国读者也许会知难而退,关起门来读《三国》《水浒》。"①可见,重视情节和布局是中国小说的叙事传统,因此中国译者在译介外国小说的时候也会删除侧重心理感觉的部分,这与现在的文学外译中外国译者采用的增删策略不谋而合。

一般而言,文学作品的审美价值是无法自我显现的,它有赖于译者的再创造。译者的阅读和翻译过程是一种对作品的再创造过程,具体体现为阅读前的心理关注与审美期待,阅读中文本意义的再创与重建和翻译中的文本重构。② 遇到一位心灵契合的翻译,对于作者及其作品而言,无疑是一件幸事,因为译者决定小说最终会以何种形式呈现在读者的面前,哪些内容将得以呈现,哪些会被删除,"他们才是仅有的能让这些精神生产的形式得以呈现的文化传播者(cultural producers)"③。莫言的小说之幸在于,葛浩文对于人物感觉的感受力很强,自己也有过艰苦生活的经历,有着扎实的中国传统和现代文学基础,且语言技能无懈可击。他能够因莫言小说作品的不同自如地选用优雅博学抑或粗俗怪异的语言,可以说,"葛浩文自身的汉语素养、文学偏好和个人爱好完美地契合了莫言独特的风格"④。莫言曾在演讲中反复提及其在农村的生

---

① 陈平原. 中国小说叙事模式的转变. 北京:北京大学出版社,2003:107.

② 吕俊,侯向群. 翻译学导论. 上海:上海外语教育出版社,2012:175.

③ Zhang, W. Chinese literature in the making: An interview with Jonathan Stalling. *Translation Review*, 2012, 84(1):1-9.

④ Christopher, L. *Big breasts and wide hips* by Mo Yan. *Translation Review*, 2005, 70(1):70-72.

活经历:"饥饿和孤独是我的小说中的两个被反复表现的主题,也是我的两笔财富。其实我还有一笔更为宝贵的财富,这就是我在漫长的农村生活中听到的故事和传说。"①这段经历也吸引了他小说的日语译者吉田富夫,他表示,同样的农民出身、相似的背景让他对《丰乳肥臀》中所展现的生活场景,尤其是打铁,感到熟悉而亲切,而且,"这部小说里母亲的形象和我母亲的形象一模一样,真的,不是我杜撰的。我开始认真翻译《丰乳肥臀》之后,完全融入莫言的世界了"②。他在其后的翻译过程中尽力润色作品中的语言和环境,并特意加入了一些他的故乡广岛的语言特色,希望能更加符合莫言小说中浓厚的地方特色,让译作读者获得与原作读者相似的阅读体验。毕竟,只有当译作再现了原作中美的形式,实现了其审美价值,译作读者才会产生进一步了解异域文化的愿望,也才能进一步实现文学作品的道德价值和知识价值。

二、文学作品的道德价值:影响社会的感召力量

在文学外译中,译者个人的价值取向始终影响着他的作品选择和翻译策略。它不仅渗透于译作,影响着译者的取舍、策略和传达,更会以其独有的魅力影响译文读者。如果说文学作品的创作更多地展现了作者的审美诉求、文化身份和政治意图,文学译介中译者的文本选择、叙事视角和叙述模式则更加直接地受到其翻译目的的影响甚至主宰。只有当译者拥有更加宽广的视角和胸怀,站在全人类的立场,通过译作传递出人类共有的美好的道德情感时,读者才能更深刻地理解作品和作者,并被其深深感染。

---

① 莫言. 我在美国出版的三本书. 小说界,2000(5):170-173.
② 刘戈、陈建军. 独家专访莫言作品日文版翻译吉田富夫:谈与中国文学渊源. (2012-11-19)[2014-11-20]. http://japan.people.com.cn/35468/8025438.html.

在此，我们可以反观一下西方小说在中国的传播过程。应当说，在中国文学历史上，小说原本是无法与诗歌、戏剧等相提并论的。由于当时的社会轻视甚至鄙薄小说，1872 年《申报》上刊载的《谈瀛小录》（摘译自英国小说家斯威夫特的《格列佛游记》），欧文的《一睡七十年》（《瑞普·凡·温克尔》），译者均未署名①。而到了光绪、宣统年间，由于西学东渐的影响，逐步形成了文学翻译的繁荣时期。从 1906 年到 1908 年的三年是晚清翻译小说的高峰期，其时翻译的小说数量达到了创作小说的两倍。以 1908 年为例，当年出版的小说共 120 种，其中翻译小说就多达 80 种，由此足以看出当时小说翻译的兴盛②。

最早白话文小说创作的主要目的是自娱，除了金圣叹之外，没有几个学者敢于公开肯定和表扬其文学价值。而真正重估小说价值的是胡适③。胡适在《五十年来中国之文学》中明确提出小说流行最广、势力最大且影响最深，将其由"稗官野史"提升到了"济世安民"的正统文学的地位。出于推广白话文和改变叙事模式的需要，梁启超更是着意强调了政治小说的作用，将小说从文学的边缘推向了中心，大大提高了小说的地位。他在 1902 年的《论小说与群治之关系》一文中更是直接提出小说为文学之最上乘，因此"今日欲改良群治，必自小说界革命始；欲新民，必自新小说始"④。在此，小说的政治意义被着意强调甚至夸大了，无论是出发点还是旨归都是为了启蒙思想，从而达到促进政治革命的目的。其后，陈独秀和李大钊等进一步指出小说对于人类思想和精神上的积极影

---

① 马祖毅. 中国翻译通史（古代部分全一卷）. 武汉：湖北教育出版社，2006：475.
② 马祖毅. 中国翻译通史（古代部分全一卷）. 武汉：湖北教育出版社，2006：477.
③ 夏志清. 中国现代小说史. 刘绍铭，等译. 广西师范大学出版社，2014：6-7.
④ 梁启超. 论小说与群治之关系//陈平原，夏晓虹. 二十世纪中国小说理论资料：1897—1916（第一卷）. 北京：北京大学出版社，1989：536.

响,尤其是鲁迅,明确提出了小说是"为人生"的主张,指出其社会功能在于"移情"和"益智",因而,应当通过"转移性情",实现小说改变人的精神面貌,进而改造社会的目的①。他们如此大力地宣扬小说的作用,一方面是要经由小说大力地推广白话文,另一方面是要推进社会改革。而从深层原因上分析,则是为了对抗传统、改变现状和重建信心,这反映了当时的知识分子关怀社会疾苦的人道主义精神。这一时期,穆勒、尼采、托尔斯泰作品的译介,周作人《人的文学》的发表,《玩偶之家》里的娜拉受到当时青年的关注和热议,都显示了"国人对人文主义的浓厚兴趣,认为人的尊严远远超过他作为动物和市民的需要"②。

翻译家对哪种文学作品更感兴趣?他们如何选择要翻译和出版的作品?除了文学作品本身的审美价值外,其揭示社会生活的能力也是一个重要因素,这体现了作品的伦理道德价值。来自法国的中国文学翻译家何碧玉(Isabelle Rabut)曾指出,池莉的作品之所以受到法国读者的欢迎,就在于她深入了中国普通民众的私人生活领域,因此,"一个文学作品起码在两个方面有无法替代的价值,就连最细腻的社会调查也永远望尘莫及:一是日常生活的体验,另一是对历史动荡和创伤的个人感受"③。同样,林纾翻译小说的价值,远不止于对于新的小说文体和形式的引入,更表现在其敦促当时的读者放弃狭隘的民族偏见,勇于接受和吸收新知上。他在 1905 年翻译哈葛德的小说时,将原为《蒙特马祖的女儿》的书名译作《英孝子火山报仇录》,除了考虑到小说本身的特色,为了使

---

① 沙似鹏. 五四小说理论与近代小说理论的关系. 中国现代文学研究丛刊,1984 (2):23-46.

② 夏志清. 中国现代小说史. 刘绍铭,等译. 桂林:广西师范大学出版社,2014:15.

③ 何碧玉. 不是为了翻译而翻译,而是为了帮助别人了解中国. (2010-08-14) [2014-11-20]. http://book. sina. com. cnnewsc/2010-08-14/1245271824. shtml.

书名更具吸引力外,"孝子"二字的添加,有人认为这表现了林纾的封建意识。实际上,这主要是因为当时中国的读者对于西学缺乏基本的了解,有些顽固之徒更是认为西学是"不孝之学",而欧洲是"不父之国",并以此为借口加以抵制①。因而,我们在理解林纾的翻译意图时,一方面要看到他是为了排除守旧派对于西学的固有偏见,使译作更容易被读者接受;另一方面,也要认识到"孝"并非是中华民族独有的道德情感,也是人类共有的美德。只有抛弃狭隘的民族立场,站在人类共同情感价值的角度,我们才能真正了解和体会翻译家当时的胸襟和情怀。

要让一部小说更好地为一种新的社会文化所包容,更有效地实现其道德价值,译者在翻译过程中常常要对读者进行适度的引导和协调,因为译者需要满足的更多的是译作读者的需要。相比较而言,原作读者比较容易接受熟悉的生活场景和历史文化背景,产生共鸣;译作读者则更要有开阔眼界的愿望和探索新知的勇气。正如葛浩文所言:"译者给全世界的人送上文学瑰宝,使我们大家的生活在各种不同层面上都能更丰富,而更能帮助我们达到这个目标的,就是读者呈现对文学性的不同的看法。"②例如,吴趼人和周桂笙在合作翻译《毒蛇圈》的时候,周桂笙是译者,吴趼人是评点者。为了使译文适应中国读者的阅读习惯,他们采用章回体进行翻译,加入了"看官""却说""话说"等词,明显地采用了说书人的惯用句式,并在翻译的过程中加入了大量的评点引导读者。例如,在全文的开首即加入了译者的总评,分析中西小说叙事模式的不同,并褒奖了倒叙的对话形式;以瑞福的经历感叹当时中国司法制度

---

① 韩洪举. 林译小说研究:兼论林纾自撰小说与传奇. 北京:中国社会科学出版社,2005:62.

② 葛浩文. 我行我素:葛浩文与浩文葛. 史国强,译. 中国比较文学,2014(1):37-49.

的主观臆断和缺乏公正,甚至因为瑞福处处惦念女儿,认为如果不写妙儿思念父亲的段落,不免不妥,因而"特商于译者,插入此段,虽然原著虽缺此点,而在妙儿,当夜吾知其断不缺此思想也,故杜撰亦非蛇足"①。在译介过程中,译者对于西方的法制精神和侦探小说的叙事模式持积极支持的态度,并在翻译后身体力行:吴趼人随后尝试创作了《九名奇冤》,摹仿了对话体的倒叙写法,并对小说的结构进行创新;周桂笙也写了中国最早的侦探小说之一的《上海侦探案》。这些由翻译衍生出的小说创作对于丰富中国小说的创作模式和技巧有着极为重要而深远的影响,也更有利于实现作品的审美价值。

三、文学作品的知识价值:真实世界的文学再现

提及文学译介的知识文化价值,不能不提及"钱锺书现象"这一极为成功的外译案例。可以说,在以往的文学研究中,钱锺书的小说一直未受重视。直到 1961 年,美籍学者夏志清在《中国现代小说史》中对《围城》推崇备至,用了十几页的篇幅进行详细的剖析和介绍,高度赞扬了这一作品文体的简洁有力、细节的展现和意象的经营,才直接推动"钱学"迅速进入了美国学者的研究视野。加之随后作品的翻译,研究者们纷纷赞叹其"积学之深,叹为观止",将其尊为"中国第一博学鸿儒",并宣称都是"拜钱的人"(devotees),"能够面见,余死而无憾焉!"②而后,随着《围城》在中国的再版和海外研究成果的引入,钱锺书的博雅和才情得以展示在中国读者的面前,引起专家学者的广泛关注,钱学也逐渐成为一

---

① 赵稀方. 翻译与文化协商——从《毒蛇圈》看晚清侦探小说翻译. 中国比较文学,2012(1):35-46.
② 奚永吉. 文学翻译比较美学. 武汉:湖北教育出版社,2000:77.

门显学。在这一典型的文学译介案例中，翻译不仅起到了传播中国文学和文化的作用，还让原作的价值在中国得以再现，丰富了中国读者对于作品的认识和理解。

需要注意的是，译者的选择也会受到不同历史时期、社会政治语境和意识形态的影响。以我国 20 世纪初期的文学外译为例，当时的中国在鸦片战争之后已成为半殖民地半封建国家，西方列强对积贫积弱的中国虎视眈眈，他们需要更多地了解中国的文化历史，以便实施侵略活动，所以组织了一批外籍的汉学家或传教士，如翟里斯、亚瑟·韦利、理雅各、利玛窦、殷铎译等对中国的典籍进行翻译。当时，他们选择翻译的作品内容较为局限，如老子、孔子、孙子等的有关哲学、思想、军事等方面的书籍偏多，而如被英国著名科学史专家李约瑟称为"中国科学史上的坐标"的《梦溪笔谈》等著作却一直没有译本出现。在我国经典小说的介绍上，也多是一些由西方译者选译或节译的内容，至于诗词、文赋、戏剧、文艺理论等著作，更是鲜为西方人所了解。这时译者更关注的是作品的知识和文化价值，因为他们外译的目的就是要更真实地展现中国具体的生活场景，通过一系列作品了解中国的文化和社会，从而能够从军事和思想上更有效地控制中国民众。即便到了当代，以美国为代表的西方国家也主要依靠汉学家和研究者译入中国文学作品。这种类型的译者往往会热衷反映和揭露社会阴暗面的作品，并在翻译的过程中加入大量的注释，解释外国读者所不熟悉的中国历史和文化现象。由于处于强势文化语境中的外国读者对于中国的文学作品更多的是持有一种猎奇心态，加之中国悠久历史文化给予他们的神秘感，"人们对中国历史和现实社会中的神秘、丑陋、古怪、黑暗的东西显示出特别的兴趣"，这也是先锋派、新写实主义和持不同政见的作品很容易在国外出版的原因。①

相比较而言,进入 20 世纪 90 年代的中国,已是一个以崭新面貌出现在世人面前的日益强大的中国,中国人民更希望能够通过文学作品的译介,传递中国的文明和特色,从而让读者更加真切、具体、全面地了解中国和中国文化。因此,中国政府在 90 年代策划了"大中华文库"汉英对照的系列丛书,并在第一批时就推出了七十部著作,较为全面地介绍了中国古典文献的精华。通过这一活动,我国培养和锻炼了一大批中青年翻译人才,除了大家熟知的杨宪益、沙博理、许渊冲等人以外,更有以汪榕培、许钧、卓振英、罗志野、李又安、王宏等为代表的一批中青年翻译家。值得注意的是,这次的翻译工作主要是由中国人承担的,而且这批译作的质量也达到了相当高的水平,得到了西方社会的认可和接受。需要看到,现阶段中国文学译介的目的是要让世界更加真实全面地了解中国文化的博大精深,了解中国在人类历史上发挥的作用,要让我们的文化真正地"走出去"。因此,此时的译介活动是主动性的,也要求译作更多地展现中国文学的特色和魅力,让我国的典籍得到西方读者的了解、接受和认可。何碧玉就曾指出,东方和西方的美学有着明显差异,因此不能要求中国小说完全符合西方小说的标准,她说:"我们做翻译的不能忘记,人们选择中国作家的书来看,就是要看中国、中国人是怎么样的,不能把陌生文化的每个因素都抹平,不能都法国化德国化,要留点中国味儿,否则就干脆读本国作品就行了。"②曾把王朔、余华等作家的作品译成德文出版的翻译家高立希(Ulrich Kautz)也承认目前中国作家作品在德国影响力还很

---

① 王颖冲,王克非. 现当代中文小说译入、译出的考察与比较. 中国翻译,2014 (2):33-38.

② 石剑峰. 华师大昨举办"镜中之镜:中国当代文学及其译介研讨会".(2014-04-22)[2014-11-20]. http://sh.eastday.com/m/20140422/u1a8045610.html.

微弱，但他认为中国作家要勇于坚持自己的特色，千万不能为了"讨好"外国读者而改变自己的写作风格。可见，只有当译介的作品带有中国的美学特征，不违背人类的道德底线，传递出中国的知识和文化特色时，才能向西方展现中国的本来面貌。

四、结　语

综上所述，译者的译作选择和翻译策略会直接影响到中国文学在异域的传播影响和效果，在文学外译的过程中，译者更希望体现文学作品的审美价值、道德价值和知识价值。只有当一部文学译作富有美感和情感，遵循人类共有的伦理道德标准，同时又能真实地传递出中国文化的特色时，读者才能从作品中看到一个较为完整的中国图像，体会到中国文化的真正魅力。

本文系 2013 年国家社科基金项目"汉籍外译的价值取向与文化立场研究"（编号：13CYY008）和上海市教委 2014 年度科研创新重点项目"汉籍外译中译者的价值取向与文化立场研究"（编号：14ZS081）的阶段性成果。

（周晓梅，上海财经大学外国语学院教授；原载于《小说评论》2015 年第 1 期）

论中华文化外译的策略与途径

黄莜笛

近年来,随着中国文化"走出去"战略的实施,学界越来越关注中国文学对外译介和中华文化对外传播的问题。不少学者对相关的问题有较为深入的思考,如徐珺教授等所著的《汉文化经典外译:理论与实践》(北京大学出版社,2014 年),将理论研究与案例分析相结合,探讨了中华文化经典作品《中庸》《红楼梦》以及《论语》在外译与传播过程中或宏观或微观的相关问题,强调异化翻译策略的合理性和必要性,呼吁译者应具备文化自觉意识,在文化平等的立场上传播中华文化。在该书所引发的思考下,本文着重探讨中华文化外译的策略与途径,通过考察"走出去"的现状,总结经验与教训,分析"迂回"道路的双重含义,指出"迂回"是得以"进入"的前提,翻译问题并非中华文化走向世界需面临的唯一考验,强调应同时处理好"组织—选题—翻译—出版—阅读"这五个紧密关联的环节,这样才能使中华文化真正"走出去",进而"走进"外国主流文化。

一、迂回:何以提供进入?

徐珺教授在《汉文化经典外译:理论与实践》第七章提出的"异

化为主,归化为辅"策略,特别值得我们关注与思考。改革开放以来,伴随我国经济实力增强、综合国力上升而来的,是中华文化走向世界的呼声日益高涨。中华文化要走向世界,与世界上其他民族进行交流,翻译问题是要面临的基本考验。国内众多学者早已对中华文化外译的策略与手段提出过各种论点,若将目光拓展至国外,我们发现一批为中外文化的沟通搭建桥梁的汉学家也对这一问题进行过思考。例如,瑞士汉学家让·弗朗索瓦·毕来德(Jean François Billeter)在《翻译三论》中明确提出了诗歌翻译的"迂回"路径①,而法国当代著名汉学家弗朗索瓦·于连(François Jullien)则站在理论的高度,通过对"诗的话语的各种形态:赋、比、兴"的思考,尝试理解"中国人是如何设想诗的迂回",并且"他们认为这种迂回到达何种深度"②。推而广之,在当前中华文化外译已经上升为国家战略的时代背景下,于连"迂回与进入"的思路更可以为如何更有效地推进中华文化在海外的译介与接受提供启迪。

不妨先来看看中华文化外译与传播的现状。应当承认,中国政府在有组织、成规模地向外译介中华文化方面,做出过不小的努力。不得不提的一例是20世纪80年代初,在时任《中国文学》主编的杨宪益先生的大力倡导下,开始出版的"熊猫丛书"。据统计,这套"熊猫丛书"自1981年发行,至2000年左右几乎停止出版,累计推出了195部文学翻译作品,包括"小说145部,诗歌24部,民间传说14部,散文8部,寓言3部,戏剧1部"③。虽然在2005年,外文出版社重新出版了一套"熊猫丛书",但"大都是过去旧译的再

---

① 参见:Billeter, J. F. *Trois essais sur la traduction*. Paris:Editions Allia, 2014.

② 参见:弗朗索瓦·于连. 迂回与进入. 杜小真,译. 北京:生活·读书·新知三联书店,1998.

③ 谢天振. "中国文化'走出去':理论与实践"丛书总序//刘小刚. 翻译中的创造性叛逆与跨文化交际. 天津:南开大学出版社,2014:2.

印,读者对象也转向国内,至少说明中国文学的对外译介计划偏离了方向"①。据悉,意在效仿英国"企鹅丛书"的"熊猫丛书"并未完成自己的文化使命——它们的确"走出了国门",却很少进入外国图书市场,大都由中国使领馆等驻外机构在举办文化活动之时供免费赠阅。在"熊猫丛书"之后,"大中华文库"、"中国图书对外推广计划"、"经典中国"国际出版工程、"中国当代文学百部精品译介工程"接踵而至,声势可谓有过之而无不及。国内主流媒体对此持乐观态度,积极肯定了近十年来中国对外翻译出版事业取得的成就——"内容不断丰富,队伍不断壮大",初步形成以"一大批国家级对外传播专业机构为主",又有一些"地方对外传播报刊",连同"翻译服务公司、专兼职翻译从业者参与的庞大阵容"——并得出结论:"中国文化对外译介出版迎来了一个百花齐放的历史新时期。"②在这看似"百花齐放"的繁荣景象背后,也有学者清醒地认识到其中存在的问题。鲍晓英直言,"多年来我国图书进出口 10∶1 的贸易逆差、70％以上版权输出到港台、东南亚等华人市场而引进书籍大部分来自于欧美国家,1900 年到 2010 年 110 年间中国翻译的西方书籍近 10 万种而西方翻译中国的书籍种类还不到 1500 种",这些事实表明,中国文学"走出去"的进程"一直以来都步履蹒跚"③。许方同样认为,当前中国文学输出与外国文学输入的巨大逆差是个不争的事实,"从翻译作品在西方国家和我国的出版比例上也可得以窥见,在西方国家的出版物中,翻译作品所占的份额非常之小,法国 10％,美国只有 3％。而西方国家向中国输出

---

① 耿强. 文学译介与中国文学"走向世界"——"熊猫丛书"英译中国文学研究. 上海:上海外国语大学博士学位论文,2010:17.
② 庄建. 中国文化对外译介上演"多声部大合唱". 光明日报,2012-12-31.
③ 鲍晓英. "中学西传"之译介模式研究——以寒山诗在美国的成功译介为例. 外国语,2014(1).

的作品，或者说中国从西方国家翻译过来的作品达到了出版总量的一半以上"①。作家池莉也明确地道出隐忧："中国一向对外国作品很热，很敏感，很喜欢，翻译出版得又快又多，外国出版界对中国文学的反应不是这样的。"②

可以说，中华文化"走出去"是一条"迂回"的道路，其中包含两层意思。一方面，就现状而言，我国在对外推广中华文化进程中已经走了不少"弯路"，不可否认，我国政府为此花费了大量的人力财力，却远未达到预期目的，可谓收效甚微。另一方面，就策略而言，"迂回"也许可以为"进入"开辟另一条路径。谢天振教授对此进行过深入的思考，认为一个民族接受外来文化需要一个过程，这是一个规律问题。自清末闽籍翻译家林纾"耳受手追"式地将 11 个国家 107 位作家的作品译介到我国至今，已有一百余年，中国读者早已形成阅读"原汁原味"的翻译文学作品的习惯。反观西方国家的读者对于中国文化、文学的兴趣"却是最近几十年才刚刚开始的"，其间存在的这个"时间差"，加上西方世界长久以来根深蒂固的文化中心主义，致使"在西方目前还远远没有形成一个成熟的接受东方文化、包括中国文化的读者群体，因此我们不能指望他们一下子就会对全译本以及作家的全集感兴趣"③。谢天振教授进一步指出，我们在对外译介中华文化的历史进程中，"不要操之过急，一味贪多、贪大、贪全，在现阶段不妨考虑多出一些节译本、改写本，这样做的效果恐怕要比那些'逐字照译'的全译本、比那些大而全的

---

① 许方,许钧. 翻译与创作——许钧教授谈莫言获奖及其作品的翻译. 小说评论，2013(2).
② 高方,池莉."更加纯粹地从文学出发"——池莉谈中国文学译介与传播. 中国翻译,2014(6).
③ 谢天振. 从莫言作品"外译"的成功谈起//隐身与现身:从传统译论到现代译论. 北京:北京大学出版社,2014:9.

'文库'的效果还要来得好,投入的经济成本还可低一些"①。许钧教授对此持赞同意见,认为"中国文学,尤其是当代文学在西方国家的译介所处的还是一个初级阶段,我们应该容许他们在介绍我们的作品时,考虑到原语与译语的差异后,以读者为依归,进行适时适地的调整,最大程度地吸引西方读者的兴趣"②。那么,仅仅经过翻译,而后在国内出版社以外文出版的中国文学就算走向了世界,又如何更加切实有效地推进中华文化"走出去"呢?

二、进入:"走出去",更应"走进去"

翻译问题的确是中华文化走向世界要面临的基本考验,但并非唯一的考验。当前,在谈及中华文化"走出去"进程中的问题与困难时,往往存在一种倾向,那就是把责任都归于翻译,认为未达到预期目的都是由于翻译质量不佳或者译本不够忠实。难以否认,这一倾向与传统观念长久以来对翻译的"不公正"定位不无关系。正如许钧教授所言,"无论在东方还是在西方,译者普遍被定位于一个至今还难以摆脱的角色——仆人"③,并且是"一仆事二主",既要绝对忠实于原作,又要尽力迎合译作读者的阅读习惯。无怪乎余光中先生感叹道:"译好了,光荣归于原作,译坏了呢,罪在译者……译者介于神人之间,既要通天意,又得说人话,真是'左右为巫难'。"④事实上,具有丰富的译者培训经验的法国术语学家达尼尔·葛岱克就明确提出,"翻译质量在于交际效果,而不是表

① 谢天振. 从莫言作品"外译"的成功谈起//隐身与现身:从传统译论到现代译论. 北京:北京大学出版社,2014:13.
② 许方,许钧. 翻译与创作——许钧教授谈莫言获奖及其作品的翻译. 小说评论,2013(2).
③ 许钧. 翻译论. 武汉:湖北教育出版社,2006:317.
④ 许钧. 翻译论. 武汉:湖北教育出版社,2006:336.

达方式和方法"①。这一论断恰与现代翻译理论对翻译的重新定义不谋而合——"翻译是以符号转换为手段，意义再生为任务的一项跨文化的交际活动"②——"符号转换"是翻译的具体手段，但不再是其终极目标，翻译的根本任务在于传达意义与促进交流，具有跨文化的本质。美国著名汉学家葛浩文"连译带改"式的翻译在英语世界取得巨大的成功，甚至成为助莫言获得诺贝尔文学奖的功臣，就是很好的一例。谢天振教授曾专门撰文，深刻剖析了莫言获奖背后的翻译问题，由此归纳出译介学最基本的几条规律，提醒我们应该注意到"译入"与"译出"这两种不同性质的翻译行为，并且正视中西文化交流中存在"语言差"与"时间差"的事实③。

在中华文化"走出去"的历史进程中，翻译无疑是重要的一环。然而，翻译既不是起点，也并非终点。中华文化不仅要"走出去"，更要"走进"各个语种的世界，在其主流文化中占得一席之地。而这需要群策群力，其中至少包含五个重要环节：谁来组织？谁来选题？谁来翻译？谁来出版？谁来阅读？

在"谁来组织"方面，国家机构对外译介模式无疑具备其他模式所无法比拟的巨大优势，能尽可能多地整合财力、物力资源，投入中华文化的向外推广中。然而应当看到，国家机构对外译介模式同时存在一定的弊端：作为一种国家行为，翻译多受译出语国家意识形态的影响，自然要受制于译出语国家的翻译政策，"译介内容和形式在很大程度上偏向源语规范，而不是译语规范，很难被译

① 葛岱克. 职业翻译与翻译职业. 刘和平,文韫,译. 北京:外语教育与研究出版社,2011:6.
② 许钧. 翻译论. 武汉:湖北教育出版社,2006:75.
③ 参见:谢天振. 从莫言作品"外译"的成功谈起//隐身与现身:从传统译论到现代译论. 北京:北京大学出版社,2014.

语国家接受便理所当然"①。有学者对国家社科基金"中华学术外译项目"进行过这方面的思考,认为国家机构作为赞助人的这些重大项目,如"中国图书对外推广计划"、"中国文化著作翻译出版工程"、"经典中国"国际出版工程等,尽管为中华文化"走出去"做出很大的努力,但"整体说来管理职权不太明确,整体协调也不够",并且"由于分属不同的部门,它们之间基本上没有横向的联系,因此无法进行统一的出版'走出去'规划"②,无形中也造成了不少的资源浪费。因此,应该注意协调现有各项目之间的关系,互通有无,加强"走出去"的全局意识,统筹规划,充分发挥国家机构对外译介模式的积极作用。

在"谁来选题"方面,中国学者与外国出版社或汉学家考虑的角度存在差异:汉学家多从文学角度出发,外国出版社在文学角度之外,更多考虑的是读者的接受问题,而中国学者则不免受到国内文化语境与翻译政策的影响,较难顾及译入语国家读者的阅读习惯和兴趣。在 2013 年 10 月举办的"中国文学走出去:挑战与机遇"学术研讨会上,承担国家社科重大项目"百年中国在海外的传播"的季进教授明确提出,"当代文学的翻译,更为有效的方式可能还是要靠以西方语言为母语的国外专业翻译家或汉学家,由他们自主选择翻译的作品,可能更容易获得西方读者的青睐"③。鉴于此,在选题上,我们应该更多地把目光投向他者,积极寻求同译入语国家的出版社和汉学家合作,尊重外国读者的接受语境,选择具有推广价值、能预见推广效果的作品进行译介。

①　郑晔. 国家机构赞助下中国文学的对外译介——以英文版《中国文学》(1951—2000)为个案. 上海:上海外国语大学博士学位论文,2012:iv.
②　李雪涛. 对国家社科基金"中华学术外译项目的几点思考". 云南师范大学学报,2014(1).
③　张聪. "中国文学走出去:挑战与机遇"学术研讨会综述. 中国比较文学,2014(1).

　　在"谁来翻译"方面,大量实践证明,单纯依靠国内翻译家无法取得预期的效果,理想的翻译模式应是"合作、平衡、妥协",既最大限度地保留体现作品价值的原作个性,以扩展文学领域,推动文学发展,又同时顾及接受语境。正如谢天振教授所言,虽然"单就外语水平而言,我们国内并不缺乏与这些外国翻译家水平相当的翻译家",但"在对译入语国家读者细微的用语习惯、独特的文字偏好、微妙的审美品位等方面的把握方面,我们还是得承认,国外翻译家显示出了我们国内翻译家较难企及的优势,这是我们在向世界推介中国文学和文化时必须面对并认真考虑的问题"①。谢教授进一步表示,为了让中国文学和文化更有效地"走出去",有两件事可以做:"一是设立专项基金,鼓励、资助国外的汉学家、翻译家积极投身中国文学、文化的译介工作;二是在国内选择适当的地方建立中译外的常设基地,组织国内相关专家学者和作家与国外从事中译外工作的汉学家、翻译家见面,共同切磋他们在翻译过程中碰到的问题"②。许钧教授对中外译者"合作模式"持肯定态度,认为"中译外事业其实是需要所有类型译者的共同合力,这样才可以立体、全面、准确地传达'中国声音'",并且进一步呼吁在加强合作的同时,应该"重视对本土中译外人才的培养,从制度法规、课程设置、海外合作等多个层面来提高培养质量,实现文化自觉,用国外易于接受的方式推介中国文化里最核心的内容"③。这些对策与建议无疑是极有见地的。

　　在"谁来出版"方面,涉及的层面已经扩展至市场运作及市场

①　谢天振. 从莫言作品"外译"的成功谈起//隐身与现身:从传统译论到现代译论. 北京:北京大学出版社,2014:8-9.
②　张聪."中国文学走出去:挑战与机遇"学术研讨会综述. 中国比较文学,2014(1).
③　许方,许钧. 关于加强中译外研究的几点思考——许钧教授访谈录. 中国翻译,2014(1).

营销,在海外图书市场上,中国出版社始终是"外来者"身份,难以切实把握市场动态,而外国的文学机构、文学社团及出版社则更容易找到潜在读者,制定有利于推广的出版策略。莫言作品的外译本都是由国外著名出版社出版就是很好的一例。试想一下,倘若其是由未获海外图书市场认可与信任的中国出版社出版,要"走进"西方读者,可谓难上加难,因为"译作放在国外一流的出版社或享有崇高声誉的丛书(如企鹅丛书)中出版,就能使莫言的外译作品很快进入西方的主流销售渠道,也使得莫言的作品在西方得到有效的传播"①。值得肯定的是,这个以往一直未引起足够重视的问题近年来已经有所改善。根据王建开教授对中国文学英译出版模式的研究,目前形成了"由政府部门提供政策支持和翻译费用资助、出版企业和国外出版企业自主协商洽谈项目、按照市场化方式运作"的工作体制和机制,并且中国当代文学英译工程的另一个共同特点在于"与国外出版社合作并在海外出版,此为资助机构的明确要求和基本前提"②。

在"谁来阅读"方面,对"如何培养读者群"这个核心问题,我们可以分两步走:在翻译的同时,加强学术引领,由中国学者发声,与汉学家产生共鸣,还可以"开展翻译作品的传播机制研究……如果能有效并充分利用国外出版机构及主流媒体进行出版、评论和推介,那么中国文学作品的接受力和传播力就会得到明显改进"③。此外,虽然"西方国家在对中国文学作品的接受上存在一定的相似性,有一些相似的偏好和偏见,我们在谈作家的海外接受的时候往

---

① 谢天振. 从莫言作品"外译"的成功谈起//隐身与现身:从传统译论到现代译论. 北京:北京大学出版社,2014:10.

② 王建开. "走出去"战略与出版意图的契合:以英译作品的当代转向为例. 上海翻译,2014(4).

③ 许方,许钧. 关于加强中译外研究的几点思考——许钧教授访谈录. 中国翻译,2014(1).

往把西方国家作为一个整体在谈",然而事实上,"这些国家的社会文化背景不尽相同,例如法语世界和英语世界对同一位作家的接受往往是有所差异的"①,应当对不同国家的文化语境进行深入研究,针对各个语种读者的期待视野,制定不同的译介与出版策略。

三、结　语

中华文化外译的历史进程,可谓任重而道远。我们要有"走进去"的自信,摒弃长期以来在政治、经济、文化各方面追赶西方造成的"对于国外作家的无条件信任与对国内作家的质疑",面对他者的文化,"开放共融,兼收并蓄"②,绝不妄自菲薄。但这种自信倚仗的是华夏文明的底蕴,并不是盲目的自信。以"迂回"之路"走出去",处理好"组织—选题—翻译—出版—阅读"这五个环节的关系,进而"走进"外国主流文化,是中华文化外译的基本策略与手段。

(黄菠笛,南京大学外国语学院博士研究生;原载于《小说评论》2015 年第 6 期)

---

① 高方,池莉. "更加纯粹地从文学出发"——池莉谈中国文学译介与传播. 中国翻译,2014(6).
② 许方,许钧. 翻译与创作——许钧教授谈莫言获奖及其作品的翻译. 小说评论,2013(2).

中国文学外译中的读者意识问题

周晓梅

引　言

读者,无疑是文学外译中不可忽视的一环。莫言作品的英文译者葛浩文曾经这样描述其翻译过程:"作为一个译者,我首先是读者。如同所有其他读者,我一边阅读,一边阐释(翻译?)。我总要问自己:是不是给译文读者机会,让他们能如同原文读者那样欣赏作品? 有没有让作者以浅显易懂的方式与他的新读者交流,而且让新读者感受到对等程度的愉悦或敬畏或愤怒? 等等。"①可见,读者的理解和感受一直是他非常重视的问题。

在当前的中国文学外译研究中,已有一些学者注意到了读者作为传播受众的重要性。高方、许钧在《现状、问题与建议——关于中国文学走出去的思考》一文中,建议组织各类文学与文化交流活动,加强作家与读者之间的联系,帮助外国读者了解和认识中国

---

① 葛浩文. 我行我素:葛浩文与浩文葛. 史国强,译. 中国比较文学,2014(1):37-49.

文学①。吴赟基于对毕飞宇的小说《玉米》和《青衣》的英译本传播状况的考察,发现尽管这两部作品在西方主流媒体中掀起了评论热潮,但在普通读者中却反响平平,认为主要是由于大众读者并不了解小说中涉及的京剧和文革,也不熟悉中国文学的叙事手法,因而无法产生情感共鸣和认同②。韩子满认为,文学译介应当让海外受众接触到中国文学中的优秀作品,读到能够真实反映中国文化面貌的作品,被其打动进而产生好感③。李刚、谢燕红在研究刘绍明和葛浩文主编的《哥伦比亚现代中国文学选集》一书时发现,编者在推介中国现代文学的过程中,将读者设定为西方大学里学习中国文学的学生,并在选择作品时充分考虑到了西方读者阅读中的期待、习惯、偏好、评价等④。

读者选择阅读中国的文学作品或出于研究的需要,或源于对作家和文学作品的兴趣,或基于了解中国文化传统的愿望。那么,这些读者更倾向于选择什么样的作品? 会注意哪些文本内或文本外的信息? 文学译介中的读者意识又应当涵盖哪些层面? 关注哪些因素? 本文试图聚焦文学外译中的读者意识问题,分析译者的作品和翻译策略选择,探究其中的倾向性及其依据。

一、何为文学外译中的读者意识?

翻译中的读者意识主张译者以读者的阅读感受为中心,在不

---

① 高方,许钧. 现状、问题与建议——关于中国文学"走出去"的思考. 中国翻译,2010(6):5-9.
② 吴赟. 西方视野下的毕飞宇小说——《青衣》与《玉米》在英语世界的译介. 学术论坛,2013(4):93-98.
③ 韩子满. 中国文学的"走出去"与"送出去". 外国文学,2016(3):101-108.
④ 李刚,谢燕红. 英译选集与中国现代文学的海外传播——以《哥伦比亚现代中国文学选集》为视角. 当代作家评论,2016(4):175-182.

违背原作规范的基础上尽力提升作品的可读性和可接受性,具体包括两层内涵:一方面,读者意识要求译者对译文读者负责。巴斯奈特指出,译者作为目标语文本的作者,应当对目标语读者担负起明确的道德责任[1]。诺德也认为,无论是原作的作者,还是目标语文本的接受者,都无权检验译作是否符合他们的期望;只有译者有这个责任,因为他需要对作者、发起人和目标语读者负责,这就是翻译的忠实性[2]。另一方面,读者意识又要求译者遵循文本内部的规范,激活原作中的场景,找到合适的目的语框架[3],丰富源语文学的风格和形式,帮助译文读者理解原作中的习语表达、引用、谚语、隐喻等[4]。

那么,读者意识关涉哪些类型的读者?本文沿用罗萨的观点[5],将这一读者群分为三类:1. 文本外的真实读者,指文学作品的接受者,他是现实世界中有血有肉的个体,可能接近也可能远离作者心中勾勒的读者形象。2. 理想读者,他才能卓越,理解力超群,可以理解文学文本的内涵意义,也能认识其重要性,并与文本保持适度的距离。文学外译中的译者就是这样的理想读者:他对

---

[1] Bassnett, S. *Translation Studies*. London: Routledge, 1988: 23.

[2] Nord, C. Text analysis in translator training. In Dollerup, C. & Loddegaard, A. (eds.). *Teaching Translation and Interpreting: Training, Talent and Experience*. Amsterdam: John Benjamins Publishing Company, 1992: 39-48.

[3] Snell-Hornby, M. *The Turns of Translation Studies: New Paradigms or Shifting Viewpoints?* Amsterdam/Philadelphia: John Benjamins Publishing Company, 2006: 110.

[4] Reiss, K. *Translation Criticism—The Potentials and Limitations: Categories and Criteria for Translation Quality Assessment*. Rhodes, E. F. (trans.). Manchester: St. Jerome Publishing, 2000: 79.

[5] Rossa, A. A. Defining target text reader: Translation studies and literary theory. In Duarte, J. F., Rossa, A. A. & Seruya, T. (eds.). *Translation Studies at the Interface of Disciplines*. Amsterdam/Philadelphia: John Benjamins Publishing Company, 2006: 101.

作者的原意心领神会,既能感知文本包含的本质情感,又能全方位地欣赏其中的审美情趣①。3. 文本内的隐含读者,这一读者由文本自身构建,更符合作者心中对于读者的期待。

中国文学外译的文本接受者主要是现实中的译文读者,然而问题在于,中国读者从文学作品中获得的美学、怀旧、思考等方面的乐趣,精神的净化、情感的宣泄,好奇心的激发与满足,以及自身信念受到挑战所带来的快乐,译文读者却未必能够完全体会②。以莫言的小说《生死疲劳》为例,亚马逊网上书店上的外国读者对该书英译本的正面评价为 82 条(73%),负面评价是 30 条(27%)。综合这些负面评价,我们会发现读者大多反映这部作品过长、重复,书中人物的名字很难记,复杂、沉闷、笨重、奇怪、不够清晰,故事情节有时候令人费解,读起来很费力③。诚然,故事情节的重复性会带来阅读过程中的疲劳感,但更主要是因为译文读者缺乏中国古典演义说部、说唱艺术、革命历史乡土小说方面的熏陶,不易体会到作者希望通过历史的起承转合传达的对人生重复节奏的徒然感④,更难以理解作者对于贫富冲突隐患的忧虑和"大悲悯";而且,作品中荒诞的叙事手法,以及对个体生活经验的暴力描写,都会让没有这段历史经历的译文读者感到诧异和困惑。

译文读者在理解和接受中国的文学作品时会遇到种种困难,

---

① Chandran, M. The translator as ideal reader: Variant readings of Anandamath. *Translation Studies*, 2011, 4(3): 297-309.

② McDougall B. S. Literary translation: The pleasure principle. *Chinese Translators Journal*, 2007(5): 22-26.

③ 亚马逊网站读者评论(英文网站). (2016-11-01). https://www.amazon.com/Life-Death-Are-Wearing-Out/product-reviews/1611454271/ref=cm_cr_getr_d_paging_btm_next_3? ie=UTF8&showViewpoints=1&sortBy=recent&filterByStar=critical&pageNumber=3.

④ 王德威. 狂言流言,巫言莫言——《生死疲劳》与《巫言》所引起的反思. 江苏大学学报(社会科学版),2009(3): 1-10.

一方面是由于作者创作过程中内心设定的原文读者与译者心中的译文读者是不同的,因为作者在创作的过程中,更希望获得的还是本国读者的认同。池莉曾说过:"作家就是属于母语的,母语也就是属于作家的,这是血缘关系,是文化基因遗传,不可能改变。当然只能是母语读者才能够完全彻底咀嚼你的文字,领会你传达的真正涵义。"①莫言也直言:"我从来没有想到去迎合西方图书市场的口味,更没有为了让翻译家省事而降低写作的难度,我相信优秀的翻译家有办法克服困难。"②另一方面则是由于译文读者受到自身阅读习惯、评价方式、文化背景等因素的限制和影响,在理解中国文字作品方面往往存在一定的困难。因为译文读者或许只是对原作怀有好奇心或兴趣,但并不了解原作语言,或许过去曾经学习过原作语言,但由于后来从事了不同的职业,已经渐渐淡忘了这方面的知识③。

为了帮助译文读者克服这些困难,本文主张译者在文学外译中应当建立读者意识,重点解决两个方面的问题:一是如何选择通过译介的作品吸引更多文本外的真实读者,增强其主动接触中国文学的愿望。葛浩文就曾经表示:"中国每年不知道要出多少小说,我们只能选三五本,要是选错了的话,就错上加错了。美国人对中国不了解的地方已经够多了,还要加上对文学的误解,那就更麻烦了。"④二是如何发掘文本内部的价值观、规范和风格特征,适当地影响和引导译文读者,让其对译介作品产生较深的同感和共鸣。

---

① 高方,池莉."更加纯粹地从文学出发"——池莉谈中国文学译介与传播.中国翻译,2014(6):50-53.
② 许钧,莫言.关于文学与文学翻译——莫言访谈录.外语教学与研究,2015(4):611-616.
③ Theodore, H. S. *The Art of Translation*. London: Jonathan Cape, 1957: 57-58.
④ 季进.我译故我在——葛浩文访谈录.当代作家评论,2009(6):45-56.

以下，我们将分别从这两个层面阐述文学外译中的读者意识问题。

二、文本外的读者意识：真实读者的阅读体验

中国文学外译的真实读者既包括译者、对于中国文学作品感兴趣的普通读者、具有专业背景的学者和批评者，也包括出版社、编辑、文学代理人、文化政策制定者等把关人[①]，这些读者的意见和阅读体验对于译者而言都是重要的参照信息。让我们先来看看在具体的文学外译活动中，译者在选择作品时倾向于关注哪些因素。其一，译者非常重视文学作品的叙事方式、故事情节、美学价值等。莫言小说主要的日文译者吉田富夫表示，他之所以首先选择翻译《丰乳肥臀》，是因为作品的叙事手法很特别：莫言将自己作为一个农民，真正写出了农民的灵魂[②]。而葛浩文则坦言自己主要是根据兴趣选择作品，基本只翻译自己喜欢的作品，更看重作品中表现的思想观念。其二，对真实读者的阅读兴趣、偏好和习惯的考虑同样会影响译者的作品选择。葛浩文首先读到的莫言的作品是《天堂蒜薹之歌》，当下被书中的爱恨打动，准备着手翻译，但当他读到《红高粱》时，觉得这本书更适合作为莫言与英语读者首次见面的作品，所以他选择首先翻译了《红高粱》，接下来是《天堂蒜薹之歌》《酒国》《丰乳肥臀》《生死疲劳》等[③]。其三，译者通常比较关注书评类信息，因为国外的文学评论，尤其是《纽约时报》《华盛顿邮报》等报纸杂志上的书评是由媒体自己选择和组织的，具有一定的独立性、权威性和参考价值，而且这些机构也会着意引导读

---

① Kuhiwczak，P. *Translation Studies* Forum：Translation and censorship. *Translation Studies*，2011，4(3)：358-373.

② 舒晋瑜. 十问吉田富夫. 中华读书报，2006-08-30(BIBF 专刊).

③ 我译故我在——葛浩文访谈录. 当代作家评论，2009(6)：45-56.

者,帮助其形成一定的阅读动机、解读策略和评价标准。安必诺曾指出,受到文学批评界和媒体的影响,法国读者往往会在评价中国作家时列出不同的等级,比如莫言和余华就处于相对较高的位置①。其四,出版社和编辑的意见对于译者而言起着极为重要的参照和引导作用。2009 年,蓝诗玲翻译的《〈阿 Q 正传〉及其他中国故事:全鲁迅小说英文集》由企鹅经典丛书推出,文集包括《呐喊》《彷徨》《故事新编》《怀旧》等 33 篇小说,是目前最全的单行本。谈及重新翻译鲁迅作品的初衷,蓝诗玲在一次访谈中表示,当时企鹅经典丛书正准备出版现代中国的文学作品,出版社首先推荐了鲁迅,而她由于了解鲁迅在中国文坛的权威地位,认为重译其文学作品是值得的。考虑到之前的两个主要译本一个由中国出版,另一个由美国的学术类出版社出版,不太容易影响普通的大众读者,她认为企鹅出版社更有号召力,能够影响大部分的英国读者,有助于将鲁迅的作品介绍给更多的读者②。综合以上几个方面的分析可见,译者的作品选择固然与其自身的文学修养、经历和偏好相关,但我们还是处处可见其对真实读者的关注:他更愿意选择高质量、有魅力的作品以吸引普通读者,或选择已获评论者认可的作品以吸引专业型读者,或尊重出版社和编辑的意见以保证译作能够拥有更广泛的读者群,而对于真实读者阅读习惯的考量甚至会左右译者翻译作品的先后次序。不难看出,读者意识贯穿着译者作品选择的始终。

对于真实读者阅读体验的关注同样会影响译者的翻译策略。翻译策略是译者的一种特定的行为模式,目的在于解决某一翻译

---

① 季进,周春霞. 中国当代文学在法国——何碧玉、安必诺教授访谈录. 南方文坛,2015(6):37-43.

② Wang, B. An interview with Julia Lovell: Translating Lu Xun's complete fiction. *Translation Review*, 2014, 89(1): 1-14.

问题或实现某一具体的目标①。文本内的读者意识要求译者在进行译介时,尽可能向真实读者靠近,采取其更容易理解和接受的翻译策略。例如,在翻译作品中一些特定的文化现象时,一些译者会采用"文化适应"的翻译策略,尽量消除文本中的差异性,并根据目标语系统的标准和读者的期待重新构建文本,以方便不具备源语文化背景的读者进入文本②。葛浩文在翻译莫言的《生死疲劳》一书时,就充分考虑到了真实读者的阅读体验。他认为"书中充满了黑色幽默,超小说的旁白,能为莫言读者带来无限愉悦,并满足其所期望的各种幻想"③。然而,对于真实读者而言,要获得这种愉悦的阅读感受并非易事。参考一下国外的书评,我们会发现不少评论者对读者的理解能力存在担忧。例如,有评论者指出,尽管作品展现了农村生活的艰辛和人物关系的复杂,作者在叙述过程中不时还会展现幽默感,但是却不适合普通读者,读完整部小说需要极大的耐心。而且,书中不同叙述者共存的叙事方式会让读者无法跟上叙事节奏,并且小说中的一个人物与作者同名,经历也相似,不断地参与故事的叙述,"似乎并不必要,有自恋倾向,令人厌烦,而且会打乱叙事流程"④。还有评论者认为尽管莫言小说中的人物很有吸引力,其描述也很深刻,这些轮回的场景读起来却难免

---

① Zabalbeascoa, P. From techniques to types of solutions. In Beeby, A., Ensinger, D. & Presas, M. (eds.). *Investigating Translation: Selected Papers from the 4th International Congress on Translation*, Barcelona, 1998. Amsterdam: John Benjamins, 2000: 117-127.

② Bassnett, S. Bringing the news back home: Strategies of acculturation and foreignization. *Language and Intercultural Communication*, 2005, 5(2): 120-130.

③ Goldblatt, H. Mo Yan's novels are wearing me out: Nominating statement for the 2009 Newman Prize. *World Literature Today*, 2009, July-August: 28-29.

④ Quan, S. N. Mo Yan, *Life and Death Are Wearing Me Out*. *Library Journal*, 2008, April 1: 77.

让人感到有些疲惫①。对比《生死疲劳》的英译本,我们会发现葛浩文在翻译的时候刻意减少了许多原作中的叙述视角和叙述声音,对不少叙述内容进行了节译处理,大量删除了原作中的引号和引述分词,还淡化了原作中的中国特色、中国神话故事、政治色彩等②。究其原因,主要是由于译者考虑到文本接受者的认知难度,尽量向读者的阅读体验靠近,选择了文化适应的翻译策略。

既然真实读者的阅读感受对于译者选择作品和翻译策略而言如此重要,那么,让我们再来了解一下真实读者更希望读到什么样的文学作品。罗尔斯的研究发现,西方读者更重视个体的阅读体验,他们选择阅读一部文学作品的动机主要有:1. 读者希望通过一部作品获得特定的阅读体验(熟悉或新奇;安全或冒险;舒适或挑战;积极乐观或打击、讽刺、批评),或确认自己的信念,或挑战自己的价值观,他们往往更看重文学作品带给自己的阅读心情。2. 读者选择新书时往往会留意一些提示信息,包括书店或图书馆的类别标签、新书展示,朋友或家人的推荐,报纸杂志上的书评或广告,改编的电视电影、评论家的推荐,等等。3. 读者的作品选择会受到作品的主题、体裁、叙述方式、人物角色、场景设置、结局等因素的影响,因为这些因素会对其阅读感受产生重要影响。4. 作品本身的信息,例如作者、封面、书名、试读页面、出版社等也会影响读者的阅读体验。5. 读者往往重视为了一部作品需要付出的时间和金钱成本,主要包括:智力投入是指读者为了理解这部作品,需要具备一定的前理解和文学规范;体力投入(physical access)则是指读者为了阅读这本书所要花费的时间和努力。读

① Block,A. Life and death are wearing me out. The Booklist,Mar 1, *Research Library*,2008,104(13):47.

② 邵璐. 翻译中的"叙事世界"——析莫言《生死疲劳》葛浩文英译本. 外语与外语教学,2013(2):68-71.

者通常更愿意选择既能为自己带来愉悦的阅读体验又方便易得的作品[1]。这些阅读动机对于译者而言亦有一定的借鉴意义。

据此，在文学译介的过程中，译者需要基于对真实读者阅读体验的考察，建立文本外的读者意识，主要包括：1. 译者在选择作品的过程中，要了解和尊重真实读者的感受、习惯和思维方式。以现代美国大学生的阅读习惯为例，他们往往会优先选择在线的阅读材料，其次是杂志和报纸，再次是连环画小说和动漫，第四是畅销书籍，最后是与专业无关的学术类书籍[2]。2. 在译介的过程中，译者要充分考虑作品的主题、体裁、故事情节等因素对于读者阅读体验的影响。例如，葛浩文在翻译刘震云的《手机》时，在征得作者同意后，将原作的叙述结构调整为倒叙，由此对读者产生了更大的吸引力，也更符合译文读者的逻辑和阅读习惯[3]。3. 在对作品进行宣传和传播的过程中，要注重运用多样性、现代化的传播方式，尽量选择真实读者熟悉且方便获取的宣传渠道进行推介，例如网络、图书馆、报纸、杂志等。现代读者更乐于接触各种电子资源，阅读电子杂志、数据库和电子书，因此在对外译介的过程中，要多注重网络电子资源的利用，译出的书籍形式也可以更加灵活多样。

三、文本内的读者意识：隐含读者的制约

与文本外的读者意识重视真实读者的阅读体验不同的是，文本内的读者意识强调的是文本自身构成的规范和制约。

---

[1] Ross, C. S. Making choices: What readers say about choosing books to read for pleasure. *The Acquisitions Librarian*, 2000, 13(25): 5-21.

[2] Huang, S., Capps, M., Blacklock, J. et al. Reading habits of college students in the United States. *Reading Psychology*, 2014, 35(5): 437-467.

[3] 闫怡恂,葛浩文. 文学翻译:过程与标准——葛浩文访谈录. 当代作家评论, 2014(1):193-203.

要理解"隐含读者"这一概念,我们先要认识隐含作者,因为二者是互为镜像、密不可分的。"隐含作者"由布斯提出,并将其与真实作者区别开来。他认为,真实作者在写作的时候,会脱离日常自然放松的状态而进入特定的创作状态,这时的他会抹去自己不喜欢或者不合时宜的自我痕迹。因此,"'隐含作者'有意无意地选择了我们阅读的东西;我们把他看作真人的一个理想的、文学的、创造出来的替身;他是他自己选择的东西的总和"①。隐含作者表明,作者的创作过程中始终存在着价值取向问题,他对作品中的不同人物持有不同的态度和情感,其中的角色定位、取舍、删减等活动都表明了作者始终持有一定的文化立场。因此,译者在翻译过程中如若偏离了隐含作者,就无法真正进入文本,无法领会和理解作者的价值取向,那么,读者也就无法从译作中认识到作者的个性,其创作风格也会变得不再鲜明。伊瑟尔接受了布斯关于作者、隐含作者和叙述者的划分,进而提出了"隐含读者",用以指代作者在创作过程中,内心设定的能够接受自己的价值和规范,并能与其产生共鸣的那部分理想读者。"他体现了所有那些对一部文学作品发挥其作用来说是必要的先在倾向性——它们不是由经验的外在现实而是由文本自身所设定的。"②需要注意的是,隐含读者并非文本外现实生活中的独立个体,而是一种思维产物,仅仅存在于文本的结构之中,召唤着真实读者进入文本进行解读。伊瑟尔曾指出,隐含读者"本质上说是一个抽象的和图式化的框架,其意在为历史的、个人的和跨文化的研究提供一些指引"③。隐含作者代

---

① 布斯. 小说修辞学. 华明,胡晓苏,周宪,译. 北京:北京大学出版社,1987:84.
② 伊瑟尔. 阅读行为. 金惠敏,张云鹏,张颖,等译. 长沙:湖南文艺出版社,1991:43-44.
③ 金惠敏. 在虚构与想象中越界——[德]沃尔夫冈·伊瑟尔访谈录. 文学评论,2002(4):165-171.

表了作者所认同的规范和价值标准,隐含读者则是能够完全接受隐含作者全套价值观的假定读者。

如果说文本外的读者意识赋予了译者一定的自由度,允许译者发挥其主动性和创造性,向真实读者靠近的话,文本内的读者意识则强调文本的客观性,突显了作品规范和风格特征,从而对译者构成了一定程度上的制约。相对而言,文本内的读者意识更多地对译者的翻译过程起作用,主要影响的是译者翻译策略的选择。切斯特曼曾将译者的翻译策略分为两个层面,即:1. 理解策略,指译者分析原文的过程。2. 生产策略,指译者如何巧妙地处理语言材料,从而生成合适的目标文本。在理解策略层面上,文本内的读者意识要求译者全身心地投入作品,完全接受隐含作者代表的价值集合,并将自己放到隐含读者的位置上,更加准确地读解出作者的意图和思想感情①。而在生产策略层面上,这一读者意识则要求译者在译作中再现原作的价值取向、叙事方式、美学特征和风格特色。按照赖斯的翻译中文本类型的划分,文学作品属于表达型文本,它以形式为主,强调表达功能,更关注文本形式的美感、艺术性和创造性②。表达型文本更关注作者以何种形式进行表达,因此形式是译者在翻译时不可忽视的关键因素,原作的美学特征也是译文评价者需要重点考察的因素。毕竟,愉悦的阅读体验只是吸引真实读者选择一部文学作品的原动力,作品本身的故事情节、叙事方式、文化内涵、价值情感等才是唤起读者内心深层次认同、让其获得深刻阅读感受的要素。

---

① Chesterman, A. *Memes of Translation*. Amsterdam/Philadelphia: John Benjamins, 1997: 89.

② Reiss, K. *Translation Criticism—The Potentials and Limitations: Categories and Criteria for Translation Quality Assessment*. Rhodes, E. F. (trans.). Manchester: St. Jerome Publishing, 2000: 31-38.

译者在文学译介过程中的一系列选择活动,例如:如何翻译特定的表达方式,如何传递原作的意义,如何再现作者的原意,如何选取合适的文体、风格、语域等,都体现了译者的翻译策略,且不能偏离文本内的隐含读者①。以蓝诗玲翻译的鲁迅全集为例,译者设定的译文读者是英国、美国和澳大利亚受过教育、对鲁迅作品感兴趣的大众读者,还有学习英语的中国学生②。为了让这些读者获得与原作读者相似的阅读体验,她在不影响总体语言的准确性的前提下,尽可能少用脚注或尾注,以使译文更加流畅。但是她简洁直白的文风却与鲁迅刻意而为的拗涩风格相去甚远,而这恰恰是作者期望在作品中展现的现代性。而且鲁迅的叙述风格对于真实读者理解其作品中反抗绝望的精神而言是至关重要的,译者对源语言的风格进行个性化处理是不大妥当的,难免会造成对隐含读者的偏离。

在具体的翻译过程中,译者的翻译策略主要用于解决具体的翻译问题,体现为译者对具体文本和文化信息的处理方式,或对失去的原文意义的补偿方式上③。关于原作文化信息的处理方式,本文主张在不影响译文流畅性和可读性的前提下,适度地采用异化的翻译策略,尽可能地保留源语文化的异域特色。在具体的操作过程中,译者可以有选择地使用前言、后记、脚注、尾注等副文本,适当地运用工具箱(语序、标点等)和玩具盒(韵脚、隐喻、典故、

① Sousa, C. TL versus SL implied reader: Assessing receptivity when translating children's literature. *Meta: Translators' Journal*, 2002, 47(1): 16-29.

② Wang, B. An interview with Julia Lovell: Translating Lu Xun's complete fiction. *Translation Review*, 2014, 89(1): 1-14.

③ De Beaugrande, R. *Factors in a theory of poetic translation*. Assen: Van Gorcum, 1978: 13-14.

插图等），以方便读者的阅读，并增强其阅读的愉悦感[1]。例如，为了让现代的日本读者更加了解作品的历史背景，吉田富夫在翻译《丰乳肥臀》时，将每一章都加了原文中没有的小标题，此外还添加了一些有助于读者理解作品历史背景的译注；其后他在翻译《檀香刑》的时候，更是巧妙地将说唱风格的山东省地方戏"猫腔"转化成日本的"五七调"，使译作广受好评。国际日本文化研究中心的井波律子教授对这一翻译策略的评价是："最精彩的就是（作品）将埋在中国近代史底层的黑暗部分，用鲜艳浓烈的噩梦般的手法奇妙地显影出来。"[2]可见，在文学外译的过程中，文本内的读者意识要求译者在阅读作品时要尽可能将自己放在隐含读者的位置，读解出文本传递的意义和内涵；而在翻译的时候，更要在保证译作可读性的基础上，尽量向作品中的隐含读者靠近，更好地再现作品的价值、规范和风格。

四、结　语

综上所述，在中国文学译介中，作品的真实读者主要是对中国的文学作品和文化怀有兴趣和热情的译文读者，译者既要关注其阅读体验，又不能违背文本内部的规范。本文认为，译者需要建立读者意识，主要应当涵盖两个层面：一方面，要充分考察文本外真实读者的兴趣、爱好和阅读体验，增强作品的吸引力和影响力；另一方面，更要根据文本内的隐含读者解读作品的规范，更好地传递出原作的价值取向和风格特征。

① McDougall，B. S. Literary translation：The pleasure principle. *Chinese Translators Journal*，2007(5)：22-26.
② 舒晋瑜. 十问吉田富夫. 中华读书报，2006-08-30(BIBF 专刊).

　　本文系国家社科基金项目"汉籍外译的价值取向与文化立场研究"(编号：13CYY008)的阶段性成果,并得到国家留学基金资助(编号：201606485014)。

　　(周晓梅,上海财经大学外国语学院教授;原载于《小说评论》2018 年第 3 期)

论中国文学"走出去"之译介模式

——以吉狄马加为例

潘 震

中国当代翻译事业的发展促进了世界对中国的认知和了解，与此同时，学术界也进行了多方位、多角度的考察，或从具体译介内容的角度[①]，或从具体译者模式的角度[②]，或从具体译介工程的角度[③]，或从加强中译外研究的总体思考出发[④]，较为全面地分析和探讨了中国文学作品的译介情况及存在的问题。

中国文学作品走向世界，是中国文化"走出去"战略工程的重要组成部分。文学作品的译介对于文化的译介具有重大的意义和价值。中国文学应该如何在世界民族文学之林中确立自己的位置，如何真正建立与西方读者的关系，建立与世界文学的对话关系，这是目前学术界关心的一个核心问题，也是一个民族的文化命运问题。在中国文学"走出去"的今天，有许多值得我们借鉴的成

①　吕恢文.《猫城记》在国外. 北京社会科学,1986(4)：123-125 .
②　胡安江. 再论中国文学"走出去"之译者模式及翻译策略——以寒山诗在英语世界的传播为例. 外语教学理论与实践,2012(4)：55-61 .
③　杨庆存. 中国文化"走出去"的起步与探索——国家社科基金"中华学术外译项目"浅谈. 中国翻译, 2014(4)：5-7 .
④　许方,许钧. 关于加强中译外研究的几点思考——许钧教授访谈录. 中国翻译,2014(1)：71-75 .

功典范,彝族诗人吉狄马加就是其中的杰出代表。他的主要诗歌作品如《时间》《彝人之歌》《天涯海角》《黑色狂想曲》《火焰与词语》《秋天的眼睛》等,已经被翻译成英语、法语、德语、俄语、西班牙语等多种语言,在世界三十多个国家出版发行。由吉狄马加倡导创办的"青海湖国际诗歌节""世界山地纪录片节"以及"达基沙洛国际诗人圆桌会议"等国际性文化活动,已经成为当前中国与世界开展国际对话和文化交流的重要窗口。

可以说,吉狄马加作品的成功译介为中国文学"走出去"并成为世界文学的一部分提供了完美的范例,在"译什么""谁来译""如何译"等方面给我们带来了极其重要的启示。基于此,本文拟以吉狄马加诗歌在世界的译介与传播为蓝本,重点考察其间的翻译学要素与传播学途径,以期为中国文学"走出去"提供参考经验。

一、吉狄马加诗歌的民族性与世界性

在中国文学"走出去"的进程中,翻译文本的选择显得尤为重要,在很大程度上决定了翻译作品在世界范围内的接受度、传播力和影响力,亦决定了所塑造的文学形象与国家形象。

吉狄马加作品译介的成功,证明了真正可以走出国门的文学作品首先应该是民族的,是彰显民族精神的。吉狄马加用现代意识挖掘古老彝族传统,以其浓郁的民族色彩真实呈现出大凉山彝族人独特的精神世界,折射出彝族文化的深厚积淀。彝族的原生文化、强烈的民族认同感和自豪感,已渗透到吉狄马加的血液之中,贯穿于其作品始终。如在《自画像》这首诗歌中,诗人向世界发出庄严的宣言:"我是这片土地上用彝文写下的历史,是一个剪不断脐带的女人的婴儿……啊,世界,请听我回答,我——是——彝——人。"这是诗人对自我的定位和民族认同的宣言,也是站在彝族文化的高度向世界发出的自豪的声音。正如吴思敬所说:"在中国当代诗坛,吉狄马加以他浓烈的彝族气质,开放的世界眼光,锐敏的语言感受力,创建了一座独特的彝人的诗国。"[1]作为古老文明的守望者,吉狄马加创造性地发展了彝族诗歌,向世界描绘了彝族人民生活的全景画卷,以独特的艺术手法使这一古老的文明变得亲切而富有无穷魅力,感性地显现出彝人的悠久文化精神和历史传统。

事实证明,吉狄马加诗歌所呈现的彝人灵魂、民族思想特质和文学特质深深地吸引了异域的读者大众,引起了他们的强烈共鸣,激发了他们的文学亲近感。歌德曾特别强调在文学作品中突显民族特点的重要性:"人们必然认识每一民族的特点,这样才能使它保持这些特点并且通过这些特点同它交往。"[2]也就是说,文学作品越突显其民族特质,越有利于在异域的译介与传播,越有利于与其他民族文学的相互交流与互动,越具有普适价值。

在其诗歌作品中,吉狄马加不仅叙说着彝族的历史回忆,并且将其延伸至整个世界的古老民族的记忆,如在《古老的土地》中有这样的诗句:"世上不知有多少这样古老的土地。我仿佛看见成群的印第安人,在南美的草原上追逐鹿群……我仿佛看见黑人,那些黑色的兄弟,正踩着非洲沉沉的身躯……我仿佛看见埃塞俄比亚,土地在闪着远古黄金的光……"在诗歌创作的过程中,吉狄马加已经将民族性升华为世界性和人类性,致力于民族性与世界性、人类性的高度统一。他的诗歌既蕴含着丰富的彝族色彩,又体现了世界的多元文化和人类的普适精神。由此可见,吉狄马加不仅是本土文化、文明的守望者,也是全人类的诗人。他心怀整个人类社

---

① 吴思敬. 吉狄马加:创建一个彝人的诗国. 民族文学研究,2012(5):103.
② 格尔茨. 歌德传. 伊德,译. 北京:商务印书馆,1982:182.

会,立足于本土,讴歌生命,赞美世间的一切美好,从而走上了与世界对话和交流的平台。读了他的诗,无论是国内,还是国外,有哪一位读者不为之动容而产生深深的共鸣呢?

在描绘世界古老民族优美画卷的同时,吉狄马加在诗性的建构中彰显出超越种族和国家的人文关怀。深受普希金人道主义影响的吉狄马加,已经跨越了国界和种族,特别关注世界弱小民族的命运,正如吉狄马加曾经强调的:"普希金式的人道主义精神和良知,第一次奇迹般地唤醒了我沉睡的思想和灵感,从此我开始关注这个世界上,一切弱势群体的生存权和发展权。"①吉狄马加的诗歌充分体现了这种对世界不同民族共同命运的关注与理解,如《鹿回头》《我听说》《吉卜赛人》《玫瑰祖母》《古老的土地》《致印第安人》《蒂亚瓦纳科》《献给土著民族的颂歌》等。诗人所倾注的真挚的感情,深深地打动了西方读者,赢得了世人的尊重和喜爱。

更为重要的是,吉狄马加的诗一直咏唱着对他人、民族、国家、世界及至整个人类之爱,正如罗小凤所说:"吉狄马加的诗是来自灵魂最本质的声音,从个人出发抵达人类的大爱精神。"②这种爱是对世上一切生命的博大之爱,超越了肤色、种族、地域、国界、物种、语言等各种界限。《我,雪豹……——献给乔治·夏勒》是吉狄马加献给在中国青海致力于研究和保护珍稀物种雪豹的美国动物学家、博物学家、作家乔治·夏勒的一组长诗,这首诗已译成英文、法文、西班牙文、德文等多种语言,被人们广为吟诵。这首诗既是吉狄马加民族身份的本真体现,是诗人对雪豹自身命运、对雪域高原与自然环境、对人类的生存发展和未来前景的密切关注,同时也是向"生态文明"这一世界性永恒主题的崇高致敬。

---

① 吉狄马加. 寻找另一种声音. 民族文学,2001(5):90.
② 罗小凤. "来自灵魂最本质的声音"——吉狄马加诗歌中灵魂话语的建构. 民族文学研究,2011(6):103.

文化的异域传播需要充分考虑与异域读者的共鸣点，或者说，"走出去"的文学作品应具备中国文学的特质性和世界文学的普适性，应该具有一定的普适价值，具有西方读者能够感同身受的共通元素，而吉狄马加诗歌所传递的正是一种带有民族特质性的普适性情感。通过对世上弱小民族、弱小生命的关注，将个人的情感、本民族的命运与世界各族人民的命运有机地结合起来，将民族文化融入世界文化之中，使民族意识、世界意识、人类意识与生命意识相连接，从而诗人在与世界各民族的文化交往中获得了充分的尊重，具有了属于自己的文化身份，成功实现了与世界文化的对话。

由此可见，中国文学"走出去"的同时应密切关注世界各民族所关注的问题，"走出去"并非简单的推出，而是一种与世界文学融合的过程。吉狄马加的做法，很值得我们借鉴。20世纪90年代以来，吉狄马加陆续发表了《永远的普希金》《莱奥帕尔迪和他的诗将属于不朽》《寻找另一种声音》《在全球化语境下超越国界的各民族文学的共同性》《为消除人类所面临的精神困境而共同努力》等有关世界文学的具有广泛影响的文章，论述了世界各民族文学的共同性，强调了世界文学对自己的重大影响。吉狄马加"寻找另一种声音"的过程，就是培养国际视野和世界诗人气质的过程，在此过程中，吉狄马加已完成了从民族诗人向人类诗人、世界诗人的转变，具备了与世界文学对话的资质。

作为一位民族诗人、国家诗人和世界诗人，吉狄马加赢得了世界文学界的广泛尊重，如2006年5月22日吉狄马加被俄罗斯作家协会授予肖洛霍夫文学纪念奖章和证书；2006年10月9日，保加利亚作家协会为表彰吉狄马加在诗歌领域的杰出贡献，特别颁发证书；2014年10月10日，吉狄马加荣获"2014姆基瓦人道主义奖"。这一系列的国际性荣誉，再一次证明了民族性、世界性与人类性是文学作品成功译介的重要前提。

二、吉狄马加诗歌的译介主体

中国文学要实现与世界文学的有效沟通,另一个重要的环节则是翻译。许钧认为:"一个作家,要开拓自己的传播空间,在另一个国家延续自己的生命,只有依靠翻译这一途径,借助翻译,让自己的作品为他国的读者阅读、理解与接受。一个作家在异域能否真正产生影响,特别是产生持久的影响,最重要的是要建立起自己的形象。"①换句话说,具有鲜明民族特色的文学作品,只有通过成功的翻译,才能真正地在世界民族文学之林找到自己的位置,才能真正地融入世界文学之中。

其中,译家的翻译水平、作家与译家的互动与交流等因素直接影响到了中国文学作品在海外传播的效果。总体来看,吉狄马加的作品外译主要由国际诗人、翻译家和汉学家来完成,如塞尔维亚诗人德拉根·德拉格伊洛维奇翻译了《吉狄马加诗歌选集》(塞尔维亚文版,2006),马其顿诗人特拉扬·彼得洛夫斯基翻译了《秋天的眼睛》(马其顿文版,2006),德国诗人、汉学家彼得·霍夫曼翻译了《彝人之歌》(德文版,2007),波兰诗人马雷克·瓦夫凯维奇、彼特·陶巴瓦翻译了《神秘的土地》(波兰语版,2007),委内瑞拉诗人何塞·曼努埃尔·布里塞尼奥·格雷罗翻译了《时间》(西班牙文版,2008),等等。借助于成功的翻译,文学作品才能在异域的空间中延续其艺术生命,延伸其艺术价值。

值得注意的是,担任吉狄马加作品翻译任务的国际诗人和作

---

① 许钧,宋学智. 20 世纪法国文学在中国的译介与接受. 武汉:湖北教育出版社,2007:184.

家,均深深感受到了吉狄马加诗歌的魅力以及对人类、对世间万物的人文关怀,积极主动地参与到吉狄马加诗歌的翻译活动之中,从而有力推动了作品的外译进程。如美国著名诗人、翻译家、汉学家梅丹理,曾先后出席过 2009 年和 2011 年两届青海湖国际诗歌节,被吉狄马加广阔的学术视野、崇高的学术追求和真挚的民族情感所打动,主动翻译了一系列吉狄马加的诗歌作品,如《吉狄马加的诗》(2010)、《火焰与词语》(2013)、《黑色狂想曲》(2014)等。

在中国文学作品外译的进程中,活跃着一批国外专业翻译家和汉学家,如白睿文、杜博妮、杜迈可、葛浩文、蓝诗玲、罗鹏等,他们为中译外事业做出了巨大的贡献。总体来说,这些汉学家与作家之间有着较为密切的联系或交流,或有着共同的文学兴趣,或有着相似的思想空间,这一切均为文学作品的成功外译奠定了坚实的基础。

然而,仅仅倚靠西方汉学家这一少数群体,似乎又力不从心。实践证明,汉学家有时对于中国文学作品所蕴含的民族精神或民族情感,会出现不同程度的误读或理解上的偏差。因此,中国本土译者应主动担当起让西方世界真正了解中国的历史重任,把民族的精神及民族的情感完整无误地真实地呈现给世界。或者说,中国本土学者应与海外汉学家优势互补,共同合作,在充分交流与互动中寻找恰当的合作方式,双方取长补短,以期取得最佳的翻译效果。比如,呈现中国当代新诗全貌的《中国当代诗歌前浪》有约二分之一的英译直接出自汉学家梅丹理、霍布恩、乔直、柯雷、戴迈河、西敏等人之手,其他部分则是由中国本土诗人、翻译家海岸提供英译初稿,再分别由美国诗人徐载宇、梅丹理等人合力完成。中国本土学者与海外学者的合作与互补,这是推进中国文学海外传播实质性进程的重要前提。

三、吉狄马加诗歌的译介途径

在文学作品外译的过程中,除了坚持翻译的高标准之外,还须充分考虑如何将其有效地融入世界主流文学之中。因此,有必要开展多层次、多形式的交流活动,如中国作家与海外作家的交流,中国作家与海外读者的交流,等等。

首先,定期举办国际学术研讨会或国际文化交流活动,构建国际学术和文化交流平台。近年来,吉狄马加倡导和筹办了青海湖国际诗歌节、三江源国际摄影节、世界山地纪录片节、青海国际水与生命音乐之旅、国际唐卡艺术与文化遗产博览会、《格萨尔王》史诗与世界史诗国际论坛等一系列国际文化交流活动。这些弘扬人类文明的壮举,为世界不同文明的对话和沟通开辟了渠道,加速了中国诗歌"走出去"的进程。其中,每两年举办一届的青海湖国际诗歌节以"人与自然,和谐世界"为主题,向世界成功诠释了中国诗歌艺术的丰厚文化内涵,用诗歌架起一座连接中国与西方的文化桥梁,成为继波兰"华沙之秋"国际诗歌节、马其顿斯特鲁加国际诗歌节、荷兰阿姆斯特丹国际诗歌节、德国柏林国际诗歌节、意大利圣马力诺国际诗歌节、哥伦比亚麦德林国际诗歌节之后的又一大国际诗歌节。以国际诗歌节活动为平台,中国的作家、诗人与西方的作家、诗人开展了广泛的联系,形成了一种良好的互动,加强了相互之间的深层次交流。正如吉狄马加认为的那样,从中国悠久的诗歌传统以及诗人与民族历史和精神史的关系来看,中国需要国际诗歌节,这一"亮丽的品牌"对于中国塑造文化形象尤为重要,有助于中国在全球化的背景下真正与世界接轨,实现民族复兴。

其次,积极举办、参加国际书展,宣传我国文学翻译作品。国际书展是发布新书、展示国家文化、探讨全球出版业发展动态的平台,可以为中国作家和海外作家、图书经销商、出版商、译文读者之间搭建沟通的平台,增加面对面交流的机会,有助于中国文学作品走出国门参与交流。近年来,吉狄马加诗集的外文版陆续在各大国际书展举行了首发式,取得了较好的效果,向世界展示了当代中国出版业的精品图书,举办了高端论坛研讨会、文化艺术展、中国文化展示会等形式不同的交流活动,向世界展示了中国文化的魅力。

最后,开辟文学作品对外译介和销售渠道,鼓励国内出版社与国外知名出版社联合翻译出版。吉狄马加作品的成功译介,也离不开国外众多主流出版社的支持,如美国俄克拉何马大学出版社、法国友丰出版社、俄罗斯联合人文出版社、德国波鸿·弗莱堡市项目出版社等等。

四、结　语

综上所述,吉狄马加作品的成功译介对于中国文学"走出去",具有极其重要的借鉴意义和价值。优先选择最具民族性、最具普适意义和普适价值的优秀文学作品进行译介,有利于彰显中华民族的精神,有利于促进世界各民族文化的交流与合作,有利于推动人类文明的共同进步。同时,积极构建国际学术及文化交流平台,加强中国作家、翻译家与海外作家、汉学家和翻译家的合作与交流,有利于进一步推动中国文学"走出去"的进程。

本文系国家社会科学基金项目(青年项目)"认知语言学视角下的情感传译研究"(编号:12CYY005)的阶段性研究成果。

(潘震,江苏师范大学外国语学院教授；原载于《小说评论》2015年第6期)

"双重目光"下的求真译作

——评程抱一、程艾兰的法译本《骆驼祥子》

李澜雪

在当前全球化的语境中,中国文学如何才能真正地"走出去"? 如何才能改变中文佳作海外遇冷的尴尬境况? 早在 20 世纪 50 年代《中国文学》(*Littérature Chinoises*)创刊时,国内学人便萌生了向世界发声的意愿。近年随着莫言摘得诺奖,此类争鸣愈发蓬勃,学界对翻译的关注和讨论一时间也是愈演愈烈。这当中最具争议的莫过于以葛浩文为代表的一批中国文学译者采取的"整体翻译"策略,大篇幅的删减和结构调整招致许多诸如"不尊重原作"的非议。然而,删减或调整是否就意味着对作家、作品的不尊重呢? 本质上,这依然是译者要忠于谁的问题。倘若将这一疑问置于理解、接受先行的"走出去"语境中,答案便不再是形而上的哲学拷问,而是真实具体的"作品的源"——"原作意欲表现的世界"①。这才是译者要领悟和再现的"真言"。

就批评行为须具备的时空距离而言,老舍的名篇《骆驼祥子》的法译本实为对上述疑问的理想回应。这部典型的京味儿作品,

---

① 许钧,许方. 翻译与创作——许钧教授谈莫言获奖及其作品的翻译. 中国翻译, 2013(2):7.

其独特的语言风格和精神世界都是译者翻译过程中不容小觑的挑战。尽管国内也曾多次组织翻译老舍的佳作，但在法国的接受局面却不容乐观。唯有华裔学者程抱一的法译本自20世纪70年代首次出版以来，时至今日再版多次，不但获得广大读者的好评，更得到了众多知名翻译家和汉学家的认可。同样为数可观的删减并未贬损两位译者——程抱一、程艾兰——再现原作"真言"的客观效果。他山之石可以攻玉。程氏父女在"双重目光"指引下的适度诠释策略，不但可以解答译界当前争论的焦点问题，也能够为我们开启一扇域外之窗，展望中国文学"走出去"的道路和方向。

一、不可多得的"摆渡者"

相较多数职业译者，对批评者最具吸引力的当属《骆驼祥子》的两位译者——程抱一和程艾兰——同两种语言，乃至两种文化的特殊关系。

程抱一，法国当代著名的华裔作家、诗人和汉学家，在诗、书、画等领域均有可观建树，是法兰西学院有史以来首位亚裔院士。去国离乡六十余载，他向法国乃至欧洲文化界介绍了众多华夏文化的优秀成果。程抱一早年一度以译介中国唐诗驰名域外，这是他著述最丰富的领域，《张若虚诗之结构分析》《中国诗语言研究》和《水云之间——中国诗再创作》都是蜚声学界的汉学佳作。由他译成法文自由体的唐诗，在兼顾中文古诗特定形式的同时，最大程度地再现了原诗的意蕴，字里行间无不流露出译者探索中西文化"第三元"的精神诉求①。这让他的译作得到了法国学界和普通读

① 蒋向艳. 程抱一的唐诗翻译和唐诗研究. 上海：华东师范大学出版社，2008：102.

者的一致肯定。这些研究成果多成书于译者从事汉学研究的 20
世纪 70 年代,期间他还曾任教于巴黎东方语言学院,专职讲授唐
诗分析。这与他首次翻译老舍作品的时间刚好吻合。进入 80—
90 年代,程抱一的学术生涯渐趋以创作为主,先后出版过多部法
文诗集和批评专著。世纪之交,他创作的两部以故国为背景的法
文长篇小说《天一言》和《此情可待》,为其赢得了世界性声誉,相继
将费米娜和法语语系作家两项文学大奖收入囊中。这不单单是对
作者文学创造才能的嘉许,更是对其法语造诣的至高肯定。这对
一位 20 岁才开始学习法语的华人来说不啻为"难以置信的奇迹",
为此法国人称之为"东方传奇"。

程艾兰,程抱一之女,当今法国学界知名的汉学家。自小生长
在法国,作为译者的程女士是天然的中法双语者。相较其父在多
个领域的成就,程女士的学术追求集中在汉学领域,她一直致力于
研究和译介中国古代思想,翻译过《论语》法译本,著有法文著作
《中国思想史》。翻译中国,程艾兰始终在追寻一种"新语言"——
"有弹性"的语言,是不拘泥于线性和理性的"不言之言"。①

两位译者——特别是程抱一先生——凭借自身深厚的中西文
化积淀,在各自领域取得了瞩目成就,这使得他们成为中法文化交
流中不可多得的"舺公"和"摆渡者"。法国读者和学人给予他们的
信任度自然也是其他多数译者难以企及的。

二、适时而至的复译之作

在围绕翻译主体的研究中,译者的视域是批评者无法回避的

---

① 程艾兰.让"他者"的感觉升华,构筑中西对话的桥梁//钱林森.和而不同.南
京:南京大学出版社,2009:45.

考察对象。视域,本是现代阐释学的概念,法国学者贝尔曼借助它来分析译者在理解、再表达两个阶段做出的选择。具体到《骆驼祥子》,要构建程抱一作为译者的视域,就必然要追溯他的翻译性行为"从何而始",这个起点左右了译者的感知、所为和思考①。当中包含了语言、文学、文化乃至历史多种影响参数,但最为直观的因素当为老舍及其作品在法国的译介程度。

作为"京派"文学的代表人物,老舍的作品洋溢着浓郁的民族气息,极富地域色彩。如此鲜明的特性——京味儿——让老舍很早便受到域外的关注,成为最早一批译介到西方的中国现代作家之一。他的长篇小说《骆驼祥子》甚至在(20世纪)40年代便有了英文译本②。此后的半个多世纪,包括法国在内的西方学界始终保持着对老舍的关注,不曾间断。有学者观察到,这期间在世界范围内,相继出现过三次翻译老舍的热潮:20世纪40年代至50年代初期,50年代中期至60年代初期,60年代中期至80年代③。自此,老舍成为仅次于鲁迅的最富国际声誉的中国作家。

1973年,适逢第三次翻译热潮,程抱一的首个法译本《骆驼祥子》以单册发行。事实上,此次翻译乃复译之举。早在1947年,署名让·布马拉(Jean Poumarat)的译者便根据小说的首个英文译本,转译出了题为"北京苦力的欢乐心"(Coeur-Joyeux coolie de Pékin)的法语译本。然而,布马拉所依据的伊万·金(Evan King)的英译本存在很大问题,删减、改写的逾越行为俯拾皆是,甚至小说结尾都变成了美国读者"喜闻乐见"的大团圆场景④。为此,老

---

① Berman, A. *Pour une critique des traductions: John Donne*. Paris: Gallimard, 1994: 79.

② 1945年纽约的出版社出版了由 Evan King 翻译的、题为 Rickshaw Boy 的英译本。

③ 钱林森. 中国文学在法国. 广州:花城出版社,1990:285-286.

④ 高方. 老舍在法兰西语境中的译介历程与选择因素. 小说评论,2013(3):63.

舍本人也曾在多个不同场合表示过作为原作者的不满之情。转译的行为决定了布马拉的法译本同样不容乐观,不仅存在众多李治华先生撰文批评的令人"不堪卒读"的错误①,甚至还在译序中揉进偏离原作精神、迎合猎奇心理的民俗介绍,可谓杂而不纯。

客观而论,多数"敢为人先"的首个译本都难免会身陷这种尴尬境遇。因为,第一个译本往往是不完美、不纯粹的,不但存在翻译缺陷,甚至还身兼翻译与介绍的双重角色②。但至少,它的存在会呼唤复译,即使现实中复译很少如期而至。从这点来看,《骆驼祥子》着实是罕见的幸运儿。之后近三十年里,随着老舍其他作品——话剧、散文、小说——的法译本相继问世③,加之以明兴礼、巴迪为代表的两代汉学家不遗余力的引介和阐释,既"照亮了"原作,也使法国的接受语境发生了深刻变化。人们早已不再满足于单纯的"东方趣味"和地方志式的风俗介绍,转而期待一睹原作的真实风貌,品咂原汁原味的文学语言,对忠实的要求上升到更高的审美层次。此时,程抱一译自中文原版的复译之作可谓是对原著呼唤和读者期待的双重回应。

三、溯本求真的摆渡之旅

回观中国现代文学史,许多经典之作在 50 年代都遭遇了大同小异、或删或改的命运,《骆驼祥子》也不例外。小说起初连载于1936 年至 1937 年的《宇宙风》杂志,共 24 章。1951 年开明出版社

---

① 李治华. 里昂译事. 北京:商务印书馆,2005:216.
② Berman, A. *Pour une critique des traductions:John Donne*. Paris:Gallimard, 1994:84.
③ 据法国学者 Angel Pino 考证:截至 1973 年老舍的短篇小说《牙儿》、话剧《荷珠配》和长篇小说《四世同堂》的部分章节都有了法译本。

筹划出版《老舍选集》时,对作品进行了大刀阔斧的改动,删改百余处,从最初的 15 万字有余缩减到 9 万字①。1955 年,人民文学出版社以单册发行新版本,删去了第 24 章和第 23 章的后半部分。这次,老舍还专门附上后记说明缘由:删掉的是"不大洁净的语言"和"枝冗的叙述",结尾删去祥子彻底堕落的情节则是为了让广大劳动人民看到希望②。结果,有关个人主义和革命投机分子的情节都不见了。这一版本无疑影响最大,再版次数最多。原作各版本间的显著差异,不仅是研究者的困扰,更给译者提出了一个严肃的问题:究竟选择哪个版本来延续作品"来世的生命"? 这种选择势必会左右译者此后的翻译方案,乃至原著在目的语文化中的移植过程。

在 1973 年的法译本序言中,程抱一言明,他依据的是人民文学的"最终版本"。同时,他对这一"钦定版"的部分改动却持保留态度,认为某些删节——特别是最后一章的缺失——严重损害了原著的真实性和故事情节的连贯性,为此他在翻译时有意识地将遗失的内容补充到法译本中③。从现今的研究资料来看,删除最后一章对老舍而言实属无奈之举,毕竟《骆驼祥子》是他职业写作的第一炮,也是"最满意的作品"④。老舍本就对小说当初"收尾收得太慌"感到遗憾,认为应当再写两三段,无奈受连载篇幅所限。可见,作者弥补缺憾的理想方式应是丰富与填充,而非索性删除,这样武断的做法只能是憾上加憾。正因如此,甫一走出特殊的历史时期,老祥子又回来了。

---

① 孔令云.《骆驼祥子》的版本变迁——从出版与接收的角度考察. 北京社会科学,2006(6):9.
② 老舍. 骆驼祥子. 北京:人民文学出版社,1979:214.
③ Cheng, F. *Le Pousse-pousse*(*Lao She*). Paris:Robert Laffont, 1973:8.
④ 老舍. 骆驼祥子. 北京:人民文学出版社,1979:218.

如此看来,程抱一的补充非但不是擅自僭越的行为,而是尽可能尊重原作完整性、探究作家真实创作意愿的"求真言"之举。而后,在程氏父女 20 世纪 90 年代合译的最新法译本中仍然保持着当初的求真态度。从两版译序对作家作品的阐释和译本整体行文来看,两位译者"摆渡之行"的求真之举主要体现在三个层面:语言之真、风格之真和精神之真。这无疑是贯穿译者翻译方案的红线。

(一)语言之真

译者程艾兰在梳理原作者创作生涯时,开宗明义地讲道:"创作初期,老舍的作品便呈现出十足的'京味儿'。"①的确,浓厚的"京味儿"正是老舍作品的核心魅力所在,这得益于他独具匠心地运用方言等颇具民俗意象的文字搭建的文学语言。为写活祥子等一干人物,老舍特地向好友顾石君讨教了"许多北平口语中的字与词",如此方能"从容调动口语,给平易的文字添上些亲切,新鲜,恰当,活泼的味儿"②。但就是这种还原生活本真,又颇具艺术表现力的语言给译者造成了重重困难。法国早期的老舍研究者明兴礼就曾指出,老舍的作品"北京方言味儿极重,妙趣横生的妙语很难翻译出来"③。诸如方言、切口、俗语,乃至老北京旧习俗的名词,往往难于用恰当的外文表述,使西方人理解。可就是这些语言的移植,才最见译者的功力。如何在目的语中唤醒这种"活的"语言呢? 整体来看,程抱一的处理手法多样,且从不囿于所谓"直译"与"意译"的立场束缚,他注重的是在语义和表达方式的审美层面同原作品保持一致,所收之效也堪称忠实。

① Cheng, F. & Cheng A. Le *Pousse-pousse*(*Lao She*). Paris:Picquier Poche, 1995:6.
② 老舍. 骆驼祥子. 北京:人民文学出版社,1979:219.
③ 转引自:钱林森. 中国文学在法国. 广州:花城出版社,1990:287.

1. 方言和切口

《骆驼祥子》描绘的主要群体是旧时北平的洋车夫,以此为中心将描写的笔触伸向更为广阔的底层小人物。如女佣、妓女、暗探、逃兵、小商贩,也不乏零星的小知识分子和革命投机分子的形象。多数人物操着一口纯正的北平方言,当中又夹杂着昔日各行各业、三教九流的众多切口,读来特别够味儿。这方面,译者借助了不少法国乡间的口语甚至粗口来翻译小说中人物的语言,进行了有益的尝试。比如下面两处的翻译:

(1) 临完上天桥吃黑枣,冤不冤?

Toi, un innocent, tu iras te faire **zigouiller** à leur place au pont du Ciel. Tu crois que c'est juste ?

(2) 现在要,他要不骂出你的魂才怪!

Si t'essaies, il t'**engueulera**, à te faire **chier** dans ton froc !

"上天桥吃黑枣"之说源自民国年间天桥是行刑法场的事实。由敲诈祥子的密探口中说出,无非就是挨枪子儿的意思。译文中既无"黑枣"亦无"枪子儿",反而出现了原义为"宰杀,干掉"的民间字眼 zigouiller。在虎妞告诫祥子不要找刘四爷要钱时,译文对"骂"的翻译运用了同样粗鄙的 engueuler 一词;至于骂的程度,译者毫不避讳地选择了粗口词 chier。这样的翻译倒是张扬了虎妞泼辣敢为的性格。

类似的处理,得到了同为华裔汉学家、翻译家李治华先生的认可,后者曾专门撰文评价:"程氏利用法国农民口语来翻译老舍著作的做法实应提倡。"[①]然而,这种特殊的处理——"以方言译方言"——并不足以概括译者对《骆驼祥子》中方言和切口的翻译。

---

① 李治华. 里昂译事. 北京:商务印书馆,2005:217.

　　程抱一以往翻译唐诗的技巧和步骤对我们分析这部译作的翻译过程同样具有参考价值。"先将诗句逐字译出,然后把字联合成句,组成一首完整的诗";继而依据原诗的意蕴,"将这些独立的法语词重新组织,必要时重新筛选和词汇,以组成语法正确的一句法语诗"①。这种做法在翻译《骆驼祥子》时发生了一定转变。如其所言:"诗是语言最尖端的表现。"②这一尖端是语言实验的绝佳场所,是探求"第三种语言"的理想场域,也是目的语盛纳"异"的最大"容器"。小说则不然,它在描写社会方面是不可替代的文学样式,因而译者对理解性的关注必然跃居首位。加之,早先布马拉的译本存在种种理解性的缺陷,程抱一的翻译客观上承担起了"矫枉过正"的重任:一展原作真容。此时,译者的关注点从字词的一一对应延伸到更大单位内的语义对应。

> （1）是福不是祸,今儿个就是今儿个啦!
>
> Chance ouguigne，advienne que pourra.
>
> （2）地道窝窝头脑袋!
>
> T'as la **tête dure**，quand même !
>
> （3）就是老头真犯牛脖子
>
> S'il n'est **pas gentil**
>
> （4）就是碰在点儿上了
>
> Mais tu as **tiré le mauvais numéro**

　　例（1）中,胡同爷们口中的"今儿个就是今儿个啦"到法文中就变成了"走运、倒霉,随它去",倒也贴合祥子为赚钱甘愿铤而走险、

---

① 蒋向艳. 程抱一的唐诗翻译和唐诗研究. 上海:华东师范大学出版社,2008: 103-104.

② 程抱一. 文化汇通、精神提升与艺术创造//钱林森. 和而不同. 南京:南京大学出版社,2009:193.

豁出性命搏一次的心态。例(2)和例(3)均出自虎妞之口，译者并没有在"窝窝头"和"牛脖子"上纠缠，而是在句内消解了理解障碍，"头脑迟钝"(tête dure)、"不客气"(pas gentil)不正是两个方言字眼的含义吗？例(4)则直接化用法语中"走运"的固定说法(tirer le bon numéro)，改换一词，直接译为"不走运"(tirer le mauvais numéro)。

对于小说中出现的特定行业和场所的切口，尽管原作用词极为生动，读来活灵活现，但译文并未保留原语蕴含的全部意象，仅以职能代替，以此保持词义上的对应。比如"老叉杆""暗门子""白房子"等妓行暗语。译为法语时就变成了"老板"(patron)、"妓女"(poule)。而"白房子"一说在末章首次出现时则直接译成"窑子"(bordel)，以便为后文的理解作铺垫，而后的译文中则可见逐字对应的表述方式，即"白色的房子"(maisons blanches)。原作中，这三处均采取文外加注的方式用以说明，可见此类字眼儿即使对于国人——尤其是京畿以外的读者——也构成一定理解障碍，更何况是远隔重洋的法语读者呢！程抱一的处理自然流畅，客观上起到文内加注的作用，又保障了阅读的连贯性。

2. 民俗意象

如果说字里行间的"京味儿"是老舍作品的最大魅力所在，那么这种魅力的来源，除上文分析的种种方言式的书写，还有一层便是对老北京风土人情的描摹。这当中蕴含丰富的民俗意象，细致精确的笔触鲜活地勾勒出一幅业已消失的市井图。法国著名的老舍研究专家巴迪就此挖掘出了作家的世界意义："老舍之于北京，一如狄更斯之于伦敦。"[①]他坚信，老舍在创作《骆驼祥子》时，"从

---

① 转引自：钱林森. 中国文学在法国. 广州：花城出版社，1990：290.

容地描写北京城这一意愿超过了任何其他创作动机"①。随着祥子的脚步,读者几乎可以复原昔日皇城的大街小巷、五行八作,这种熟稔堪比莫迪亚诺笔下的老巴黎。然而,其中诸多特有的表述却是翻译过程中必须跨越的障碍。这正是乔治·穆南在《翻译的理论问题》中提出的疑问:如何解决文化的缺项造成的语言词汇的缺项呢?对此,小说的法译本自始至终秉持了审慎的态度。但凡涉及具体的民俗意象,译者采用了译诗时近乎亦步亦趋的"逐字对应"的做法,甚至借助音译,再辅以适当的文内增译,最大程度保留了原作的民间风味。

(1)花糕:hous-kao (gâteau de fleurs)

(2)元宵:yuan-hsiao pour la fête des Lanternes (le quinzième jour de la première lune)

(3)红白事情:

les « cérémonies rouges et blanches », c'est-à-dire les mariages et les enterrement

(4)刘四爷是虎相:

Quatrième Seigneur, si l'on s'en tient à la classification des physionomistes, appartenait à l'espèce des tigres.

显而易见,例(1)和例(2)采取了相同的翻译技巧,即"音译＋解释"的模式,不但说明了出发语文化中独有事物的用途,又借音译使其在目的语中呈现出显著的"异"的面貌。相比之下,例(3)处理则没有这么极致,译者运用"逐字对应＋解释"这种常见的文内增译的手法:"红白仪式,即婚礼和葬礼"。例(4)中的"虎相"涉及我国古已有之的相面习俗,也符合中文惯用动物做比来形容人的

---

① 巴迪. 老舍的《骆驼祥子》//钱林森. 法国汉学家论中国文学——现当代文学. 北京:外语教学与研究出版社,2009: 153.

面貌、气度的习惯。诸如龙马精神、獐头鼠目等不胜枚举。译文采用的依然是解释性的翻译,同时也保留了"虎"这个意象:"刘四爷,若论相貌类别,应归为老虎一类。"

法国学者贝尔曼在《翻译和文字,或远方的驿站》中写道:"翻译的伦理在于接纳和认可显现为'他者'的'他者'。"①译者对原作品的尊重,集中体现在对其中"异"的尊重。上述译文几乎保留了原文的全部文化意象,足见译者为准确无误介绍异质文化所做出的努力。相较于一味在译作中根植"异"的做法,程抱一的可贵之处在于,他在保持尊重态度的同时,也考虑到了目的语容纳"异"的限度,时刻"用双重的目光来审视,来挑选"②。归根结底,译者的这种态度同他对翻译本质的理解密不可分,程抱一在提到自己翻译《骆驼祥子》和波德莱尔等法国诗人时讲道:"翻译是沟通的重要手段。"③沟通得以达成的基础在于理解。正是对可理解性的兼顾,使得程抱一的译本既让法国读者嗅到了老北京特有的气息,又不至如鲠在喉,难以玩味。

(二)风格之真

程氏父女在各自的译序中,简洁凝练地道出了老舍创作的一贯风格。程抱一认为,《骆驼祥子》的质朴语言带有"讽刺和幽默的意味"④。无独有偶,程艾兰在梳理老舍创作生涯的不同阶段时也写道:作家的早期作品——诸如《老张的哲学》《二马》——就显露

---

① Berman, A. *La traduction et la lettre ou l'auberge du lointain*. Paris: Seuil, 1999: 74.
② 程抱一. 中西方哲学命运的历史遇合//钱林森. 和而不同. 南京:南京大学出版社,2009: 12.
③ 程抱一. 中西方哲学命运的历史遇合//钱林森. 和而不同. 南京:南京大学出版社,2009: 12.
④ Cheng, F. *Le Pousse-pousse* (Lao She). Paris: Robert Laffont, 1973: 7.

出讽刺、幽默、京味儿浓三个特性;及至进入创作黄金期(1930 年至 1937 年),这种技法的运用在《骆驼祥子》《我这一辈子》等作品中已经登峰造极,无比纯熟。①

虽然老舍在创作《骆驼祥子》时曾想"抛开幽默,正正经经的写",这并不意味着要放弃一贯的文风,作家实际在追求更高层次的幽默——一种浑然天成的自然流露,即"出自事实的可爱,而非从文字里硬挤出来"②。结合作品本身和老舍自己有关创作理念的论述,译者对小说风格、基调的定位足够准确。

小说中人物的语言、独白等对话性质的内容集中体现了这种幽默和调侃的意味,这些文字饱含了作家的良苦用心。老舍素来注重对话的描写,他在《言语与风格》一文中写道:"对话是小说中最自然的部分。"③这意味着一定要用日常生活中的言语,人物要说符合自己性格的话。于是读者看到,小说中的许多人常常适时地顺嘴溜出那么几句俏皮话或者俗语、歇后语,插科打诨、机敏油滑、得过且过的小人物性格跃然纸上。如此鲜活的语言给译者提出的问题较方言和风俗的翻译更为严峻,因为在理解的基础上还需顾及审美效果的苛求。这方面,译者的几处翻译颇为巧妙。

> (1) 此处不留爷,自有留爷处。
>
> un homme libre n'est pas à vendre.
>
> (2) 海里摸锅,那还行!
>
> jeter un seau d'eau à la rivière, sinon.
>
> (3) 眼看就咚咚嚓啦!
>
> Bientôt, ce sera le **tralala** des noces !

---

① Cheng, F. & Cheng, A. *Le Pousse-pousse* (*Lao She*). Paris: Picquier Poche, 1995: 6.

② 老舍. 骆驼祥子. 北京:人民文学出版社,1979: 219.

③ 老舍. 老牛破车. 上海:人间书屋,1941: 126.

（4）你才是哑巴吃扁食——心里有数呢！

On dirait «un muet qui mange des raviolis ; il sait bien combien il en a avalé, **mais il ne peut pas le dire**».

这当中例（1）和例（2）的翻译手法同属一类，直接化用了法文中约定俗成的说法："自由人不得出卖自己"和"朝河里泼水"的类似说法。例（3）的处理十分精彩，洋车夫们嚷嚷的"咚咚嚓"无非是旧时婚礼上的锣鼓点。译者巧妙地运用"排场"（tralala）一词，既描绘了婚礼的场面，又刚好模仿了原文的音律。对于类似例（4）的歇后语，译者更多采取了解释性的翻译，是对原文的增译。译文在"心里有数"之外，又加了层"却说不出来"（mais il ne peut pas le dire）的意味。

（三）精神之真

"一部优秀的译作，就是译者对原著精神深刻理解和真切把握的果实。"①译者作为原作的首个读者，他的理解是作品正式移植到目的语文化中的前奏，在整个接受过程中举足轻重，继而更会对域外文学研究者产生影响。同一部作品，在出发语和目的语两个文化圈中的接受情况可能大相径庭，近年此类现象频频出现。不可否认，造成反差的原因多种多样，不一而足；但译本的因素即便不是症结所在，也难以置身事外。就此而言，程抱一翻译的《骆驼祥子》难得的在读者群和学界均赢得了积极评价。在法国，中国现代文学只有少之又少的经典拥有复译本。程抱一1973年的译本在近二十年后又出版了增补版，且此后不乏再版。收效甚佳的移植结果不仅得益于译者对原著地域色彩和语言风格的传达，更深层的原因在于他们对作品核心精神世界的领悟和再现。

---

① 钱林森. 中国文学在法国. 广州:花城出版社,1990:298.

程抱一对小说的基本界定是"平民的书",充满了作者"对同胞的爱,特别是对北京小人物的热爱"①。程艾兰的分析更加透彻,她认为人道主义精神是小说得以广为流传的关键因素。为此,她解释道:在多数人为非此即彼的意识形态阵营撰文立说之际,创作《骆驼祥子》时的老舍甘愿做个纯粹的人道主义作家,他是唯一认识到,人民也是由芸芸众生组成的,每个个体都是实实在在的人;同时,这部作品则更是他写作风格的"分水岭",因为老舍和他的作品此后逐渐呈现出"介入"的姿态,或被划归入"抗战文学",或被誉为"人民的艺术家"②。

诚如译者所言。老舍本就是苦寒的出身,所以一贯"对苦人有很深的同情"③。他同苦人们来往,领会他们的心态,而不仅仅是知道他们的生活状况。作为替无力发声的底层人说话的作家,老舍的文字流露出的正是人道主义精神。

作者的关怀和怜悯在小说最后一章描写祥子彻底堕落时得到了最张扬的显现。老舍使用的笔调是动情的,绝非日后批评者们指摘的冰冷的自然主义笔触:

> 体面的,要强的,好梦想的,利己的,个人的,健壮的,伟大的,祥子,不知陪着人家送了多少回殡;不知道何时何地会埋起他自己来,埋起这堕落的,自私的,不幸的,社会病态里的产儿,个人主义的末路鬼。

程抱一在1973年的法译本中特地补充了包括此段在内被原作"最终版本"有意遗漏的文字,正是洞悉到小说的另一层深

---

① Cheng, F. *Le Pousse-pousse*(*Lao She*). Paris:Robert Laffont,1973:7.
② Cheng, F. & Cheng, A. *Le Pousse-pousse*(*Lao She*). Paris:Picquier Poche,1995:7.
③ 老舍. 老舍选集. 上海:开明书店,1951:8.

意——象征性。一贯"要强"的祥子和小福子，他们的个人悲剧恰是彼时国人的弱点和不幸最生动的缩影。曾经深信善恶终有报的勤劳车夫，最终堕落成与走兽无异；可那些坑害他、引诱他、压榨他的恶人并没有因为他的诅咒就横死殒命。这种"恶的胜利"在当时文学创作的环境当中实属罕见，同时也刺痛了时代的敏感神经，一度消失不见。

程抱一看似擅自僭越的做法，实际上同样是源自他作为译者的"双重目光"，他清楚地看到了中国和西方在思想源头对善恶认识的分歧。"天地间固然有大美，人间却蔓生了大恶。……人作为自由的有智动物在行大恶时所能达到的专横残忍是任何动物都做不到的。"①西方人关注残缺，重视恶的存在，而中国则"在纯思想方面有欠对大恶的面对"②。正是基于对中西善恶观的准确把握，译者当初才具备足够的勇气对小说的结尾加以填充，恢复作品意欲构建的真实世界。毕竟，"没有真，生命世界不会存在"③。

四、结　语

程氏父女的译笔异常流畅，读来鲜有违碍之处，宛若直接用法文写成的小说，足见译者语言造诣之深。然而，"翻译从来都不是最终的，彻底的完成"④。尽管此版译作得到了学界和读者的一致

① 程抱一. 文化汇通、精神提升与艺术创造//钱林森. 和而不同. 南京：南京大学出版社,2009：202-204.
② 程抱一. 文化汇通、精神提升与艺术创造//钱林森. 和而不同. 南京：南京大学出版社,2009：202-204.
③ 程抱一. 文化汇通、精神提升与艺术创造//钱林森. 和而不同. 南京：南京大学出版社,2009：202-204.
④ 袁筱一. 从翻译的时代到直译的时代——基于贝尔曼视域之上的本雅明. 外语教学理论与实践,2011(1)：93.

肯定,但这一增补本绝非严格意义上的全译本,它依然在字、句、段层面有选择性的删减①。两位译者虽在译序中无一字提及相关事宜,但这种沉默并不足以质疑他们的求真态度。毕竟,译者在具体的翻译过程中的确做到了忠实于自己提出的翻译方案;再者,多数中国现当代作品移植到异域时,都难免删改,其中有译者所为,但更多是出版方介入的结果。单纯归咎于译者,未免操切。

总体而言,程抱一和程艾兰的摆渡之行不失为求真之旅。两位译者在翻译的过程中,凭借自身对中法两种文化的精深解读,运用双重目光进行审视、挑选,最终在语言、风格、精神等层面准确适度地再现了长篇小说《骆驼祥子》的艺术魅力,使得这部经典之作在法国的文化语境中实现了相对理想的移植过程。如此双向关照的求真之作确为"立得住"的翻译文学佳作。相信在它和原著的呼唤下,在未来的某个"正确时刻",《骆驼祥子》会拥有更加理想的法语译本,甚至是全译本。

(李澜雪,华东师范大学外语学院博士研究生;原载于《小说评论》2016 年第 6 期)

---

① 整体看来,大段的删减主要集中在小说中次要人物和重复出现的心理描写。其中多数无碍作品的整体结构和贯穿情节的红线,但个别却值得商榷。比如,在法文本的第十二章中,我们读到了原作"最终版本"删除的进步人士曹先生和学生阮明之间的过节,但此后的译文中全然不见了阮明这个人物的踪迹。目的语读者自然也不会知道这个革命投机分子日后做官和最终被斩首示众的结局。阮明的确是小说的次要人物,除最后被处决的情节,他从没有直接现身,都是以插叙的形式出现。然而,他却是构建小说历史现实感的重要依托,少了他,小人物群体乃至整个社会的悲剧色彩都略显失色。

译者—编辑合作模式在中国文学外译中的实践

——以毕飞宇三部短篇小说的英译为例

许诗焱　许　多

莫言获得诺贝尔奖以后,中国文学作品的对外译介成为人们热议的话题,各级政府也在采取积极的措施助推中国文学"走出去"。作为中国文学"走出去"的一次主动尝试,江苏省委宣传部、江苏省作家协会、凤凰出版传媒集团和南京师范大学于 2014 年 4 月共同推出全英文期刊《中华人文》(*Chinese Arts & Letters*),旨在向英语世界译介中华人文的优秀成果,促进中外文化交流。由于期刊出版的系统性和时效性,《中华人文》需要统筹安排、整合和优化翻译资源,形成相对固定、可操作的翻译模式。就现有的翻译模式而言,中国文学外译最为成功的模式是葛浩文、林丽君夫妇合作翻译。他们各自拥有母语优势,在翻译过程中同时在场,及时沟通,因而既能全面理解原文的内涵和意境,又能使英译文的表达流畅地道,最大程度地传达原作的艺术特色,被誉为中西合璧的翻译"梦之队"①。参照这种成功模式,《中华人文》邀请母语为英语的汉学家担任译者,同时依托南京师范大学外国语学院,选择专门从

---

① 李文静. 中国文学英译的合作、协商与文化传播——英汉翻译家葛浩文与林丽君访谈录. 中国翻译,2012(1):57.

事文学、翻译研究的教师作为编辑,通过译者—编辑合作模式完成译稿。《中华人文》创刊号重点译介毕飞宇的三部短篇小说:《哺乳期的女人》《怀念妹妹小青》和《相爱的日子》。三部小说的译者均为职业翻译家①,这三篇译稿的编辑由笔者之一许诗焱担任②。合作基本程序为译者翻译第一稿,在翻译的过程中译者与编辑随时进行交流,译稿完成后编辑进行校对,并与译者共同修改,修改完成后由主编进行最后审定③。本文将以这三部短篇小说的翻译为例,对初译稿、修改稿和定稿所呈现的翻译动态过程加以考察,探讨译者-编辑合作模式在文字翻译、语境构建和文学传达三个层面的运用,旨在为中国文学"走出去"提供具有实践价值的参考。

一、文字翻译

谈到自己作品的翻译,莫言曾对葛浩文说:"外文我不懂,我把

---

① 《哺乳期的女人》的译者陶建(Eric Abrahamsen)长期在中国生活,曾译毕飞宇的《地球上的王家庄》、苏童的《西瓜船》、王小波的《沉默的大多数》等,2010年创办纸托邦(Paper Republic)网站,专门从事中国作家、作品的海外推介。《怀念妹妹小青》的译者刘凯琴(Kay Mcleod)曾任哈珀·柯林斯(Harper Collins)出版社中文翻译、编辑,在中国生活期间为江苏省昆剧院翻译昆曲唱词字幕,曾翻译毕飞宇的《睡觉》、范小青的《我在哪儿丢失了你》等。《相爱的日子》的译者方哲升(Jesse Field)为亚洲文学与文化专业博士,曾留学清华大学,专门研究当代中国作家的写作状态与生活境况,并翻译多部杨绛的作品。
② 笔者之一许诗焱为英语语言文学博士,专门从事文学、翻译研究与教学,曾赴美访学。
③ 《中华人文》由杨昊成教授担任主编,稿件审定工作主要由主编杨昊成教授和副主编石峻山(Josh Stenberg)负责。杨昊成教授具有英语语言、英美文学、中西艺术史论、美国文明史等方面的学术背景,长期从事文学翻译的实践、教学与研究,已出版多部学术专著和译著。石峻山为加拿大藉汉学家,南京大学文学院古典戏曲专业博士,译有《桃花扇》《牡丹亭》以及苏童、范小青、余华、毕飞宇、叶兆言、黄梵等作家的作品。2013年,由他担任主编的中国当代短篇小说集 *Irina's Hat : New Short Stories from China* 由 Merwin Asia 出版社出版。

书交给你翻译,这就是你的书了,你做主吧,想怎么弄就怎么弄。"①这段话代表了大多数中国作家对作品外译的宽容态度,但就翻译本身的要求而言,文字层面的准确性和确切度还是不可或缺的;文字是小说意义的载体,文字层面翻译的偏差会影响小说整体意义的表达。为了保证文字翻译的准确,葛浩文十分重视与林丽君的合作:"即使是我自己单独署名的翻译,每次也必定要请丽君先帮我看过之后,才会交给编辑。在认识她以前,我会找一些母语是汉语的人帮我看译文,以确保不会有所失误。"②毕飞宇小说的三位译者也非常认可与母语为汉语的编辑之间的合作,在发送译稿的邮件中都明确表示,希望编辑对自己的译稿进行"ruthless"(不留情面的)的校对和修改,确保文字翻译的准确和确切。

尽管三位译者都是精通汉语的职业翻译家,但编辑在校对的过程中还是发现了一些对文字理解的偏差。比如《相爱的日子》中,"他"第一次认真地打量"她"之后,对"她"相貌的总体印象:

原文:说不上好看,是那种极为广泛的长相。

译稿:She wasn't that good looking. She was that kind of girl with really broad features.

译者将"广泛"译为"broad",虽然"broad"的词义中的确包含"广泛"这一意思,但编辑认为这个句子中的"广泛"与"broad"一词中所包含的"广泛"并不完全一致:"broad"所侧重的是"广",指"适用范围大",而这句话中的"广泛"所侧重的则是"泛",指"一般,不特别"。汉语中用"极为广泛"来形容人的长相其实并不常见,作者有特别的用意:"她"貌不惊人,只是无数在都市中打拼的年轻女子

---

① 斌格,张英. 葛浩文谈文学. 南方周末,2008-03-26.
② 李文静. 中国文学英译的合作、协商与文化传播——英汉翻译家葛浩文与林丽君访谈录. 中国翻译,2012(1):57.

中的平凡一员，作者不强调"她"相貌的独特性，甚至没有给"她"姓名，旨在凸显"她"的普遍性。另外，"broad"的词义还包括"宽的""粗俗的"，可能会引起读者对于"她"的长相产生不恰当的联想。编辑就这个词的翻译与译者讨论，译者最终将"broad"改为"ordinary"（普通的，平常的），同时将"really"（真正地）改为"extremely"（极其地），与"ordinary"之间的搭配更加顺畅，与原文中的"极为"之间的对应也更加贴合。

修改稿：She was that kind of girl with an <u>extremely</u> <u>ordinary</u> look.

长相"极为广泛"的"她"与同样面貌不详的"他"经历了一段"相爱的日子"："他们一个星期见一次，一次做两回"，虽然没有同居，却越来越亲，越来越"黏乎"。小说结束时，经历完无限欣喜的缠绵，他们一起翻看"她"手机中相亲对象的照片，"他"平静地为"她"选择年收入 30 万的离异男子作为结婚对象，与"她"本来的打算一致，"还是收入多一些稳当"。得出了共同的结论之后，

原文：她就特别<u>定心</u>、特别疲惫地躺在了他的怀里，手牵着手，一遍又一遍地摩挲。

译稿：With equal parts <u>determination</u> and exhaustion, she lay there in his arms, hand in hand, caress followed by caress.

这里，译者将"定心"译为"determination"（下定决心），与这个词在小说语境中的意义不符。编辑认为，在小说语境中的"定心"表现"她"在完成选择之后的解脱和放松状态：虽然"他"和"她"两性相悦，但面对生存的压力和无望的未来，最终分离的结局其实早在他们的预料之中，所以在结束"相爱的日子"时才会"定心"。如果翻译成"determination"（下定决心），意思正好相反，会影响读者

对于小说主题的理解。编辑通过邮件向译者指出,译者考虑后,将"determination"改为"relief"(解脱),同时译者认为"with equal parts relief and exhaustion"这个词组本身有些生硬,与原文语境不一致,将其进一步修改为"so relieved and so exhausted"。

修改稿:So relieved and so exhausted, she lay there in his arms, hand in hand, caress followed by caress.

与上面两个例子相比,《哺乳期的女人》中成语"不绝如缕"的翻译与修改一波三折,颇有戏剧性。小男孩旺旺的父母常年在外跑运输,他是爷爷奶奶用不锈钢碗和不锈钢调羹喂大的。当通体充满母性的哺乳期女人惠嫂无遮无拦地给孩子喂奶时,"硕健巨大"的乳房和"浓郁绵软"的"乳汁芬芳"让从未吃过母乳的旺旺无比企盼,又充满忧伤。

原文:旺旺被奶香缠绕住了,忧伤如奶香一样无力,奶香一样不绝如缕。

译稿:He was bound up in the scent of milk; his grief was just as powerless as that scent, just as vanishing.

译者将"不绝如缕"译为"vanishing"(消失),编辑凭直觉认为译者将这个成语的意思翻译反了,应该是"延绵不绝"的意思。在给译者写邮件时,为了增加说服力,特意查阅成语字典,但查出的结果却出乎意料:"不绝如缕"在字典上的解释是"像细线一样连着,差点就要断了,多用来形容局势危急或声音细微悠长。后也比喻技艺等方面继承人稀少"。字典还特别指出:该词常被误用来形容"持续不断,经久不息"[1]。换句话说,译者对"不绝如缕"的理解更接近这个词的原义,而编辑的理解反而是这个词被误用的意义。

---

[1] 参见:http://hanyu.iciba.com/chengyu/325.shtml,检索日期:2014-04-20。

但编辑相信自己的母语直觉,在反复分析这个成语在文中的含义之后,认为这里的"不绝如缕"还是应该采用一直以来被误用的意思。因此编辑在邮件中向译者仔细解释这个词的原委,译者说自己的确是查阅字典后根据字典意义翻译的,但完全认同编辑的分析,将译文修改如下:

修改稿:He was bound up in the scent of milk; his grief was just as powerless as that scent, just as lingering(逗留).

译稿修改完成之后,编辑在一篇研究毕飞宇创作的论文中读到:他创作《哺乳期的女人》的最初灵感来自"与生孩子回单位满身奶味的女同事之拥抱,以及见到只有留守老人与孩子的空镇之寥落"[①]。女同事满身的奶味显然说明奶香的延绵不绝,进一步印证自己对于"不绝如缕"在文中含义的判断。

编辑在校对的过程中还发现,对于一些词句的翻译,译者虽然做到了词义对应,但原文意义并未得到确切传达。比如,《怀念妹妹小青》中,作者在描写妹妹与生俱来的艺术天赋时写道:

原文:艺术是她的一蹴而就。
译稿:Art was her first recourse.

译者只基本译出了"一蹴而就"的字面意思,句子的意义并不明确。编辑结合上文中的"与生俱来""本能"以及下文中的"她能将最平常的事情赋予一种意味,一种令人难以释怀的千古绝唱",向译者解释"一蹴而就"的意义,之后译者提供两种翻译方法:

译法 1:Wherever she trod, there art appeared.
译法 2:Her every footstep gave rise to art.

---

① 吴周文,张王飞. 论毕飞宇命运叙事的独特性. 中国现代文学研究丛刊,2013 (2):125.

与原译稿相比,这两种翻译方法对句子意义的表达都更为明确,而译者本人更希望用第一种译法,因为其中包含"trod"(踏,踩),这个词可以与小说中对妹妹优美舞姿的描写相呼应。编辑尊重译者的意见,采用了第一种译法。

《相爱的日子》中,"他"和"她"每次做爱后都要互相评分,再把得分用圆规刻在出租屋的墙壁上。一次,"他"面试遭受打击,导致做爱时表现不佳,"她"为了缓解尴尬,假装开玩笑地判他 0 分,并且"一定要替他把这个<u>什么也不是</u>的<u>圆圈</u>给他完完整整地划在墙壁上"。译者将"圆圈"前面的定语译为"slightly imperfect"(不够完美的),编辑认为处理有些简单化,没有表达出原文的丰富含义。在与译者沟通时,编辑倾向于将"这个什么也不是的圆圈"直译为"what could by no means be called a circle",而译者认为:"是这个意思,也可以,但是有点太文了……"经过译者与编辑的反复讨论,最终将其转译为"hopeless"(无望的)。这个词虽然与原文并不完全对应,但在译稿语境中至少可以传达原文中所包含的两层含义:一方面表示性爱行为的彻底失败,一方面又表示评分行为本身的毫无意义,同时也与原文的整体语气相一致。

《中华人文》副总编石峻山(Josh Stenberg)具有中国当代文学作品外译的丰富经验,他曾作为译者与国外编辑合作,也曾作为主编与译者合作。他特别肯定这种英语译者与汉语编辑之间的合作:"国外的编辑很少通晓中文,因此他们一般都不参照原稿文字,而是直接对译稿文字进行修改,翻译的准确度无法得到保证。而《中华人文》目前所采用的译者—编辑合作模式在确保翻译准确性和确切度方面具有明显的优势。"

二、语境构建

在小说翻译的过程中,"由于语言的转换,原作的语言构建结构在目的语中必须重建,原作赖以生存的'文化语境'也必须在另一种语言所沉淀的文化土壤中重新构建"①。葛浩文、林丽君夫妇在翻译中国文化语境中特有的元素时,林丽君倾向于用地道的英文让译文更加透明、清晰,相对减轻译文中的"异国情调",而葛浩文倾向于用直译,强调"异国情调"来传达异质文化的独特性。两人在翻译的过程中不断磨合,在归化—异化中寻找最合适的平衡点②。《中华人文》所采用的译者—编辑合作模式中,译者与编辑分别作为目的语文化语境与原作文化语境的代言人,通过及时的沟通和协商,将归化翻译的可读性和异化翻译的陌生化相结合,确保原作赖以生存的"文化语境"在目的语文化土壤中的有效构建。

《中华人文》创刊号译介的毕飞宇的三篇小说,分别聚焦中国发展的三个截然不同的阶段,地域也涵盖农村、小镇和城市,与之相对应的文化语境相对复杂,因此特别需要译者与编辑之间的通力合作。比如《怀念妹妹小青》中多次出现"金珠玛米"一词。

原文:她的一双小手在头顶上舞来舞去的,十分美好地表现出藏族农民对金珠玛米的款款深情。

译稿:Her little hands would wave about above her head in a beautiful expression of the Tibetan countryfolk's deep gratitude to the People's Liberation Army.

---

① 许钧. 翻译论. 武汉:湖北教育出版社,2006:74.
② 王颖冲,王克非. 中文小说英译的译者工作模式分析. 外国语文,2013(2):121.

原文：她那双善舞的小手顷刻之间就变得面目全非，再也不能弓着上身、跷着小脚尖向<u>金珠玛米</u>敬献哈达了。

译稿：In an instant, those dancing hands of hers became unrecognizable, and she could never again arc and sway and prance on tiptoe for <u>the PLA</u>.

译者将"金珠玛米"翻译为"the People's Liberation Army""the PLA"（解放军），虽然意义很准确，但编辑认为缺失了该词所包含的民族、历史和文化内涵。经与译者协商，将"金珠玛米"音译为"Jinzhumami"，并加注释说明其藏语来源："the Tibetan word for the People's Liberation Army"。采用音译加注释的方法，既传达了异域文化的特色，同时又帮助读者的理解。

《相爱的日子》中，"他"去地下室探望生病的"她"，看到"她"不去医院却在床上"熬"着，心酸不已，问："——你就一直躺在这儿？"她回答：

原文："是啊，没躺在<u>金陵饭店</u>。"她还说笑呢。

译稿："I haven't been at the <u>Jinling Hotel</u>." She could actually think of this as funny.

在翻译"金陵饭店"这一陌生文化元素时，译者采用了异化的方法，虽然保留了异国情调，但编辑认为，对于"金陵饭店"这个词有必要解释一下。金陵饭店在南京居民心中其实是一个象征，它所代表的意义超越一般意义上的宾馆，而指特别豪华昂贵的高档场所，南京居民经常用这个词进行自嘲。如果不加说明，读者很难理解这句话与下文中的"说笑"之间的逻辑联系。在沟通过程中，译者和编辑都认为加注释说明有些累赘，最后决定将"金陵饭店"转译为"five-star"（五星级饭店），用归化的方法接近"金陵饭店"的象征意义，进而传达原文中的调侃意味。

小说中接下来又出现另一个陌生文化元素。"他"帮病中的"她"整理房间：

原文：不知道她平日里是怎样的，这会儿她的房间已经不能算是房间了，满地都是擦鼻子的卫生纸，纸杯，<u>板蓝根</u>的包装袋，香蕉皮，袜子，还有两条皱巴巴的内裤。

译稿：Who knows what it was like normally，but at that moment the room could hardly even be called a room，what with the floor being completely covered with used facial tissue，paper cups，opened boxes of <u>isatis root</u>，banana peels，some socks and also two pairs of wrinkled panties.

译者使用异化的方法将"板蓝根"翻译为"isatis root"，具有一定的陌生化效果，但对"板蓝根"一无所知的读者会感到迷惑。如果采用归化的方法翻译成"a root often used in traditional Chinese medicine"又不够简洁。经过编辑与译者之间的沟通，最后决定在译稿中保留"isatis root"，而将它前面的量词"box"改为"medicinal sachet"，"medicinal"体现它是一种药，并借助读者所熟知的"sachet"（速溶咖啡包装袋），帮助读者对板蓝根包装袋产生直观的印象，在异化翻译所产生的陌生化与归化翻译所产生的可读性之间寻求平衡。

对于小说中人名的翻译也是文化语境构建中的一个难题。中文名字由汉字构成，除了提供发音外，汉字还具有明确的含义。林丽君不赞成将人名中的汉字意义翻译出来："比如你的名字里有个'静'字，难道英文名就要叫你 Quiet 什么的？把'袭人'翻译成 Aroma，就一定很好吗？"但葛浩文强调，对于具有特殊意义的名字,译者"需要多花心思找到最合适的表达方式"①。译者和编辑都认为,《哺乳期的女人》主人公的名字"旺旺"就属于这类"具有特殊意义的名字":它既是电视广告中反复宣传的零食品牌,又代表社会转型时期人们对财富前所未有的趋之若鹜。而对于旺旺本人而言,这两个字响亮的发音和喜庆的含义却包含嘲讽与怜悯的意味:似乎人们对财富的追逐注定要以牺牲人伦亲情为代价。译者在开始翻译前就询问编辑,是否可以将这个名字不按拼音译成Wangwang,而是按照台湾品牌的拼写译成Wongwong,并加注释说明这两个字在汉语中的意义。编辑认为将如此多重的含义包含在一个注释当中不太可能,而且会限制读者的思考,所以译者与编辑沟通后决定使用台湾品牌的拼写,不用注释,而是在翻译中利用原文将"旺旺"这两个字所包含的意思解释出来,在译文中自然流露。

原文:但是旺旺的手上整天都要提一袋旺旺饼干或旺旺雪饼,大家就喊他旺旺,旺旺的爷爷也这么叫,又顺口又喜气。

译稿:But because he perpetually went about with a bag of Wongwong-brand cookies or crackers（品牌）in his hand, everyone called him that, even his grandfather—it rolled easily off the tongue,（发音）and pleased the ear.（意义）

原文:人们都知道惠嫂的奶子让旺旺咬了,有人就拿惠嫂开心,在她的背后高声叫喊电视上的那句广告词,说:"惠嫂,大家都'旺'一下。"

译稿:Everyone knew Mrs Hui's breast has been bitten

① 李文静. 中国文学英译的合作、协商与文化传播——英汉翻译家葛浩文与林丽君访谈录. 中国翻译,2012(1):57.

by Wongwong, and some made a joke of it, waiting until her back was turned and then <u>loudly quoting the snack advertisement from the television: "Mrs Hui, let's all have a 'Wong'!"</u>(广告语)

在文化语境的构建中,译者与编辑除了在归化—异化间寻求最佳翻译方法,对于小说中一些实在难以翻译的文化元素,则采用添加注释的方法直接进行解释。三位译者在译稿中都主动添加了一些注释,比如"清明""愚公移山"等,这些注释都作为 Translator's Note(译者注)予以保留。但这三部作品牵涉复杂的政治文化语境,其中有相当一部分即使是了解中国文化的译者也无法真正体会,这时就需要代表原作文化语境的编辑与译者进行合作。比如《怀念妹妹小青》中的"四类分子"一词。"我们来到这个村子才几个月,村里人已经给我们一家取了诨名"——他们叫父亲"四只眼",叫母亲"哎哟喂",叫妹妹"小妖怪",叫我"小杂种"。因此,作者得出结论:

> 原文:一听就知道,我们这一家四口其实是由<u>四类分子</u>组成的。

> 译稿:So you knew just by listening that our family of four was made up of <u>four distinct members</u>.

译者将"四类分子"译为"four distinct members",虽然字面对应,但没能体现其中隐含的政治意义。编辑建议译者加注,但译者觉得自己对这个术语理解不深入,对加注没有把握。编辑查阅相关资料后为"four distinct members"加注,经主编修改,将 Editor's Note(编者注)定为:"Four distinct members"(四类分子)here is a parody of one of the resounding political parlances of the Cultural Revolution, referring to four categories of enemies of the revolution: landlords, rich farmers, reactionaries and bad elements.",用尽可能简洁的语言说明这个政治术语所指涉的特定时期和具体内涵。类似的例子还有小说中出现的"李铁梅""李奶奶"等,通过译者和编辑的合作注释,重构原文的文化语境,帮助目的语读者的理解。同时,为了保证行文的流畅,《中华人文》没有采用脚注形式,而是一律采用尾注,避免破坏读者的阅读感受。

马悦然在《翻译的技艺》一文中指出:"每当文本提及那些读者会视为陌生的文化元素,译者就有解释的责任。"①《中华人文》的目标读者并不仅仅局限于专门研究中国文化的学者和专家,而是对中国文化感兴趣的西方普通读者。在这种情况下,译者和编辑在翻译过程中更需要时刻考虑目标读者在理解文化语境时的困难,主动发掘小说中陌生的文化元素,通过合作找到适当的方式予以解释,确保原作生命在异国文化土壤中的延续。

三、文学传达

在分析当代中国文学译介所面临的主要问题时,许钧教授指出:西方主流社会对中国现当代文学的接受中,作品的非文学价值受重视的程度要大于其文学价值②。西方读者通常将翻译作品作为了解中国社会的社会学著作来看待,有关中国文学作品的广告宣传也大都强调它们是"了解中国历史、政治和社会的窗口",而作品的文学性则很少受到关注③。作为国内第一本在海外出版发行的文学译介期刊,《中华人文》力求在文学性传达方面有所突破,不

---

① 马悦然. 翻译的技艺//罗选民. 中华翻译文摘(2002—2003 卷). 北京:清华大学出版社,2006:12-18.
② 许钧. 我看中国现当代文学在法国的译介. 中国外语,2013(5):12.
③ 马会娟. 英语世界中国现当代文学翻译:现状与问题. 中国翻译,2013(1):69.

仅要更多地向世界展示中国文学作品,更要引导西方读者关注中国文学作品所具有的文学价值,"在东西方文明之间展开平等、健康、建设性的对话"①。

为了保证文学性的传达,葛浩文、林丽君夫妇在翻译过程中都十分重视作者的参与。在谈及《青衣》的翻译时,葛浩文说自己与毕飞宇的邮件往来加起来字数甚至比原著还要多②。尽管如此,目前中国作家在作品外译过程中总体比较被动。苏童曾说:"作品能否在国外翻译出版,命运掌握在国外的翻译家手里,翻译家是推手。我的所有作品在翻译之前,从来不认识翻译家,也不认识外国人,完全是被动的过程。"③毕飞宇则用"轮盘赌"来比喻自己的作品被翻译的命运:"作品翻译出去了,它在哪个点上'停下来',当事人永远也做不了主。随它去吧。"④随着中国作家国际知名度的提高,很多作家都已有多部作品在国外出版,作家本人也经常参与海外书展、推介等活动,对海外市场和目标读者都比较了解,因此作家在文学性传达方面应该有更大的发言权。在《中华人文》所采用的译者—编辑合作模式中,作家的参与度大大增加。在翻译开始之前,编辑与作家联系,邀请作家选择自己希望译介的作品。《中华人文》译介的三部作品均由毕飞宇本人选择:《怀念妹妹小青》叙述一个精灵似的小生命在荒诞年代的猝然消逝;《哺乳期的女人》透过一个小男孩对母爱的渴望,讲述经济转型时期中国农村的破败;《相爱的日子》则写了一个现代都市中"低温的"爱情故事⑤。

① Yang, H. Editor's note. *Chinese Arts & Letters*,2014(1):2.
② 斌格,张英. 葛浩文谈文学. 南方周末,2008-03-26.
③ 舒晋瑜. 说吧,从头说起:舒晋瑜文学访谈录. 北京:作家出版社,2014:229.
④ 高方,毕飞宇. 文学译介、文化交流与中国文化"走出去"——作家毕飞宇访谈录. 中国翻译,2012(3):50.
⑤ 毕飞宇,张莉. 人与人之间的温度在降低——毕飞宇访谈录. 文化纵横,2010(1):77.

三部作品都关注那些被现实所压抑和湮灭的"疼痛"，代表作者本人创作的特点，又能引起普遍共鸣。作者选定作品后，再由《中华人文》主编和副主编根据作品选择译者，选择时不仅考虑作品风格与译者品味之间的匹配，更考虑译者对作品的热情，保证每一位译者都像葛浩文一样"带着尊重、敬畏、激动之情以及欣赏之心走入原著"①，让译者的主观意识对作品文学性的传达产生积极的影响。

在对作品热爱的基础上，葛浩文、林丽君夫妇相互补充的专业背景让他们能够相对自由地往返于中国文学特点和文学审美共性之间，力求通过作品本身的文学性去吸引读者，而不是通过删改刻意迎合西方读者的口味。《中华人文》所采用的译者—编辑合作模式中，译者与编辑的专业背景与葛浩文、林丽君相似：母语为英语的三位译者的专业均为汉语语言文学，而母语为汉语的编辑专业为英语语言文学。互补的专业背景有利于译者和编辑在合作中展开平等对话，保证作品文学性的有效传达。以题目翻译为例：译者为《怀念妹妹小青》提供两种译法，一种为"Yearning for My Sister"（怀念我的妹妹），另一种为"My Sister Xiaoqing"（我的妹妹小青）。编辑在选择时首先考虑英译小说题目的习惯，认为"称谓＋名字"式的名词词组在标题中更为常见，比如 *My Uncle Jules*（《我的叔叔于勒》）、*Cousin Bette*（《贝姨》）、*Cousin Pons*（《邦斯舅舅》）、*The Brothers Karamazov*（《卡拉马佐夫兄弟》）等。同时毕飞宇也经常以主人公的名字来命名自己的作品，比如《玉米》《玉秀》《玉秧》，而在《推拿》中，所有的章节名也一律采用书中人物的名字——"王大夫""沙复明""小马""都红"等。综合以上两方面的

---

① 吴赟. 西方视野下的毕飞宇小说——《青衣》与《玉米》在英语世界的译介. 学术论坛,2013(4):95.

考虑,将小说定名为"My Sister Xiaoqing"。《哺乳期的女人》2012年曾被改编为同名电影,海报上翻译的英文名是"Feed Me"(喂我)。编辑觉得"Feed Me"作为电影名具有一定的吸引力,但作为小说标题不太理想,所以并未将该译法与译者沟通。译者在译稿中将标题翻成"Nursing"(哺乳),编辑认为信息缺失较多:小说讨论母性,因此标题中的"女人"不能省去。编辑与译者沟通时曾考虑借鉴葛浩文对于《玉米》(*Three Sisters*)的互文性翻译方法,将《哺乳期的女人》翻译成"Women in Lactation",与 D. H. 劳伦斯的"Women in Love"(《恋爱中女人》)形成互文。但译者认为"Women in Lactation"不太符合英语语言习惯,同时译者和编辑也考虑到《哺乳期的女人》与《恋爱中的女人》之间的主题相关性较小,所以最终放弃互文,译为"The Lactating Woman",既忠实,又上口,现在分词的使用也令标题更显灵动。《相爱的日子》的标题翻译相对简单,译者译为"Love Day",编辑建议将"Day"改为"Days",以体现相爱的一段日子,而不是一天,译者认同修改。译稿完成后,编辑与作者谈到《相爱的日子》标题的翻译,作者认为译得不理想:"他"和"她"之间自始至终就没有爱过,只是在这段日子里相互陪伴——"像恋爱了"而已;而译名"Love Days"会让人觉得"他"和"她"是相爱的。编辑的阅读感受却与作者期待不一致,在编辑看来,孤独的"他"和"她"用身体互相安慰,用鼓励相互支撑,这种陪伴本身就是爱,而且小说中温情的细节也是爱的体现。尽管作者与编辑没有达成一致意见,但恰恰体现文学性的魅力,正所谓"一千个人眼中有一千个哈姆雷特"。但如何通过翻译来体现文学性的这一独特魅力,实在是个难题。编辑参考李安电影片名的翻译:《推手》译成"Pushing Hands",《饮食男女》译成"Eat Drink Man Woman",《卧虎藏龙》译成"Crouching Tiger, Hidden Dragon"——不论片名背后蕴含多少"只可意会不可言传"的因素,都使用最为直白的字面翻译法,为观众留下广阔的想象空间。《相爱的日子》最终还是被译为"Love Days";"他"和"她"到底是否爱过? 这个问题留给读者自己思考评判,让读者在思考评判中体会文学的魅力。

尽管译者与编辑在翻译过程中都十分努力地传达毕飞宇作品的文学性,但不免还是有缺憾,就像葛浩文所说的那样,"在拿出我的译稿之前,我总是要确保自己尽可能地忠实于原文的语气、语域、微妙的差别以及更多的东西,与此同时,我总为那些不可避免的损失而痛惜不已"①。比如毕飞宇文学语言中兴化方言的微妙语调,翻译之后注定无法保留。还有他小说中经常出现的意识形态语汇:

> 世界是稻米的,也是蒲苇的,但归根到底还是蒲苇的。(《怀念妹妹小青》)
>
> 一个叫花子冒充革命军人,是可忍,孰不可忍? (《怀念妹妹小青》)
>
> 现在的女人不行的,没水分,肚子让国家计划了,奶子总不该跟着瞎计划的。(《哺乳期的女人》)
>
> 他就那么站着,一手捏着手机,一手握着自己,两手都在抓,两手都很软。(《相爱的日子》)

这些具有中国特色的"政治性话语的戏仿和挪用"②,仿佛"整体克制的情况下激情探头探脑的短暂的放松时刻"③,中国读者会心一笑,但外国读者很难理解,要让他们体会到其中的幽默几乎不

---

① 孙会军,郑庆珠.从《青衣》到 *The Moon Opera*——毕飞宇小说英译本的异域之旅. 外国语文,2011(4):90.
② 王彬彬. 毕飞宇小说修辞艺术片论. 文学评论,2006(6):81.
③ 施战军. 克制着的激情叙事. 钟山,2001(3):121.

可能。如果一味解释，又显得画蛇添足。为了弥补缺憾，《中华人文》在三篇小说后刊登了三篇代表性评论，分别是李敬泽的《毕飞宇的声音》、施战军的《克制着的激情叙事》和王彬彬的《毕飞宇小说修辞艺术片论》。三篇评论不仅包含了在翻译中无法传达的方言性、政治词汇移用等，对毕飞宇作品的其他文学特色也有深入的分析和阐释。既然无法通过翻译一蹴而就地向西方读者展示作品的文学性，借助评论家犀利的文学眼光和深厚的文学修养来辅助文学性的传达也不失为一种策略。一方面，译者与编辑通过翻译这些评论加深对毕飞宇作品的理解，提升对其作品的翻译水准；另一方面，评论的译介也可以对读者的关注点进行积极引导，"从对异域文化的猎奇心态逐渐转变到聆听中国文学真正的声音"①，循序渐进地加深对中国作品文学性的认识。在"从莫言获奖看中国文学如何'走出去'"学术会议上，宋炳辉教授指出："中国文学要真正'走出去'，其实在很大程度上还要依靠文学研究者对文学作品本身的阐释，对文学作品内涵的有效和多元阐释是实现本土文学国际化的一个重要因素。"②在当代中国文学译介中，这一维度目前未受到应有的重视，《中华人文》要在这方面努力进行尝试，就像毕飞宇所希望的那样，"如果整个西方世界是用一种美学眼光、文学眼光、小说眼光来看待中国文学，那个时候即使中国作家没有得奖，中国的文学也走向了世界"③。

① 祝一舒. 翻译场中的出版者——毕基埃出版社与中国文学在法国的传播. 小说评论，2014(2)：6.
② 张毅，綦亮. 从莫言获诺奖看中国文学如何"走出去"——作家、译家和评论家三家谈. 当代外语研究，2013(7)：56.
③ 转引自：毕飞宇2011年香港书展访谈，参见：http://www.56.com/u30/v_NjIzODM0MDg.html，检索日期：2014-05-01.

四、结 语

对于中国文学的外译,苏童曾经打过一个比方:"隔着文化和语言的两大鸿沟,所有经过翻译的传递不可能百分百精确,译者就像鲜花的使者,要把异域的花朵献给本土的读者,这是千里迢迢的艰难旅程,他必须保证花朵的完好,而途中掉落一两片叶子,是可以接受的。"①如果说译者是中国文学"走出去"之路上的护花使者,那么译者—编辑合作模式促成两位使者联手护花,必然能将"异域的花朵"保护得更好,最大限度地减少途中可能掉落的"叶子"。同时我们还应该意识到,译者与编辑共同"把异域的花朵献给本土的读者"还只是"千里迢迢的艰难旅程"中的第一步,之后还有"交流、影响、接受、传播等问题"②。《中华人文》今后将更多地利用期刊平台,积极联络作者、译者、编辑、评论家、出版方、媒体等,将合作拓展到更深的层面,不仅要让中国文学"走出去",还要走得更远,走得更好。

(许诗焱,南京师范大学外国语学院教授;许多,南京师范大学外国语学院副教授;原载于《小说评论》2014 年第 4 期)

---

① 高方,苏童. 偏见、误解与相遇的缘分——作家苏童访谈录. 中国翻译,2013
(2):47.

② 谢天振. 译介学. 上海:上海外语教育出版社,1999:11.

先锋小说与中国当代文学海外传播之转型

单　昕

先锋小说自 20 世纪 80 年代后期兴起,至 90 年代前期逐渐式微,在短短数年间完成了肇始—发展—鼎盛—衰落的轨迹。它的存在虽然短暂,却影响深远,在文学观念、叙事伦理、审美范式、生产机制等层面推动了中国当代文学的转型。先锋作家们也持续发力,跻身文坛翘楚之列。然而,与先锋小说在国内文坛取得的巨大成就相比,其在域外所受到的关注与影响却一直为人所忽略,而这恰恰是重评先锋小说价值的一个重要维度。本文将以先锋小说在英语世界的译介为切入点,将其作为跨语际、跨文化对话的一个标本,去探讨 20 世纪 80 年代后中国当代文学海外传播的转型问题。

一、美学与政治:当代文学海外传播的两个关键词

文学的域外译介与传播,说到底根植于同时期的文学创作。因而,20 世纪中国文学的海外传播,也就与这一时期的中国文学一样,难逃政治与美学的纠葛,大体呈现出由社会性与文学性并重,到政治意识形态主导,再向文学审美回归的趋势,并逐渐多元化与市场化。

早在 20 世纪 30 年代,中国便有向西方介绍中国文学的英文刊物《中国简报》(*China in Brief*)。该刊由美国人威廉·阿兰与萧乾合办,译载了鲁迅、郭沫若、茅盾、郁达夫、沈从文、徐志摩、闻一多等人的作品,似有描绘中国新文化运动蓝图的雄心壮志;同时也译介民间文艺作品,向西方读者介绍中国的民生与"民粹",传扬中国社会、文化之进展。除主动译介外,优秀的作家作品也陆续进入西方学者和译者的视线,鲁迅、沈从文、老舍等人的小说均有英文译本在西方出版。在选本方面,1936 年,由埃德加·斯诺编选的《真正的中国:现代中国短篇小说集》(*Living China: Modern Chinese Short Stories*)在美国出版,收录了鲁迅、郭沫若、茅盾、巴金、丁玲、柔石、沈从文等人的多篇小说,呈现出中国作家特别是左翼作家创作的风貌,亦企图展现编者眼中"真正的中国";1944 年,美国哥伦比亚大学出版社出版了华裔学者王际真编选的《当代中国小说集》(*Contemporary Chinese Stories*),更偏重作品的审美品质,可以看作是学术界对 20 世纪上半叶中国小说创作的一个总结性选本。①

不可否认,翻译是一种政治。中华人民共和国成立后的当代文学海外传播,主要依靠官方机构的组织和推动。外文出版社推出了一系列革命历史小说的英译本,并由文化部与外事局(今外交部)牵头组创了向西方世界介绍中国文学的刊物《中国文学》(*Chinese Literature*),其主要任务是反映中华人民共和国成立后"中国人生活新的一面,和迥然于外国所知的新人物形象的一面"②。该刊第一期刊发了《新儿女英雄传》《王贵与李香香》等作

---

① 参见:吕敏宏. 中国现当代小说在英语世界传播的背景、现状及译介模式. 小说评论,2011(5):4-12.

② 何琳,赵新宇. 新中国文学西播前驱——《中国文学》五十年. 中华读书报,2003-09-24.

品,此外还有《太阳照在桑干河上》《白毛女》等。由刊物的时代背景、创刊宗旨、机构体制、作品选择不难看出,这份《中国文学》实际上是冷战时期在苏联模式影响下的一份文学版的对外政治宣传品,浓烈的意识形态色彩使文学传播效果大打折扣。与此同时,西方对于中国当代小说的翻译甚至海外汉学这一学科的建立,也基于意识形态的对立,这样的发端决定了西方对中国文学的研究只停留在了解社会现实的粗浅层面。

　　20 世纪 80 年代是中国当代文学的黄金时期,也是对外译介的高峰期。1981 年,《中国文学》开始翻译出版"熊猫丛书",共出版 190 多种,介绍作家、艺术家两千多人次,译介文学作品 3200篇,几乎涵盖了当代所有重要作家及其作品。80 年代出版业已开始市场化,然而"熊猫丛书"这种毫无经济利益可言的出版物能够以如此大的规模出版,一方面是当时中国国内文学热的附属效应,也不难看出文学主管部门在文学的海外传播方面曾尝试做出过不少努力。然而即便如此,中国文学在海外的传播效果却仍不理想,翻译家葛浩文曾提到:"现在当代中国文学的翻译比以前多了。但是,这是不是就意味着,读者群同时也在扩大,这还很难说。我们要考虑到波动原则——每次新闻报道中报道了中国的事情,中国的文学作品销量就会好一些,而新闻报道没有什么中国的消息时,这些书就从书架上消失了。"①西方出版社所选择的有限的中国文学作品也多为反映"文革"后社会问题的"伤痕文学""反思文学""改革文学"。可见,到此时,西方社会和学界对中国当代文学的关注还停留在社会学层面,注重作品的社会批判性,当然,这与彼时当代文学本身的发展潮流也是吻合的。

---

① 　参见:http://www.chinanews.com/cul/news/2010/01-25/2090499.shtml;http://www.chinatibetnews.com/wenhua/2010-02/08/content_403060.htm,检索日期:2013-11-25。

　　然而也有一些学者注意到 20 世纪 80 年代小说中的艺术创新。杜迈克在其编选的《当代中国文学》(*Contemporary Chinese Literature*)中,列出了一批不同寻常的作品,包括北岛的小说《陌生客人》、陈迈平的《广场》、史铁生的《黑黑》等;戴锦编选的《春竹:当代中国短篇小说选》(*Spring Bamboo: A Collection of Comtemporary Chinese Short Stories*)中则以郑万隆、韩少功、陈建功、李陀、扎西达娃、莫言、阿城的"寻根小说"代表作为主体。《新鬼旧梦录》(*New Ghosts, Old Dreams*)记录了以王朔为代表的中国"垮掉的一代"的声音。① 20 世纪 90 年代,美国夏威夷大学出版社开始出版"现代中国小说"丛书,哥伦比亚大学出版社亦有中国当代小说翻译与研究丛书。通过这些途径,80—90 年代的一些著名作家,如莫言、冯骥才、刘恒、贾平凹、王安忆、张辛欣等人的作品被翻译出版,这也说明了西方对中国 80 年代以后文学的接受进入了一个新阶段,那就是普及本出版商开始严肃地对待中国文学,他们对中国作家的选择有所拓展,这表明海外出版界试图从总体上来把握中国当代文学的趋势和走向。

二、先锋小说译介:当代文学海外传播开始转型

　　20 世纪 80 年代中后期开始,当代文学的艺术性复归,自此走向"成熟期",这一时期也正是先锋小说蓬勃发展的时期。如果说作品本身的繁盛是文学海外译介繁荣的内因,那么出版机制市场化改革就是当代文学浮出水面、漂洋过海的外在动力。自先锋小说开始,当代文学海外传播在价值观、传播方式、领域和效果等层

---

① 参见:金介甫. 中国文学(1949—1979)的英译本出版情况述评. 查明建,译. 当代作家评论,2006(3):67-76;梁丽芳. 海外中国当代文学的英译选本. 中国翻译,1994(1):46-50.

面逐渐开始转型。

(一)当代文学海外传播的价值观转型

和在国内所面临的命名的尴尬一样,先锋小说诞生伊始在英语世界的传播中也有着各种各样的名称,如先锋小说(avant-garde fiction)、实验小说(experimental story)或新小说(new fiction)等,他们被作为一支异军突起的新生代创作势力,很快就被介绍到西方世界。1991年杜迈克编选的《中国小说的世界:中国大陆、台湾、香港的短篇与中篇小说》是较早推介先锋小说的文集,囊括了残雪的《山上的小屋》和洪锋的《生命之流》两篇作品。①

当代文学海外传播发生变化的直观标志是,先锋小说在海外受到重视,作家作品的翻译出版数量较之此前大大增加,作家的知名度在商业化、市场化的运作下也得到大幅度提升。苏童、余华、残雪等是颇受西方出版商青睐的先锋作家。据现有资料,苏童作品有《米》等七部被译为英文②;余华有六部小说被译为英文,包括

---

① 梁丽芳. 海外中国当代文学的英译选本. 中国翻译,1994(1):46-50.

② 包括:《河岸》,Su, Tong. *The Boat to Redemption*. Goldblatt, H. (trans.). New York:Doubleday, 2010.;《大红灯笼高高挂》,Su, Tong. *Raise the Red Lantern*. Duke, M. (trans.). London:Penguin Books, 1996. /New York:William Morrow, 2004.;《米》,Su, Tong. *Rice:A Novel*. Goldblatt H. (trans.). New York:William Morrow, 1995.;《桥上的疯妈妈》,Su, Tong. *Madwoman on the Bridge*. Stenberg, J. (trans.). San Francisco:Black Swan, 2008.;《我的帝王生涯》,Su, Tong. *My Life as Emperor*. Goldblatt, H. (trans.). New York:Hyperion, 2005.;《碧奴》,Su, Tong. *Binu and the Great Wall:The Myth of Meng*. Goldblatt, H. (trans.). Edinburgh:Canongate Books, 2008.;《刺青时代》,Su, Tong. *Tattoo*. Stenberg, J. (trans.). Portland:Merwin Asia, 2010.

《兄弟》《活着》等①;残雪作品的七部英译本是《五香街》《天堂里的对话》《苍老的浮云》《绣花鞋》(短篇小说集)、《天空里的蓝光》(短篇小说集)、《最后的情人》《垂直运动》②,其中有的作品多次再版。这些作品在当代文学现实主义叙事规范产生危机时应运而出,它们提出并实践了一种新的文学可能,将文学由"写什么"带入了"怎么写"的现代主义丛林,扩大了当代文学的美学空间,具有更强烈的审美价值。因而海外中国文学传播由对先锋小说的译介开始,将全力聚焦于社会现实的目光,移向作品的文学性本身。这其中当然不能排除中国改革开放、世界格局变化的大环境影响,但融合了民族特征、普适价值和现代性精神体验的先锋小说作品本身居功至伟。夏威夷大学出版社在出版余华小说集《往事与刑罚》时,

---

① 包括:《往事与刑罚》, Yu, Hua. *The Past and the Punishments*. Jones, A. F. (trans.). Honolulu: University of Hawai'i Press, 1996.;《活着》, Yu, Hua. *To Live*. Berry, M. (trans.). New York: Anchor Books, 2003.;《许三观卖血记》, Yu, Hua. *Chronicle of a Blood Merchant*. Jones, A. F. (trans.). New York: Anchor Books, 2004.;《在细雨中呼喊》, Yu, Hua. *Cries in the Drizzle*. Barr, A. H. (trans.). New York: Anchor Books, 2007.;《兄弟》, Yu, Hua. *Brothers*. Chou, E. C., Rojas, C. (trans.). New York: Pantheon, 2010.;《黄昏里的男孩》, Yu, Hua. *Boy in the Twilight: Stories of the Hidden China*. Barr, A. H. (trans.). New York: Pantheon, 2014.

② 《天堂里的对话》, Can, Xue. *Dialogues in Paradise*. Janssen, R. R., Zhang, J. (trans.). Evanston: Northwestern University Press, 1989.;《苍老的浮云》, Can, Xue. *Old Floating Cloud*. (trans.). Janssen, R. R., Zhang, J. (trans.). Evanston: Northwestern University Press, 1991.;《绣花鞋》, Can, Xue. *The Embroidered Shoes*. Janssen, R. R., Zhang, J. (trans.). New York: Henry Holt & Co, 1997.;《天空里的蓝光》, Can, Xue. *Blue Light in the Sky and Other Stories*. Gernant, K., Chen, Z. (trans.). New York: New Directions Publishing, 2006.;《五香街》, Can, Xue. *Five Spice Street*. Gernant, K., Chen, Z. (trans.). New Haven: Yale University Press, 2009.;《垂直运动》, Can, Xue. *Vertical Motion*. Gernant, K., Chen, Z. (trans.). New York: University of Rochester Press, 2011.;《最后的情人》, Can, Xue. *The Last Lover*. Finegan, A. (trans.). New Haven: Yale University Press, 2014.

在封底做了这样的评价:"难怪余华的小说在 20 世纪 80 年代面市时引起了文坛的轰动,他的创作是对中国文学传统观念的反叛,令人想到卡夫卡、川端康成、博尔赫斯、罗布—格里耶这些西方现代主义作家。"①现代主义的精神内核嵌套进中国背景的故事当中,这种熟悉的陌生感极大地激发了西方读者的兴趣,人们急于读到融合了中国人生命体验和西方现代主义文学技巧的文本。纽约锚(Anchor)出版社在推介《活着》时,介绍小说"不仅写出了中国和中国人的精神内核,而且触及人性的深处。……是一个震撼心灵的故事,融美德、反抗和希望于一体,……《活着》是人类精神的救赎,表达了人类共通的情感追求"②。对人性的深入开掘是文学永恒的内部动力,也是沟通东西方心灵的有效捷径,先锋小说正是以文学价值观念的现代转变叩开了海外传播之门,也使中国当代文学以一个全新的形象展现于世界舞台。与余华相似,苏童小说在被西方解读时,使用频率较高的关键词为"超现实""想象力""欲望""人性""记忆""历史"……可见,虽然先锋小说中无不暗藏对中国社会历史的折射,但更重要的是,作品展现的对人性的关怀、对灵魂世界的深刻体察打破了人类心灵的壁垒,通过文本实现了东西方情感的交流。

(二)当代文学海外传播方式转型

先锋小说的海外传播方式较之以前也有了明显的变化。与国内官方机构一厢情愿的译介相比,西方出版社及代理人的作用日益重要,敏锐的眼光使他们持续挖掘和推出了先锋作家的一系列作品,并且在推销这些作品的时候具有相当的热情。译者和出版

---

① 姜智芹. 中国新时期文学在国外的传播与研究. 齐鲁书社,2011:112,116.
② 姜智芹. 中国新时期文学在国外的传播与研究. 齐鲁书社,2011:115-116.

者获得作品的方式也渐渐多样化，出版者凭借影视改编效应、国内评论反响、业内人士推荐等多种渠道与作者和批评家展开交流与合作，将信息转化为成果。作家的明星化、作品的文集化以及如上种种出版方式的变化都表明了中国当代文学海外传播自先锋小说开始已经与国际出版操作规律接轨，作为海外文学生产的产品而不再是政治宣传品走向市场。

先锋小说的海外翻译与出版虽然摆脱了一直高悬于其顶的政治意识形态的达摩克利斯之剑，却走入了另一个尴尬境地：为吸引读者的阅读兴趣、促进销量和影响力，海外出版者们多在小说的"中国风格"包装上下功夫，想要以绮靡神秘的东方风情吸引读者。这样的译介与出版策略体现在对作品的选择上，导致了题材的窄化。苏童的以历史与女性为主体的小说颇受欢迎，《米》在1996年第一次出版之后，八年内又四次再版；《大红灯笼高高挂》与《我的帝王生涯》也分别有两次以上再版，并被收入多种文集。苏童在这类小说叙事中所营构的阴郁氛围、家族和历史的奇情故事以及诸多神秘意象，不仅使作品具有可读性，同时也暗合了西方人的"东方主义"情愫。余华的《活着》《兄弟》作为对"现实"中国的深刻描摹也吸引了媒体与读者的关注，借此印证他们关于发展中国的诸多想象。此外，这些小说的封面也弥漫着一股奇异的氤氲之气，龙袍、古装女性、祥云、灯笼、龙、旗袍、扇子、水墨画、京剧脸谱、汉字、红等"中国风"元素的大量使用在读图时代对读者造成了强烈的视觉冲击，提供了中国文化符号的视觉盛宴，共同参与了先锋小说的生产过程。这些策略消解了先锋小说的深度，将其平面化之后作为大众文化产品进行传播。勒菲费尔认为，翻译为文学作品树立的形象主要取决于译者的意识形态和当时占支配地位的诗学。① 这体现在当代文学海外传播上，在于支配力量已经由此前的政治意识形态过渡到了大众文化的商品意识形态，这不能不说是先锋小说所承载的中国海外文学传播内在机制的深刻变革。然而与先锋派所应承担的对文学机制的抵抗不同，这种变革是在全球化大众文化浪潮裹挟下被动产生的。从另外一个角度理解，它亦是一场文化殖民，是全球化时代弱势文化向强势文化融合过程中所必须付出的代价。

(三)当代文学海外传播领域拓展

"新潮文学为学院文集的编辑提供了绝好的材料，也成了英语国家的中国和亚洲文学课堂上理想的教学内容。"②这句话说明，先锋小说在海外已进入学院视野，开启经典化进程，拓展了当代文学海外传播领域，并促进了相关专业的学术研究与学科建设。先锋小说和由其改编的影视作品已经进入美国高校的课堂，成为中国文化相关课程的重要文本，被广泛阅读、讨论和研究，重要性不言而喻。近年来，中国文学与文化研究渐渐脱离了传统的汉学而发展成为一门独立的学科。特别是 20 世纪 90 年代以降，随着大批中国大陆背景的北美青年学者的涌现，海外中国文学研究活力大增，他们多元化的理论、观点和视角甚至反过来影响了国内学界，形成了西方理论中国背景的对照和互补，这不能不说对国内的文学研究也大有裨益。

海外关于 20 世纪 80 年代后文学研究较为典型的一种思路是探讨文学或影视作品与当代中国的文化制度、教育体制、宣传政策、国家意识形态等的复杂关系，周蕾的《原初的激情：视觉·性

---

① 陈德鸿，张南峰. 西方翻译理论精选. 香港：香港城市大学出版社，2000：177.
② 金介甫. 中国文学(1949—1979)的英译本出版情况述评. 查明建，译. 当代作家评论，2006(3)：70.

欲·民族志与中国当代电影》①就是一例。周蕾以与先锋小说关系密切的第五代电影为个案，将当时流行的诸多理论如文化研究、性别、后殖民等融汇其中，并通过对本雅明《翻译者的任务》的特别解读，将第五代电影纳入后殖民世界文化翻译这一普遍议题内。这一视角成为一个时期之内解读 80—90 年代中国文学的支点。王晶编辑的《中国当代先锋小说》是少数英文先锋小说专门文集之一，该文集选取了格非的《青黄》、余华的《1986》、苏童的《飞越枫杨树故乡》、残雪的《山上的小屋》、孙甘露的《我是少年酒坛子》、马原的《虚构》等共计七位作家的十四部中短篇小说。在序言中，编者详尽分析了先锋小说产生的历史背景、主题及形式特征，最后指出先锋小说的出现对 80 年代弥漫在西方媒体中关于中国当代文学的描述是一个反拨：当西方媒介一致认为当代中国作家全神贯注于人权问题、寻求自由民主反对专制时，先锋小说家以其作品富有表现力地对社会政治意识进行了回望与反思。② 赵毅衡主编的《迷舟——中国先锋小说选》共收入马原的《错误》《虚构》、格非《迷舟》、余华的《现实一种》为代表的八篇作品。编者在序言《中国近来小说新潮》中大体谈到了他的先锋小说观，指出先锋小说是中国当代小说发展的转折点。③

刘康的长文《短暂的先锋：余华的转型》对余华兼及先锋小说整体创作进行了述评，简述先锋小说历史，在与西方先锋派文学的比较中指出中国先锋小说的内在精神驱动力、自身矛盾及其衰落的不可避免。他指出，"先锋小说代表了中国在建立新的文化与意

---

① 周蕾. 原初的激情：视觉·性欲·民族志与中国当代电影. 孙绍谊，译. 台北：远流出版社，2001.

② Wang, J. *China's Avant-Garde Fiction*. Durham：Duke University Press，1998：14.

③ Zhao, H. Y. H. *The Lost Boat：Avant-Garde Fiction from China*. London：Wellsweep Press，1993：9-18.

识形态形式和规范过程中所面临的对立和窘境",而先锋派的内在矛盾既来源于其自身的理论紧张,也与其在历史时期中所处的尴尬位置息息相关。① 杨小滨的《中国后现代:先锋小说中的精神创伤与反讽》一书,探讨了余华作品中对过去的重现、对现在的肢解以及残雪作品中永不停歇的对噩梦的捕捉力证了精神创伤与暴力的关系;马原、格非、余华、莫言作品故意以拙劣的模仿解构宏大叙事,从而彰显出反讽的价值。② 吕彤邻的《厌女症,文化虚无主义和对立政治:当代中国实验小说》以莫言、残雪、苏童的作品为个案,探讨了"实验小说"中的革命与未来、暴力与文化虚无主义、男权中心与女性主义等问题。③ 除以上作品之外,涉及先锋文学的专著还有王晶的《高雅文化热——邓小平时代中国的政治、美学和意识形态》、钟雪萍的《被围困的男性? ——20 世纪末期中国文学的现代性与男性主体性问题》、王斑的《历史的崇高形象——20 世纪中国的美学与政治》、柯雷(Maghiel van Crevel)的《破碎的语言——当代中国诗与多多》等。另外一些中国学者如李欧梵、王宁、陈志远(音译)、李映红(音译)也都曾在文章中对先锋小说进行

---

① Liu, K. The short-lived avant-garde: The transformation of Yu Hua. *Modern Language Quarterly*, 2002(3), 63(1):89-101.

② Yang, X. *The Chinese Postmodern: Trauma and Irony in Chinese Avant-garde Fiction*. Ann Arbor: University of Michigan Press, 2002.

③ Lu, T. *Misogyny, Cultural Nihilism and Oppositional Politics: Contemporary Chinese Experimental Fiction*. Redwood: Stanford University Press, 1995.

过论述。① 除了华裔学者,一些西方背景的中国文学研究者亦感兴趣于这一崛起的当代小说潮流,在许多关于当代中国文学、文化及社会的大型百科全书或丛书中,先锋小说都已然成为重要问题而被谈及。在《哥伦比亚现代东亚文学》中,安道(Andrew F. Jones)撰写了其中《中国先锋小说》一节,介绍了先锋小说发展的大致情形及代表作家作品;同样的还有罗莎 · 伦巴第(Rosa Lombardi)在《当代中国文化百科全书》中撰写的一节《先锋/实验小说》和陶步恩(Bruce Doar)在《现代中国百科全书》中的一节《先锋小说》②。先锋小说进入百科全书类典籍,表明其在中国当代文学中的重要地位得以确认,客观上推动了先锋小说经典化过程。

正像上文所分析的那样,海外学者常常把关注的焦点集中在先锋小说的社会历史意义和其与主流意识形态的紧张关系上,因而它们在论述中普遍谈及先锋小说与"文革"、时代政治、改革开放

---

① Lee, L. O. Against the ideological grain: A view of the resurgence of artistic creativity in China in the eighties. In Strassberg, R. E. (ed.). *I Don't Want to Play Cards with Cezanne and Other Works: Selections from the Chinese "Avant-Garde" and "New wave" Art of the Eighties*. Pasadena: Pacific Museum, 1991: 1-4; Wang, N. Postmodernity and contemporary Chinese avant-garde fiction. In Kawamoto, K., Yuan, H.-H., Ohsawa, Y. (eds.). *The Force of Vision: Proceedings of the XIIIth Congress of the International Comparative Literature Association. Inter-Asian Comparative Literature*. Tokyo: University of Tokyo Press, 1995(6): 565-573; Chen, Z. Avant-Garde Literature. In Luo, J. (ed.). *China Today: An Encyclopedia of Life in the People's Republic*. Westport, Conn: Greenwood Press, 2005: xxviii: 42-47; Li, Y. Contemporary Chinese avant-garde fiction: A historical perspective, *Language Research Bulletin*(Tokyo), 1999(14): 57-71.

② Mostow, J. S. (ed.). *The Columbia Companion to Modern East Asian Literature*. New York: Columbia University Press, 2003: 554-560.; Davis, E. L. (ed.). *Encyclopedia of Contemporary Chinese Culture*. London & New York: Routledge, 2005: 24-25.; Pong, D. (ed.)., *Encyclopedia of Modern China*(Vol. 1). Gale: Cengage Learning, 2009: 123-125.

和文化热之间的联系。然而,张旭东注意到了阐释先锋小说的另外一种思路,在他的英文著作《改革时代的中国现代主义:文化热、先锋小说、华语新电影》中有一节专门论述先锋小说。在其中,张旭东虽然通过分析得出了相似的结论,认为先锋小说借助形式来寻找自主叙事,是建设中国现代性的一种掩护,但同时他注重论述先锋小说的存在、发展与变化语境,探讨了市场经济、批评家、读者等文化生产场域的变化对先锋小说产生的决定性影响。① 可见,海外学者对于先锋小说的关注由一致地集中在审美与意识形态领域,到开始关注到生产场域等其他领域,这本身就说明了先锋小说作为转型期的文学现象,为海外汉学界对于中国当代文学的解读提供了多元化的视角、可阐释的文本与更为复杂的语境,丰富了海外汉学的研究思路。

三、结　语

先锋小说产生于文学需要变革的 20 世纪 80 年代历史交汇点,又消逝于文学再次变革的 90 年代,曾以其独特姿态给国内读者带来了关于当代文学的崭新认知,无论在文本还是生产过程中都呈现出极大的张力和可阐释的空间,也为中国当代文学提供了独特的景观和难以被其他文学思潮所替代的独一无二的经验。在海外传播过程中,先锋小说在图书市场上的翻译出版与在学术领域中的译介研究并驾齐驱,共同开创了当代文学海外传播的新局面,从几个不同层面推动了当代文学海外传播的转型。同时,域外的收获也反过来影响着本土的文学创作,使文学渐趋摆脱非文学

---

① Zhang,X. The avant-garde intervention. In *Chinese Modernism in the Era of Reforms:Cultural Fever,Avant-Garde fiction,and the New Chinese Cinema*. Durham:Duke University Press,1997:143-162.

因素的制约,建构起自身的主体性,并呈现出文学精神的丰富性。当代文学在未来有理由剥除政治与商品意识形态的双重制约,激发原创性思想动力,关注人类命运,关注人的生存状态和心灵轨迹,建构尊灵魂的中国文学精神,并积极参与世界文学图景的营构。

（单昕,广东第二师范学院中文系副教授;原载于《小说评论》2014 年第 4 期）

现当代科幻小说的对外译介
与中国文化语境构建

白　鸽

　　科幻小说是一个术语译名,由英文 science fiction 翻译而来,又译为"科学小说",是指以想象的科学技术为题材的虚构性文学作品。作为一种舶来文化,科幻小说是在清末民初的"西学东渐"译介活动中从西方输入中国的,启迪了国人的科学意识,普及了科学知识,也推动了中国本土科幻小说的创作和发展。

　　在科幻小说百余年的本土化发展过程中,当代中国科幻小说的创作出现了繁荣景象,同时一批优秀的科幻小说被译介传播到海外。《三体》2015 年获得由"世界科幻协会"(WSFS)颁发的雨果奖最佳长篇故事奖;《北京折叠》2016 年获取该奖项最佳中短篇小说奖;《三体 3:死神永生》2017 年再次获得了该奖项的入围提名。这些优秀科幻小说连续得到国际大奖具有里程碑意义,使中国科幻文学走向了世界,已经成为中国文化"走出去"的新名片。本文立足科幻小说在中国输入以及诞生的历史背景,考察中国现当代科幻小说的发展与对外译介,探讨当代科幻小说译介中的中国文化语境的构建。

一、科幻小说在中国的译介与诞生

科幻小说是西方近代文学的一种新体裁,源于西方工业革命,是科学技术在文学艺术领域中的反映。除了工业革命,西方文学的幻想传统也是科幻小说的思想基础。从古希腊柏拉图的《理想国》到 16 世纪以来一系列乌托邦文学作品的出现,如莫尔的《乌托邦》(1516)以及莫里斯的《乌有乡消息》(1890),无不体现了对于社会现实的忧虑与批判,以及对于和谐完美的人类社会制度的描绘与向往。层出不穷的科学发现为西方文学幻想传统带来了新的想象空间。① 科幻小说在这样的背景下于 19 世纪初在西方应运而生。1818 年,英国女作家玛丽·雪莱创作了《弗兰肯斯坦》,又名《科学怪人》。这是世界上第一部科幻小说,讲述了青年科学家弗兰肯斯坦把死人的器官和组织拼装成了一个人体,并使其拥有了生命的科幻故事。这是第一次将现代科学原理和技术发明引入文学作品之中,使幻想与科学、浪漫与现实之间完美结合,开创了科幻文学的先河。

瑰丽奔放的幻想文学在中国文学传统中同样自古有之。从上古的神话传说到元末明初的《西游记》,再到清代的《镜花缘》,历朝历代都有大量文学作品承袭中国文学的幻想传统。但是,隶属于幻想文学形式的科幻小说却"是中国传统文学唯一未有过的文学类型"②。事实上,科幻小说在中国的发端始于清末民初"西学东渐"的译介活动。随着大量西方学术思想涌入中国,科幻小说因其"科学"的名号也被翻译介绍到中国,生动地传播了西方科学文化。

---

① 吴岩. 西方科幻小说发展的四个阶段. 名作欣赏,1991(2):122.
② 韩松. 当下中国科幻的现实焦虑. 南方文坛,2010(6):28.

1900年,法国小说家儒勒·凡尔纳的《八十日环游记》被翻译成中文出版。它是在我国出现的第一部西方科幻小说,讲述了英国绅士福格先生与朋友们打赌,在80天内环游地球一周,然后回到伦敦。故事风趣幽默,跌宕起伏,深受中国读者的欢迎。之后,一批西方科幻小说被译介到国内,如《世界末日记》(1902)、《十五小豪杰》(1903)、《月界旅行》(1903)等①。

在西方科幻小说被译介的同时,中国本土的科幻文学创作逐渐展开,许多国内作家加入了科幻小说创作的行列。可以说,西方科幻小说的译介孕育了中国本土科幻小说的诞生。中国本土的科幻文学创作伴随着译介活动开展而来,呈现出翻译与创作并举的局面。最初的几部科幻小说都受到了外国科幻小说的启迪,例如,荒江钓叟的《月球殖民地》(1904)与徐念慈的《新法螺先生谭》(1906)。《月球殖民地》是中国最早的一部科幻小说,讲述了一个湖南湘乡人遇到一个驾驶气球探险的日本人,开始月球旅行的故事。显然,《月球殖民地》受了凡尔纳科幻小说《气球上的五星期》(1863)的影响,移植了西方科幻小说中的科技设备——气球。但是,《月球殖民地》成功地将中国章回小说的形式融入科幻小说创作之中,从内容到形式仍是中国本土的第一部科幻小说。

二、现当代国内科幻小说的发展与对外译介

回顾科幻小说在中国的诞生可以发现,科幻小说译介与创作的目的十分明确,即"建构、想象一个新的民族国家,成为一种国家

---

① 邱江挥.试论中国科幻小说的发展.安徽大学学报(哲社科学版),1982(2):81.

想象的载体"①。科幻小说最初被翻译为"科学小说",之后诸多国内科幻小说的翻译者或创作者将作品冠之以"改良小说"或是"理想小说"。从这纷繁复杂的名号上即可发现,"科学"与"小说"成为当时启迪国人与改良社会的重要的工具。诚如鲁迅在《月界旅行·辩言》(1903)中对科幻小说的描述:"必能于不知不觉间,获一斑之智识,破遗传之迷信,改良思想,补助文明……导中国人群以进行,必自科学小说始。"②中国本土科幻小说自诞生以来就与民族国家的命运息息相关。

经历了辉煌的诞生与战时的沉寂,到了中华人民共和国成立初期的 20 世纪 50 年代,科幻小说在中国迎来了一个新的发展时期。当时中国本土科幻小说的发展有了与其诞生时完全不同的社会历史背景,自然拥有了全新的受众与主题。社会改良的宏愿不再是科幻文学翻译与创作的动机,而转变为对广大青年儿童的科学教育。1955 年,"苏联科学幻想小说译丛"由上海潮锋出版社出版发行。这是我国首次以丛书的形式翻译引进苏联三部科幻文学作品:《探索新世界》《康爱齐星》和《星球上来的人》(插图本)③。这些苏联科幻小说集美好幻想与科学进步于一体,唤起了我国青少年的科幻梦想,培育了他们爱科学、学科学的理想和信念。在这个时期,中国涌现了许多优秀的科幻作家。郑文光被称为新中国科幻文学之父,他于 1954 年在《中国少年报》上发表的《从地球到火星》,讲述三个中国少年偷偷开出一只飞船前往火星探险的故事。这是新中国第一部科幻小说,之后他的科幻小说《火星建设

① 冯鸽. 中国现代幻想小说际遇之探究. 中国现代文学研究丛刊,2012(10):137.
② 邱江挥. 试论中国科幻小说的发展. 安徽大学学报(哲学社会科学版),1982(2):81.
③ 叶永烈. 中国科学幻想小说选. 沈阳:辽宁人民出版社,1982:4-8.

者》(1957)荣获当年莫斯科世界青年联欢节大奖,成为中国首次获国际大奖的科幻小说。中国科幻小说的创作和发展迎来了一个高潮。然而,60年代中后期开始,科幻小说经历了新中国成立初期的短暂复兴之后陷入低潮。

20世纪70年代后期到80年代初期,中国科幻小说的创作与翻译又再次活跃,达到了一个新的高点。当时,中国进入改革开放的新时期,科学技术促进生产力发展的社会思潮引发了广大民众追求科学知识的热情。1979年,中国最具影响力的科幻刊物《科幻世界》创刊。该刊物主要刊登国内作家的优秀科幻小说,译介国外科幻小说以及探讨科幻小说前沿理论问题,极大地推动了科学知识的普及和科幻小说的发展。之后,《人民文学》《当代》《小说界》等国内一流文学期刊上刊登大量优秀的科幻小说。《人民文学》1978年8月刊登了童恩正创作的《珊瑚岛上的死光》,使科幻小说第一次登上中国文学最高级别的刊物。在这个时期,叶永烈是国内科幻小说作家中的杰出人物,他的《小灵通漫游未来》曾风靡全国。1980年,叶永烈当选世界科幻小说协会(WSFS)的理事,是亚洲地区的唯一代表,推动中国科幻小说走向世界。[1] 但是,80年代中后期开始,科幻小说创作和发展再度陷入低谷。

进入21世纪以来,科幻小说在中国的创作与翻译迎来了令人瞩目的发展。在一大批优秀的作者与译者的努力下,科幻翻译作品与创作作品的数量大幅增长,并呈现不断加速的态势。小说题材愈加广泛与多元,经济发展、社会生活、群体心理、生态环境、政治与意识形态,以及中国历史与文化等诸多方面都有所涉及。《科幻世界》等科幻杂志在科幻小说的发表与科幻作者的培养方面起着越来越重要的作用,涌现出了刘慈欣、星河、王晋康等一批优秀

---

[1]　孔庆东. 中国科幻小说概说. 涪陵师范学院学报,2003(3):42.

的"新生代"科幻作家。更加重要的是,对于科幻小说的文学与翻译研究也逐步展开并越来越受到关注。此外,最为重要的一个转变就是中国科幻文学越来越多地被译介到海外,并逐渐被海外研究者重视。①《三体》《北京折叠》等中国优秀科幻小说通过译介传播到海外并获国际科幻小说大奖。

纵观科幻小说在中国发展的历程可以发现,中国科幻小说在社会历史背景的影响下数次停滞又兴起。它在一次次转身后愈加成熟,它的对外译介使其越来越受到海外读者的关注。据华语科幻奇幻对外翻译资料网站的统计数据可以发现,自21世纪以来,一部分优秀的中国科幻小说被翻译成多种语言,被介绍到海外多个国家,并且翻译作品数量呈加速增长。中国科幻小说走出国门所带来的最令人瞩目的结果是,中国作家与作品在海外得到数种国际性科幻奖项的提名并获奖。科幻小说在中国百余年发展后终于通过对外译介传播到海外。然而,无论过去与现在,中国科幻小说一直在探讨中国所存在的社会现实问题,用非写实的手法描绘当代中国问题。对于海外读者而言,也许这些现实甚至历史问题是吸引他们关注中国科幻小说的最初动因,但这并不意味着中国科幻小说仅仅是谈论这些问题。正如刘宇昆所言,"中国科幻小说的中国性并非固定不变的本质,而是中国文化在这一进程中与其他外来文化对话、互动、融合的产物。这造成了中国科幻的复杂与多元,也是其不同于西方科幻的价值所在"②。因此,中国文化信息给中国科幻小说打上中国本土的印记,而使其"复杂与多元",给海外读者的阅读造成困难。所以,如何理解中国文化信息是中国科幻小说对外译介中所面临的挑战。

① 王雪明,刘奕. 中国百年科幻小说译介:回顾与展望. 中国翻译,2015(6):28.
② 王瑶. 火星上没有琉璃瓦吗——当代中国科幻与"民族化"议题. 探索与争鸣,2016(9):199.

三、科幻小说译介中的中国文化语境构建

当前,中国科幻小说在经历了一个世纪的成长后在世界舞台上大放异彩。中国当代科幻小说在对外译介中如何翻译中国文化信息,构建中国文化语境,这对中国文化"走出去"有着重要意义。自英国学者马林诺夫斯基在 20 世纪 20 年代提出文化语境的概念,对于文化语境的研究贯穿文学、文化人类学、语言学、跨文化及翻译、社会学等诸多人文学科。笔者认为,翻译是一种由译者参与其中的跨文化阐释。由于翻译活动直接影响文本在新的语境下的理解与接受,在译述中国文化信息时,应努力通过各种手段构建中国文化语境。请看下面的译例:

(1)《北京折叠》(郝景芳著,2012;刘宇昆译)

《北京折叠》是当代一部优秀科幻小说,描述北京像一个"变形金刚般折叠起来"①的城市,其中有许多中国文化符号。例如:

原文:两个小机器人将他的两条小腿扣紧,抬起,放在它们轮子边上的平台上,然后异常同步地向最近的房子驶去,平稳迅速,保持并肩,从远处看上去,<u>或许会以为老刀脚踩风火轮</u>。

译文:The two robots lifted Lao Dao by the legs and deposited his feet onto platforms next to their wheels. Then they drove toward the nearest building in parallel, carrying Lao Dao. Their movements were so steady, so smooth, so

---

① 郝景芳. 孤独深处:北京折叠. 南京:江苏凤凰文艺出版社,2016.

synchronized, that from a distance, it appeared as if <u>Lao Dao was skating along on a pair of rollerblades, like Nezha riding on his Wind Fire Wheels.</u>

原文中"风火轮"是中国古代传说的一种交通工具,踏在脚下的双轮暗藏风火,念动咒语,可上天入地,速度极快,瞬息可行十万八千里。明代神话小说《封神演义》中有《哪吒闹海》的故事,其主角哪吒是一位神奇勇敢的人物,脚踏风火轮大闹龙宫水府,除妖降魔,成为一种中国文化符号,备受人们喜爱。译者将"风火轮"采用意译加补充说明的翻译方式,译为"skating along on a pair of rollerblades",并把哪吒"Nezha"这一神话人物形象译入英语世界,中国文化语境跃然纸上。

(2)《百鬼夜行街》(夏笳著,2010;刘宇昆译)

《百鬼夜行街》是 2010 年度中国最佳科幻小说,将鬼怪、爱情、传说串联起来,以中国传统文化中的二十四节气名为章节名称①,暗示了故事发展的时间脉络,富有更多的中国传统文化信息。

例 1

原文:惊蛰;大暑;寒露;冬至

译文:Awakening of Insects, the Third Solar Term;

Major Heat, the Twelfth Solar Term;

Cold Dew, the Seventeenth Solar Term;

Winter Solstice, the Twenty-Second Solar Term

中国的二十四节气对于英语国家文化背景的读者来说是十分陌生的。如果仅简单地将这些节气名称进行翻译并且不进行任何的说明,外国读者就难以发现其中隐含的故事叙事线索和文化图

① 夏笳. 百鬼夜行街. 科幻世界,2010(8).

谱。而译者不仅仅意译出了这些节气的名称,如惊蛰,Awakening of Insects,还将其在二十四节气中所处的顺序加以补充说明,the Third Solar Term。这样的翻译方式能够帮助读者意识到该故事的时间线索和文化意义,将中国二十四节气这一重要的文化传统介绍给西方国家读者。

例 2

原文:傍晚时分,我坐在大殿的屋檐下读《淮南子》,看见燕赤霞挽着一只竹篮走过来……

译文:It's evening, and I'm sitting at the door to the main hall, reading a copy of *Huainanzi, the Han Dynasty essay collection*, when along comes Yan Chixia, the great hero, vanquisher of demons and destroyer of evil spirits. He's carrying a basket on the crook of his elbow...

原文中《淮南子》是西汉淮南王刘安等撰写的一部哲学著作,融合先秦道家、阴阳、墨、法和部分儒家思想为一体,集中国传统优秀文化之大成。该译文中,《淮南子》被音译为"Huainanzi",并对其加以解释说明"the Han Dynasty essay collection"。这样,外国读者就能够理解,这是汉代一部关于中国文化研究的书籍,传递了中国文化信息。

例 3

原文:有个黄皮的老鬼推着一车面具到我面前,说:"宁哥儿,挑个面具吧,有牛头马面、黑白无常,修罗、夜叉、罗刹,还有辟邪和雷公。"

译文:A yellow-skinned old ghost pushes a cart of masks in front of me. "Ning, why don't you pick a mask? I have everything: Ox-Head, Horse-Face, Black-Faced and White-

Faced Wuchang，Asura，Yaksha，Rakshasa，Pixiu，and even Lei Gong，the Duke of Thunder．"

该段落中,译者将集中大量出现的中国文化词语采用音译加意译的方式展现。这里译者将"雷公"音译"Lei Gong"后,加注解"the Duke of Thunder"。这里翻译不十分妥当,"雷公"为中国神话中"司打雷之神",此"公"为与"电母"之"母"相对,"雷公"因属阳谓之"公",绝非西方"Duke"所指之"公爵"之意。如果将"雷公"翻译为"Duke of Thunder",就会将中国道教神话人物置于西方文化的语境之中。同样,原文中"修罗"译为"Asura","夜叉"译为"Yaksha","罗刹"译为"Rakshasa",充满了异国文化风情,能够被外国读者理解,但有失中国文化意象。

(3)《三体》(刘慈欣著,2008;刘宇昆译)

《三体》是系列长篇科幻小说,包括《三体》(2006)、《三体 2:黑暗森林》(2008)和《三体 3:死神永生》(2010)三部小说。《三体》是一部重要的当代科幻小说,也是一部重要的当代文学作品[1],被认为是中国科幻小说的里程碑之作,使中国科幻文学进入世界科幻文学之林。2015 年,《三体》荣获第 73 届世界科幻大会雨果奖,这是亚洲作家第一次获得世界科幻小说最高奖项。该小说的英文版2014 年在美国出版发行,译者在中国典故翻译中注重构建中国文化语境。例如:

> 原文:冯·诺伊曼和牛顿搬来一个一人多高的大纸卷,在秦始皇面前展开来,当纸卷展到尽头时,汪淼一阵头皮发紧,但他想象中的匕首并没有出现,面前只有一张写满符号的大纸……

---

① 王峰.《三体》与指向未来的欲望. 文艺理论研究,2016(1):77.

译文：Von Neumann and Newton carried over a large scroll, tall as a man, and spread it open before Qin Shi Huang. When they reached the scroll's end, Wang's chest tightened, remembering the legend of the assassin who hid a dagger in a map scroll that he then displayed to the emperor. But the imaginary dagger did not appear. Before them was only a large sheet of paper filled with symbols...

荆轲刺秦王"图穷匕见"的典故在中国可谓尽人皆知,完全属于中国文化语境,是这句话翻译中的难点。因为该典故文化语境的存在,因此原文将其与故事情节结合在了一起,并且不必多加赘述。然而对于英语国家文化背景的读者来说,这个文化语境并不存在,因此,如果不以加注释的方式加以解释,那么读者就会对"When they reached the scroll's end, Wang's chest tightened"这一句的内容感到疑惑。译者在这里也处理得非常出色,用动名词小句"remembering the legend of the assassin who hid a dagger in a map scroll that he then displayed to the emperor."作补充说明,展现出"图穷匕见"典故的文化语境,使外国读者非常容易理解。基于此,我们不难发现中国文化语境构建在科幻小说翻译过程中的重要意义与价值。

四、结　语

综上,科幻小说在中国已有百余年的发展历程,走过了从清末民初西方科幻小说在中国的译介到当代中国本土科幻小说被译介到海外的不寻常的经历。科幻小说译介活动不仅激发了中国科幻小说的诞生,也是其成功进入世界文学之林的桥梁。可以说,科幻小说由译介活动"西学东渐"而来,如今又通过译介活动"东学西传"到世界文坛。实践证明,科幻文学译介中构建中国文化语境是消除不同文化之间障碍的有效途径。《北京折叠》《百鬼夜行街》《三体》等译例说明,中国文化信息的译介应从构建中国文化语境为基础而展现,使外国读者更好地理解中国科幻小说中的中国文化信息,促进中国文化"走出去"。所以,在中国科幻小说对外翻译中,译者要重视中国文化信息的译介,努力构建中国文化语境。只有这样,中国科幻小说未来的发展才能继续立足本土,走向世界。

（白鸽,西北大学文学院讲师;原载于《小说评论》2018 年第1 期）

文学与全球化

——在北京大学博雅人文论坛的演讲

勒克莱齐奥/文　施雪莹/译　许　钧/校

　　世界文学协奏中的中国文学的地位,这是本次论坛的主题。在思考这个问题之前,我很天真,觉得诧异:怎么问题会这么提出?因为事实上,中国文学自诞生至今,早已竖起一座宏伟壮丽的丰碑,是全人类的一份宝贵财富。我不愿说这份宝贵的财富是非物质的,因为中国文学的文化影响切实可见、文化力量切实可感,对如此显然之财富,用"非物质"的概念,是不当的。

　　确实,西方(取其约定俗成和最简单的含义)在很长时间里一直忽视这座丰碑。虽然西方忽视它,可中国文学的影响却是存在的,而且一直都在场。以中国古代儒、道两家形成的独特思想为例。这一思想,通过诗歌,有时也通过小说见闻于整个东方,从印度到波斯,直至阿拉伯世界。它不是一种统一的思想,这与古伊朗的琐罗亚斯德教或佛教等宗教的传播轨迹不同。它表现为数个影响深远的主题,以丰富多样的形式复现于波斯、阿拉伯世界,又在中世纪通过君士坦丁堡和安达卢西亚等港口传入欧洲。自然、情爱、无可逃脱的死亡,这些主题在中国文学里与绘画性表达(因为中国文学是写,亦是画)紧密相连,与新的发现息息相关:无论是透视法的发明、没影点的发现,还是点彩画法(早在印象派之前,恽寿平的"没骨画"就不再以黑色线条勾勒色块)。读过唐诗,便会为这种文学的"现代性""印象主义"与象征性特质而震惊。中国诗随着文化自然迁徙进入西方思想,深刻改变了西方文学的走向。彼特拉克时代,意大利抒情诗的创新很大程度上受到奥克语吟游诗人的启发,而在此之前,还得益于莪默·伽亚谟(一译奥马尔·海亚姆)的波斯语诗篇(有必要提醒一句,该诗人于 1048 年出生于今伊朗境内的内沙布尔市)。或许,断言波斯诗与(同时代的)宋诗宋词,或与更早的佳作迭出的唐代诗歌(杜甫、李白、王维,那是大诗人辈出的时代)有直接的联系,显得过于大胆。但(由丝绸贸易带来的)东风西进的可能与数种乐器的西传都为这一迷人猜想留下了空间。此外还不应忘记民间故事的流传,某些故事显然源于中国,比如灰姑娘与水晶鞋的故事,或是我们从伊索那儿读到的一些寓言,抑或亚瑟王圆桌骑士传奇中有关凤鸟与龙的传说。

中国文学长期不为欧洲所知,直到近代,鲁日满、雷慕莎等人才开始译介中国文学。在 19—20 世纪,西方文人对中国文学这座丰碑的"发现",是一个重大的事件,具有颠覆价值观的意义。中国,这个素以商业繁荣、军事强大、社会体系组织复杂著称的国度,现在被看作世界文化的发源地之一,这归功于对孔、孟等思想家的翻译,还归功于一本书,相传拿破仑·波拿巴和俾斯麦都对这本书很熟悉,那便是《孙子兵法》。

对中国古代诗人及曹雪芹、吴承恩等著名小说家作品的翻译让中国文学得以跻身世界文学之林。中文作品被译成欧洲语言的时间较晚(其译介是在法语、英语作品在 19 世纪末译成中文之后)①,通常还带有异国情调。但正是这些译作促使中国文学得到

---

① 南京大学的高方女士就法语世界对中国文学的阐释做了一篇非常出色的博士论文,并于 2015 年在法国加尼埃兄弟出版社(Les éditions Garnier Frères)出版。

认可。是这些译作启发了众多法国诗人、文人,包括维克多·谢阁兰和保罗·克洛岱尔。

对汉语的研习、对已出版的中国文学重要作品的阅读与注解,不仅让上文提到的这座文学丰碑为人所知,更使之成为人类历史的关键标志。放眼我们所处的全新时代,当文化交往与交流成为维护和平至关重要的手段,中国文学承担的便是这一角色。

在我看来,这一历史的重要之点就在于此。在很长一段时间里,全球化不过是西方征服者(欧洲国家、美国,以及某种程度上明治维新后极端西化的日本)殖民世界的新形式。殖民帝国主义、后殖民主义,以及 20 世纪 30 年代民族主义四处散布的种族主义与种族中心论,致使世界被少数语言和文化所统治。文明,与文学一道,成了少数几个国家的事,这些国家不遗余力将自身的生活方式与审美准则强加于被统治的国家。如今再争论这段历史是正面的还是负面的,已无多大意义(只需看一看争夺世界霸权的战争在中国、欧洲造成多少死亡就该明白那个时代的灾难性是难以否认的)。我们应当超越这段模糊的历史遗留本身,而要为后世从中汲取积极而富有希望的成分。中国文学重归世界文学协奏之舞台,对理解各个时代、各个地区的人至关重要。对中国文学的认可,不仅意味着认可已往的中国文学史,也意味着承认在新一代作家与诗人的努力下,中国文学在未来将发挥的作用。这种全新的文学或许会展现出与往昔不尽相同的面貌,在当代读者眼中,中国也将褪去陌生与怪奇的面目——光鲜的异国情调。老舍、鲁迅等小说家在狄更斯和萨克雷的影响下开创了现代的中国现实主义。莫言则用全部作品诠释了一种抒情现实主义,与拉丁美洲伟大小说家胡安·鲁尔福、加西亚·马尔克斯的"魔幻现实主义"交相呼应。这一次,将会由他们去启迪世界其他地区的作家了。中国文学就这样加入不同思想与艺术流派的运动中,而任何一股思潮都绝非国境线所能限制。我坚信,正是在激荡中,在砥砺中,文化才能更好地促进相互理解、促进世界和平。

(勒克莱齐奥,法国作家,诺贝尔文学奖得主,南京大学外国语学院荣誉教授、博士生导师;施雪莹,南京大学外国语学院博士研究生;许钧,浙江大学外国语言文化与国际交流学院教授;原载于《小说评论》2016 年第 1 期)

第二编

中国文学对外译介与传播的媒介研究

我的书在世界

余 华

　　为了这个题目,我统计了迄今为止在中文以外的出版情况,32种语言,35个国家。国家比语种多的原因主要是英语有北美(美国和加拿大)、英国、澳大利亚和新西兰,葡萄牙语有巴西和葡萄牙,阿拉伯语分别在埃及和科威特出版;也有相反的情况,西班牙出版了两种语言——西班牙语和加泰罗尼亚语,印度出版了两种地方语——马拉雅拉姆语和泰米尔语。

　　回顾自己的书游荡世界的经历,就是翻译—出版—读者的经历。我注意到国内讨论中国文学在世界上的境遇时经常只是强调翻译的重要性。翻译当然重要,可是出版社不出版,再好的译文也只能锁在抽屉里——这是过去,现在是存在硬盘里——然后是读者了,出版后读者不理睬,出版社就赔钱了,就不愿意继续出版中国的文学作品。所以翻译—出版—读者是三位一体,缺一不可的。

　　1994年,法国的两家出版社出版了《活着》和中篇小说集《世事如烟》。出版《活着》的是法国最大的出版社,出版《世事如烟》的出版社很小,差不多是家庭出版社。1995年我去法国参加圣马洛文学节时,在巴黎切问了那家最大的出版社,见到了那位编辑。当时我正在写《许三观卖血记》,问他是否愿意出版我的下一部小说。这位编辑用奇怪的表情问我:"你的下部小说会改编成电影吗?"我知道自己在这家出版社完蛋了。我又去问那个家庭出版社是否愿意出版我的下一部小说。他们的回答很谦虚，说他们是很小的出版社，还要出版其他作家的书，不能这么照顾我。当时我觉得自己在法国完蛋了。这时候运气来了——法国声望很高的南方书编出版社(Actes Sud)设立了中国文学丛书，邀请巴黎东方语言学院的汉学教授何碧玉(Isabelle Rabut)担任主编，她熟悉我的作品。《许三观卖血记》在中国的《收获》杂志刚发表，她立刻让 Actes Sud 买下版权，一年多后就出版了。此后 Actes Sud 一本接着一本出版我的书，我在法国终于找到了自己的出版社。

遇到好的译者很重要，意大利的米塔(M. R. Masci)和裴尼柯(N. Pesaro)、德国的高立希(Ulrich Kautz)、美国的安道(Andrew Jones)和白睿文(Michael Berry)、日本的饭冢容、韩国的白元淡等，都是先把我的书译完了再去寻找出版社。我现在的英文译者白亚仁(Allan Barr)当年就是通过安道的介绍给我写信，翻译了我的一个短篇小说集，结果十年后才出版。像白亚仁这样热衷翻译又不在意何时才能出版的译者并不多，因为好的译者已经是或者很快就是著名翻译家了，他们有的会翻译很多作家的书。这些著名翻译家通常是不见兔子不撒鹰，拿到出版社的合同后才会去翻译，所以找到适合自己的出版社更加重要。我在法国前后有过四位译者，出版社一直是 Actes Sud，在美国也有过四位译者，出版社也一直是兰登书屋，固定的出版社可以让作家的书持续出版。

《活着》(译者白睿文)和《许三观卖血记》(译者安道)(20 世纪)90 年代就翻译成了英语，可是在美国的出版社那里不断碰壁。有一位编辑还给我写了信，他问我："为什么你小说中的人物只承担家庭的责任，而不去承担社会的责任？"我意识到这是历史和文化的差异，给他写了回信，告诉他中国拥有三千年的国家的历史，漫长的封建制抹杀了社会中的个人性，个人在社会生活中没有发言权，只有在家庭生活里才有发言权。我告诉他这两本书在时间上只是写到 70 年代末，90 年代以后这一切都变了，我试图说服他，没有成功。然后继续在美国的出版社碰壁，直到 2002 年遇到我现在的编辑芦安(Lu Ann)，她帮助我在兰登书屋站稳了脚跟。

找到适合自己出版社的根本原因是找到一位欣赏自己作品的编辑。德国最初出版我的书的是 KLETT-COTTA，(20 世纪)90 年代末出版了《活着》和《许三观卖血记》之后他们不再出版我的书，几年后我才知道原因——我的编辑托马斯去世了。我后来的书都去了 S. Fischer，因为那里有一位叫库布斯基(Kupski)的好编辑，每次我到德国，无论多远，她都会坐上火车来看望我，经常是傍晚到达，第二天凌晨天没亮又坐上火车返回法兰克福。

2010 年我去西班牙宣传自己的新书，在巴塞罗那见到我的编辑埃莲娜(Elena)。晚饭时我把 1995 年与法国那家最大出版社编辑的对话当成笑话告诉她，结果她捂住嘴瞪圆眼睛，她的眼神里似乎有一丝惊恐，她难以相信世界上还有这样的编辑。那一刻我确定了 Satx Barral 是我在西班牙的出版社，虽然当时他们只出版了我两本书。

下面我要说说和读者的交流了。我经常遇到这样的问题：中国读者和外国读者的提问有什么区别？这个问题在外国会遇到，在中国也会遇到。然后一个误解产生了，认为我在国外经常会遇到社会和政治方面的提问，而在国内不会遇到。其实国内读者提问时关于社会和政治的问题不比国外读者少。文学是包罗万象的，当我们在文学作品里读到"有两个人正在走过来，有一个人正在走过去"时已经涉及了数学，3 加 1 等于 4；当我们读到糖在热水里溶化时已经涉及了化学，当我们读到树叶掉落下来时已经涉及了物理。文学连数理化都不能回避，又怎能去回避社会和政治。但是文学归根结底还是文学，无论是在中国还是在外国，读者最为关心的仍然是人物、命运、故事等这些属于文学的因素。只要是谈论小说本身，我觉得国外读者和国内读者的提问没有什么区别，存在的区别也只是这个读者和那个读者的区别。当我们中国读者阅读外国文学作品时，吸引我们的是什么？很简单，就是文学。我曾经说过，假如文学里真的存在神秘的力量，那就是让读者在不同时代、不同民族、不同文化、不同历史的作家的作品中读到属于自己的感受。

在和国外读者交流时常常会出现轻松的话题，比如会问在中国举办这样的活动和在国外举办有什么不同？我告诉他们，中国人口众多，中途退场的人也比国外来的全部的人要多。还有一个问题我会经常遇到：与读者见面印象最深的是哪次？我说是1995年第一次出国去法国，在圣马洛文学节的一个临时搭起的大帐篷里签名售书，坐在一堆自己的法文版书后面，看着法国读者走过去走过来，其中有人拿起我的书看看放下走了。左等右等终于来了两个法国小男孩，他们手里拿着一张白纸，通过翻译告诉我，他们没有见过中国字，问我是不是可以给他们写两个中国字。这是我第一次在国外签名，当然我没有写自己的名字，我写下了"中国"。

（余华，北京师范大学；原载于《小说评论》2017 年第 2 期）

小说译介与传播中的经纪人

朱 波

2011 年 9 月,毕飞宇凭借小说《推拿》获茅盾文学奖,在处女作发表 20 年后,得到了他心目中迄今为止最重要的文学奖。在同一时间,《推拿》法文版率先推出;之后,意大利文、俄文、英文版相继面市。截至 2013 年,毕飞宇已在法国出了 6 本书,并通过法语向其他语种散播,形成了全球 20 多种语言共振的局面。为了适应市场需求,提高国际竞争力,毕飞宇于 2009 年更换了经纪人。第二年起,他从国外版权得到的收益开始高出国内出版收益。佣金虽然翻了一番,但是新经纪人带来的效益要远大于前任①。对于"中国作家是否应该有经纪人?"这个问题,"走出去"的毕飞宇给出了肯定回答——"应该有"②。

一、国际出版业中的经纪人

在出版业高度发达的西方社会,经纪人是出版业的重要组成部分。所谓经纪,指经济活动中的一种中介服务,具体指自然人、

---

① 金煜. 推销"中国文学". 新京报,2011-04-23.
② 姜妍. 中国作家需要经纪人吗?. 新京报,2013-03-5.

法人和其他组织以收取佣金为目的,通过居间、代理、行纪等服务方式,促成他人交易的行为。在出版界,经纪活动的主体——出版经纪人(literary agents)也叫作家经纪人,是介于作家与出版者之间、为作家出版作品提供中介服务的中间人①。1777年,法国剧作家作曲家协会成立,开创了版权代理制度的先河。1893年,美国出现第一个全职版权代理人。目前,美国版权代理公司已超过600家,英国也有200多家,是全球书稿版权交易市场的中坚力量。据统计,欧美国家图书市场中90%以上的图书出版通过代理完成②。在这些国家,版权意识、信用意识、经纪意识深入人心,配套法律成熟完善,为版权代理创造了良好的市场环境。

英国是版权经纪行为最活跃的国家之一。在伦敦,一个经纪人通常代理40位左右作家。除代理作家作品外,他们还常常是某个出版机构的代理。风靡全球的《哈利·波特》当初就是由作者先寄给代理公司Christopher Little,由后者推荐给出版社并一炮打响的。就像贝塔斯曼集团资深出版人克劳斯·艾科(Klaus Eck)所言,如果作者能够与一个经纪人联系,并通过这条路找到一家出版社,那么他/她就是聪明人。在经纪人斡旋下,图书预付版税超过百万美元的现象屡见不鲜,高者可达800万美元。经纪人以作者名义,代理解决转让或授权使用其作品的著作权及其他一切相关事务,为作者争取最大利益;按行规,经纪人收取作者版税收入的10%~15%作为佣金。

作家经纪人不是简单意义上的中间人。虽然任何人都可以成为经纪人,就像任何人都可以成立出版社一样,但他们必须具备同编辑一样甚至比编辑更高的素质。经纪人不仅要懂出版程序,了

---

① 周杨. 中外版权代理市场起源比较. 东南传播,2011(7): 28.
② 丁培卫. 新时期中国图书版权代理现状及对策研究. 山东社会科学,2011(4): 40.

解千变万化的市场,具有强烈的信息意识和出色的信息能力,在出版界有良好的人际关系,而且要对书稿质量有敏锐的判断力,了解版权、合同和经济等相关法律,有高超的沟通和谈判能力。经过上百年的发展,西方出版经纪人已经从最初的出版中介人发展到作家利益代言人,进而变身为作家事业的策划师①。

二、发展经纪人的契机

改革开放以来,我国当代文学有 1000 余部作品被译介到海外。从体裁上看,被翻译成外文的作品中数量最多的是小说,占到90％以上②。随着我国经济不断发展、国际地位不断提升,全球化语境给当代小说家的创作提供了更广阔的可能性。2012 年 10月,莫言摘取诺贝尔文学奖,2013 年,阎连科获得布克国际文学奖③提名。在半年时间内,中国作家两次近距离接触重量级国际文学奖,两位恰好都是北京精典博维的签约作家。作为私人书商,董事长陈黎明坦言,推动作家"走出去",自己在背后充当的其实是一个经纪人角色。

小说译介与传播是一种特殊的国际贸易:它是国际经济活动中的文化事业,又是文化交流中的经济活动。早在两个世纪前,浪漫主义先驱和比较文学开拓者——法国作家和文艺理论家斯达尔

---

① 孙万军. 西方出版经纪人模式的发展与变迁. 出版科学,2013(1):5.
② 朱玲. 中国文学"走出去""冷"在西方出版社. 北京青年报,2010-08-31.
③ 以赞助商布克公司命名的英国文学奖,被誉为当代英语小说界的最高桂冠。布克国际文学奖是主办方于 2005 年创立的一个文学奖。全球所有以英语写作或作品有英译本的在世作家均有资格获得此奖。评选时考虑候选人全部作品而不是某部作品,每两年评一次。

夫人就提出"译介是民族间的思想贸易"①。文学与金钱、市场之间的关系是当代作家必须直面的问题。在小说国际贸易中,一部作品"何时卖""卖给谁""怎么卖",涉及专业知识和现代营销。体制不同,传播途径也有所不同。借帆出海,必须清楚目标市场的阅读兴趣和需求;跨域传播,必须掌握作品在输入国的译介方法和渠道。

数据显示,中国文学作品进出口贸易比例为 10 比 1,而对欧美更高达 100 比 1。这几年,版权引进与输出比不断缩小,但总体来讲,中国文学在国际市场上仍是小众市场,特别是现代文学,在海外影响有限。莫言获诺贝尔奖后,海内外掀起了"莫言热"。即便如此,他的书在欧美市场也很难称得上是畅销书。在版权方面,莫言并没有指定专门的版权代理公司,除日、美两家公司外,其他都是零散授权②。在国外,作家代理关系是非常明确的。可在国内,大多数作家对版权领域都不算了解,与出版社签约,后者也没有将这一块写清楚。德国资深版权经纪人蔡鸿君感慨:在海外推销中国文学作品,最大的困惑在于"不知道版权在谁手上"。小说译介和传播的渠道不畅,国外主流出版机构参与度不高,成为制约中国文学"走出去"的主要问题之一③。2013 年 2 月,莫言授权女儿代理作品版权和合作事宜,引发热议:一方面,国内还没有真正意义上的职业经纪人;另一方面,作家和经纪人还在相互等待,如同两条平行的河流。现在,该是他们交汇的时候了。

---

① 朱波. 作为"思想贸易"原动力的翻译——斯达尔夫人的翻译思想. 当代外语研究,2012(4): 63.
② 窦新颖. 莫言获奖炒热中国作品版权输出. 中国知识产权报,2012-10-19.
③ 高方,许钧. 现状、问题与建议——关于中国文学"走出去"的思考. 中国翻译,2010(6): 7.

三、不可替代的经纪人

出版经纪人的产生需要一定条件,包括自由竞争的市场机制、出版制度逐步放开并与国际接轨,以及信用机制的建立。在小说国际贸易中,作家、经纪人、译者、出版商、销售者等构成了一个环环相扣的链条。在这个链条中,经纪人一边是作家,另一边是市场,是连接二者的纽带。作家把自己的作品交给经纪人,经纪人将自己的职业前途与之挂钩,对双方来说,都是一场开拓与探索。由于和出版商、译者、媒体之间有密切合作关系,经纪人能够保证一部小说得以顺利翻译、出版和销售,是小说跨域传播中不可或缺的重要角色。

(一)媒人

在经纪人缺位的情况下,小说译介与传播主要有三种途径:一是外国出版社来华与作家本人直接谈;二是翻译家或汉学家在取得作家授权后,再根据作品特色联系国外出版社;三是中国作家直接与国外出版社联系。为了帮助作家"走出去",中国作协特意成立了"中国当代文学对外译介"工作机构,在网上推荐优秀作品,诚邀各国出版机构和译者参与,并给予一定的资金资助。然而,作协没有专门代理作家海外版权事宜的机构,作家很少有职业经纪人,导致很多作家在"走出去"时都是"一个人的战斗"[①]。我国乃至亚洲国家进入版权交易领域较晚,要打进欧美市场需要一个被认知的过程;就宣传推广而言,经纪人是最好的媒人。在法国一家出版社任策划的陈丰是毕飞宇作品在法语市场的媒人,毕氏小说由她

---

① 章学锋. 当心洋合同暗算中国作家. 西安晚报,2013-03-11.

先引入法文版,随后再介绍给英文等其他语种的。根据她的经验,在中国畅销的作品并非都适合国外市场,中国历史和现实的复杂性经常超出西方人的想象;如果一部作品信息量太大,暗含了复杂的历史文化信息,即便作品很优秀,中国读者读来过瘾,也很难被西方出版商接受。经过她牵线,《青衣》《玉米》法文版在法国取得成功后,随即进入英语市场,让作者成为中国当代作家中在美国出书最多的人。在 2011 年,安德鲁纳伯格联合国际有限公司(Andrew Nurnberg Associates)北京办事处的经纪人黄家坤带着毕飞宇、余华的作品来到伦敦书展,获得英仕曼亚洲文学奖的《玉米》一举拿下了包括北欧多种语言在内的新语种版权①。"中国图书对外推广计划"工作小组办公室主任吴伟认为,版权交易涉及烦琐事务,面对陌生而广大的海外市场,作家真的需要专业代理人。

(二)推手

一部小说能否成功进入海外市场,取决于多种因素。首先要有好的作品,其次是高水平的翻译,在此基础上还要保证渠道的畅通。谈到中国当代文学在海外的接受,哈佛大学的王德威教授认为,"传播第一重要的条件就是 translation, translation, translation (翻译)"②。其实,翻译并不仅仅是两种语言之间的转换。和译者一样,经纪人作为推手,也在某种程度上从事着"翻译",只不过方式不同而已。通常,出版社只有在看到译稿或翻译样章前提下,才会考虑是否出版。在没有译稿的情况下接受一部作品,靠的就是经纪人的"翻译"。1985 年,从复旦大学英美文学专业毕业后,王久安来到纽约,1988 年开始在一家美国出版公司

① 金煜. 推销"中国文学". 新京报,2011-04-23.
② 刘江凯. 通与隔——中国当代文学海外接受的问题. 文艺争鸣,2013(6):46.

工作，2000 年创办了"久安版权代理公司"，主要从事双向版权代理工作。一次偶然的机会，她读了王刚作品《英格力士》，深受感动；在没有翻译样章的情况下，仅凭亲手写的一份十几页的介绍和故事梗概，就说服企鹅属下大名鼎鼎的 Viking 公司，斥巨资买下这部作品的全球版权①。像企鹅这样的公司，这么快决定买下一本外国作品，可以说是一个奇迹。回忆起这件事，王久安说当时感觉只有 Viking 出版这本书才最合适；Viking 能不看译稿而接受这本书，也在意料之中，因为这是一家有品位的出版社。作为推手，经纪人要有不同寻常的眼光，一眼看出好的作品，把作者推向新市场的同时也为译者带来机会。

（三）过滤器

作家经纪人和体育明星、歌星经纪人不同，他们必须自己去发现并培养客户，尤其是有价值的客户。倘若不能及时挖掘优秀作者，并努力与之签约，经纪人很难在变幻无常的出版市场生存下去。对出版商而言，把时间花在寻找作者上是没有价值的。根据作品内容和价值寻找最合适的出版社，取得最佳销路，是经纪人的工作重点。在美国，出版社从经纪人手中获得的稿件占全部稿件的大部分，在选题、编辑程序上，出版社对于经纪人推荐的稿件进行复审、定论等程序快捷、简化；而对未经经纪人推荐的、由作者直接递呈的稿件，往往要经过多道程序和较长周期。从这点看，经纪人不仅是作者的推手，还是出版商的过滤器②。在西方成熟的经纪人出版制度下，出版社之所以重视经纪人，是因为他们对整个行业非常了解，掌握大量的作家和出版信息。生活在中国作家圈中

---

① 参见：http://book. sina. com. cn/author/subject/2007-03-15/1012211927. shtml，检索日期：2014-01-21。

② 杜恩龙. 国外的出版经纪人. 出版广角，2002(8)：63.

的美国人艾瑞克就想成为这样的人①。几年前,他创立了论坛网站 Paper Republic,和一帮学过中文的老外试着把当代中国小说译成样本,希望能被出版社接受。在他的努力下,盛可以和徐则臣小说推出了英文版。传统意义上的中国文学推手,如汉学家,对中国文学的推荐范围依然太小,往往只推荐四五本书或作家;与他们不同,艾瑞克想从出版社角度来考虑,为其提供更多信息。现在,他成立了自己的公司,中文名叫"翻艺"。公司除了翻译交流之外,会定期推出关于中国文学和出版动向的信息,成为境外出版商重要的参考资料。

(四)催化剂

在小说国际贸易中,"走出去"只是第一步,目的是火起来。一部作品能否在国际市场上热销,经纪人发挥着催化剂的作用。对此,藏族作家阿来深有体会。《尘埃落定》英译本由葛浩文翻译,由美国主流商业出版社出版,创下中国作家海外版权的销售纪录。据阿来介绍,当时经纪人看好他的作品,于是就代理了《尘埃落定》出版的相关事宜。出版社预付了 15 万美元版税,是图书总码洋②版税的 7% 至 9%。通常,版税支付呈梯级增长,发行量越大,版税也就越高。按预付金计算,拟发行量应不低于 3 万册,这个发行量对于美国市场上中国作家作品而言是非常高的。在英文版获得成功后,经纪人又把该书先后运作到 20 多个国家,共出版了 17 个语种,包括塞尔维亚、以色列这样的"小语种"地区。如今,《尘埃落

---

① 金煜. 推销"中国文学". 新京报,2011-04-23.
② 出版业术语。"码"是指数量多少,"洋"代表"钱","码洋"就是"多少钱"。每本书上面都列有由阿拉伯数字(码)和钱的单位(洋)构成的定价,相乘得定价总额,一本书的定价或一批书的总定价,其货币额称码洋。"码洋"是图书出版发行部门用于指全部图书定价总额;相对应的还有"实洋",即打折后的价格。

定》已被译成 30 多种语言出版,印数超过 100 多万册。在小说跨域传播中,把握时机格外重要。据台湾资深版权经纪人谭光磊介绍,"纯爱"主题与"文革"背景的巧妙融合是小说《山楂树之恋》的"卖点"所在;在此基础上,"搭电影便车"的营销策略成为版权贸易中的制胜招[1]。借助张艺谋执导同名电影在海外热映的势头,这部小说已在全球卖出 20 个语种的版权,外文版已在英国、荷兰、加拿大、希腊四国有售。在经纪人运作下,作家不仅可以凭作品挣钱,还可以凭影响力挣钱。在西方,作家有机会到社区、学校、电视台进行演讲、讲座,这一切都需要经纪人出面开拓。当前,国内版权代理人以购买版权为主,而国外版权代理人使用相同的游戏规则,却以销售版权为主,不仅可以推动作品跨域传播,还能启动作品变形传播,把图书、音像、电影、网络、手机出版等资源联合起来开发,通过多种方式传播,为作者带来实实在在的利益。

(五)守护神

自 1993 年出版至今,《白鹿原》在国内已推出 40 多个版本,发行 170 余万册,还出有日文、韩文、越南和法文 4 种外文版,却一直没有英文版。把作品中原汁原味的陕西土话译成英语实属不易。但是,根据中国作协副主席、作者陈忠实透露,是洋合同绊住了《白鹿原》出英文版的脚步[2]。当年商谈出法文版时,作者在没有代理的情况下,把包括英语在内的其他外语版权统统签给法方,导致出英文版须经法方授权,事情就此搁浅。因涉外合同会牵扯很多法律细节,不明就里的中国作家经常遭遇欺诈或暗算。合约谈判是经纪人的一项重要工作,但现代著作权日益复杂,附属权利也渐趋

---

[1] 郭姗. 伦敦书展:透视中国文学输出三大难关. 南方日报,2012-04-29.
[2] 章学锋. 当心洋合同暗算中国作家. 西安晚报,2013-03-11.

多元,使得出版合约谈判难度增加,经纪人必须具备法律知识方能胜任。因此,具备法律专业知识的经纪人成为作家利益的守护神。部分出版经纪公司开始聘用有法律背景的人才,"律师经纪人"(lawyer-agent)应运而生①。和一般出版经纪人相比,律师经纪人的最大不同之处在于,他们以时数计费,而不是仅收取 10% 到 15% 的佣金。对于知名作者或与出版公司保持良好关系的作家,雇用律师经纪人更为划算。

四、给业界的几点建议

在"走出去"过程中,中国作家怎样才能立足国际市场并取得更多份额呢?只有委托专业代理的意识不断增强,代理人服务水平不断提高,双管齐下,小说的国际贸易才能进入良性循环轨道。中国外文局副局长兼总编辑黄友义认为,通过专业经纪人/代理商推动中国文化的国际传播是一个新思路,值得推广②。当前,由于各种各样的原因,国内仍有不少作家缺乏代理意识,而代理机制也不够成熟,成为制约"走出去"的瓶颈。我们可以通过以下几个方面,改变当前这种情况。

(一)改变传统观念,形成代理意识

2000 多年的文化传承以及自给自足的自然经济基础使得重生产、轻流通等旧观念影响深远,经纪意识的形成缺乏文化和经济的支撑。时至今日,仍然有不少人认为经纪人在做无本买卖,仅仅在买卖双方之间简单地撮合,就收取不菲的佣金,属于坐享其成。

---

① 夏红军. 西方出版经纪人发展现状初探. 出版科学,2006(3):23.
② 徐豪. 作家也需要经纪人. 中国报道,2013(5):83.

从经济能力角度看，只有当一个人单位时间创造的价值远大于支付给中介的价格时，他/她才有可能在需要时选择中介。莫言获奖后，除折合750万元人民币的奖金外，各类版税、影视版权改编费、政府奖励、代理费用加到一起，年度收入达到两亿元。莫言获奖对中国作家群体意义非凡，如同许海峰在奥运会上摘得首金；但他授权女儿代理作品版权和合作事宜，说明以他为代表的当代中国作家还没有抛弃传统观念，形成代理意识。当前，所有的物质都在大幅度地涨价，唯独"非物质"的文学羞答答的；在金钱的牙齿面前，露出一脸的贱相①。对于作者来说，挣钱真的很重要，但在某些点上看，钱真的一点都不重要，正是这个行业的特殊性所在。经纪人把15％拿走，但全心全意为作家服务。有了经纪人，作家就能抛开烦琐的拓展业务，潜心创作，成为一个纯粹的作家。

（二）参照国际惯例，提高代理水平

2013年2月18日，久未露面的池莉告诉记者，各项事务乱得就像一锅粥，所幸有6个能干的助理，才把这锅粥熬好。她所说的6个助理，分别负责版权事务、影视改编、法律事务等，彼此并不认识，却都在帮助她打理事业，没有一个人能够全权负责所有事务，每件事情还得自己拍板。在她看来，无论从出版市场规范程度，还是从经纪人个人素质，国内现在都没有真正意义上的作家经纪人。比对发达国家经验，我国版权代理业存在以下问题：(1)起步较晚，挖掘出版物衍生版权能力较弱，使得版权代理市场被限制在狭小范围内；(2)版权代理业务范围尚未参与代理作者，包括与作者签订委托合同、代表作者许可出卖版权给国内外各种媒体等业务，无

---

① 高方，毕飞宇. 文学译介、文化交流与中国文化"走出去"——作家毕飞宇访谈录. 中国翻译，2012(3)：53.

法最大程度上维护作者权益;(3)代理内容相对单一,目前仅以图书版权代理为主,对版权涉及的其他相关领域关注不足,特别是对畅销作者关注不够;(4)专业人才严重匮乏,代理业从业人员不仅数量少(只百余人),专业素养、外语水平、谈判水准及交往能力都不够成熟,制约了行业发展①。品牌、信誉和积累是经纪人和版权代理机构生存与发展的决定性因素。只有参照国际惯例,切实提高代理水平,版权代理业才能稳步发展,并逐步达到一定规模。

(三)加快人才培养,实现代理自主

为满足市场需要,2010 年,中国版权保护中心联合国际版权交易中心举办了首届全国版权经纪人/代理人专业实务培训班。如今培训班已经举办了 6 届,毕业人数超过了 600,很多人已开始从事出版经纪业,主要洽谈作品改编权,比如电影、动漫等,以及作品商业运作,能在全球市场上销售中国文学产品的专业经纪人仍在哺育中。阎连科是国内走向世界不多的一线作家。谈到自己在西方的经纪人,他的印象是做事非常认真,从寻找作品、联系翻译、拟定合同,到宣传推广、媒体互动、越界传播,所提供的服务是常人想象不到的。作家经纪人必须是懂语言、懂出版、懂作品、懂市场、懂法律的复合型人才。作家出版社编审唐晓渡认为,未来专业经纪人可能会在出版社编辑中产生,因为他们具有专业文学鉴赏能力,掌握着丰富的作家资源;毕飞宇认为具备外语优势和海外市场资源的"海归"人才有可能成为产生经纪人的一大群体。笔者认为,在专业院校设置的翻译硕士专业学位教育(Master of Translation and Interpreting,简称 MTI)可以成为作家经纪人诞

---

① 李宏瑞. 发展我国版权代理的策略性建议——基于比较思维的研究分析. 出版广角,2010(10):53.

生的摇篮。经教育部和国务院学位办批准,于 2007 年设立的 MTI 项目旨在培养高层次、应用型、专业性口笔译人才,毕业者应具有较强的语言运用能力、熟练的翻译技能和宽广的知识面,能够胜任不同专业领域所需的高级翻译工作。截至 2013 年,获准试办高校已达 159 所。尽管 MTI 教指委反复强调培养单位要根据自身特色设置相应专业方向,在专业指向性和实践性方面自成一体,但同质化现象还是非常严重。小说跨域传播始于译介,在译者之后还有大量的翻译工作需要经纪人接手完成,很难想象一个不懂语言、不懂翻译的人能胜任媒人或过滤器角色?生物学有一个著名的"生态位"理论,一个物种只有处于最适合自己的生态位,才能在激烈的竞争中生存并发展。如果培养单位都瞄准北外高翻,往会议口译或同传方向扎堆,撇开培养质量不说,市场又如何消化一批又一批毕业生?不妨换一种思路。像对外贸易大学、传媒大学,或政法大学的 MTI 项目,如果能利用自身优势,采用跨学科培养方法,把 MTI 学生引向专业经纪人道路,不仅能满足作者需求,而且能拓宽就业路径,还能成为"走出去"的助推器,可谓一举三得。

五、结　语

小说写出来,在哪个点上"停下来",当事人永远做不了主。对作者而言,写是可以掌控的事;译介与传播,自己永远掌控不了。在命运面前,毕飞宇说自己就想做一个坏孩子:把事情挑起来,然后再也做不了主。1987 年,他来到古城南京,一下就爱上了她。现在,爱正一点点消失。现代化为我们带来舒适与便捷,但同时抹平差异或个性。写作给他提供了一个契机,让他得以逃离并行走天下。好作家遇上一个好翻译,几乎就是一场艳遇;而好作家找到好的经纪人,关系堪比婚姻。在全球市场上推广毕氏小说,经纪人和译者一道为作者带来了实实在在的利益,让他/她安心工作,用一句老南京话来说,就是"不用烦了"。感谢他把事情挑起来,给读者带来了阅读享受,也给经纪人带来了机会和挑战。

(朱波,南京航空航天大学外国语学院教授;原载于《小说评论》2014 年第 3 期)

中国文学英译期刊评析

许诗焱

　　作为文学作品的呈现载体之一,文学期刊保存鲜活的文学现场,记录时代的文学高度,连接作者与读者、创作与阅读、生产与消费,是"文学生态的重要组成"①。在中国文学"走出去"的过程中,文学译介期刊以连续性和时效性的优势,及时、系统地反映中国文学状况,其"在场"表达的作用不容忽视②。目前中国文学英译期刊主要有《人民文学》英文版《路灯》(*Pathlight*),由俄克拉何马大学、北京师范大学、国家汉办合作出版的《今日中国文学》(*Chinese Literature Today*)和由江苏省委宣传部、江苏省作协、凤凰出版传媒集团、南京师范大学合作出版的《中华人文》(*Chinese Arts & Letters*)。这三份期刊尽管创刊时间不长,但均在国内外引起了一定反响,同时也各自面临一些问题。怎样通过文学译介期刊向世界呈现一个真实的中国文学全景? 期刊如何保证中国文学译介的质量和效果? 中国文学译介期刊如何获得更大的世界影响力? 本文将通过对三份期刊的办刊思路、译介实践、推广途径等方面的对比分析,为这些问题的解决提供参考。

---

① 胡妍妍. 文学期刊:差异性建构文学的共同体. 人民日报,2012-02-14.
② 李舫. 中国当代文学点亮走向世界的灯. 人民日报,2011-12-09.

一、办刊宗旨

随着我国经济实力和国际地位的不断提高,中国文学在海外的传播已经取得了明显的进展,但大多依靠外国出版社、外国媒体来推动,在某种程度上带有自发和偶然的性质。在缺乏规划性和自主性的情况下,很难比较全面地反映中国文学的面貌,因此需要一种"准确的、强大的、有序的和有效的方式"①推动中国文学走向世界。《人民文学》杂志社 2011 年 11 月推出英文版试刊号,刊名为《路灯》(*Pathlight*),与《人民文学》的英文直译 People's Literature 首字母相同,其寓意也十分明显:希望期刊作为中国文学"走出去"道路上的一盏明灯,提升中国文学在世界的影响力。谈到《路灯》的创刊,时任《人民文学》主编的李敬泽说:"《人民文学》推出英文版就是因为中华文化有"走出去"的迫切需要,当然也是中国文学"走出去"的迫切需要。这几年,我经常参加中外文学聚会,遇见很多国外汉学家、出版家。我发现,他们对中国文学特别是当代文学充满了好奇,也很感兴趣,但是他们对中国文学的了解,说得难听点,基本是靠道听途说。没有一个专业的平台告诉他,哪些中国作家值得关注。所以,我们决定做一本专门给外国人看的、介绍中国文学的杂志,我们的目标是:《人民文学》英文版一册在手,中国当代文学一目了然。"②《今日中国文学》于 2010 年 10 月创刊,期刊中方主编、北京师范大学张健教授所阐述的办刊宗旨与《路灯》基本一致:通过译介当下中国优秀的作家作品和报道中

---

① 李舫. 中国当代文学点亮走向世界的灯. 人民日报,2011-12-09.
② 李舫. 中国当代文学点亮走向世界的灯. 人民日报,2011-12-09.

国文学的最新信息，"推进中国文学的海外传播，提高其国际影响力"①。《中华人文》于 2014 年 4 月在伦敦书展推出创刊号，期刊主编、南京师范大学杨昊成教授同样希望《中华人文》能够"整合各方资源，开辟中华文化传播的新路径和新形式，让世界真正认同并接受源远流长的中华文化之精华"②。

　　虽然英文译介三份期刊的总体目标基本相同，但它们各自所针对的目标读者群有所不同，因而刊物栏目设置各具特点。《人民文学》作为一份国家级文学杂志，在国内文学界有着十分重要的影响。值得注意的是，尽管《路灯》强调"英文与汉语同轨，创作与翻译并行"③，但它并不是《人民文学》中文版的英文版，而是为海外特定读者群专门打造："我们这本杂志不是给外国普通读者阅读的。它的读者是外国的专业读者，比如国外出版商、翻译家、文化机构学术人员。"④与此相适应，《路灯》的栏目设置一目了然：小说和诗歌基本各占一半，加上简明的新书介绍，实时展现中国文坛的面貌。以试刊号为例，小说部分不仅包括张炜、刘醒龙、莫言、毕飞宇、刘震云五位茅盾文学奖得主的作品，同时也包括蒋一谈、七格、笛安、向祚铁、李娟等新锐作家的作品；诗歌部分译介侯马、西川、雷平阳、宇向、孙磊等人的诗作；新书介绍栏目则推出格非的《春尽江南》、王安忆的《天香》、贾平凹的《古炉》等八部长篇小说。李敬泽强调："我们的目的就是要让国外的出版商盯上我们的作家，把作者推出去。"⑤

　　《今日中国文学》杂志社社长、俄克拉何马大学昂迪亚诺教授

① 洪柏. 让世界上更多的人了解今日的中国文学——访北京师范大学文学院院长张健教授. 中国社会科学报, 2010-01-14.
② 杨昊成. Editor's note. *Chinese Arts & Letters*, 2014(1)：2.
③ 李舫. 中国当代文学点亮走向世界的灯. 人民日报, 2011-12-09.
④ 李舫. 中国当代文学点亮走向世界的灯. 人民日报, 2011-12-09.
⑤ 李舫. 中国当代文学点亮走向世界的灯. 人民日报, 2011-12-09.

(Robert Con Davis-Undiano)认为,中国文学在西方长期以来基本上只是汉学家所关注的领域,他希望通过《今日中国文学》,将更多的西方学者和读者引入中国文学。因此,《今日中国文学》的栏目设置兼顾学术性和可读性,"提炼和阐发中国文学中具有世界意义的话题,关注中国文学与世界文学的联系"①。每期重点译介一位主推作家,主推作家不仅有毕飞宇、格非、莫言等国内作家,还有李昂、杨沐等海外华文作家。同时设有主推学者专栏,介绍海内外文化学者的成就。主推学者包括王德威(David Der-wei Wang)、奚密(Michelle Yeh)、乐黛云、叶维廉(Wai-Lim Yip)、夏志清(C. T. Hsia)、顾彬(Wolfgang Kubin)等。葛浩文(Howard Goldblatt)也曾被作为期刊主推学者,《今日中国文学》不仅收录了他的一篇会议演讲、一篇自我访谈以及两部译作选段,同时刊发汉学家陆敬思(Christopher Lupker)撰写的《现代中国小说与葛浩文的声音》("Modern Chinese Fiction and the Voices of Howard Goldblatt"),全面介绍葛浩文的翻译与学术生涯,并对葛浩文独特的翻译风格进行评析。由于期刊目标读者群中有相当一部分掌握中、英两种语言,诗歌栏目的中文原稿与英文译稿平行排版,让读者同时领略两种语言的魅力以及翻译的神韵,别具一格。

《中华人文》致力于为喜爱中国文化的西方普通读者提供一份读物,所以栏目设置也充分考虑到他们的需要,雅俗共赏,避免将期刊做成专业性太强的小众文学刊物。每期均有一位主推作家,译介其代表作品并配发访谈和相关评论。访谈译介的作用类似于热奈(Gerard Genette)所提出的"副文本"(paratext)概念中的"外围文本"(epitext),不仅可以增强读者的阅读兴趣,同时也能为文

---

① 洪柏. 让世界上更多的人了解今日的中国文学——访北京师范大学文学院院长张健教授. 中国社会科学报,2010-01-14.

本重构一个文化语境,便于目标读者群理解相对陌生的文化土壤
中产生的作品。评论的译介旨在对作品的写作风格和文学特色进
行赏析。期刊编委许钧教授指出,中国文学作品的"诗学价值"在
某种程度上是被忽视的[①],而《中华人文》对于评论的译介可以对
目标读者群的关注点进行积极的引导,"从对异域文化的猎奇心态
逐渐转变到聆听中国文学真正的声音"[②]。为了呈现更为广阔的
文化语境,每期还刊发关于中国文化的专文,内容涉及书法、绘画、
园林等多种中国文化符号。专文均由国内外知名学者用英文撰
写,具有专业性和权威性,使期刊兼具中西方视角与立场,实现中
国文学与世界学术界的互动。

中国文学"走出去"的总体目标是希望通过中国优秀作家作品
及其研究的译介,向世界展现当代中国最鲜活的状貌和样态,让世
界上更多的人了解中国文学,在潜移默化之中塑造中国形象,提升
中国的文化软实力。三份中国文学英译期刊的办刊宗旨均与此目
标相一致,它们各自所针对的目标读者群又形成互补,为中国文学
的对外传播构建起一个更为有效的平台。目前,三份期刊也通过
形式多样的交流活动相互促进,共同助推中国文学"走出去"。
2013 年 10 月,《中华人文》主编杨昊成教授与《今日中国文学》常
务副总编石江山博士(Jonathan Stalling)共同出席在美国北卡罗
来纳州立大学举办的"中国与世界:文明多样性与跨文化交际"国
际学术研讨会。2013 年 12 月,石江山博士访问《中华人文》编辑
部并在南京师范大学讲学。2015 年,《中华人文》编辑应邀赴俄克
拉何马大学访学,参与该校"中国文学翻译档案馆"的筹建。

---

① 许钧. 我看中国现当代文学在法国的译介. 中国外语,2013(5):12.
② 祝一舒. 翻译场中的出版者——毕基埃出版社与中国文学在法国的传播. 小说
评论,2014(2):6.

二、译介实践

"理想状态下的文学期刊并不是文学的博物馆,它起的不是价值的保存与固化作用,相反,它更像是定期举办的文学展览,是供交流、评判、筛选的历史的中间物。"①文学译介期刊要凭借扎扎实实的作品分量才能在文学现场发挥能动作用,译介内容的选择直接影响到期刊在海外的接受情况。三份中国文学英译期刊都对目标读者群的期待和需求进行了深入的研究,在此基础上精心选择译介内容。

《路灯》所译介的内容均为《人民文学》上刊登过的作品,每期围绕一个主题进行重新组合。2011 年 11 月的试刊号选取了文学界当时的大事——第八届茅盾文学奖——作为主题,及时地反映了国内文坛的动向。2012 年 2 月出版的第二期则集中介绍伦敦书展中受邀的中国作家。"因为 3 月是伦敦书展,中国是主宾国,一批中国作家会参加这个以版权交易为主要内容的展会。面对出版商,你不能光说这是张三,这是李四,他们怎么怎么厉害,你得有东西给人家看。我们的杂志就刊登这些作家的作品。"②2013 年春季号的专题是"未来",也是海外读者比较感兴趣的主题,译介了王晋康的《养蜂人》、星河的《去取一条胳膊》、刘慈欣的《2018 年 4 月 1 日》、陈楸帆的《无尽的告别》等科幻作品。《路灯》每期主题相对统一,便于目标读者群捕捉相关信息。同时,主题的选择注意契合海外读者对中国文学的兴趣点,取得了比较理想的接受效果。

在译介内容选择方面,《今日中国文学》非常尊重国外汉学家

---

① 胡妍妍. 文学期刊:差异性建构文学的共同体. 人民日报,2012-02-14.
② 李舫. 中国当代文学点亮走向世界的灯. 人民日报,2011-12-09.

和学者的意见。昂迪亚诺教授在接受采访时表示,期刊邀请国外汉学家和学者参与编辑工作,通过他们来选取海外读者容易接受的中国当代优秀小说、诗歌和戏剧作品①。海外作家和学者也可以直接向俄克拉何马大学《今日中国文学》编辑部投稿,稿件由知名汉学家和文学评论家组成的委员会进行审定。期刊还不定期地策划特别专题,比如少数民族诗人、画家诗人、用英文写诗的中国诗人与用中文写诗的外国诗人等,既保留中国文学独特的文化基因和审美方式,又关注跨文化传递过程中的诠释方式与交流效果,让中国文学成为世界文学格局中不可或缺的重要组成部分。

《中华人文》则由作家协会和期刊中外文主编共同商定每期所译介的内容。作家协会提供主推作家人选,期刊主编在选定作品时尊重作家本人的意见,期刊译介的主推作家的作品均在作家自己所提供的作品中选择。在尊重作家意见的同时,也接受译者投稿。因为译者都是热爱中国文学的外国人,他们的选择更接近目标读者群的品位;同时,译者对于作家和作品的认同和欣赏也让译者在翻译过程中更加投入,就像葛浩文所说的那样,"我要挑一个作品,一定是比较适合我的口味,我比较喜欢的"②,只有这样,才能"带着尊重、敬畏、激动之情以及欣赏之心走入原著"③,取得最佳的翻译效果。在译介当代文学作品的同时,《中华人文》也兼顾历史,即将出版的第三期专文主题为钱锺书,以后会陆续推出以鲁迅、沈从文等为主题的系列专文,一方面"在自己的时间和自己的文学里,实现'此刻'的空间,使自己成为世界空间的同时代人",另

① 王玉,吴婷. 2010 抵达世界不同文明体系的心灵深处——中国文学海外传播工程在京启动. 中国社会科学报,2010-01-21.

② 曹雪萍,金煜. 葛浩文:低调翻译家. 新京报,2008-03-01.

③ 吴赟. 西方视野下的毕飞宇小说——《青衣》与《玉米》在英语世界的译介. 学术论坛,2013(4):95.

一方面又"继承自己历史传统的谱系,在时间上构成历史的延续"①,让中国文学的形象更加生动立体。

在为《今日中国文学》创刊所写的贺词中,乐黛云教授指出,通向世界的文学渠道之所以一直不畅通,主要原因是"发送和接受的双方缺少真正的沟通","缺少协商、沟通的经常机制"②。三份中国文学英译期刊在译介内容选择方面的具体做法虽然不同,但都注重建立东西方之间"协商、沟通的经常机制",因而均取得了较好的效果。在选定译介内容之后,另一个重要问题是"由谁译",因为"译者的选择、翻译的质量直接关系到作家在国外的文学形象及其作品在海外的传播"③。关于"由谁译"的问题,三份期刊基本达成共识,译者均由母语为英语的外籍翻译家担任,避免作品因无法被目标读者群接受而成为"博物馆的文物"④。李敬泽强调,"《路灯》的翻译必须是懂汉语、母语是英语的翻译家,而不是懂英语的中国人。"⑤《今日中国文学》也邀请母语为英语的汉学家作为期刊译者,力求推出"最优秀中国文学作品的高质量译本"⑥。《中华人文》"原则上均选用母语为英语的作者和译者或长期生活在国外的专业双语工作者的来稿",以"确保语言文字的纯正地道以及在海外的可接受性"⑦。

葛浩文曾说,"我认为最理想的译者是像我和丽君这样,我也

① 乐黛云. 通向世界的桥梁——祝《今日中国文学》杂志创刊. 中国比较文学,2010(2):144.
② 乐黛云. 通向世界的桥梁——祝《今日中国文学》杂志创刊. 中国比较文学,2010(2):144.
③ 许钧. 我看中国现当代文学在法国的译介. 中国外语,2013(5):12.
④ 马会娟. 解读《国际文学翻译形势报告》. 西安外国语大学学报,2014(2):115.
⑤ 李舫. 中国当代文学点亮走向世界的灯. 人民日报,2011-12-09.
⑥ 洪柏. 让世界上更多的人了解今日的中国文学——访北京师范大学文学院院长张健教授. 中国社会科学报,2010-01-14.
⑦ 杨昊成. Editor's note. *Chinese Arts & Letters*,2014(1):2.

懂中文,丽君也懂英文。我的母语是英语,她的母语是中文。两个语言两个人都能用的,这个更好一点"①。然而,像葛浩文夫妇这样能"自如地往返于两种话语体系和文化脉络之间"②的译者实在是可遇而不可求的。针对这种情况,三份期刊都参照葛浩文—林丽君模式,为母语为英语的译者配备母语为汉语的编辑,通过译者—编辑合作模式完成译稿。以《中华人文》为例,期刊依托南京师范大学外国语学院,选择专门从事文学、翻译研究的教师作为编辑。合作基本程序为:译者翻译第一稿,在翻译的过程中译者与编辑随时进行交流,译稿完成后由编辑进行校对并与译者共同修改,修改完成后由主编进行最后审定③,保证译文既符合目标读者群的阅读习惯与审美趣味,又准确传达文字背后的文化内涵。《今日中国文学》和《中华人文》还邀请知名学者作为期刊顾问和编委,共同为期刊的翻译把关,进一步保证期刊的翻译质量。

　　文学译介期刊所特有的连续性和时效性是它的优势,但也对翻译提出了更高的要求,需要一支人员充足的翻译队伍,否则可能陷入"等米下锅"的窘境④。就译者而言,母语是英语的译者非常有限,目前大部分译者同时供职三份期刊,工作量较大,有时甚至延误交稿时间。《中华人文》副主编石峻山(Josh Stenberg)建议,文学译介期刊为国外汉语专业学生提供实习机会,同时加强国际合作,拓展海外资源,发掘和培养更多的译者。就编辑而言,拥有

---

① 闫怡恂,葛浩文. 文学翻译:过程与标准——葛浩文访谈录. 当代作家评论,2014(1):201.
② 吴赟. 作者、译者与读者的视界融合——以《玉米》的英译为例. 解放军外国语学院学报,2014(2):123.
③ 许诗焱,许多. 译者—编辑合作模式在中国文学外译中的实践——以毕飞宇三部短篇小说的英译为例. 小说评论,2014(4):11.
④ 任伟. 译路漫漫路灯长明——对《人民文学》英文版的思考. 海外英语,2013(9):143.

双语优势和国际视野的海外留学人员是理想人选,期刊也要为他们提供平台和机会,构建一支由译者和编辑共同组成的高水平、专业化的翻译团队,进而建立全球中译外人才库,为期刊自身同时也为中国文学外译提供保证。

三、推广途径

对于中国文学的外译,苏童曾经打过一个比方:"隔着文化和语言的两大鸿沟,所有经过翻译的传递不可能百分百精确,译者就像鲜花的使者,要把异域的花朵献给本土的读者,这是千里迢迢的艰难旅程,他必须要保证花朵的完好,而途中掉落一两片叶子,是可以接受的。"①文学译介期刊整合各方翻译资源,最大限度地减少可能掉落的"叶子",尽力将"异域的花朵"保护得更好;但"把异域的花朵献给本土的读者"还只是"千里迢迢的艰难旅程"中的第一步,文学译介期刊还要解决"交流、影响、接受、传播"②等一系列问题,对期刊进行推广。在期刊推广方面,《路灯》《今日中国文学》和《中华人文》采取了三种不同的途径。

《路灯》由外文出版社有限责任公司出版,目前暂时没有在海外发行,而是借助于网络时代的技术手段,通过电子刊物的形式进行海外传播。李敬泽认为,"一份纸质刊物,由北京抵达冰岛或者抵达新西兰读者手中,这在技术和操作层面都是很要命的事",因此《路灯》"通过亚马逊做电子收费阅读,以保证杂志的定向抵

---

① 高方,苏童. 偏见、误解与相遇的缘分——作家苏童访谈录. 中国翻译,2013 (2):47.
② 谢天振. 译介学. 上海:上海外语教育出版社,1999:11.

达"①。汉译外出版物的出版发行要经过 17 道程序②,费用远远高于面向国内发行的刊物,通过电子刊物的形式对《路灯》进行推广不失为一个降低成本的有效办法,同时也能让日渐小众化的文学刊物拥有更多的受众和更大的生存空间。

《今日中国文学》由俄克拉何马大学出版社出版。俄克拉何马大学是一所优势明显、特色鲜明的综合性大学,该校创办的《今日世界文学》(*World Literature Today*)是英语世界中历史最悠久的世界文学类杂志之一,该刊 1969 年设立的"纽斯塔特国际文学奖"(Neustadt International Prize for Literature)是第一个在美国设立的世界文学奖项,在国际文学界和学术界享有盛誉。因此,《今日中国文学》是在一个学术声誉较高的起点上起步,借助《今日世界文学》在全世界的发行渠道进行推广,很多媒体将这种方式称为"借船出海",形象而贴切。在出版《今日中国文学》期刊的同时,俄克拉何马大学还出版"今日中国文学"英译丛书并定期举办"中国文学海外传播"学术研讨会和论坛,2008 年设立的"纽曼华语文学奖"(Newman Prize for Chinese Literature)进一步扩大了期刊的影响力。目前,《今日中国文学》已建立专门的网站,读者可在网站付费下载期刊的电子版。同时,通过与国家汉办的合作,将《今日中国文学》的推广与孔子学院的布局进行整合,进一步拓展期刊沟通、推广、回馈的渠道,取得了较好的效果。

《中华人文》由凤凰传媒国际(伦敦)公司下属仙那都出版社(Xanadu Publishing Ltd.)出版,利用凤凰传媒在国内优秀的出版文化资源,以海外公司为平台,实现期刊出版和发行的本土化。仙那都出版社熟悉海外图书市场的销售环节、价格体系、市场布局和

① 李舫. 中国当代文学点亮走向世界的灯. 人民日报,2011-12-09.
② 肖娴. 从莫言获奖谈英文文学期刊的困境与出路——以《中国文学》和《人民文学》英文版为例. 出版发行研究,2012(11):11.

发行方式,操作流程符合西方出版发行体制的惯例,使得《中华人文》能形成通畅的发行和流通渠道,并顺利地进入西方主流社会的视野。在对《中华人文》创刊号进行推广时,仙那都出版社结合伦敦书展、"亚洲之家"作家之夜、"符号江苏"等活动,对期刊进行整体包装,效果理想。在注重商业运作的同时,期刊通过南京师范大学这个平台,全面建立与国外大学及研究机构的合作,同时借助南京师范大学图书馆,让《中华人文》进入国际高校图书馆系统。期刊编创人员还通过国内外学术会议对《中华人文》进行宣传,增加其在国内外学术界的影响。目前期刊电子版可以在"中国江苏网"在线浏览,期刊独立网站正在筹建,将实现在线阅读、订购、投稿等功能。

尽管三份期刊都在努力推广并取得较好效果,但要在"走出去"的口号下,一蹴而就地实现中国文学对外译介的"大跃进"显然是不切实际的,期刊的发展需要更多的耐心、更长远的眼光和更大力度的扶持。文学译介期刊的销路相对局限,但翻译、设计、出版、发行的成本却很高。创刊于 1951 年的《中国文学》(*Chinese Literature*)曾经是"新中国第一份面向外国读者,及时、系统地翻译、介绍新中国文学发展动态的外语国家级刊物"[①],但由于资金和市场渠道方面的问题,刊物于 2011 年停刊。2011 年 4 月,文学双月刊《天南》也曾尝试随刊发行精选英文版刊中刊《游集》(*Peregrine*),但 2014 年 1 月也由于经济原因而停刊。像《路灯》这样由国内出版的期刊发行到国外,费用要远远高于面向国内的期刊,而像《今日中国文学》和《中华人文》这样由国外出版的期刊,不仅印刷、发行成本高,运回国内的费用更高。目前,维持三份期

---

① 肖娴. 从莫言获奖谈英文文学期刊的困境与出路——以《中国文学》和《人民文学》英文版为例. 出版发行研究,2012(11):11.

刊运行的资金仍然大部分来自国家资助，如何在国家资金的扶持之下逐步将文学译介期刊的文化价值与商业价值统一起来，是一个不容忽视的问题。

一个民族的文学对外传播是一项复杂的系统工程，《路灯》《今日中国文学》和《中华人文》三份中国文学英译期刊从一个新的起点布局中国文学"走出去"，将中国文学放到世界文学的框架内去传播、展示和交流，让中国当代文学与世界文学的发展形成密切、直接和及时的交流与互动，前景令人期待。"国运终以人文盛，敢请四海识中华"，张隆溪先生为《中华人文》创刊号的题词表达了美好的愿景：愿"路灯"照亮"今日中国文学"通向世界的道路，更为有力地提升"中华人文"的国际影响力，共同迎接世界阅读中国的时代。

（许诗焱，南京师范大学外国语学院教授；原载于《小说评论》2015年第4期）

英国主流媒体对中国当代文学的评价与接受

陈大亮　许　多

莫言获得 2012 年诺贝尔文学奖引起了世界轰动,中国文学"走出去"以及中国当代文学在国外的传播与接受成为文学界与翻译界讨论的热门话题。《小说评论》自 2012 年增设《小说译介与传播研究》栏目以来,发表了有关莫言作品在法国的译介与解读、贾平凹作品在日本与德国的译介、余华作品在俄罗斯的译介与阐释、苏童作品在德国的译介与阐释、铁凝作品在日本的译介与阐释等的研究文章。① 但是,我们发现很少有人全面关注英国主流媒体对中国当代文学的评价与接受情况。英国主流媒体关注哪些中国作家? 报道什么内容? 怎样评价? 如何引导社会舆论? 本文基于所收集的英国主流媒体对中国当代作家与作品报道的第一手资料,从基本状况、评价重点、问题与思考三个方面试图回答以上几个问题。

一、基本状况

为了较全面地把握英国主流媒体对中国当代作家的关注情

---

① 周新凯,高方. 莫言作品在法国的译介与解读——基于法国主流媒体对莫言的评价. 小说评论,2013(2):11-17.

况,我们运用Factiva媒体数据库,从信息来源、报道时间、新闻主题三个方面来统计分析。

(一)按照信息来源统计

本文所指的英国主流媒体是指在英国主办、面向主流受众、报道主流信息、占据主流市场的广播、通讯社以及报纸,主要包括英国广播公司(BBC)、路透社(Reuters)、《泰晤士报》(*The Times*)、《卫报》(*The Guardian*)、《每日电讯报》(*The Daily Telegraph*)、《金融时报》(*The Financial Times*)、《独立报》(*The Independent*)七大媒体。英国主流媒体具有权威性与严肃性,不同于那些八卦新闻及小道消息。因此,本研究的所有语料都来源于英国主流媒体,以确保材料的权威性和可靠性。

英国主流媒体关注较多的到底是哪些作家呢?我们在语料库中输入当代知名作家的名字或作品作为关键词多次检索,地区选择英国,时间选择所有日期。在检索结果中,挑选七大主流媒体,逐条进行人工甄别辨认,剔除不相关的内容及重复项,依次统计出七大主流媒体的报道数量。需要说明的一点是,在统计《泰晤士报》的数据时,我们把《泰晤士报文学副刊》也包括在内,以体现其文学性和专业性(见表1)。

表1 英国主流媒体对中国当代作家的关注情况统计(依据信息来源)

	英国广播公司	路透社	《泰晤士报》	《卫报》	《金融时报》	《每日电讯报》	《独立报》	总计
莫 言	44	58	23	48	27	33	27	260
阎连科	3	4	13	29	17	11	29	106
王 蒙	31	29	10	0	17	2	6	95
姜 戎	2	10	11	17	9	7	11	67
苏 童	4	10	10	17	5	8	6	60

续表

	英国广播公司	路透社	《泰晤士报》	《卫报》	《金融时报》	《每日电讯报》	《独立报》	总计
余 华	3	1	4	12	7	6	9	42
毕飞宇	0	2	5	12	0	5	3	27
铁 凝	15	0	0	3	1	0	1	20
麦 家	0	0	3	2	4	4	6	19
王安忆	3	3	1	6	1	1	0	15

语料库检索结果显示,英国主流媒体对贾平凹、陈忠实、韩少功、迟子建、刘震云、张承志、史铁生、阿城、格非等作家及其作品关注较少,鲜有报道。统计结果显示,英国主流媒体关注最多的当代中国作家依次是莫言、阎连科、王蒙、姜戎、苏童、余华、毕飞宇、铁凝、麦家、王安忆。

从报道的总数量来看,英国主流媒体对中国当代作家的关注在数量上是比较少的,而且分布极不均匀,有些重要作家由于翻译、题材、风格或意识形态等因素而没有得到应有的重视。除了莫言、阎连科、王蒙之外,英国主流媒体对其他作家关注较少,这与他们在国内的知名度是极不相称的。

从出生年代来看,这十位作家形成一个连续体,从 20 世纪 30 年代一直延续到 60 年代。王蒙属于 30 后,姜戎属于 40 后,莫言、王安忆、铁凝、阎连科属于 50 后,其他四位作家余华、苏童、毕飞宇、麦家属于 60 后。

从信息来源分布来看,英国广播公司和路透社关注较多的是莫言、王蒙和铁凝,这与三位担任的职务有很大关系。《卫报》对中国当代文学关注较多,共发表了 147 篇报道,是外国读者了解中国文学的重要窗户。

（二）按照报道时间统计

按照信息来源统计出来的数据是所有日期的报道总和，看不出媒体从什么时间开始关注每位作家的，也不能显示报道的高峰期以及数据的时间分布。要想了解这些信息，我们下边按照报道时间来统计。

语料库提供了报道日期的时间分布图，可以看出每家媒体报道的起止时间以及高峰期。此外，语料库的检索结果会形成一个列表，按照时间顺序逐条列出检索结果。我们结合这两点统计出了每位作家的报道起止时间及报道高峰期。此外，英国广播公司和路透社的数据通过两次不同设定检索获得，并显示出相关的时间信息。

英国主流媒体对莫言的关注最早始于 1993 年 5 月 15 日，《金融时报》以"BOOKS—SIMPLY THE COLOUR OF CHINESE BLOOD"为标题报道了英译本《红高粱》，最近的关注是 2016 年 10 月 11 日，《卫报》在报道 2016 年诺贝尔奖时提及莫言。媒体关注的高峰期集中在 2012 年、2013 年、2014 年这三年，分别是 151 篇、66 篇、17 篇，合计 234 篇。英国主流媒体对莫言的报道相对比较集中，这些数据包括英国广播公司和路透社的统计数字在内。

英国主流媒体对阎连科的关注最早始于 2005 年，最近的一篇是在 2017 年 6 月。报道的高峰期集中在 2012 年、2013 年、2016 年这三年，分别是 15 篇、34 篇、21 篇，合计 70 篇。进入 2017 年以来，英国主流媒体对阎连科的热情不减，相关报道截止到 6 月已经见报 13 篇。此外，英国广播公司的 3 篇分布在 2005 年、2006 年、2011 年三年内。路透社的 4 篇分布在 2005 年、2008 年、2013 年、2016 年几年内。由此可见，英国媒体比较垂青阎连科，大有后来居上之势。

英国主流媒体对王蒙的关注最早始于 1986 年，最近的一篇是在 2012 年 12 月。路透社的报道主要集中在 1989—1992 年这 4 年，共 21 篇。英国广播公司 31 篇报道大致均匀地分布在 1986—2012 年区间的 25 年中，平均每年 2 篇左右。五家主流报纸关注的高峰期集中在 1987 年、1989 年、1991 年这三年，分别是 8 篇、7 篇、5 篇，共 20 篇。从报道数量的时间分布来看，英国主流媒体对王蒙的关注没有明显的高峰期。

英国主流媒体对姜戎的关注最早始于 2005 年，最近的一篇是在 2016 年 5 月。报道的高峰期集中在 2007 年、2008 年、2015 年这三年，分别是 11 篇、17 篇、7 篇，共计 35 篇。此外，路透社对姜戎的关注主要集中在 2007 年，有 7 篇。英国广播公司的 2 篇报道分别在 1994 年和 2005 年这两年内。

英国主流媒体对苏童的关注最早始于 1995 年，最近的一篇是在 2016 年 7 月。报道的高峰期集中在 2007 年、2011 年、2012 年这三年，分别有 6 篇、10 篇、6 篇，共计 22 篇。此外，路透社对苏童的关注主要集中在 2011 年，有 5 篇，其他 5 篇均匀分布在 2003 年、2005 年、2006 年、2009 年、2015 年这五年内。英国广播公司的 4 篇报道分布在 1994 年、2001 年、2005 年、2014 年这四年内。

英国主流媒体对余华的关注最早始于 1999 年，最近的一篇是在 2016 年 9 月。报道的高峰期集中在 2004 年、2012 年、2013 年这三年，分别是 3 篇、10 篇、11 篇，共计 24 篇。此外，英国广播公司的 3 篇报道均匀分布在 2005 年、2011 年、2014 年这三年内。路透社的 1 篇在 2007 年。

英国主流媒体对毕飞宇的关注最早始于 2007 年，最近的一篇是在 2014 年 5 月。报道的高峰期集中在 2011 年、2012 年、2014 年这三年，分别是 5 篇、8 篇、3 篇，共 16 篇。此外，路透社的 2 篇报道分布在 2011 年、2014 年这两年内。

英国主流媒体对麦家的关注最早始于 2008 年,最近的一篇是在 2016 年 7 月。报道的高峰期集中在 2014 年,这一年报道 17 篇,占总数 19 篇的 90% 左右。这一年可以称为麦家年,他的谍战小说在西方红极一时。

英国主流媒体对铁凝的关注最早始于 2004 年,最近的一篇是在 2013 年 3 月。值得注意的是,英国广播公司有 15 篇报道,大致分布在 1996—2012 年区间的 7 年内,每年 2～3 篇。其他 5 篇分布在 2004、2007、2013 年这三年。

英国主流媒体对王安忆的关注最早始于 2009 年,最近的一篇是在 2016 年 7 月。报道的高峰期集中在 2011 年,共 11 篇。其他报道分布在 2009、2013、2014、2016 年这四年内,每年 1 篇左右。此外,英国广播公司的 3 篇报道均匀分布在 2001、2003、2012 年这三年内。路透社的 3 篇报道分布在 2005、2011 年这两年内。

总体来说,英国主流媒体从 20 世纪 80 年代就开始关注中国当代作家与作品,每个年代都有代表作家与作品,他们在不同的时期各领风骚,影响海外。按照时间分类,可以历时地考察当代中国文学外译的历史发展,反映不同时期的历史事件,还可以显示出原著与译著产生影响的时间差。

(三)按照新闻主题统计

英国主流媒体对中国当代文学外译的关注主要分布在新闻、文化、图书、艺术、特稿等栏目中。英国广播公司的报道集中在中国新闻或娱乐艺术栏目里,路透社则以世界新闻、人物、娱乐、采访、特稿等形式报道。五家报纸在文化、艺术、特稿、评论等栏目下报道中国当代文学与作家。如果按照主题分类,英国主流媒体的报道大致可以分成书评、获奖、特稿三大类。

一是书评。《卫报》《金融时报》《泰晤士报》《独立报》《每日电讯报》设有《书评》(Book Review)栏目。书评一般包括图片、作家简介、译者姓名、出版社信息、作品介绍、书评人观点等几个组成部分。

从图书译者来看，莫言的译者主要是葛浩文(Howard Goldblatt)，阎连科的译者主要是罗杰斯(Carlos Rojas)和卡特(Cindy Carter)，余华的译者主要是白睿文(Michael Berry)和白亚仁(Allan H. Barr)，苏童的译者主要是葛浩文，王安忆的译者主要是白睿文和陈淑贤，麦家的译者主要是米欧敏(Olivia Milburn)和佩恩(Christopher Payne)。

从书评数量与分量来看，《卫报》刊载的书评数量最多，文章也较长，长文可达2000多词。《独立报》和《每日电讯报》的书评数量少，且文章较短，有的只有100多词。英国广播公司与路透社很少发书评，只介绍少量获国际大奖的作品。

从涉及的作家来看，有关莫言和阎连科的书评最多，苏童和余华次之，王蒙和铁凝的最少。姜戎虽然只有一部作品《狼图腾》，但其书评数量可观，评论也较多。麦家的谍战小说有《解密》《暗算》《风声》《风语》等多部，但书评主要集中在《解密》上。

若从作品来看，这些书评主要集中在《红高粱》《天堂蒜薹之歌》《酒国》《丰乳肥臀》《蛙》《四十一炮》《生死疲劳》《檀香刑》《十个词汇里的中国》《四书》《为人民服务》《受活》《丁庄梦》《炸裂志》《河岸》《我的帝王生涯》《大浴女》《狼图腾》《青衣》《兄弟》《解密》等21部作品。

虽然《卫报》《独立报》《金融时报》都有《图书》(Books)栏目，但其内容并非全是书评，有些显然是发表议论，阐述观点，具有评论(comment)性质。这些评论以图书为噱头，借此评论翻译，针砭文坛，谈论政治，批评政府，等等。

二是获奖。获奖是英国主流媒体关注的另一个重要主题，内容包括诺贝尔文学奖、英仕曼布克国际奖（Man Booker International Prize）、英仕曼亚洲文学奖（Man Asian Literary Prize）以及《独立报》外国小说奖（Independent Foreign Fiction Prize）。

2012年，莫言获得诺贝尔文学奖。莫言获诺奖成为各主流媒体报道的重头戏，有关获奖报道的内容主要集中在2012年10月和12月这两个时间段，10月宣布名单，12月举行颁奖仪式。这些报道关注的内容主要包括获奖原因、国内外对获奖的不同反应等等。

英国主流媒体对英仕曼布克国际奖的报道也是浓墨重彩的，内容包括奖项设置、历届获奖作家与作品、评选过程等等。2011年，苏童和王安忆进入英仕曼布克国际奖决选名单。2012年，阎连科获得英仕曼布克国际奖提名；2016年，他的作品《四书》入围英仕曼布克国际奖长名单；2017年，他的《炸裂志》入围英仕曼布克国际奖长名单。

在中国当代作家中，姜戎的《狼图腾》、苏童的《河岸》以及毕飞宇的《玉米》分别获得2007年、2009年、2010年的英仕曼亚洲文学奖。《泰晤士报》称毕飞宇是"中国文学界的超级明星"，荣膺中国两个最著名的文学大奖，而且获得英仕曼亚洲文学奖[①]。阎连科的《丁庄梦》入围2012年的英仕曼亚洲文学奖及《独立报》外国小说奖短名单。

在英国主流媒体关注较多的十位作家中，六位（王安忆、麦家、莫言、毕飞宇、王蒙、苏童）获过茅盾文学奖，五位（毕飞宇、阎连科、铁凝、苏童、王安忆）获过鲁迅文学奖，三位（姜戎、苏童、毕飞宇）获

---

① Walsh, M. The Chinese writers dodging censorship. *The Times*, 2012-04-07.

得英仕曼亚洲文学奖,两位(苏童、王安忆)进入 2011 年英仕曼布克国际奖决选名单,一位(阎连科)三次获英仕曼布克国际奖提名,一位(莫言)获诺贝尔文学奖。

三是特稿。《每日电讯报》《泰晤士报》《泰晤士报文学副刊》都设有《特稿》(Feature)栏目,往往就一个特定专题进行专门报道。《卫报》虽然没有特稿栏目,但在《图书》(Books)栏目中也会就某个特定的人或事件进行专题报道,这些报道从内容来看不是书评,因而也归入特稿这一类。英国主流媒体刊载了不少中国作家的人物特稿,主要有莫言、苏童、王安忆、铁凝、余华和麦家。

2012 年 10 月 11 日,英国广播公司在莫言获得诺贝尔奖的那天发表题为"Beginners' Guide to Mo Yan"的特稿,并配有莫言的大幅照片,标题与内容都非常醒目。《独立报》在 10 月 12 日也发表了题为"Profile：Mo Yan, Chinese Author"的专题报道。《卫报》在 2011 年 3 月刊载了苏童与王安忆的特稿;2012 年 10 月 13 日发表了葛浩文的"MY HERO：MO YAN"的特稿。《金融时报》刊有余华和麦家的特稿。《独立报》2013 年 2 月 23 日刊载了铁凝的采访报道。《泰晤士报文学副刊》在 2014 年 5 月 2 日发表了余华的特稿。

二、评价重点

第一部分的整体状况是基于大的媒体语料库统计分析出来的结果,可以从宏观上把握英国主流媒体对中国当代文学的关注情况。本节内容从大语料库中导出直接针对中国当代文学的社论、评论、书评、特稿等报道 148 篇,依据高频词统计法,从作家评价与作品评价两个方面分析英国主流媒体评价的重点。

(一)作家评价

英国主流媒体在报道中提到很多中国作家的名字,但重点关注与评价的作家则十分有限。媒体以贴标签的方式把作家分为体制内作家、异见作家及争议作家,从而建构不同的作家身份。

在报道王蒙、铁凝、莫言时,媒体总是给他们贴上中共党员、文化部部长、中国作家协会主席(副主席)、政协委员、中央委员等政治标签,彰显了这些作家的"体制内作家"身份。英国广播公司和路透社对这三位有职位的作家关注较多,报道内容多涉及政治事件,评价的政治色彩也很浓。

在英国主流媒体那里,王蒙的名字总是与著名作家(a well-known writer)与文化部部长(Minister of Culture)紧密联系在一起,具有作家与官员的双重身份。《独立报》(1995-11-04)说:"像王蒙和萧乾这样的作家都在共产党体制内工作(working within the Communist system)。"①《卫报》(2012-04-14)称铁凝和莫言为体制内作家(established writers),他们分别担任中国作家协会主席或副主席。②《卫报》(2013-03-23)在评价《大浴女》时说:"铁凝在中国文化体制内过着安稳的职业生活(within the confines of the Chinese cultural establishment)。"③此外,媒体有时也用 state writers 或者 official writers 表达这些作家的官方身份。

在我们收集到的 148 篇报道中,"异见"(dissident)这个词出现 28 次。英国主流媒体称这类作家为"异见作家"(dissident

---

① Poole, T. "Punk" writer divides China's literary salons. *The Independent*, 1995-11-04.

② Lea, R. Is the London Book Fair supporting Chinese censorship? *The Guardian*, 2012-04-14.

③ Lovell, J. *The Bathing Women* by Tie Ning—Review. *The Guardian*, 2013-03-23.

writers)。

此外就是所谓的"争议作家"。如对于阎连科,英国主流媒体似有争议,评价不一。《独立报》(2012-10-12)新闻评论把阎连科描述为"异见小说家(dissident novelist)"①。同样还是《独立报》(2012-12-15),又说:"他既不是异见作家,也不是体制内作家。"②《金融时报》(2017-04-01)在《炸裂志》的书评中说:"阎连科是中国最受欢迎、被禁最多的作家(China's most feted and most banned author)。"③《卫报》2013年10月19日认为阎连科是中国最有意思的作家之一,具有丰富的想象力,是一位讽刺家(one of China's most interesting writers and a master of imaginative satire)。④

(二)作品评价

在众多作品中,英国主流媒体关注较多的是以莫言为代表的幻觉现实主义作品,以苏童为代表的先锋文学作品,以余华为代表的现实主义作品,以麦家为代表的谍战小说,还有以阎连科为代表的神实主义作品。

一是幻觉现实主义作品。莫言的批评者多是从政治立场上说事,但若论及莫言的文学创作,评价大多是正面的、肯定的。《独立报》(2012-10-12)的一篇评论说:"瑞典文学院的评委客观公正,无可指责,选择莫言是实至名归,无可争议。"⑤《每日电讯报》(2012-10-12)在莫言获奖之后也认为:"单就文学方面来说,莫言的才华

---

① Tonkin, B. Judges play it safe in realm of Chinese literature, but Mo is a deserving winner. *The Independent*, 2012-10-12.
② Guo, X. L. Great art behind an iron curtain. *The Independent*, 2012-12-15.
③ Taylor, C. *Backwater Boom*. *Financial Times*, 2017-04-01.
④ Hilton, I. *Lenin's Kisses* by Yan Lianke. *The Guardian*, 2013-10-19.
⑤ Tonkin, B. Judges play it safe in realm of Chinese literature, but Mo is a deserving winner. *The Independent*, 2012-10-12.

与出名是无可争议的。"①事实也的确如此,莫言能够荣膺诺贝尔文学奖就是对他文学创作的肯定。

《路透社》《泰晤士报》《每日电讯报》等主流媒体都在报道中用"幻觉现实主义(hallucinatory realism)"来评价莫言作品的文学创作风格,并把莫言与福克纳、马尔克斯、拉伯雷、卡夫卡以及狄更斯联系在一起。虽然莫言深受这些作家的影响,但他的《红高粱》《天堂蒜薹之歌》《酒国》《丰乳肥臀》《四十一炮》《生死疲劳》等作品融合了中国的民间故事、历史与当代社会,形成了独具一格的创作风格。莫言的"幻觉现实主义(hallucinatory realism)"显然不同于马尔克斯的"魔幻现实主义(magical realism)"。

二是先锋文学作品。英国主流媒体认为,苏童属于先锋派作家,不同于以前的社会现实主义作家、寻根文学作家以及伤痕文学作家。苏童的《河岸》2009 年获得第三届英仕曼亚洲文学奖之后引起了英国多家媒体的关注。2010 年 1 月 9 日,《卫报》刊出旅美作家李翊云对《河岸》的长篇书评:"苏童是中国先锋文学时期最杰出的文体家,苏童的作品与其说是要表现人物内心的复杂性和神秘性,不如说他在带领读者游历一个充满异域风情的语言迷宫。"②

三是现实主义作品。在西方,余华与莫言、苏童齐名,他的作品被翻译成多种外语在海外传播。《每日电讯报》(2012-07-17)说:"余华在 20 世纪 80 年代因发表了系列残酷现实主义的畅销小说而声名鹊起。"③其中,英国主流媒体关于余华的《活着》《兄弟》《十个词汇里的中国》这三部作品的报道与书评最多,可以说是他

---

① Moore,M. China gets a Nobel winner it can boast about. *The Daily Telegraph*,2012-10-12.

② Li,Y. Y. *The Boat to Redemption* by Su Tong. *The Guardian*,2010-01-09.

③ Mitter,R. *China in Ten Words* by Yu Hua:Review. *The Daily Telegraph*,2012-07-17.

的现实主义作品代表作。

《活着》英文版于 2003 年问世,该书的副文本对作者与作品给予很高的评价。此外,媒体对这部作品也发表了不少评论。《金融时报》(2016-09-27)指出:"余华在西方最出名的是他 20 世纪 90 年代发表的史诗般作品《活着》。"①《独立报》(2004-07-04)认为余华的《活着》是一部伟大的现实主义小说。②

《兄弟》是英国主流媒体报道的重头戏,《金融时报》《每日电讯报》《卫报》等媒体共发表了 5 篇书评,详细介绍了小说的故事情节,并对其风格与叙事技巧等方面发表评论。

四是谍战小说。在 2014 年之前,麦家在西方媒体界默默无闻,直到他的《解密》因为一次偶然机遇被翻译成英文时,英国主流媒体才开始关注他。我们在语料库中检索到 6 篇有分量的书评,内容涉及作者出身背景、小说故事情节、媒体评价等方面。据《金融时报》(2014-03-28)报道:"麦家是中国最受欢迎的作家之一,但在西方他实际上是不为人所知的,《解密》是他的第一本被翻译成英文的小说。"③《泰晤士报》(2014-03-15)指出:"麦家的《解密》在中国很畅销,销量超过 500 万册,并获得茅盾文学奖。但在中国的成功并不等同于在国际上成功。这部在中国最畅销的心理惊险小说并不可能再在国外掀起一轮新的中国黑色小说之热潮。"④

五是"神实主义"作品。英国主流媒体对阎连科的《受活》《为人民服务》《丁庄梦》《炸裂志》这四部作品给予了足够的报道与评价,书评与评论之多足以与莫言的作品比肩。我们可以用"神实主

---

① Hornby, L. Stretching the truth in Chinese literature. *Financial Times*, 2016-09-27.

② Xin, R. Chinese fiction—Building a library. *The Independent*, 2004-07-04.

③ Evans, D. *Decoded* by Mai Jia. *Financial Times*, 2014-03-28.

④ Walsh, M. A curious case of sino-noir. *The Times*, 2014-03-15.

义"这条主线把四部作品联系起来。

2006 年 10 月,《卫报》在一天内一连推介了阎连科的四部作品:《夏日落》《受活》《为人民服务》《丁庄梦》。随后,其他主流媒体开始陆续刊登这些书的书评,一直到 2017 年《炸裂志》的书评问世。

"神实主义(mythorealism)"这一术语首次在 2017 年 3 月 12 日的《星期日泰晤士报》上出现。媒体借用阎连科本人的话阐释了神实主义的内涵:"这是一种不真实的真实,是一种不存在的存在,不可能的可能。"①《金融时报》2017 年 4 月 1 日在《炸裂志》的书评中再次提到"神实主义":一种故意夸大的现实,非常类似于今天所说的假新闻。②

英国主流媒体对阎连科提出的"神实主义"小说创作理论并不感兴趣,也没有深入探讨,只在《炸裂志》一部作品中提及。媒体感兴趣的是小说背后的政治内容以及社会问题。

三、问题与思考

英国主流媒体对于中国当代文学的理解与接受是表层的、片面的,甚至有很多误解及过度诠释。在评价中国当代文学作品时往往以政治批评代替审美批评,有一种很明显的把文学往政治上引、把读者往禁书上引、把小说往现实上引的倾向。

(一)把文学往政治上引

文学和政治一直是学术界争议不休的一个话题。有些文学作

---

① Mills, D. *The Explosion Chronicles* by Yan Lianke. *The Sunday Times*, 2017-03-12.

② Taylor, C. *Backwater Boom*. *Financial Times*, 2017-04-01.

品涉及政治,有些则与政治无关,不可一概而论,以偏概全。英国主流媒体在报道中国当代文学时强化了政治意义,忽视了作品的文学价值,倾向于把文学往政治上引导。

在语料库导出的 148 篇报道中检索,"中国"(China, 978 次)、"国家"(state, 197 次)、"政府"(government, 127 次)、"共产党"(Communist, 115 次;Communist Party, 72 次)、"禁止"(ban, 168 次)、"审查"(censorship, 92 次)、"政治"(political, 186 次)、"官方"(official, 130 次)、"权力"(power, 90 次)在有关中国文学的报道中出现频率很高。由此可见,英国主流媒体总喜欢把文学与政治联系在一起。政治话语弥漫在英国主流媒体的媒体叙事中。

英国主流媒体在提到中国作家、中国媒体、中国机构时总是加上带有意识形态色彩的政治标签,以此凸显作家的政治身份、媒体的政治立场以及机构的官方背景。媒体把体制内作家与异见作家的观点有意拼贴在一起,让两派观点形成对立,其政治意图也是很明显的。在媒体身份方面,英国主流媒体在《人民日报》《新华社》《中国日报》《环球时报》等媒体前面加上 Chinese Communist Party newspaper, official, state-run, Party-controlled, party's mouthpiece 等身份标签,前景化了这些媒体的政治立场。

莫言获奖本来是文学事件,但部分西方媒体在报道莫言获奖时总是把文学与政治联系起来,再加上异见分子的推波助澜,国际舆论一下子把莫言推到政治的风口浪尖上。莫言只是一位作家,不是政治家,他本人也不愿意谈政治。莫言在瑞典文学院发表获奖感言,坚定地称自己是"讲故事的人"。在斯德哥尔摩的记者招待会上,他说:诺贝尔文学奖是文学奖而不是政治奖。英国主流媒体把莫言获奖与政治联系起来是一种误导,遮蔽了莫言作品的文学价值。

　　除了获奖之外,英国主流媒体在书评中也掺杂着很浓的政治色彩,把文学批评蜕变成了政治批评。书评只是幌子,名为书评,但评价的内容与书的内容关系不大,其实质是借文学之名来批评中国的政治。《金融时报》《卫报》《泰晤士报》等四五家媒体都以《蛙》的书评为工具,借此批评中国的计划生育政策。2013 年 3 月23 日,《卫报》发表了汉学家与翻译家蓝诗玲的书评,该书评在评价铁凝的《大浴女》的局限性时也是从政治上说事,批评"铁凝呈现的都是共产党历史的正统思想,没有直接面对中国社会政治的矛盾与冲突"①。2017 年 4 月 21 日,《泰晤士报文学副刊》在评价阎连科的《炸裂志》时认为,"这本书在揭露阴暗面方面不如《四书》深刻,在政治批评上还可以再大胆一些"②。

　　总之,英国主流媒体倾向于把文学政治化,把故事前景化,在作家身上贴上政治标签,对国内的敏感话题津津乐道,大肆渲染,对中国共产党和中国政府提出批评,字里行间表露出明显的意识形态取向。媒体的这种政治导向显然是对中国文学主题的误解,是对作品的文学价值与艺术手法的扭曲。

(二)把读者往禁书上引

　　由于政治、军事、宗教、道德等方面的敏感问题,各个国家都有审查制度。语料显示,英国主流媒体对中国的禁书以及异见人士很感兴趣,乐此不疲地向外国读者推荐介绍。在推介的禁书中,性、政治以及国内敏感话题很受媒体的关注与青睐。

　　国外媒体喜欢报道禁书,喜欢把读者往禁书上引。《每日电讯

---

① Lovell,J. *The Bathing Women* by Tie Ning—Review. *The Guardian*,2013-03-23.

② Wasserstorm,J. Pigs might float. *The Times Literary Supplement*,2017-04-21.

报》(2007-07-21)指出:"中国作家的禁书在被翻译成英文时,封面上特意用黑体加上'中国禁书'标签('Banned in China' label),审查被认为是最好的宣传方式。"媒体这么做主要是为了满足读者的猎奇心理,从而达到促销的目的。国内的禁书在国外却很受欢迎,以至于有些作家将自己的作品冒充禁书。伦敦大学的中文教授贺麦晓(Michel Hockx)说:"一些中国作家把禁书看作是寻找外国出版商的捷径。有的甚至将自己的作品冒充禁书,其实,中国政府根本没有关注他们。"①

(三)把小说往现实上引

英国主流媒体报道中国文学的方式很特别,往往在介绍小说内容的同时,评价中国现实,把小说和现实混杂在一起,模糊了小说与现实之间的界限。

英国主流媒体推介最多的是小说,他们把小说看成是了解中国当代社会的窗口。媒体在书评中把对小说故事的介绍与对中国现实的评价结合起来,把小说世界看成是现实世界,让读者产生一种错觉:他们读的不是小说,而是真实的中国。

文学是文学,历史是历史。文学依靠想象与虚构,历史强调事实与真相。不能把文学当作是历史,不能把小说当作现实看待。小说提及的历史事件是故事发生的背景,与现实存在很大的距离,不可同日而语。

四、结 论

自 20 世纪 80 年代起,英国主流媒体就开始关注中国当代作

---

① Brown, H. Made in China, read worldwide. *The Daily Telegraph*, 2007-07-21.

家与作品,但 30 多年来关注的作家与作品数量相当有限,很多国内实力派作家与作品仍不为英国人所知。由于语言、翻译、历史、文化与意识形态等因素的影响,英国主流媒体对于中国当代文学的理解与接受是表层的、片面的,甚至有很多误解及过度诠释。英国主流媒体在评价中国当代文学作品时,有一种倾向,往往以政治批评代替文学批评,把文学往政治上引导,把读者往禁书上引导,把小说往现实上引导。即使是分析文学作品,其评论也没有触及文学作品的艺术价值与文学性,而只停留在浅显的故事情节介绍与简单的评价层面。通过对比国内与国外对中国文学的报道与评价,我们发现两者在价值观、意识形态、评价取向、审美鉴赏等方面存在很大的差异。鉴于以上分析,我们认为,真正意义上的中国文学"走出去"是面向大众的中国文学,这将是一个漫长的过程。我们建议政府官方机构与学术界加强与英国主流媒体的沟通与合作,消除偏见,加深了解,共同引领中国文学往正确的方向发展。

(陈大亮,天津外国语大学教授;许多,南京师范大学外国语学院副教授;原载于《小说评论》2018 年第 4 期)

翻译场中的出版者

——毕基埃出版社与中国文学在法国的传播

祝一舒

随着全球化进程的加快,各个国家间的交流日趋频繁。在全球化语境下,翻译作为国际政治、经济、文化交流中不可或缺的媒介,对增进各民族间的交流与理解,促进人类文明的发展发挥着越来越重要的作用。在当今的中国,翻译更是在中国文化"走出去"的战略中被赋予重任,翻译因此超越了语言符号层面的转换,成为跨文化的交流活动。对翻译这一跨文化交流活动过程,许钧指出:"从翻译的全过程看,无论是理解还是阐释,都是一个参与原文创造的能动的过程,而不是一个消极的感应或复制过程。由于语言的转换,原作的语言结构在目的语中必须重建,原作赖以生存的'文化语境'也必须在另一种语言所沉积的文化土壤中重新构建,而面对新的文化土壤,新的社会和新的读者,原作又进入了一个崭新的接受空间。"[①]可见,翻译作品要进入到一个新的文化语境中,必然会受到多种因素的影响。在这项跨文化的交流活动中,作者、读者、译者、出版者等多种因素参与其间,构成了一个相互作用的翻译场。在以往的翻译研究中,一般都围绕"译者""原作者"和"译

---

① 许钧. 翻译论. 武汉:湖北教育出版社,2006:74.

文读者"这三大主体展开。但是最近几年，尤其是自 2004 年中国政府推出"中国图书对外推广计划"之后，随着中国文化"走出去"的呼声日益高涨，在国内的翻译研究领域，不少学者都开始关注中国文学在国外的译介和传播问题。从相关的研究中可以发现，学者除了关注译者、原作者和读者之外，还开始关注出版者在翻译活动中的传播作用。2012 年，莫言获得了诺贝尔文学奖。莫言能够获此殊荣，除了其自身文学作品的力量和拥有不同语种的优秀译者（尤其是英语、法语、瑞典语）外，相关出版机构在组织翻译和出版的全过程中所付出的不懈努力也不可忽视。在文学对外译介和传播的过程中，出版者起到了巨大的推动作用。从译本的选择、翻译文本的编辑与出版、译本的推广与传播，再到市场的开拓与读者的接受，都是出版者要考虑的问题。出版者在其中自始至终都起到重要的作用。基于以上的认识，本文选取致力于东方文学与文化作品出版的法国毕基埃出版社为研究对象，考察该出版社对中国文学在法国的译介与传播所做的重要工作，总结其成功的经验，为中国文学对外译介提供某种策略性的参照。

一、法国翻译传统中的毕基埃出版社

翻译在文学传播中始终占据着十分重要的地位，是促进不同文学和文化相互交流的最有效的途径。就文化传统而言，法国与中国有着许多共同点，尤其是对外域文化有着较大的包容性，比较重视对外域文化的引进与传播。同欧洲其他国家相比，法国出版翻译文学的数量居首位。有数据表明，2009 年，法国翻译出版了近 9000 部外国作品,使其成为欧洲第一盛产翻译作品的国家。[1]
法国也拥有众多出版社,其中不少出版社都有翻译与出版外国文
学作品的传统,如在出版界享有盛名的伽利马出版社
(Gallimard)、塞伊出版社(Seuil)、弗拉马里翁出版社
(Flammarion)、南方书编出版社(Actes Sud)、奥利弗出版社
(Olivier)等。在这些出版社的出版目录中,外国文学往往设有独
立专栏。一些出版社更是积极介绍亚洲文学或中国文学,翻译出
版东方文学或中国文学丛书,如伽利马出版社的"认识东方丛书"
(Connaissance de l'Orient)和"中国蓝丛书"(Bleu de Chine),南方
书编出版社的"中国文学丛书"(Lettres chinoises),弗拉马里翁出
版社的"远东文学丛书"(Lettres d'Extrême-Orient)等,对亚洲文
学,尤其是中国文学在法国的传播做出了重大贡献。

法国具有悠久的汉学传统,首都巴黎曾被誉为无可争议的西
方汉学之都。自 20 世纪 80 年代以来,法国的不少汉学家对中国
文学越来越感兴趣,有的汉学家研究与翻译并重,成了译介中国文
学的重要力量,而且质量有保证,不少中国文学的法译精品就出自
这些汉学家之手。除此之外,近二十年来,中国文学在法国得到不
断译介,最重要的原因之一,就是中法两国有着良好的友谊关系,
而且在对外域文化的态度上立场一致,比如两国政府都致力于语
言多元与文化多样性的维护。自中国改革开放以来,特别是进入
21 世纪以来,中法关系全面发展,两国文化交流日趋频繁,这样的
政治与文化语境十分有利于两国间的文化交流与互动。特别值得
一提的是,2003 年至 2005 年间,中法两国互办文化年。这一文化
盛事的展开,无疑更加深刻地促进了两国文化与文学的交流。

---

[1] 参见:http://blog. atenao. com/traduction-professionnelle/la-traduction-litteraire-un-
marche-important-pour-les-maisons-d-edition-491,检索日期:2013-12-23。

2004 年,在法国举办的"中国文化年"使法国人民更加了解到中国文化的重要性、多样性和生动性。据介绍,2004 年,整体上出版商减少了对翻译作品的投入,但相反,对于汉语书籍的投入却有明显提高。① 2004 年,是中国文学作品在法国的一个译介高峰。"中国文化年"在法国的举办,使得更多优秀的中国作家被介绍到法国。

法国出版界对于外国文学的引进热潮应追溯到 20 世纪 80 年代。这个时期,法国出版界掀起了一场新革命,法国读者的阅读倾向发生了巨大改变,他们越来越对外域文化产生兴趣。对这场把目光投向外域文化的出版界新革命,毕基埃出版社的创办人菲利普·毕基埃(Philippe Picquier)是这样描述的:"20 世纪 80 年代,法国出版界掀起了一场真正的革命,越来越多的读者对外国文学产生好奇,伴随而来的情况便是,出版外国文学迅速成为许多有胆量的小型出版社的选择,比如说里瓦日出版社(Editions Rivages)和南方书编出版社。传统的出版社没有立即看出读者正在改变,而且他们也不需要更新手头的工作。"②菲利普·毕基埃看准了法国读者阅读倾向的深刻变化,抓住这个有利时机,于 1986 年在法国南部小城阿尔(Arles),成立了以他个人名字命名的出版社——菲利普·毕基埃出版社(Editions Philippe Picquier,以下简称"毕基埃出版社")。菲利普·毕基埃在接受法国《文学杂志》(*Magazine littéraire*)的采访中明确阐明了他成立出版社的初衷:"20 世纪 80 年代,人们蔑视种族中心主义。当法国文学界正专心于形式的研究时,我则视亚洲为另一股新鲜的气息。"菲利普·毕基埃将其独到的目光投向亚洲,投向东方的文学与文化,致力于亚洲文化和文学书籍的翻译与出版。其立社宗旨非常明确:要在介

① Mollier, J. *Où va le livre ?*. Paris: La Dispute, 2007: 252.
② Picquier, P. Dix-sept en Asie. *Bulletin des Bibliothèques de France*, 2003(5): 65.

绍亚洲文学方面独树一帜。虽然毕基埃本人不通晓任何亚洲语言,然而凭着他对亚洲崛起的敏锐嗅觉,艰苦创业,始终坚持出版亚洲文学作品,如今俨然以亚洲文化与文学专业出版商的姿态立足于法国出版界。[①]

对于菲利普·毕基埃来说,致力于亚洲文学的翻译与出版并不是出于偶然。有三种因素促使他创立了该出版社:其一,在20世纪80年代,出版外国文学的势头强劲(尤其是南方书编出版社和里瓦日出版社);其二,新一代的翻译家涌现;其三,亚洲有着许多法国出版界几乎未曾关注过的重要作家。[②] 虽然菲利普·毕基埃并不是唯一一个对亚洲文学感兴趣的出版者,但在他看来,亚洲文学在法国的出版一直不成体系,缺乏整体性,选择的作家大都是出版社偶然"遇见"的,或是专家看重的。对菲利普·毕基埃来说,亚洲,特别是中国、日本与韩国,有不少重要的作家和伟大的文学作品,值得带领读者去发现,去关注。基于这一思想,毕基埃出版社成立二十多年来,出版了中国、日本、印度、韩国、越南、巴基斯坦,甚至还有印度尼西亚、缅甸和泰国等国家的文化、文学和艺术作品,至今已有1200余种。出版范围广,出版内容丰富,形式也灵活多样,有短小精悍的"掌中书"系列、"神秘身体小屋"系列(Le pavillon des corps curieux)、报告文学系列、亚洲传奇故事系列等,还编辑与出版了包含多部古老的东方文学作品的"万叶集"(Dix milles feuilles)。有历史、文化书籍,纯文学(古典文学和现当代文学)作品,也有艺术、连环画和漫画等。此外,毕基埃出版社还推出了"毕基埃青少年读物"和"毕基埃口袋书"系列。这些作品的主题涵盖了人文、历史、文化、艺术、美食等领域,从古至今,种类繁多。

---

① 张寅德. 中国当代文学近 20 年在法国的翻译与接受. 中国比较文学,2000(1): 59.

② Picquier,P. Dix-sept en Asie. *Bulletin des Bibliothèques de France*,2003(5): 65.

从毕基埃出版社的出版目录看,各类图书相互呼应,彼此互动,广泛地展现出东方文化的生动性和不同国家的文化差异性。

不论从毕基埃出版社出版的作品数量看,还是从出版作品的影响看,在毕基埃出版社出版的东方文学与文化书籍中,中国的作品明显占有非常重要的位置。[①] 毕基埃出版社出版的中国文学作品种类多样,收录了从古代到当代不少大家的作品。据不完全统计,从蒲松龄、苏东坡、袁宏道等大家的古典作品,到林语堂、老舍、郁达夫等现代文学大师,再到王蒙、陆文夫、张承志、莫言、余华、毕飞宇、苏童、阎连科、韩少功、王安忆、黄蓓佳、叶兆言、王硕、曹文轩、杨红樱等当代重要作家,近120部中国文学和文化图书"从南方小城阿尔不断传向整个法兰西,传向法语国家和地区,为树立中国文学的真实形象,扩大中国文学在法兰西和广大的法语国家的影响,增进法中文化交流,做出了重要的贡献"[②]。从对异域文化的猎奇心态逐渐转变到聆听中国文学真正的声音,法国读者对中国文学表现出了越来越浓厚的兴趣,正如菲利普·毕基埃在中法互办文化年期间所言:"这十多年来,我们出版中国长、短篇小说的速度是随着法国读者对中国的文学和艺术的热爱而加快的。今天,对中国和中国的文化,法国读者不再如过去一般一味追求异国情调,而是像我们一样,越来越关注中国当代作家发出的声音。"[③]

二、毕基埃出版社与中国文学

毕基埃出版社与中国文化的渊源还应追溯到菲利普·毕基埃

---

① 许钧. 生命之轻与翻译之重. 北京:文化艺术出版社,2007:73.

② 许钧. 生命之轻与翻译之重. 北京:文化艺术出版社,2007:73,74.

③ Picquier,P. Dix-sept en Asie. *Bulletin des Bibliothèques de France*,2003(5):67.

的青少年时代。用他本人的话说:"大学毕业后,我没有按原计划去当公务员,而是去了我更喜欢的小出版社工作。那时出现了一批对亚洲入迷的人,而我早在青少年时代起就踏上了这班车,我对成吉思汗的了解胜于亚历山大!"①当菲利普·毕基埃于2004年应江苏省作家协会的邀请访问江苏,谈到他的创业历程时,他也说道:"约年前创立出版社,我只是出于对东方文化,特别是对中国悠久的历史和神秘的文化的好奇。我好像总是被一种不可抵挡的力量左右着,被中国文化神奇的魅力吸引着,我想接近她、靠近她,于是,我尽可能地搜集当代在身边能够找到的有关中国文化与文学的一切资料,想方设法接近对中国有所了解的各界人士,渐渐地,我做出了一个决定,决定成立出版社,以认识东方为主旨,介绍东方,特别是中国文化。"②凭着对于中国文化乃至东方文化的热爱,自该社1986年成立至今,其出版的东方书籍在法国出版界已成规模,赢得了大批的热爱东方文化的读者。在这些东方书籍中,中国、日本、韩国这三个国家的文化文学作品一直是其主要的出版对象,尤其是中国文学和日本文学。

据统计,立社至2012年底,毕基埃出版社已经翻译了古代、现代和当代近60位中国作家和艺术家的作品,计119部。毕基埃出版社所选择的这119部作品,除了包含古代、现代和当代的纯文学作品外,还有儿童文学作品系列、历史作品、文化作品、传奇、艺术作品等。毕基埃出版社翻译出版的古代作家和文人有李渔、冒襄、吕天成、洪自诚、袁宏道、蒲松龄、张潮、刘义庆、苏东坡、司马迁等。现代作家和艺术家有齐白石、林语堂、老舍、吴晗、郁达夫等。当代作家近40位,有毕飞宇、北岛、陈大春、曹文轩、丹石、方方、格非、

---

① Rovère, M. Philippe Picquier, le chercheur d'or. *Le Magazine Littéraire*, 2012, 517: 86.

② 许钧. 生命之轻与翻译之重. 北京:文化艺术出版社,2007: 74.

古龙、郭小橹、冯华、韩少功、黄蓓佳、金易、李昂、李迪、李锐、陆文夫、莫言、彭学军、苏童、孙甘露、吴帆、王安忆、王刚、王朔、汪曾祺、卫慧、欣然、杨红樱、杨辅京、阎连科、叶兆言、尹丽川、余华、张承志、张宇等。

毕基埃出版社从立社起,就特别重视对拟译作品的选择。在对作品的选择方面,该社一方面坚持自己的立社宗旨,另一方面特别关注法国读者的阅读兴趣点。该社选择翻译出版的第一部中国文学作品——陆文夫的《美食家》,便是一个具有说服力的例证。许钧曾以《一本好书开辟一方天地》为题,对毕基埃出版社这一选择的重要性做了阐述:"'人以食为天',小说围绕着'食'而展现的中国的文化,特别是食文化的传统和魅力,以及由'食'而展示的当代中国四十年的特殊历史和真实生活,无疑是为法国读者打开了一条认识中国,了解中国的有效途径。"①毕基埃出版社选择出版《美食家》这部小说非常及时,应该说是得益于菲利普·毕基埃的朋友陈丰博士的推荐。据陈丰回忆说:"1986 年我到法国留学,家父为给我解闷经常请人捎些'好看'的书给我。有一次托人带来了《美食家》。一天晚上临睡前,我开始读这个故事,读到大半夜,睡意全无而且饥肠辘辘,开始精神会餐,想象各种法国吃不到而且在当时中国也难得的美味佳肴。凭直觉我觉得像中国人一样崇尚食文化的法国人最能体会书中的酸甜苦辣,便把《美食家》推荐给了那时刚成立而如今名扬欧洲的专门出版远东文学的法国毕基埃出版社(Philippe Picquier),并和安妮·居里安女士合作把作品翻译成法文。法文版书名是《一位中国美食家的生活与激情》,为的是与 19 世纪法国著名美食家布里亚·萨瓦兰的名著《美食家的生活

---

① 许钧. 生命之轻与翻译之重. 北京:文化艺术出版社,2007:74.

与激情》相呼应。1987 年著作出版,在法国长销至今。"①菲利普·毕基埃在谈到出版《美食家》时,也坦言自己庆幸在创社之初遇到了江苏作家陆文夫。经过陈丰的推荐,他"不失时机地组织了《美食家》的翻译,很快投入了市场,受到了法国读者的广泛关注和热烈的欢迎,且产生了持久和深入的影响,该书一版再版。据陆文夫先生说,《美食家》的法文译本至今已累计出版了近六万册。而且更加富有意义的是,这部书的翻译也开启了中国当代作家与法国文学文化界的交流大门,陆文夫先生先后三次访问法国,有机会与法国作家界和文化界进行广泛的接触"②。也因此,陆文夫先生在法国很有读者缘,以至于"美食家"热在法国一度盛行。据陈丰博士描述,"《美食家》始终是在法国最畅销的中国当代文学作品。去年在法国波尔多市举行的一次介绍中国文学的活动中,一位中国厨师按照《美食家》中的菜谱炮制的一桌菜肴把活动推向高峰,与会者狼吞虎咽地吃光了菜,买光了展台上的《美食家》"③。《美食家》打开了法国读者期待品尝中国文化的味蕾,更给创业初期即遭受挫折的毕基埃出版社带来了第一次的成功,为该出版社的发展奠定了基础,也积累了经验。

如果说根据读者的需求选择优秀且有市场潜力的拟译作品,是毕基埃出版社成功的经验之一,那么,对纯文学作品格外关注,对一个出版社来说,就需要胆识与勇气了。在毕基埃出版社出版的中国文学作品中,纯文学作品占了绝大多数。不少作家都是得益于毕基埃出版社,在法国第一次得到译介。在中国现当代作家

① 参见:http://www.chinawriter.com.cn/2007-05-24/44955.html,检索日期:2013-12-23。

② 许钧.生命之轻与翻译之重.北京:文化艺术出版社,2007:74.

③ 参见:http://www.chinawriter.com.cn/2007-05-24/44955.html,检索日期:2013-12-23。

中，如老舍、陆文夫、毕飞宇、阎连科、莫言、苏童、王安忆，都是持续得到该出版社的关注，有多部作品被翻译与出版，为中国优秀的现当代作家赢得了大量读者。

引导法国读者了解东方文化，不能忽视青少年读者。毕基埃出版社在21世纪初，就开始关注中国的儿童图书情况。在许钧教授与陈丰博士的积极推动下，毕基埃出版社在组织专家认真调研与细读拟译作品的基础上，于2001年购买了著名儿童文学作家黄蓓佳的代表作《我要做个好孩子》的版权。在取得较好的市场效益的情况下，又先后翻译出版了四位中国儿童文学作家的多部作品，如黄蓓佳的《亲亲我的妈妈》、曹文轩的《青铜葵花》、杨红樱的"淘气包马小跳系列"和杨辅京的"儿童学画画"系列，这四位作家的作品均收录在毕基埃出版社所推出的"毕基埃青少年读物"（Picquier Jeunesse）系列中。"毕基埃青少年读物"系列是由毕基埃出版社于2003年推出的，旨在引导法国孩子和青少年跨越界限，以新的目光去发现亚洲的丛书。① 毕基埃认为，东方世界对于西方孩子们来说充满着惊奇、冒险、异国色彩和新的知识。"毕基埃青少年读物"系列的目标，就是让孩子在笑的同时去思考，在玩耍的同时去发问。对于这个系列的推出，特别是对中国儿童文学作品的选择，菲利普·毕基埃倾注了很多精力与心血。2002年，黄蓓佳的《我要做个好孩子》出版后，菲利普·毕基埃把小说推荐给自己的女儿，她阅读后十分喜欢这本书。后来毕基埃出版社连续出版了两部黄蓓佳的儿童文学作品，均受到了法国大读者和小读者们的喜爱。"淘气包马小跳系列"在中国一经出版便热销1200万册，总销量创原创儿童文学图书之最。2005年3月，菲利普·毕基埃亲

---

① Picquier, P. Dix-sept en Asie. *Bulletin des Bibliothèques de France*, 2003(5): 67.

临出版"淘气包马小跳"系列的接力出版社,与作家杨红樱和接力出版社反复磋商,最终买下了丛书的欧盟版权。在翻译的细节上,出版社也充分考虑到读者的接受性因素,如将"淘气包马小跳"系列翻译为"Toufou"系列,取法语中"tout fou"(调皮的,疯癫的)的意思,但同时又跟中文的"豆腐"发音一致,使得这个系列的法语名称既带有中国色彩,又同时把人物调皮活泼的性格完全表现出来。① 2008 年,毕基埃出版社又选择推出了曹文轩的《青铜葵花》的法译本,在法国图书界也引起了不小的轰动,受到了读者的欢迎。2011 年法国图书俱乐部再版了该书的俱乐部版,法国又再次引发了"青铜葵花"热。应该说,这些优秀的中国儿童文学作品在法国翻译出版,受到小读者的喜爱,一方面说明了毕基埃出版社的独到目光,为出版社的发展赢得了市场;但更为重要的是,这些作品为法国青少年了解中国文学与文化开辟了有效的途径,为中国文化在法国的传播培育了新的读者群,而这些青少年读者的成长无疑会为未来中法文化的交流起到促进作用。

毕基埃出版社为中国文学与文化的对外译介与传播所做的积极贡献,并不限于在法语世界的开拓。该出版社在与中国作家签订出版合同时,考虑的不仅仅是法国或法语国家的图书市场,而且还充分考虑作品在其他语种国家译介与出版的可能性。鉴于这样的考虑,毕基埃出版社与中国作家签订的往往是欧盟版权。在具体的译介与推广工作中,该出版社一方面在法国积极宣传,争取读者,扩大市场;另一方面积极向其他国家推荐他们所译介的作家,尽最大可能扩大这些作家的影响。如黄蓓佳的作品,就是通过毕基埃出版社的强烈推介,被翻译成德语,在德国与瑞士等国家产生了较

---

① 参见:http://cips. chinapublish. com. cn/chinapublishrdjjbjgjcblt08gjlt200808/t20080830_
38987. html,检索日期:2013-12-23。

大影响。毕飞宇作品的对外译介，也首先是通过毕基埃出版社率先译介推出的《青衣》《玉米》《玉秀》《玉秧》等作品，走向了其他语种国家的读者。而毕飞宇作品书名的法译译法，也直接影响了英译。[①]对于阎连科作品的译介，毕基埃出版社更是起到了决定性的作用。

三、毕基埃出版社的成功经验及启示

通过对毕基埃出版社对中国文学与文化的译介与传播的情况所做的简要梳理与分析可以看到，从 1986 年成立至今，毕基埃出版社为中国文学与文化的译介做了大量工作，为扩大中国文化在域外的影响做出了贡献。同时，该出版社也得到了很好的发展，其主要经验与启示可归纳为以下几个方面。

（一）有利于中国文学译介的文化语境

如果翻译是一项跨文化的交际活动，那么文化语境之于翻译的作用无疑是最为重要的。众所周知，法国和中国一样，是一个积极提倡维护和保护文化多样性的国家。雅克·希拉克曾经就文化多样性发表过这样的演说："多样性的理念自法国开始已经经历了漫长的道路，法国是一个有着深厚的人文主义、世界性眼光以及共和价值观的国家，首推这一理念，应该说，在某种程度上是孤军奋战，去号召与全世界的文化对话并尊重世界文化。今天，我们能够清楚地看到，仍然存在着世界化无权取消的一些底界。正是这些底界可以使我们从一种文化进入到另一种文化中去，能够使我们了解到不存在唯一的语言，而是多元的语言，人类的普遍性体现在

①　高方，毕飞宇. 文学译介、文化交流与中国文化"走出去". 中国翻译，2012(3)：50.

特殊性之中,我们应该保存这一丰富性,作为人类最珍贵的财富之一。"①法国对文化多样性的态度,在一定意义上很好地说明了该国为何如此重视对外国文化和文学的翻译和引进。通过对法国出版界中翻译的地位进行的简要分析可以看出,与其他欧洲国家相比较,法国是译介外国文学最多的国家。如果中国文学得以在法兰西土地上传播,那么促进中国文学在法国译介的最重要原因之一,就是近三十年来,法国特别关注域外文化。自中国改革开放以来,法国也越来越注重对中国文化与文学的翻译与介绍。正是在这样的文化语境下,菲利普·毕基埃不失时机地建立了他的出版社,并积极地参与中法文化交流的活动,与中国作家与出版社建立长期的合作关系,甚至结下了深厚的友谊。如其曾应江苏省作家协会邀请,先后两次访问江苏,与江苏的一批优秀作家进行了交流,与陆文夫、苏童、黄蓓佳、毕飞宇等建立了友谊。同时,毕基埃出版社紧紧抓住中法文化交流的重要时机,开拓市场,培育读者队伍,为该社稳定发展赢得了机会,也为中国文学在法国赢得了越来越多的读者。

(二)选择高水平的译者,翻译与研究相结合

毕基埃出版社特别注重译作的质量,竭力发现与寻找高水平的译者。"在翻译活动中,译者既是读者也是批评者,起到重大作用。对翻译者的选择,原文的理解和再表达不可避免地影响了公众的接受。而译者的主观意识也生动地参与进外国文学形象的树立之中。"②翻译的水平和质量对外国文学作品的命运和其形象在

① 参见:http://www.ambafrance-ee.org/Discours-du-President-de-la,373,检索日期:2013-12-23。
② GAO,F. *La traduction et La réception de la littérature chinoise moderne en France*. Lille:Atelier National de reproduction des Thèses,2011:34.

法国的树立均有着极大的影响。译者的任务是要让读者发现独具特色的中国文学作品，译者对作品的选择因此具有引导性。在毕基埃出版社的译者队伍中，不少译者的身份或为专业研究者，或为汉学家。他们长期致力于研究不同时期的中国文学。相比较而言，法国读者更愿意选择这些译者的翻译作品，以便能通过他们选择翻译的作品了解到真实而具特色的中国文化。这些译者和研究者是文化的摆渡者。他们力求忠实于原作和原作者，正如阎连科多部作品的翻译者金卉（Brigitte Guilbaud）在汉学家文学翻译国际研讨会上所讲的："尽管我付出了努力，但也不知道能否将中国作家语言中所蕴含的意义用法文清晰地表达出来。因为我相信文字和血肉之躯有紧密关系，相信文字可算是人的感受的具体化，所以着手翻译时，我会先考虑感情和感受的逼真性，然后再考虑语言。比如我在翻译阎连科的《年月日》时，发现阎连科的语言富于形象，他用了强烈的形象来表达旱灾、炎夏给土地和人类带来的损害。不过，这些形象常会让人感到非同一般，甚至会让人觉得有点难以理解，要用法文表达出来，有好几种翻译的可能性。我先好好考虑了一下书中的形象是什么感觉，我有没有经历过那种感觉，可不可以从文字中想象出、感受到。切身感受到了以后就可以选择最恰当的词语将那一形象翻译成法文。可见，作为译者，我对语言的理解似乎是官能的理解——从感同身受而来的理解。"①《年月日》是阎连科"乡土叙事"系列的作品之一，语言本土化是翻译的一大难点，金卉的译文无疑与阎连科在意义的传达上达到了高度的契合。"该译本获得了法国读者的高度认可，金卉也因这部译作而

① 参见：http://www.chinawriter.com.cn/bk/2010-08-18/46549.html，检索日期：2013-12-23。

获得了法国的'阿梅代·皮乔'（Amédée Pichot）文学翻译奖。"①
阎连科的另一位译者林雅翎,翻译了《受活》。"由于作品中大量使
用了方言土语,起初还曾被翻译界判了死刑。作家和译者并肩努
力使译作保留了原作的精髓和思想。阎连科对这部小说的译者赞
赏有加:'她对中国文学的理解和对《受活》的兴趣都超出了我的想
象。一部成功的译作不是在于逐字逐句的机械翻译是否完美,而
是在于译者是否与作品的精神具有内心深处的共鸣,而林雅翎正
是这样一位了不起的翻译家。'"②毕基埃出版社的翻译队伍中多
见这样对翻译持有严谨态度的专业译者。

除了拥有出色的译者队伍,毕基埃出版社还以翻译与研究相
结合的方式来推出中国的文化及文学作品,以研究、引导翻译,以
翻译促进读者对中国文学与文化的了解。比如,毕基埃出版社除
纯文学作品翻译外,还出版了带有文学指南作用的一些著作,如杜
特莱的《中国当代文学爱好者的阅读书目精要》,雅克·达尔斯和
陈庆浩的《如何阅读中国小说》,还有雅克·班巴诺主编的《中国古
典文学选集》《从古代的经典作品到现代小说》《中国:神话与神》,
让-保罗·德罗谢主编的《中国,大地的庆典》等。这些作品的出
版,可以引导法国读者走近中国文学,起到培育读者、帮助读者更
好地理解中国文学作品的积极作用。

(三)读者的培育和市场的拓展

自 20 世纪 80 年代以来,法国的读者群体在阅读倾向上发生
了巨大改变。他们越来越对外国文化产生兴趣。毕基埃出版社自

---

① 胡安江,祝一舒. 译介动机与阐释维度——试论阎连科作品法译及其阐释. 小
说评论,2013(5):79.
② 参见:http://www.faguowenhua.com/arts-et-culture/livres/阎连科,从北京到巴
黎,一位中国作家的声音.html,检索日期:2013-12-23。

1986 年成立以来,对于如何吸引并培养读者群体确实具有独特的见解和做法。据菲利普·毕基埃介绍,"应该尊重两点,即作家和作品。不能像是'去购物'似的偶然相遇。一直以来,作品经常被翻译得很糟糕,被一些注释注得含糊不清。出版界也始终保持着一种过时的出版观点。应该想出一种新的方法来表现这些书,比如把亚洲的作家作为整体来介绍,这些作家至少来自同法国一样具有丰富的历史文化的国家,除了习俗不同以外,能够同德国人、西班牙人、塞尔维亚-克罗地亚人相媲美。此外,还应该指出不应该只有一种文学,而应该是多样的文学,在给予定位时要使读者理解其中的差异,能够让读者发现各种类型的作品,如侦探小说、散文、艺术书籍等,当代小说要有,古代小说也要有"①。正是基于这样的理念,毕基埃出版社在选择出版亚洲文化与文学作品时非常重视多样化,也就是书籍类型的多样,使法国读者能够从不同角度去了解东方文化。今天,毕基埃出版社的确赢得了一批热爱该社出版的亚洲书籍的读者。东方的思想、文化和文学在吸引着法国读者的同时又影响着他们。"十多年来,亚洲从电影、漫画到饮食和生活艺术始终影响着我们。与亚洲文化紧密相连,就如同海的深处,浸润着我们自己文化的细微之处。还有什么比这些书能更自然地走进亚洲文化?"②毕基埃出版社对读者的培养,不仅仅出于对市场的考虑,更是出于对域外文化的热爱。通过整体的历史、多元的文化和多样的形式,毕基埃出版社所着力培育的,就是法国读者对域外文化的兴趣与关注。作为文化积淀的文学作品由此就有可能持久地进入法国读者的视野。

① Rovère, M. Philippe Picquier, le chercheur d'or. *Le Magazine Littéraire*, 2012, 517: 86.

② Picquier, P. Dix-sept en Asie. *Bulletin des Bibliothèques de France*, 2003(5): 67.

毕基埃出版社在培育读者的同时也在不断地拓展自己的市场。一方面,毕基埃出版社通过选择符合法国读者阅读期待的文学精品进入市场,陆文夫的《美食家》就为拓展市场起到了示范性的作用。另一方面,毕基埃出版社往往在打开市场、获得成功的基础之上,谨慎而持久地翻译出版已有一定市场的中国作家,渐渐扩大销售市场,如阎连科作品的翻译与出版就是一个成功的例证。培育新的读者群与开拓市场并举,是毕基埃出版社获得成功的又一经验。"毕基埃青少年读物"系列,其目标非常明确:引进中国优秀儿童图书,培育青少年读者群,进而开拓新的图书市场,扩大影响力。

确实,通过近三十年的不断努力,毕基埃出版社的图书品种不断增加,图书涉及的内容愈加丰富。如今,在中国文学的翻译出版方面,毕基埃出版社已经赢得了广大而稳定的读者群,而且该出版社还在不断地开拓法国本土之外的市场。在国际领域,毕基埃出版社已经在比利时、瑞士和加拿大都设立了出版点。①

(四)灵活的出版策略和多样化的出版方式

毕基埃出版社的健康运作离不开其明确的立社宗旨和灵活的出版策略。毕基埃出版社在引导读者走近并了解多元的东方文化的宗旨下,不断制定与完善出版机制,以实现其出版目标。这一点是毕基埃出版社能够成为法国首屈一指的亚洲文学专业出版社的重要原因。

首先,毕基埃出版社有明确的出版主线,通过长期的努力,其出版的图书内容以文学为主,同时也涉及社会、文化与历史等方面的作品,以尽可能满足读者的不同阅读需求。该出版社出版的作

---

① 参见:http://mondedulivre. hypotheses. org/656,检索日期:2013-12-23。

品分类明确,可按作家姓名、作品体裁及作品主题等分类检索,方便读者有目的地选择,避免盲目性。实际上,菲利普·毕基埃特别重视拟译作品的选择。在他看来,一个出版商应该具备选择的目光。他指出:"对于中国、印度、日本,我从不做跟其他的出版商一样的选择。我的选择也从不局限在一个作家身上。这是因为我想要的,是不同于他人的目光……我发现做一个出版商,在某些方面还是有用处的。"①这种"用处",无疑是指出版商能够开拓读者对另一种文化的视野,不因循守旧,尽可能带给读者新的东方元素。

其次,毕基埃出版社把图书的译介与传播当作一个系统来做,在图书的译介与传播的各个环节层层把关。如在对中国文学作品的选择方面,他就依靠既熟悉中国文学又了解法国读者需求的专家的力量,对中国文学的出版做长期的考虑。在这方面,陈丰博士就作为该社中国丛书的代理人与该社有长期而有效的合作。在图书的出版中,无论是图书的装帧、封面的设计、封底介绍文字的撰写,该社都从读者的需求出发,尽可能体现东方文化的特色。

再次,毕基埃出版社制定了长远的计划。除了传统的书店销售途径外,该出版社又实施了数字图书战略,介入了格外受青年读者青睐的电子书的出版与销售。据出版社的发行商乐满地(Harmonia Mundi)介绍,图书的电子版销售形势"喜人",有的图书的销售数成倍增长,甚至带动了纸质书的销售。② 可以预见,毕基埃出版社出版的中国文学,将以纸质版与电子版两种形式推向市场,必将赢得更多的读者,进而扩大中国文学的影响。

有了明确的出版策略和出版方式,毕基埃出版社出版的大部

---

① 参见:http://litterature-asiatique. blogs. nouvelobs. com/archive-07/22/24-ans-de-passion-rencontre-avec-philippe-picquier. html,检索日期:2013-12-23。

② 参见:http://www. journaldujapon. com-04/a-la-decouverte-dun-editeur-philippe-picquier. html,检索日期:2013-12-23。

分作品在图书市场上都成了长销书。作为一家小型出版社,该社并不要求大的出版量。比起畅销书,菲利普·毕基埃更喜欢长销书。如该社早期出版的陆文夫的《美食家》,如今销售总量已达十万册。另外,阎连科、毕飞宇、苏童的作品长销不衰,黄蓓佳、曹文轩、杨红樱等的儿童图书也保持良好的销售势头。

二十七年的坚持不懈,二十七年的探索追求,毕基埃出版社走出了一条健康的、可持续的发展之路。其开阔的文化视野、对异域文化的热爱和对读者的培育与引导,打开了一条通向东方文化的译介与传播之路,这条道路将越走越宽,中国文学与文化在法国也有望得到更加全面的介绍与传播。

本文系高方主持的教育部人文社会科学项目"中国现代文学在法国的译介研究"(编号:10YJC740029)和教育部全国优秀博士学位论文作者专项资金项目"中国文学在法国的译介研究"(编号201112)的阶段性研究成果。

(祝一舒,南京林业大学外国语学院讲师;原载于《小说评论》2014 年第 2 期)

巴金与文化生活出版社

胡友峰　卫婷婷

　　1904—2005 年,在跨越一个世纪的时间里,巴金老人始终以真诚的心,为世人留下一部部宝贵的作品。从 1927 年第一部中篇小说《灭亡》到生平最后一部著作《随想录》的诞生,其间六十多个年头,据不完全统计,巴金共创作短篇小说一百多篇,中长篇小说二十多部,并写了大量的散文、杂文、书信。毫无疑问,巴金是中国现代文学史上最杰出的文学家之一。巴金实际上还是一名成就非凡的编辑家,然而,文学创作上的成绩在一定程度上掩盖了他编辑上的成就,因而仅从作家作品的角度来分析巴金无疑是不完整的。走出文学一贯的研究领域,打破作家作品这一研究套路的限制,放眼出版领域,落实到以编辑家的岗位角度、责任意识看待巴金,他在文学界的形象将更加完整和真实。

　　近年来,对于作为编辑家的巴金,学界已经有人开始着手研究,对巴金的编辑思路和编辑理念都有所触及。但是巴金在 20 世纪 30—40 年代作为文化生活出版社的总编辑,在主持编辑部期间所形成的编辑风格和特征影响到了后来巴金主编的《收获》杂志,因而对巴金在文化生活出版社期间所形成的编辑原则和思路进行研究具有重要的意义。

一、巴金早期编辑实践活动

文化生活出版社建于 1935 年 5 月，地点在上海，初建时的名称为文化生活社，9 月改名为文化生活出版社，巴金担任总编辑。巴金之所以能够担任刚成立的文化生活出版社的总编辑并主持文学编辑活动，与他早期编辑、创作的实践是分不开的。

在出任文化生活出版社总编辑前，巴金先后参与《半月》(1921 年)、《警群》(1921)、《平民之声》(1922 年春)、《民众》(1925 年 9 月)、《平等月刊》(1927 年)、《自由月刊》(1929 年 1 月)的办刊，但不得不指出，这些早期实践都是巴金通过编辑的平台来宣传无政府主义理想，是他社会政治活动的一部分。巴金从一开始就没想过当作家，他走上创作道路完全是自发的。童年的成长经历，"爱一切人"的伟大情怀和现实世界的矛盾使他"意有所郁结不得通其道，于是述往事，思来者"。看到仆人偷卖字画，被赶出家门最后惨死大街上的悲剧故事，于是作《沉没》：

> 受尽人间的一切痛苦以后，那个乞丐便倒在街心寂然地死了！

面对现实世界的酸楚，尖锐的人世对立，他作《被虐待者底哭声》(一)：

> 被虐待者底哭声何等凄惨而哀婉呵！
> 但能感动暴虐者底残酷的心丝毫吗？

从巴金的文字中可以看出，他的全部创作动因都来自身边熟悉的亲人、熟悉的面孔，都是内心燃烧着的爱与恨的火苗，因为有感情要倾吐，有爱憎要发泄，这便不同于其他作家。从一开始巴金便坚持文艺的战斗性，手中的笔是向垂死的社会发出控诉的强大武器，从事文学创作是一条化解内心悲愤的"有效路径"。这也证实了中国 20 世纪 30 年代颇为流行的厨川白村的理论，厨川认为，"生命力受了压抑而生的苦闷懊恼乃是文艺的根柢"①，周围人的不平等的待遇、各种心酸和不幸，以及人间的苦难使巴金苦闷，这种苦闷的情绪，便是文学创作最初的动力，在对自由平等的呼唤和外界强制压抑之力的冲突之下，巴金转而投向文学领域，这时的文艺起到全然的生命表现力功能，"是能够全然离了外界的压抑和强制，站在绝对自由的心境上，表现出个性来的唯一的世界"②。笔者认为，厨川白村所说的那种"仅被自己心里烧着的感激和情热所动，向天地创造的曙神所做的一样程度的自己表现的世界"③是非常符合巴金开始创作的心境的。

这样的创作理念也带入到巴金早期的编辑实践活动中，20 世纪 20 年代到 30 年代初，巴金的编辑出版活动都是服务于无政府主义理想的。1921 年，加入半月社，参与《半月》刊的编辑工作，在《半月》第 17 号上，巴金平生的第一篇文章——《怎样建设真正自由平等的社会》，极尽美妙地解释所谓的安那其主义："安那其就是废弃政府及附属于政府的机关，主张把生产的机关及他所产的物品属于全体人民。人人各尽所能，各取所需，并依个人的能力去工作。"他呼吁"劳动界的朋友们"实行社会革命，推翻万恶的政治，以建设自由平等的社会。之后又参加带有无政府主义倾向的秘密团体"均社"，并发表《均社宣言》，开始实施具体的政治活动——办刊物、散传单、秘密集会，此后以"安那其主义者"自称。同年《警群》

---

① 厨川白村. 苦闷的象征——出了象牙之塔. 鲁迅，译. 北京：人民文学出版社，1988：15-16.
② 厨川白村. 苦闷的象征——出了象牙之塔. 鲁迅，译. 北京：人民文学出版社，1988：15-16.
③ 厨川白村. 苦闷的象征——出了象牙之塔. 鲁迅，译. 北京：人民文学出版社，1988：15-16.

上发表的《爱国主义和中国人到幸福的路》大胆地指出,中国人要寻幸福只有一条路可走,这就是推翻政府、私产、宗教几种制度,"这些东西消灭后,再分配财产,自由组织,互相扶持,各尽所能,各取所需;各图众人之利益,各图个人之安宁",从而走向幸福。1922年参加成都无政府主义者联盟主办的周刊《平民之声》,其刊物的通讯地址设在巴金家中,《平民之声》历经波折,虽只出刊10期,但巴金仍坚持"为安那其欢呼,这是人生最快乐的时候"[①]。1925年,同无政府主义战友卫惠林、秦抱朴等人创办无政府主义刊物《民众》,在《民众》上,巴金发表各种译文、论文约20篇,旨在积极地宣传、维护无政府主义思想。

以上可以看出,这一时期的巴金完全沉浸于无政府主义思潮中,完全以一个无政府理论家的面貌出现在世人眼中。在历史认知范畴内,无政府主义曾等同于自由主义的无法无天,因此不仅没有丝毫美誉反而遭人反对,历史证明,这种极端的想法是错误的。极具魅力的无政府主义与其说是一种政治学说、社会学说,倒不如说是一种浪漫而又可爱的文学理想。王国维曾经说过:"哲学之上说,大都可爱者不可信,可信者不可爱。"[②]无政府主义就是一种"可爱"而"不可信"的学说,原因很简单,它主张绝对自由,建立在"人性善"的假设之上,直接忽略了人性恶的部分,走向了缥缈的虚无主义,因而注定行不通甚至是很危险的。无政府主义对社会、国家极尽美妙的阐释吸引了追求"爱一切人"的理想的巴金,但这只是早期迫不及待的学习,从整体上说,一个作家的思想不可绝对等同于某一种社会政治思想,给巴金贴上任何具体文化标签、任何主义与思想的做法都是狭隘的。后来的历史证明,随着巴金创作成

① 李存光. 巴金研究资料. 北京:知识产权出版社,2010.
② 王国维. 王国维文集. 北京:燕山出版社,1997:471.

就变大，他离无政府主义愈走愈远，最终走上现实主义创作的道路，这是必然的。

巴金早期服务于无政府主义的编辑办刊，有的由于内部管理体制不当而停刊，有的因被查封而画上句号。此外，在出任文化生活出版社总编辑之前的 1934 年，巴金参加《文学季刊》(1934 年 1月)及《水星》(1934 年 9 月)的办刊，这些对巴金后来主持文化生活出版社的工作产生了很大影响。总之，巴金早期以先觉者的姿态，积极投身社会活动是符合时代要求的，这些实践与探索为他成功地进行文化生活出版社的文学编辑活动奠定了基础。

二、巴金在文化生活出版社的编辑活动

正如与巴金相知甚深的作家萧乾曾说，"如果编巴金言行录，那十四卷以及他以后写的作品，是他的言，他主持的文学出版工作则是他主要的行"①。如果说从事文学创作是一代大师的情感表达，那么编辑出版工作尤其是在文化生活出版社辛勤的十四年，则是巴金对价值信念的实践，"我在文化生活出版社工作了十四年，写稿、看稿、编辑、校对，甚至补书，不是为了报酬，是因为人活着需要工作，需要发散，消耗自己的精力。我一生始终保持着这样一个信念：生命的意义在于付出，在于给予，而不是在于接受，也不是在于争取"②。在年复一年、日复一日的自我释放、自我奉献、自我燃烧中，文化编辑人记录一个时代的印记，一个民族文化的发展，同样，个人的生命也开出了花朵。

文化生活出版社，诞生于 20 世纪 30 年代的上海。纸醉金迷、

---

① 萧乾. 挚友、益友与畏友巴金. 文汇月刊，1982(2).
② 巴金. 上海文艺出版社三十年//巴金全集. 北京：人民文学出版社，1991：412.

一派热闹的外表掩盖不了骨子里的满目疮痍,内忧外患的时代酸楚苦苦相逼。这一社会现实带给文学界以极大的负面影响:多数出版商在利益的驱使下,争相印制哗众取宠的媚俗之作,纯文学作品印制很少,文化消费质量一路下滑,连鲁迅先生也不无感慨地说:"我想,中国其实也该有一部选集……不过现在即使有了不等吃饭的译者,却未必有肯出版的书坊。"①如此,文化生活出版社在1935 年 5 月应运而生,"一般书贾所看重的自然只是他们个人的赢利,而公立图书馆也只以收集古董自豪,却不肯替贫寒青年做丝毫打算。我们刊行这部丛刊,是想以长期的努力,建立一个规模宏大的民众的文库,把学问从特权阶级那里拿过来送到万人面前,使每个人只出最低廉的代价,便可以享受到它的利益"②。这一文化宗旨决定了文化生活出版社不同于一般出版社的文化性质,他完全是由一群知识分子按照自己的社会理想和文学爱好开办起来的,类似于"同人组织"。

　　至于巴金,"文化生活出版社不仅仅是一个出版机构,更是他实现安那其互助理想和奉献精神的一个场域,是他立足民间,完成知识分子自我转型的一个新岗位"③。带着对人性的深切关怀和对新的社会秩序的美好构想,编辑岗位成了他最好的话语实践场域。但随着社会矛盾的激化、民族矛盾的空前激烈,无政府主义在20 世纪 30 年代的中国失去了立足之地,原先信奉的价值体系轰然倒塌。就巴金个人成长经历来说,随着创作成就的变大,他的思想愈加深刻,无政府主义自身的局限决定了它不能解救社会,解救人民于水深火热,于是巴金陷入长期苦闷。在文化生活出版社工作的岁月,巴金一边从事编辑工作,一边在创作中建构心中的理想

① 　鲁迅. 鲁迅全集. 北京:人民文学出版社,1981:579-582.
② 　巴金. 巴金全集. 北京:人民文学出版社,1991:363.
③ 　孙晶. 巴金与现代出版. 上海:复旦大学出版社,2012:217.

人格、英雄形象,他似乎变成了一位"无产阶级革命文学作家",他的思想饱含关于社会人生和革命政治的观念。这种思想落实到话语实践便成了强烈的社会责任感,作为社会一分子的人,必须有所承担,尽自己的义务。值得指出,他的人格中始终包含着群体意识,离开了人与人之间的合作与互助,便不能够生存。巴金对自己的道德理念是一个真诚的信仰者,并在生活实践中执着于这些理念。借用陈思和教授提出的"岗位意识"这一概念,在出版岗位上,巴金始终"无私奉献",尽情燃烧自己,追求道德境界的升华,这是巴金对自己的要求。

在文化生活出版社工作的十四年,巴金主编了"文化生活丛刊""文学丛刊""译文丛书""新时代小说丛刊""现代长篇小说丛书""文季丛书""文学小丛刊""烽火小丛书"等丛书,为中国现代文学奉献了大量优秀作品,其中,最有影响的是"文化生活丛刊""译文丛书""文学丛刊"三套丛书。

(一)"文化生活丛刊"和"译文丛书"

文化生活出版社问世之初,就计划专门出版外国文艺书籍,从事文学译介工作,这与当时的社会环境紧密关联。以 1930 年"左联"成立为标志,中国翻译文学进入左翼文学翻译时期。这一时期的翻译文学致力于翻译社会主义现实文学和马克思主义文学理论,有力地推动了左翼文学运动的发展。文化生活出版社创办伊始便得到了鲁迅先生的大力支持,它自然地参与到了无产阶级革命文学运动进程之中。

吴朗西等人在考虑中国文化传统和推广应用实际价值后,又借鉴美国"万人丛书"和日本"岩波文库"的设计,决定刊印包括文学、社会科学、自然科学三大方面内容的综合性丛书,并把这套丛书取名为"文化生活丛刊"。总体上来说,"文化生活丛刊"是一套翻译丛书,除去著述的三部(巴金的《俄国社会运动史话》、陈范予的《新宇宙观》、曾昭抡的《缅边日记》),剩下的都是翻译国外作家的作品。同为翻译丛书的还有"译文丛书"。编辑"译文丛书"缘起于鲁迅先生《译文》的刊印。"当时书店都不大愿意出单行本,我们就来填补这个空白,把这个书店作为我们共同的事业,培养它,扶持它,切切实实,认认真真地干吧。"①这套大型丛书办刊之际由黄源负责编辑,1936年年初,黄源因父病返乡离去,遂由巴金接替工作,直至上海解放。

统计得出,"文化生活丛刊"共出版译作43部,其中俄国文学作品有21部;"译文丛书"译作57部,其中俄国作品多达32部。两大丛书共翻译作品100部,而俄国文学则以53部的数量醒目地占据了半壁江山,由此可见,巴金等人对西方现实主义作家作品的重视。而纵观所有译介丛书,屠格涅夫以12部作品的规模成为被译作品最多的一位作家(其次为托尔斯泰7部、契诃夫6部)。表1列出巴金在"文化生活丛刊"和"译文丛书"中翻译的图书,以作参照。

表1　巴金在"文化生活丛刊"和"译文丛书"翻译的书

国家	作者	作品	体裁	所收丛书及出版时间
俄国	屠格涅夫	《父与子》	长篇小说	"译文丛书"(1943)
		《处女地》	长篇小说	"译文丛书"(1944)
		《门槛》	散文诗集	"文化生活丛刊"(1945)
	斯特普尼亚克	《俄国虚无主义运动史话》	政治史论	"文化生活丛刊"(1936)
	赫尔岑	《一个家庭的戏剧》	回忆录	"文化生活丛刊"(1940)
	高尔基	《草原故事》	短篇小说集	"文化生活丛刊"(1935)
	妃格念尔	《狱中二十年》	回忆录	"译文丛书"(1949)

① 吴朗西. 文化生活出版社. 新文学史料,1982(3):195.

国家	作者	作品	体裁	所收丛书及出版时间
英国	王尔德	《快乐王子集》	童话集	"译文丛书"(1948)
	R 洛克尔	《六人》	散文集	"译文丛书"(1949)
	T 斯托姆	《迟开的蔷薇》	短篇小说集	"译文丛书"(1945)
美国	A 柏克曼	《狱中记》	回忆录	"译文丛书"(1935)
波兰	廖抗夫	《夜未央》	戏剧	"文化生活丛刊"(1937)

通过表 1 可知,巴金的文学兴趣集中在俄国现实主义文学方面。早在 20 世纪 30 年代初,巴金在美丽的西子湖畔以文会友时,便和志趣相投的青年一起畅谈俄国文学,计划把屠格涅夫的长篇小说全部都译成中文。抗战期间,巴金翻译了《父与子》《处女地》;中华人民共和国成立以后,根据原著并参照其他译本,又重译了这两部长篇。为何巴金会钟情于屠格涅夫的作品? 从创作上看,屠格涅夫喜用第一人称聊天讲故事,借主人公之口倾吐情感的简单朴素的写法直接影响了巴金早期"讲故事"的短篇小说。在《关于〈还魂草〉》一文中,巴金坦言,在 1935 年便翻译了屠格涅夫的散文诗《俄罗斯语言》,这部作品使得巴金排遣了困惑,在民族命运危难关头获得精神的依靠和支撑。屠格涅夫把青年追求个性解放和社会革命思想联系起来,为民众利益牺牲个人一切的精神深深地吸引了巴金,使得巴金对他的作品产生了强烈的共鸣。赫尔岑是 19 世纪俄国又一位著名的革命民主主义者,1936 年,巴金翻译了他的回忆录中的两个片段(《海》与《死》),1940 年转而翻译了回忆录中的第一部分,取名《一个家庭的戏剧》,收入"文化生活丛刊"。1974 年,"文革"后期,已经是古稀之年的巴金再次翻译赫尔岑的作品,1977 年,《往事与随想》第一册问世。

除了翻译俄国现实主义文学作品外,巴金还翻译了波兰作家廖抗夫的《夜未央》,他深为作品中年轻革命者为了人类自由幸福而英勇献身的精神所震撼,甚至从中"找到了终身事业",在不满旧译本的情况下决心动手重译,1930 年,译稿由上海启智书局出版,后又不断修改,不断完善,于 1937 年收录在"文化生活丛刊"。这些洋溢着革命激情的作品在情感上和巴金有很多共通的地方,他们对黑暗势力的控诉和对光明自由的向往,使巴金深受感染,让巴金找到了精神力量,从而促使他在革命道路上愈走愈坚定。

对待翻译工作,巴金十分认真。他翻译讲求字斟句酌,谨慎推敲,即便如此,他在译作中仍谦虚地说自己是"试译"。对待战友的译稿,在审阅、校对过程中只要一个词有问题或是一个字不确切,就查阅几种外文版本和字典,反复推敲,力求完善。著名作家萧乾回忆道:"巴金作'文生'总编辑时,从组稿、审稿到校对都要干。像《人生采访》那样五六百页或更大部头的书,都是他逐字校过的。翻译书,他还得对照原文仔细校订,像许天虹译的《大卫·科柏菲尔》和孟十还译的果戈理、普希金作品的译稿,他都改得密密麻麻。"①在巴金以身作则的带领下,文化生活出版社的译者们都对翻译事业满怀热情。"他翻译《贵族之家》的时候,常常为了人物的一句对话,反复推敲,像演员背诵台词似的去品味这句话是否能准确地表达人物点的心情和性格。"②陈荒煤在回忆丽尼时说道。其次,翻译过程中,巴金始终追求译文的"思想性","我始终以为翻译不是一种机械的工作,所谓翻译并不是单把一个一个的西文字改写为华文而已,翻译里面也必须含着创作底成分,所以一种著作底几种译本决不会相同。每种译本里面所含的除了原著者外,还应该有一个译者自己"③。将翻译过程上升至创作高度,那么烦琐的

---

① 萧乾. 挚友、益友与畏友巴金. 文汇月刊,1982(2):8.
② 陈荒煤. 一颗企望黎明的心——回忆丽尼//文学回忆录. 成都:四川人民出版社,1983:217.
③ 巴金. 我底自传译后记//巴金全集:第 17 卷. 北京:人民文学出版社,1991.

文字翻译亦能闪烁出思想的光芒。

"文化生活丛刊"和"译文丛书"共出版 100 部译作。如此庞大的规模在中国现代文学翻译史上留下了浓墨重彩的一笔，在《中国翻译文学史》和《中国 20 世纪外国文学翻译史》中，学者都大篇幅地甚至专设一章谈论巴金对外国文学的译介，以及文化生活出版社的文学翻译事业。其中查明建、谢天振所著《中国 20 世纪外国文学翻译史》第六章"文学社团、文学期刊和翻译出版机构的贡献"中专门介绍它，孟昭毅、李载道所著《中国翻译文学史》第十四章专门介绍巴金与俄国现实主义文学的译介。在中国现代文学翻译史中，特别是俄国现实主义文学译介方面，以巴金为代表的文化生活出版社同仁们做出了杰出的贡献。有学者指出："现代文学从它诞生的时刻起，就是同翻译文学一起成长、发展的。也可以这么说，从一开始，翻译文学就直接参与到中国现代文学的进程之中。"[①]那么，文化生活出版社以其浩瀚的成果丰富了翻译文学，直接推动了中国现代文学的发展。

(二)"文学丛刊"

"文学丛刊"是文化生活出版社推出的最重要的一套大型丛书，在中国现代文学史上也堪称规模最大，极具影响力。巴金是"文学丛刊"的主编，在历时十四年(1935—1949)的时间里，在巴金的苦心经营下，"文学丛刊"先后刊印 10 集，每集 16 部作品，共计160 部。"文学丛刊"第一集后面附有一段"编者的话"，巴金办刊的主旨在其中显现无遗：

　　我们编辑这一部文学丛刊，并没有太大的野心，我们既不敢担起第一流作家的招牌欺骗读者，也没有胆量出一套国语

---

① 孙晶. 巴金与现代出版. 上海：复旦大学出版社，2012：69.

文范本。我们的这部小小的丛书虽然包括文学的各部门，但是作者既非金字招牌的名家，编者也不是文坛上的闻人，不过我们可以给读者担保的，就是这丛刊里面没有一本使读者读了就不要再读的书。而且在定价方面我们也力求低廉，使贫寒的读者都可以购买。我们不谈文化，我们也不想赚钱，然而，我们的文学丛刊却也有四大特色：编选严谨，内容充实，印刷精良，定价低廉。

这段话表明了巴金的办刊宗旨，"没有一本使读者读了就不要再读的书"，就是要编选中国现代文学的经典著作，如果从文学史的视角来反观这些用编辑成果，此言毫不虚夸，该丛书中多数作品已成为现代文学的经典。其次，巴金尊重并了解贫寒子弟的需要，切实从他们的角度出发编印物美价廉的书籍，在商业化出版浪潮下，不计成本，不想赚钱经营出版社，这说明巴金是以文学为志业的出版编辑思路，而不计较出版的商业利益。

20 世纪 30 年代的文坛呈现出一种"无名"的状态，"无名不是没有主题，而是有多种主题并存"[1]。那是一个"文艺争鸣"的时代，各种文艺思想，各种文化流派都在各自领域发出自己的声音。出版社作为媒介形态之一往往是时代的"传声筒"。"文学丛刊"中收录了大量作家的作品，可以说是中国现代文学的集中展示平台，现代文学上重要的作家作品基本上都出现在"文学丛刊"中，表 2 以抗战全面爆发前的第一、二集为例进行分析。

---

[1] 陈思和.共名和无名,写在子夜,上海:上海人民出版社,1997：25-26.

表 2　"文学丛刊"作家阵容

第一集			第二集		
作品	作者	体裁	作品	作者	体裁
《神鬼人》	巴金	短篇小说集	《谷》	师陀	短篇小说集
《路》	茅盾	中篇小说	《锑砂》	蒋牧良	短篇小说集
《八骏图》	沈从文	短篇小说集	《忧郁的歌》	荒煤	短篇小说集
《团圆》	张天翼	短篇小说集	《土饼》	沙汀	短篇小说集
《饭余集》	吴祖缃	短篇小说集	《画梦录》	何其芳	散文集
《黄昏之献》	丽尼	散文集	《掘金记》	毕奂午	诗文合集
《雀鼠集》	鲁彦	短篇小说集	《生底烦恼》	欧阳山	短篇小说集
《南行记》	艾芜	短篇小说集	《母亲的梦》	李健吾	戏剧
《鱼目集》	卞之琳	诗集	《多产集》	周文	短篇小说集
《故事新编》	鲁迅	短篇小说集	《江上》	萧军	短篇小说集
《分》	何谷天（周文）	短篇小说集	《海星》	陆蠡	散文集
《羊》	萧军	短篇小说集	《崖边》	柏山	短篇小说集
《珠落集》	靳以	短篇小说集	《商市街》	萧红	散文集
《短剑集》	郑振铎	评论集	《鹰之歌》	丽尼	散文集
《以身作则》	李健吾	戏剧	《忆》	巴金	散文集
《雷雨》	曹禺	戏剧	《秋华》	靳以	中篇小说

从表 2 中我们可以看出，"文学丛刊"醒目收入鲁迅、茅盾、张天翼、艾芜、沙汀、萧军、周文等左翼作家的作品，对于推动左翼文学的发展居功至伟。1930 年"左联"成立，它是一股中坚力量，更为坚实地团结了以鲁迅先生为代表的左翼文学，为扩大无产阶级文学的影响做出了贡献。"文学丛刊"对左翼文学的出版、传播，反映了当时的政治趋向，同时这一做法表达了巴金等文化人在民族矛盾尖锐、阶级斗争日益激烈的时刻的价值立场。

其次，仔细分析"文学丛刊"庞大的作家群，不难发现，它有力结合了 20 世纪 30—40 年代文坛的主力，同时又推出一批文坛新秀,作家群体包容了老、中、青三代作家,用茅盾、鲁迅、郑振铎三位文坛老将的作品打头阵,再推出名家巴金、沈从文等的新篇,夺人眼球,继而再收纳丽尼、艾芜、卞之琳、曹禺等新人的处女作,不失新意,如此汇成一堂,蔚为大观。

再看体裁,它不仅容纳小说、散文、评论、戏剧等"文学的各个部门",更有童话集、报告文学集、电影剧本诸门类,如第四集中报告文学《吓,美国吗?》、书信集《废邮存底》、童话集《长生塔》和第八集中报告文学集《南德的暮秋》、电影剧本《艳阳天》。包容多种文学体裁,这是一种博大,客观上,它丰富了读者的阅读体验,产生了很好的社会效果。"文学丛刊"正是以这种海纳百川的情怀记录了中国现代文学一个发展阶段的缩影,成为现代文学的一座里程碑。

(三)文化生活出版社的其他出版物

值得一提的是,文化生活出版社创办两年后抗战全面爆发。艰难岁月里,文化生活出版社颠沛流离:上海沦陷后,巴金经香港到达广州(1938年初),在广州建立了文化生活出版社广州分社,复刊在上海只出版了五期的《文丛》,1938年5月复刊"烽火",其间还以烽火社的名义陆续出版了"烽火小丛书""烽火文丛""呐喊小丛书""呐喊文丛"等一大批册子,以宣传抗日救国。1938年10月广州沦陷。有史料记载,在广州失陷前的一天,巴金丢弃大部分行李带着《文丛》第2卷第4期的全部纸型转移桂林,将刊物出版,并且创办了文化生活出版社桂林分社①,复刊《文丛》杂志。1939年,巴金携萧珊回到"孤岛"上海,编辑"文学丛刊"的第六、七集。1940年10月,吴朗西、巴金等人转移到重庆,建立文化生活出版社重庆分社,又在成都建立办事处。这一时期,"现代长篇小说丛

---

① 吴永贵. 中国出版史. 长沙:湖南出版社,2008:283.

书"和"译文丛书"相继出版问世,且"烽火丛刊"的编辑工作也在靳以的协助下顺利展开。次年 7 月,巴金离开敌军轰炸下的重庆,在昆明短暂停留后转至桂林,筹办文化生活出版社桂林办事处。1941 年至 1944 年,巴金辗转于成都、桂林等地,努力维系文化生活出版社薪火,直至抗战胜利以后,迁回上海。

战时的环境特别紧张,但文化同人"思竭绵薄"①为前方忠勇之将士,亦为"后方义愤之民众,奋其秃笔"②,于 1937 年 8 月 22 日创刊《呐喊》(后改名为《烽火》)。战乱时期的天空特别矮,人活动的空间也特别狭窄,但文化生活出版社同仁们毅然一路辗转,维系薪火。纸张奇缺,在印刷业极度困难的情况下,巴金仍为出版事业奔波,在敌机的轰炸中,巴金一边编稿子,一边跑印刷厂,安排出版,把一本又一本书送到民众手中。这一时期的出版物准确地适应了"非常时期"的要求:到达广州后,为了真实地反映战时生活,巴金等人改版《文丛》,在题材上增加日记、报告、通讯等内容。这段时间的《文丛》就像"轻骑兵"一样,成为战争环境下民众生活、社会风貌的"缩写"。在《烽火》的复刊号上,有篇《复刊献词》:"我们在自己的土地上重新燃起了《烽火》……使《烽火》永远燃烧,一直到最后胜利的日子。"对比巴金 1942 年写给沈从文的信,笔者认为,这段"献词"很有可能是出自巴金之手,信中有段写道:"对战局我始终抱乐观态度,我相信我们民族的潜在力量,我也相信正义的胜利。"这种乐观不屈的态度实在值得称道! 收入"烽火小丛书""烽火文丛""呐喊小丛刊""呐喊文丛"的几乎都是配合抗日的作品,如《炮火的洗礼》《不愿做奴隶的人们》《火把》等。这些作品文字间喷发出强大的号召力和艺术感染力,部部荡气回肠。此外,抗

---

① 来自:《呐喊》创刊号. 1937-08-22.
② 来自:《呐喊》创刊号. 1937-08-22.

战期间,文化生活出版社陆续出版了"现代长篇小说丛书""文季丛书"和"文学小丛书"。相比之下,这些出版物政治性色彩减弱,文学感染力增强,但对人生、对社会那份厚重的关注不曾缺失。

回忆战时出版,巴金在《生人期》后记中说道:"谁能够断定机关枪弹和炸弹明天就不会碰到我身上,然而我活着的时候,我还是要工作,我愿意趁这个时机,多做完一件事情。"几个文化人为理想组建一家出版社,在战时艰难困苦的环境下坚持到底,且让后人们至今乐道,确非易事。

三、巴金在文化生活出版社的编辑特征

巴金在文化生活出版社的编辑实践证明,作为"书商"们共同理想支撑下的文化经营,实际是一种"同人出版",决定了文化生活出版社不同于资本主义出版企业、国有出版企业的商业运作模式,文化因子的注入使得庞大的出版物成为一部部内涵丰富的客观存在,正是这些存在,最好地证明了一代知识分子们的精神追求和文化守望。

(一)人道主义的编辑策略

陈思和在《新文学整体》中指出,"巴金及其圈子(文化生活出版社)是文研会真正的继承者"。确实,文化生活出版社编辑的作品大都闪耀着现实主义的光辉,而一大批现实主义作家更是紧紧团结在"文学丛刊"周围,凝聚成了一股强大的力量。

收入"文学丛刊"的作品中,小说以80部的数量占据了一半,其次是大量的散文集、诗集,戏剧基本以每集一篇(第七集收入两篇)的节奏贯穿始终。这些题材多涉及社会生活的各个角度,以及包括知识分子在内的民众的心理状况。艾芜的处女作《南行记》收

入"文学丛刊"第一集，它以艾芜的漂泊生活为背景，讲述人生旅途的心酸、坎坷，表达"我要活下去"的生命力量。流浪汉是文中塑造的形象之一，他们虽无产无业，没有正常谋生手段，然而他们顽强不屈、乐观进取，对残酷现实发出"钢铁般顽强生存"的最强音。萧红的不少作品都收入了"文学丛刊"，如小说集《牛车上》、散文小说合集《桥》以及散文集《商市街》。她的作品从家园故土中汲取养分，故使她在女性觉悟的基础上加上了一层对人性和社会的深刻理解。她把"人类的愚昧"和"改造国民的灵魂"作为自己的艺术追求，她是在"对传统意识和文化心态的无情解剖中，向着民主精神与个性意识发出深情的呼唤"。她的散文充满真挚朴实的情感，体现了高尚的人格。她善于捕捉日常生活细节，因此，她的文章有着生动的情节，表现出独特的艺术魅力。"文学丛刊"还收录了不少反映知识分子苦闷与贫寒交织题材的作品，如靳以的《生存》、萧军的《职业》，凡此种种，都展示出了对人生存的观照，充满现实主义情怀和人道主义情怀。

巴金在文化生活出版社担任总编辑期间，在他的编辑思想中，处于核心地位的是他的人道主义理想。人道主义是西方文艺复兴时期的一种先进的思想体系，提倡关心人，尊重人，一切以人为核心。在西方资产阶级处于初期和上升时期时，人道主义作为一种手段，在揭露封建贵族必然走向失败，在建立新的社会秩序上起过积极的推动作用。五四时期，人道主义被引进中国，在当时作为反对封建制度的有力武器而存在。虽然巴金一再流露出"反传统"倾向，如《写作生涯的回顾》里视一切旧的传统观念、一切阻碍社会进化和人性发展的旧制度为敌人，但出生在书香门第，从小便接触中国古典诗词，传统文化的熏陶使得千百年来积淀的民族审美习惯以一种"集体无意识"的方式影响着巴金。他虽把一切旧的传统观念视为敌人，但他的思想是扎根在中国传统民族文化中的。而另一方面,作为五四新文化运动后成长起来的中国第二代文学家,诞生于近现代文化转型、西方文化与传统文化交融之际,加之对西方现代文明深刻感知,巴金的人道主义思想是在中国传统文化的影响和西方外来文化的接受中碰撞、交融形成的。

由于空间生活环境的差异,生产实践活动方式、经济方式的不同,各民族也形成了不同文化心理结构,本民族的文化结构潜在地塑造着一个作家的气质和个性,就如露丝·本尼迪克所言,"大多数人被依其文化形式而受到塑造,这是因为他们有着那种与生俱来的巨大可塑性"①。植根于巴金最深的莫过于母亲陈淑芬言传身教的"爱"的哲学,李家公馆的高墙深院并没有封锁住少年巴金,在狭小的马房、寒冷的门房,巴金经历另外一个童年:在这里巴金经常听到病弱的轿夫、衰老的仆人叙说他们心酸的经历,倾听他们绝望的情怀。这对巴金产生了重要影响,以致后来初识安那其主义并一见倾心,"我找到了我的终身事业,而这事业又是与我在仆人轿夫身上发现的原始的正义的信仰相结合的"②。传统文化教给巴金大写的"人"的观念和理想,追求紧密联系,做一个真正的人,就是要做一个有理想、有信仰、有追求的人,人生的价值不是索取而是奉献。在这种价值观的指引下,人人都应该"互助",他写道:"人愈多用互助与合作来代替互争,则人愈向前进步,脱离野蛮状态而成为文明的人。"③他引用法国哲学家居友的话:"扩散性乃是真实的生命之第一条件。"所谓的扩散性即"奉献",把自己身上的热量扩散给他人。他反复强调,个体的价值只有在实现群体的价值中才能存在。正是在这样的价值观念的基础上,他产生了同情人、关心人、爱人的"人道主义"理想。

---

① 露丝·本尼迪克. 文化模式. 何锡章,黄欢,译. 北京:华夏出版社,1987:197.
② 巴金. 信仰与活动. 水星月刊,1935(2):114.
③ 巴金. 从资本主义到安那其主义. 上海:上海自由书店,1930.

中国从 19 世纪中叶起进入从传统向现代的转型期,以巴金为代表的中国第二代文学家的文化心理在西方进步思想的影响下发生嬗变。有记载称,巴金在法国留学期间,会在阴雨的黄昏,站在卢梭的铜像前,诉说内心的绝望和痛苦。卢梭那种人生而自由平等的观念、尊重人的尊严和自由的人道主义思想使巴金折服,这些思想极大地丰富了巴金的人道主义内涵,成为其编辑中的核心理念。

(二)坚持文学审美性的编辑方针

巴金的编辑实践活动是他美学追求的具体体现。这种美不是广袤的天马行空,也不是在浮夸的利益渲染下,为博人眼球的"新鲜"之作,而是对纯文学真诚的坚守和执着的那份历史的厚重。这种美的追求历久弥新。

正如"文学丛刊"编辑词中所倡导的,一部部出版物一直遵循着"编选严谨,内容充实,印刷精良,定价低廉"这四大价值导向。首先,在选稿上,巴金始终坚持纯文学的理念,坚持纯文学的审美惯例,真诚地从文学的而非商业的角度严谨选稿。巴金收录文学青年郑定文遗稿,选稿时并非全盘纳入,而是经过反复阅读和筛选,用文学的眼光来借鉴取舍,对"其中两篇类似文艺杂论而又写得不好的东西,我没有采用"[①]。始终把文学的价值放在第一位,不被当时不良的文化氛围影响。正是在巴金始终坚持文学艺术至上的原则下,文化生活出版社所出版的图书一贯拥有相当高的艺术水准,例如:《雷雨》《故事新编》不仅在当时被一版再版,后来也成了文学史上的经典,具有永恒的价值。

虽为总编辑,但关系出版社的大小事情、诸多环节,巴金都严

---

① 巴金. 大姐. 上海:文化生活出版社,1948.

格把关,甚至包括图书的装帧、排版设计和插图选用等。"文化生活出版社出的书,大体都是由我设计的。我不靠别的,就靠多年前手头保存的一两本俄罗斯的图案装饰集。那书里有很多装饰花纹图案,我从那里挑选一些稍加变化就行了。"①巴金吸收了外国优秀出版物的编辑风格,再摸索出符合国人审美理念的编辑方法。"联想到上海文化生活出版社出版的书,装帧朴素典雅,'文学丛刊''译文丛刊''译文小丛刊'给人宁静、隽永的文化气氛,使人爱不释手。"②在巴金的编辑方针指引下,文化生活出版社的出版物优雅而不失厚重:出版物的封面、装帧设计简约大方,露出典雅的质朴美,极大地证明了巴金将出版物视为审美理念的载体的编辑追求。如"文学丛刊",32 开本,纯白色封面外加褐色护封,封面上醒目地印有书名、作者、丛刊名称,简约中透露出厚重之感。再如"译文丛书",25 开本设计,版式稍大,封面印有作者画像和内容介绍。翻译家李文俊回忆说:"'译文丛书'开本短而宽,而且往往是厚厚的一大册,像个脾气和蔼的矮胖子,给人一种敦实可靠的感觉。""他印的书,'译文丛书'《死魂灵》的封面就只有黑颜色三个字,'文学丛刊',曹禺的《雷雨》《日出》,封面简简单单,除了书名、作者名,没有更多的东西,一直到现在,也还觉得非常好。"③台湾《联合报》副刊主编痖弦也说,"直到现在我还觉得(20 世纪)30 年代文化生活出版社出版的'文学丛刊''文化生活丛刊'是最美的",各式装帧单纯、朴素又不失华丽、庄重之感。

---

① 龚明德. 巴金书简. 成都:四川文艺出版社,1987.
② 冯志伟,孙可中. 巴金. 北京:人民文学出版社,1988.
③ 范用. 谈文学书籍装帧和插图. 出版史料,2002(4).

（三）提携文学新人

作为一名编辑，巴金始终以博爱的情怀，关爱青年作家成长。究竟是什么样的力量，促使一代文学大家对出版事业、对新作家的培养怀有如此执着的深情呢？更何况相较于鲁迅的业余出版工作，及叶圣陶以出版为谋生的主业，巴金在文化生活出版社的工作确实是完全义务的劳动，不领一分钱的报酬。这样的无私慷慨更是引起了笔者的追问。"我在一些不同的场合讲过了我怎样走向文学的道路，在这里我只想表示我对叶圣陶同志的感激之情，倘使叶圣陶不曾发表我的作品，我可能不会走上文学的道路，做不了作家；也很有可能我早已在贫困中死亡。作为编辑，他发表了不少新作者的处女作，鼓励新人怀着勇气和信心进入文坛。"①原来早在巴金怀抱长篇处女作《灭亡》却因缺乏信心不敢投稿时，是叶圣陶慧眼识珠，从巴金朋友那里发现手稿并将之连载于《小说月报》。更有之前在《半月》第 14 号刊登的《适社的意趣和大纲》，巴金觉得文中所谈意见与自己所想相吻合而提笔写信决定加入组织。发信的第二天，便有一位编辑登门送上回信，并相约叙谈。对于一位尚未涉足文坛的人来说，叶老的推荐和这位不知名的编辑的关怀和指导对巴金是多么大的激励。当然这种激励不仅促成了一代文坛大师的长成，更是以模范的力量呼唤着巴金在编辑的路上前行。

提携新作家，在巴金看来是义不容辞的责任，这种责任亦可视作推己及人的情怀。"编辑的成绩不在于发表名人的作品，而在于发现新的作家，推荐新的创作。"②在巴金主编的"文学丛刊"整套书中，新作家的处女作就达到 36 部，占了总量的四分之一。刘白

---

① 巴金. 致《十月》. 十月,1981(6)：62.

② 巴金. 致《十月》. 十月,1981(6)：62.

羽、萧乾、臧克家、丽尼等的处女作都是在巴金手下出版的,其中更值得注意的是曹禺也是受到巴金提携而顺利走上文学创作道路的:1933年曹禺把完稿的《雷雨》交给靳以,便把此事抛之脑后,当时正值《文学季刊》办刊,靳以与巴金闲聊时讲起了曹禺的稿子,巴金当即翻看了这个剧本,并为它精湛的艺术所深深吸引,巴金以他无私的真诚之心把《雷雨》在第一期《文学季刊》上全部刊登出来,后又以单行本形式收录于"文学丛刊"第一集,接着在"文学丛刊"第三集又收录了《日出》。《雷雨》和《日出》的相继出版奠定了曹禺在现代话剧史上的重要地位,而巴金作为发现他的编辑,功不可没。当曹禺的《蜕变》交给巴金时正值抗战时期,兵荒马乱,巴金不但按时把《蜕变》付之印刷出版,还亲自为其写了后记。1932年,还是学生的萧乾便结识了巴金,巴金告诉他,"写吧,只有你写,你才会写",在巴金的鼓励下,萧乾一直没放下手中的笔。当他正创作长篇小说《梦之谷》时,巴金来信激励道:"此书已被列入'文学丛刊'和'现代长篇小说丛书'的计划,不可半途而废。"正是在这种敦促和鼓励下,萧乾唯一的长篇诞生了。1935年,萧乾毕业后进入《大公报》编《文艺》副刊,巴金更是不遗余力地支持这位年轻的编辑,介绍萧乾认识张天翼、艾芜、丽尼等作家,为初涉文学界的后辈提供些许稿源。后来萧乾回忆:"在文艺上,我自认为是文化生活出版社拉扯起来的,在我刚刚迈步学走的时候,他对我不仅是一个出版社,更是个精神上的家,是创作上的领路人。"而巴金更是以一个"家长"的姿态,潜移默化地影响着青年作家的成长。因此,外国研究者奥尔格·朗甚至这样评价:"能够将终生作为青年人的代言人的,在中国现代文坛上只有巴金。"这样大的赞扬下其实是一颗朴素的心:"尽管我所服务的那个出版社并不能提供优厚的条件,可是我仍然得到各方面的支持,不少有成就的作家送来他们的手稿,新出现的青年作家也让我编选他们的作品。我从未感到缺稿的恐慌。"①仿佛是青年作家的稿源成全了巴金的编辑事业。默默培养一代青年作家但全然不邀功的态度简直令人折服!

编辑对作者的文章有删改权,但巴金不轻易改动作者的文章,他以作家的切身体验对删改稿件提出具体的建议:一、可以不改的就不改,或者少改;二、一切改动都要同作者商量。20世纪30—40年代青年作家的作品能够出版已经是非常不易了,在此背景下,巴金不轻易改动文章,这对支持新作家创作给予了极大的精神鼓励。不仅如此,巴金对一些贫苦的作家也很关心同情,经常预支稿费给一些生活比较困难的作者,如作家沙汀等。正是在巴金的大力帮助下,许多作者渡过了生活的难关。更有甚者,巴金甚至花费很大精力整理一些有才华的文学青年的遗稿,编辑出版,他替很有才华又早逝的女作家罗淑(世弥)整理遗稿,出了三本创作集和一本翻译小说集,希望"她的作品活下去,她的影响长留,则她的生命就没有死亡";更替素不相识的青年作家郑定文认编书稿,"他的短篇小说集《大姐》写得那么亲切,那么真实",于是将其收在"文学丛刊",让读者读到"贯穿着似淡而实深的哀愁的文章"。更有记载,巴金甚至出版了包括批判自己小说的刘西渭的作品,由此可见巴金的气量和人格魅力。②

(四)关注读者接受

接受美学认为,读者在阅读过程中并不是一个单纯的、被动的接受者,而是一个积极的阐释者和创造者,读者的阐释和理解实现了文学作品的价值:一方面,文学文本本身便是一个召唤结构,等待着读者调动情感认知和想象认知等理解手段对其加以发现;

---

① 郑兴栋,等. 报纸编辑学. 北京:中国人民大学出版社,1995(10).
② 司马长风. 中国新文学史:中卷. 香港:昭明图书公司,1980.

另一方面,作为主体的读者都从自己的期待视野出发阅读作品,而期待视野又不是固定不变的,这就决定了读者在理解和阐释作品意义时有自己不同于他人的地方。作为作家的巴金,曾真诚地吐露:"只有读者才有发言权。……倘使我的作品对读者起了毒害的作用,读者就会把它们扔进垃圾箱,我自己也只好停止写作。所以我想说,没有读者就不会有我的今天。"①在编辑岗位,他更是以实际行动来关爱读者、尊重读者。

首先,以低廉的定价满足读者特别是贫寒读者的阅读需求。"文学丛刊"编辑词中有一句是这样说的:"……在定价方面我们也力求低廉,使贫寒的读者都可以购买。"切实从贫寒读者角度出发,这就为中国大多数贫寒读者提供了拥有书籍的可能,同时,在接受学角度,这是读者阅读欣赏的第一步。同时,巴金格外喜欢为自己或其他作家作序,希望借助文字让读者顺利进入阅读状态。

再者,注重读者对文本的接受反应。从 20 世纪 30 年代初期开始,巴金便同无数青年读者通信,这些信件最后都公开地收入《短简》中,和他通信的有"北方青年朋友""陌生的孩子""孩子""中学青年"等不同年龄不同阶层的人群。通过信件,巴金听到了不同读者的声音,深刻感受到不同阶段读者的需求。对于读者的来信,他是每一封信都一一回复,从不懈怠。从他们的来信中,巴金更加真切地体会到每位青年的心灵,尽量了解读者的接受能力和接受期待。

在《再读探索》中,巴金指出:"能够看书的读者,他们在生活上、在精神上都已经有一些积累,这些积累可以帮助他们在作品中各取所需。任何一个读者的脑筋都不是一张白纸,让人在他上面随意写字,一个人读了几十、几百本书,他究竟听哪一个作者的话,

---

① 巴金. 巴金论创作. 上海:上海文艺出版社,1983:533.

他总得判断嘛。"为此,他常以"一个读者的资格",站在读者的角度去审视编辑家们的活动,对于那些"拿虚伪的消息供给读者"甚至"传播含有恶意的造谣"的编辑家,巴金向来都严加批评。在他看来,读者就是衣食父母,是至高无上的存在,是决定一个编辑家能否生存下去的根基,一切敷衍读者的行为都是自寻毁灭之路。认真思索读者丰富的内心,编出读者喜爱的优秀作品,想方设法将文艺与读者追求相适应,在 20 世纪 30 年代的中国,恐怕只有巴金,恐怕只有文化生活出版社可以做到这样。而回忆出版生涯,"五十几年的探索告诉我:路是人走出来的。我也不用因为没有给读者指一条明确的路感到遗憾了"。这种人生意义的释放纯粹而又伟大。

四、作为编辑家的巴金的人格魅力

一般而言,人格涵纳人的精神境界与个性气质。笔者认为,巴金的人格魅力是在追求人类平等、自由、互助的共同理想的感召下,逐渐形成的。从早期痴迷无政府主义,到 20 世纪 30 年代初变成"无产阶级革命文学作家",他的思想始终包含着对人类,对社会的关爱。人格信仰体现在具体的编辑行动中,并逐渐形成了个性化的编辑理念,后来的《收获》编辑实延续了这些理念。《收获》杂志从创刊出到两次停刊,两次复刊,都一直坚持走纯文学之路,其间历经的波折可想而知,但"为读者""发现新人""坚持文学格调"的办刊思想始终没有改变过。"文革"后,为了扶持复刊不久的《收获》,巴金不仅亲自向老作家约稿,而且也大力扶植一些有才华的中青年作家,给文坛注入了活力。

在当今出版语境下,巴金的编辑工作体现出的对作者和读者的人文关怀,对编辑出版事业的一片执着,以及贯穿于出版始终的文学理想,对后人有重大意义。出版是一门产业,但又不仅如此,它是文化传播、传承的力量,是一个重要载体。同时,出版人负载着文化传播和文化传承的重要责任。从这个角度而言,巴金具有更大的启示意义。

从编辑家角度看待巴金,其人格魅力昭然若揭,借鉴法国年鉴学派"时段论"理论,笔者认为,巴金生前引发的只可能是短时段的轰动,而在其身后才是较长时段的对其历史意义的释放、发现过程。"工作了几十年,在闭上眼睛之前,我念念不忘的是这样一件事情:读者,后代,几十年、几百年后的年轻人将怎样论断我呢?"看似朴素的自我表白渗透着巨大的历史责任感,一个作家选择自己如何进入历史,以怎样的方式存在,往往决定着他会走向怎样的道路,而选择走怎样的道路便是选择以何种方式成全自己。在文化生活出版社辛勤耕耘的十四年,看得见的成就是他作为总编辑主编的以"文化生活丛刊""文学丛刊""译文丛书"三大丛刊为主的丛书,但其背后蕴含的人格力量和文化精神是无法泯灭的,并且会随着时间的流逝而越显珍贵。

(胡友峰,山东大学文艺美学研究中心教授;卫婷婷,温州大学人文学院硕士研究生;原载于《小说评论》2015 年第 5 期)

第三编

中国作家与作品海外译介的个案研究

沈从文海外译介与研究

汪璧辉

　　"从基层上看去,中国社会是乡土性的。"①这抹不去的"乡土"胎记为中国文学所热议。尤其是 20 世纪以降,乡土文学更以无可替代的民族性与社会性占据主流。史海倒影中,有位自我放逐的"边缘人",他倚着田园,以自创之笔为世人绘出一幅幅乡村风情画。虽一度饱受质疑,却终究得人认可:"总有一天大家会认可他是第一个创作出具有地方色彩的现代抒情体小说的作家。"②这人就是沈从文:具有深厚乡土情怀的湘籍现代作家,中国 20 世纪多产作家之一。其创作始于 20 世纪 20 年代,至 20 世纪 60 年代为西方发掘,20 世纪 70 年代得国内外关注,几近问鼎诺贝尔文学奖。一位优秀的中国乡土作家能于政治纠葛间适应他乡,发芽于异域,起死回生于本土,是值得深思的文学现象。尤其在文化"走出去"的当下,中国现当代文学作品在西方传播现状不容乐观、中国乡土小说更未以整体形象获足够重视,因此沈从文乡土小说英译可为我们打开研究思路,为中国文学外译献鉴。

---

① 费孝通. 乡土中国. 北京:北京出版社,2004:1.
② Kinkley, J. C. *The Odyssey of Shen Congwen*. Redwood: Stanford University Press,1987:5.

一、沈从文小说的"乡土"宝库

沈从文是"中国最杰出的乡土文学作家","在一九四九年前的中国,只有沈从文、老舍和几个东北作家向我们显示了地方文学的丰富多彩"①。西方如此盛赞皆因其乡土小说厚重浓烈的乡土气息。

(一)"乡土"厚度

20 世纪 30 年代是沈从文"垒土"旺期,因历史之故,自 1948 年完成《巧秀与冬生》,沈从文的小说创作戛然而止。其著作未获完整刊印,相关统计整理亦不统一,不同出版社发行的沈从文文集略有差异。本文参照北岳文艺出版社 2002 年版《沈从文全集》(1～8 卷小说)、花城出版社和三联书店香港分店 1982 年版《沈从文文集》、中国现代文学馆整理的"中国现代文学馆馆藏珍品大系",统计出小说 208 部,分两类,即乡土小说和都市小说,前者几近一半,共 96 部。

沈氏小说数量随时间递减,20 世纪 20、30、40 年代分别为 110 篇、82 篇、16 篇,但乡土小说的比例并非一路下滑,而是呈现曲折变化之势,分别为 50.9%、34.1%、75%。在文学创作初期,即 20 世纪 20 年代,沈氏小说多取原乡,如第一篇小说《福生》、第一部小说集《鸭子》。1928—1929 年更以乡土题材为主,关注城乡差异,如《连长》《雨后》《柏子》《山鬼》《龙朱》《旅店》等。20 世纪 30 年代,沈从文离乡背井,乡景渐稀,乡愁愈浓,1933 年底重访湘西后,

① 金介甫. 沈从文与中国现代文学的地域色彩//刘洪涛,杨瑞仁. 沈从文研究资料(上). 天津:天津人民出版社,2006:536.

其乡土小说乡思之意弥重。他忆起《石子船》,借《新与旧》《灯》想象家乡,创作了"丈夫""萧萧""贵生""三三"等典型人物,最终绘出世外桃源般的《边城》。

(二)"乡土"浓度

沈从文的乡土作家地位不仅因其作品数量,更因其浓厚"乡味"。金介甫直言:"今天,沈的作品在大陆上首次又在有限范围内发行,这主要应归功于这些作品的乡土风格力量。"[1]沈从文以湘西为创作源泉和着力点,纵寄居都市,仍顾盼回首。在回忆与想象中,"乡情"滴滴融聚,"乡愁"丝丝发酵,蕴含其间的,是沈从文于冲突和漂泊中对人生与艺术的坚守。

他念念不忘的,是千里沅水的各种"乡景",有村镇、码头、煤矿、家庭、兵营,有山、水、树、花、草、鸟,还有民歌、烹调、游戏、节庆、习俗。"最能表现他长处的,倒是他那种凭着特好的记忆,随意写出来的景物和事件。"他是"中国现代文学中最伟大的印象主义者"[2]。

他常感于心的,是湘西一隅各类"乡人":脱离实践空间的荒唐的"乡下人"、受虐于现代文明的孤立的"乡下人"、于战争和革命中变形的"乡下人"、理想的"乡下人"、与"城里人"相对的"乡下人"。

他流于笔端的,是民族熔炉各色"乡语":自由的"诗化"叙事、舒缓的节奏、简洁的语言、地道的乡音,尽显湘西文艺气质。他研究方言、民谣和风俗,融入作品,"他的地方色彩不仅仅是对这一地区正在重建的伟大中华民族文化的贡献,而且也为中国的地方语

---

① 金介甫. 沈从文与中国现代文学的地域色彩//刘洪涛,杨瑞仁. 沈从文研究资料(上). 天津:天津人民出版社,2006:556.
② 夏志清. 沈从文的小说——《中国现代小说史》节选//刘洪涛,杨瑞仁. 沈从文研究资料(上). 天津:天津人民出版社,2006:322.

言和民俗,为新文化的融合做出了贡献"①。

二、沈从文乡土小说之英译

毋庸置疑,"文学的译介与传播,是中国文学走向世界的必经之路"②,中国文学一直努力"走出去",却陷入"逆差",未走出蹒跚前行的窘境。现当代文学的译介现状更令人担忧。沈从文在"顺流"与"倒流"交汇间走进英语世界,不仅因其小说"乡土"的厚度与浓度,还关涉市场需求、读者期待、译介策略等。

(一)"乡气"飘外主流

沈从文小说共 41 篇译成英文,乡土小说共 31 篇,占 75.6%。具体而言,20 世纪 20 年代小说 15 篇,其中乡土小说 14 篇;30 年代小说 20 篇,其中乡土小说 13 篇;40 年代小说 6 篇,其中乡土小说 4 篇。

整体而论,沈从文 20 年代小说英译数量少于 30 年代。究其因,沈从文 20 年代小说"终究不过是一种特殊民情、风俗、自然风光的表象展览,——一种朴素而简陋的忆往的纪实"③,《福生》等乡土小说虽具一定社会意义,但整体思想性欠缺,内容单薄,自然主义色彩较重。自 30 年代始,沈氏小说渐趋成熟,其乡土叙事进入现实主义阶段,独具抒情风格,成为中国文学现代化潮流之一,更受译界青睐。但是,20 年代末是沈氏乡土小说创作高峰和转折

---

① 金介甫. 沈从文与中国现代文学的地域色彩//刘洪涛,杨瑞仁. 沈从文研究资料(上). 天津:天津人民出版社,2006:544-545.

② 高方,许钧. 现状、问题与建议——关于中国文学"走出去"的思考. 中国翻译,2010(6):5.

③ 凌宇. 从边城走向世界. 长沙:岳麓书社,2006:176.

点,英译比例较高,占 93％,而 30、40 年代英译小说中乡土小说各占 65％、67％。

从英译乡土小说整体比重来看,乡土小说不足所有译作的 1/3,且与各阶段创作数量不协调。20 年代小说译介虽以乡土小说为主,却仅占该阶段乡土小说总数 1/4,40 年代也仅占 1/3;30 年代乡土小说数量并不多于 20 年代,但英译比例为 46％。成熟期作品理应更受关注,但沈氏乡土小说译介不足也是事实,其创作初期和末期的乡土小说被忽略。究其原因,沈从文未在学校接受长期正规的文字训练,试笔创作尚"掌握不住",稍显粗糙,方言偏多,造成译介困难。金介甫(Jeffrey C. Kinkley)的评价略见一斑:"然而,现代中国将沈从文的方言作品搁置一边。读者觉得方言难以理解,无法懂。鲁迅在一九二五年用湘西方言嘲笑'拿拿阿文'。到一九二七年,沈从文已经很少使用方言,甚至为自己的语言加脚注(但没有写注释,如《新年》)。这表明他早期在方言的运用上或许真的过分恣情,但是抛弃这份遗产,等于是丢弃他家乡最可贵的贡献。"[①]沈从文一直在摸索,以锲而不舍的大胆尝试丰富了文学多样性,成就了 30 年代新鲜、活泼、富有山野气息的田园风格。就文学推广的角度而言,对于擅长多样化的作家,除了译介代表作,还应重视其整体特色的推介。

(二)乡气"顺流"与"倒流"

政治导致沈氏乡土小说创作止于 20 世纪 40 年代末,英语世界对其译介却基本未曾中断,尤其是 60—70 年代内地学术沉寂期间,沈氏小说走出国门,虽呈起伏之势,经被禁之波,但在中西译者

---

① 金介甫. 沈从文与中国现代文学的地域色彩//刘洪涛,杨瑞仁. 沈从文研究资料(上). 天津:天津人民出版社,2006:546-547.

的共同努力下"顺流"而飘,高峰期集中于 40 年代、80 年代、90 年代,后人得以闻其与众不同的"湘"气。无可厚非,鉴于沈氏乡土小说的社会意义,某些译介者希望西方读者从中了解中国乡村面貌,但影响其传播的关键因素应为作品本身的艺术价值。正如西方推介沈从文第一人夏志清所言:"沈从文在中国文学上的重要性,当然不单只建筑在他的批评文字和讽刺作品上,也不是因为他提倡纯朴的英雄式生活的缘故……但造成他今天这个重要地位的,却是他丰富的想象力和对艺术的挚诚。"①也无怪乎金介甫一直热衷于此,于 2009 年推出《边城》新译本。

80 年代,沈氏作品"倒流"东回,朱光潜指出:"从文不是一个平凡的作家,在世界文学史中终会有他的一席地。据我所接触到的世界文学情报,目前在全世界得到公认的中国新文学家也只有从文和老舍。"②这位被埋没的作家终为国人所重识,引发了"沈从文热"。

七十多年英译史中,沈氏某些乡土小说惹人重温,于积淀中泛沉香,于复译中添新味,人们随之"倒流"回史中湘西。频繁复译之作成为代表其最高创作水平的经典。所以,沈氏乡土小说英译比例虽不高,他却仍因此誉满西方学界。

从沈氏乡土小说具体译介情况看,40 年代以首译为主,80 年代首译和复译对半,90 年代首译和复译分别占 61％、39％;初期创作与译介步调较近,但创作与译介同步者较少;20 年代的乡土小说英译较多,但复译者偏少,仅 2 篇,其中《柏子》复译 2 次,《媚金·豹子·与那羊》复译 1 次。30 年代的沈从文对语言文字已驾

① 夏志清. 沈从文的小说——《中国现代小说史》节选//刘洪涛,杨瑞仁. 沈从文研究资料(上). 天津:天津人民出版社,2006:321.

② 朱光潜. 关于沈从文同志的文学成就历史将会重新评价//刘洪涛,杨瑞仁. 沈从文研究资料(上). 天津:天津人民出版社,2006:433.

轻就熟,经中国传统与西方现代文法的融合,练就了自己独特的叙事模式,作品的生命力更强,因此复译最多的是 30 年代的乡土小说,共 8 篇,其中,《灯》《三个男人和一个女人》《三三》《黑夜》《贵生》均复译 1 次,《萧萧》复译 3 次,《边城》《丈夫》复译 2 次。《边城》一直被视为沈从文乃至现代乡土文学的经典之作,据 2002 年《北京青年报》报道,《边城》已有 11 个国家用 9 种外文出版;1962 年杨宪益、戴乃迭复译,2009 年金介甫再度复译。在奈达看来,一部译本,无论如何贴近原作,其寿命一般只有五十年;可是在这四十七年里,杨戴译本不断重印,说明其译本具有较高接受度,也说明新译者相对欠缺。

40 年代作品复译较少,只有《巧秀与冬生》和《传奇不奇》各复译了 1 次。沈从文唯一的长篇小说《长河》被国内学者视为沈氏乡土小说经典,亦受西方学界盛赞,夏志清和金介甫都认为《长河》最能充分体现沈从文的艺术才华,是田园诗喜剧的最优秀作品。① 然而,相关英译甚少,1966 年,Lillian Chen Ming Chu 撰写硕士论文时译了三章,1981 年 Nancy Gibbs 仅译出第三章"橘子园主人和一个老水手"。也许因为《长河》属未竟之作,版本获取困难,也许其不如《边城》那么远离政治,但这些都不应是《长河》英译的障碍。我们"依然有着被'现代'反复开垦而未被触动的'乡土中国'处女地"②。

(三)乡气的传播者

沈氏乡土小说英译之旅离不开乡气传播者,共有 25 位独译者或合译者,包括母语译者与外语译者,其中,外语译者 13 位,母语

---

① 金介甫.凤凰之子:沈从文传.符家钦,译.北京:光明日报出版社,2004.
② 李伯勇.乡土中国的文学形态——以《长河》为例.小说评论,2012(4):37-43.

译者 12 位(含 7 位华裔)。显然,沈氏乡土小说译介主要依赖于外语译者和外语环境中的华裔,尤其是 20 世纪 40 年代以后,本土学者基本未译沈氏乡土小说,即便是杨宪益,其英译工作也得益于外籍妻子戴乃迭相助,只是这位"几乎翻译了整个中国"的大翻译家也遗憾:"我们想多介绍一点沈从文的作品,后来没有做到。"①

自 70 年代始,一直致力于沈从文及其作品译介的当数金介甫。1977 年,他以 "*Shen Ts'ung-wen's Vision of Republican China*" 为题完成了博士论文,然而,其研究动力"是沈从文对中国社会状况的敏锐感受,而不是他对中国新文学的成熟的贡献,也不是他作品的文学价值。本书是通过文学而进行的地方史研究"②,沈氏作品是"在文化边缘的最佳视角对中国文化所做的广泛批判"③。同样,Edgar Snow、Robert Payne 等外语译者看重的多是沈从文乡土小说的社会意义,尤其是 30 年代具有现实主义色彩的乡土小说,有助于西方读者了解乡土中国现状。

随着研究深入,金介甫逐渐关注艺术价值。十年后,经多次拜访沈从文本人,金介甫写下英语世界首部沈从文传记 *The Odyssey of Shen Congwen*,专辟一章探其乡土文学根源与特色。八年后,金介甫编辑了沈从文小说英译专集 *Imperfect Paradise*(《不完美的天堂》),独译其中 12 篇;虽偶尔考虑主题与历史性,但其选择标准更偏于沈氏小说的文学价值。2009 年,他又出版了沈氏乡土小说第一个英译单行本 *Border Town*(《边城》)。这表明,研究型译者有利于作品的整体推介,可将人们的关注由作品外部引入内部。

---

① 参见:http://news. sohu. com/20091215/n268971091. shtml,检索日期:2014-10-24。

② 金介甫. 沈从文笔下的中国社会与文化. 虞建华,邵华强,译. 上海:华东师范大学出版社,1994:3.

③ 金介甫. 沈从文笔下的中国社会与文化. 虞建华,邵华强,译. 上海:华东师范大学出版社,1994:5.

必须承认,沈从文"乡"气传播的成功在于外语译者的推介,正如高方、许钧所言:"中国文学要走向世界,外国翻译家起着非常大的作用。"①实质上,沈从文当年有望问鼎诺贝尔奖,正是因了瑞典翻译家马悦然对其作品的译介。所以,中国文学外译离不开外语译者。当然,中国政府的努力也很重要,具有官方背景的 *Chinese Literature*(《中国文学》)杂志译刊了沈氏部分乡土小说,通过"熊猫丛书"出版了沈氏小说英译集,让杨戴译本得以畅行于世。但是,必须面对的严峻事实是,国内学贯中西、精通双语的英译大家越来越少,向世界推介中国文学的主观愿望无法得到本土翻译主体的有效照应。

(四)多向度的英译策略

沈氏乡土小说秀出原生态的湘西美,透着多姿多彩的异域风。这种异域情调是吸引读者和译者的亮点,是刺激出版市场的活跃因子。然而,正如币有两面,因文化和地域相异,陌生美恰又成了译介阻力。从各类译作来看,译者们采取多向度的英译策略,包括全译与变译。

"全译,也称完整性翻译,是译者将甲语文化信息转换成乙语以求得风格极似的思维活动和语际活动。"②沈氏乡土小说的英译受制于内部的中国文化大语境和湘西文化小语境,同时还要考虑外部的英语世界语境。为弱化语境冲突,求得"风格极似",保存乡土气息,译者采用了对、增、减、转、换、分、合等多种翻译手段。比如,中国计时方式与英语世界不同,存在阴历、阳历之分,需要仔细译出才不致误解,所以,Eugene Chen Eoyang 英译《萧萧》时用

① 高方,许钧. 现状、问题与建议——关于中国文学"走出去"的思考. 中国翻译,2010(6):9.
② 黄忠廉,等. 翻译方法论. 北京:中国社会科学出版社,2009:3.

first、twelfth 等序数词保留汉民族的阴历纪月法,以 January、December 等表示阳历月份,于开篇处以注释说明。再如:

(1)他们人一共是七个,七个之中有六个年纪青青(轻轻)的,只有一个约莫有四十五岁左右。

There were seven of them altogether：six were very young，and the other was somewhere around forty-five. *

* Forty-five was considered at that time to be a ripe old age，particularly among the minority tribes. Thus Shen often refers to this person as the 'old man'. ①

因地域、种族、时代差异,人们的平均寿命不一,长幼划分亦非统一,倘以后世平均寿命推断,读者可能会产生疑惑。译者用注释说明,有助于译文读者了解湘西少数民族的生存历史。

对极具地域色彩的沈氏乡土小说,既要完整再现其乡土风貌,又要适合读者需求,译者只能如沈从文的行文方式一样,不拘一格。事实是,沈氏乡土小说英译以全译为主,但在译介初期或译作社会功能较强时,变译较明显。全译求极似,以化求全,变译求特效,以变求通,它们共同构成沈氏"乡"气漂外之舟。全译是常规讨论的对象,在此不赘,仅对变译多泼些笔墨。为达市场效果及读者期待,译者无法时时全译,只能根据不同情况变译。"变译是译者根据特定条件下特定读者的特殊需求,采用增、减、编、述、缩、并、改、仿等变通手段摄取原作有关内容的思维活动和语际活动。"②沈氏乡土小说英译中释、删、编、改的情况较多,尤其在初期译介阶段,译者对原作改动较大。

① Munro, S. R. *Genesis of a Revolution：An Anthology of Modern Chinese Short Stories*. Hong Kong：Heinemann Educational Books(Asia),1979：115.
② 黄忠廉,李亚舒. 科学翻译学. 北京:中国对外翻译出版公司,2004：56.

　　首先是释,即在译的基础上阐释原作词句。《边城》第 16 章中有中国传统丧葬习俗"烧纸钱",希望故去之人在阴间生活富足。杨戴本直接译为 paper money is being burned。金隄(Ching Ti)和白英(Robert Payne)则希望通过沈氏小说介绍中国大地的真实现状,有时便采取文内增译,既保留异域元素,又能阐释其中内涵;所以,将其译为 burning paper money for the departed ghost,以寄托对故人之哀思。斯诺(Edgar Snow)也认为,虽然自己竭力保留原作习语,但汉语简洁且模糊,有时需要额外解释,只是,倘若需近半页注释才能让读者看懂则得不偿失,所以,他选择在文内增加阐释性词句,代替注释。①

　　其次是编,即摘取原作重新编辑,予以翻译。译文读者的阅读习惯会制约译者的选择。1936 年,斯诺在编辑 Living China：Modern Chinese Short Stories(《活的中国：现代中国短篇小说选》)时便申明该选集重在传达作品思想、传递作品内在情感。以长度而论,《边城》堪称长篇小说,却采用短篇小说的情节发展模式,中国读者可能并不介意,但西方读者可能并不喜欢这种毫无意义的闲聊式叙事方式。② 所以,斯诺采取编译。以《柏子》为例,原作 64 段,但某些对码头场景的描绘性段落被删除,经重新编排后,最终译文仅 49 段。沈从文独特的叙事模式略有走样,浓重的乡土之气亦显清淡。即便是沈氏作品英译专集也存在类似情况。以金隄和白英合译的专集 The Chinese Earth：Stories by Shen Tseng-Wen(《中国土地：沈从文小说选》)为例,《柏子》再次入选,但是,经过重编,译文只有 47 段。

---

① Snow, E. *Living China：Modern Chinese Short Stories*. London：George G. Harrap Co. Ltd. 1936：16-17.
② Snow, E. *Living China：Modern Chinese Short Stories*. London：George G. Harrap Co. Ltd. 1936：16-17.

再次是删,即删除译者认定的重复或多余信息。高方、许钧在反思中国文学译介现状时就曾指出:"在欧美一些国家,在翻译中国当代文学作品时,以适应读者为由,为商业利益所驱使,对原著不够尊重,删节和删改的现象较为严重,影响了原著的完整性。"①不仅如此,原作的乡土气息也在删减中有所流失。例如:

(2)端午必包裹<u>粽子</u>,门户上悬一束<u>蒲艾</u>,于五月五日<u>午时</u>造五毒八宝膏药,配<u>六一散</u>、<u>痧药</u>,预备<u>大六月天</u>送人。

On the 5th day of the fifth month, they would make the eight-jeweled plaster against the five poisons and give it away as presents. ②

端午节的传统仪式比较复杂,包粽子,悬艾叶,在特定时日特定时辰制药,选在特定时节送人,译文删减"粽子""蒲艾""六一散""痧药"等乡土之物及择时造药送药之乡间习俗,造成文化缺失,实乃遗憾。

最后是改,即改造原作内容、形式或风格以适应特殊需求。不得不承认,有些乡土元素实属难译,为适应读者文化视域,译者更需要变通,通过改译进行本土化处理。例如:

(3)若当春秋季节,还有开磨坊的人,牵了黑色大叫骡,开油坊的人,牵了火赤色的大黄牯牛,在场坪一角,搭个小小棚子,用布单围好,竭诚恭候乡下人牵了家中骡马母牛来交合接种。野孩子从布幕间偷瞧西洋景时,乡保甲多忽然从幕中钻

---

① 高方,许钧. 现状、问题与建议——关于中国文学"走出去"的思考. 中国翻译,2010(6): 8.

② Gibbs, N. (trans.). The Orange Grower and the Old Sailor. *Chinese Civilization and Society: A Sourcebook*. Ebrey, P. B. (ed.). New York: The Free Press, 1981: 321-331.

出，大声吆喝加以驱逐。当事的主持此事时，竟似乎比大城市"文明接婚"的媒人牧师还谨慎庄严。

During spring and summer, the mill owner would bring a black mule and the oil press owner a yellow bull to one corner of the market. There they would set up a tent, enclose it on all sides with canvas, and provide stud services. When naughty children sneaked a glimpse at this peep-show, the village elders would suddenly emerge from inside and chase them away shouting. The whole affair was handled, in fact, more seriously than a Christian marriage ceremony. ①

原文生动形象地描述了乡间市场上人们恭敬正式地组织骒马母牛交合接种的场景。且不说中国"媒人"搭桥式婚礼是否"谨慎庄严"，西方读者理解这种中式婚礼都难，所以，为了让西方读者体会到乡下人对这种活动的重视，译者改译了原文，用 Christian marriage ceremony 这种常见的西式婚礼替代。

三、结　论

身为中国现代文学转型期重要作家，沈从文以其极富民族特色的乡土小说独树一帜，虽一度被埋没，但"酒香不怕巷子深"，他那股"乡"气终为世人所闻，成功外飘。然而，其乡土小说英译并未系统化规模化，主要集中于 20 世纪 30 年代的成熟期作品，复译则成就了《萧萧》《丈夫》《边城》等作品的经典地位。但是，沈氏之闻

① Gibbs, N. (trans.). The orange grower and the old sailor. *Chinese Civilization and Society: A Sourcebook*. Ebrey, P. B. (ed.). New York: The Free Press, 1981: 321-331.

达于世恰在不拘一格、灵活多变。所以,其乡土小说仍有待译介,包括与《边城》齐名的长篇小说《长河》。只有不断"推陈出新",丰富多彩的沈氏风格才能完整呈现于英语世界。纵使如此,国内翻译名家稀缺是不争的事实,想要让民族个性十足的乡土小说成功漂洋过海,除本国政府与出版机构的努力外,有必要鼓励外语译者,培养母语译者。此外,由于文化差异,沈氏乡土特色的再现需要多向度的英译策略,到底如何变通,有待探讨。

(汪璧辉,南京晓庄学院外国语学院副教授;原载于《小说评论》2014 年第 1 期)

陕西文学的海外传播之路

——以贾平凹为例

臧小艳

　　在中国当代文学的发展格局中,以柳青、路遥、陈忠实、贾平凹为代表的陕西文学创作,被公认为是最具实力和成就卓著的地域性创作群体,评论界常肯定地称为"当代文学的重镇"。陕西文学在中国当代文学史上的地位不容置疑。陕西有一群致力于文学创作的优秀群体,陕西文坛有着雄厚的文学基础和厚重的历史文化,路遥、陈忠实、贾平凹相继三届现身茅盾文学奖,被形象地称为新时期陕西文坛的"三驾马车"。以红柯为代表的陕西文坛新生代,为陕西文学注入了新的活力,他们试图突破传统文化乡土情绪与宏大叙事的限制,努力寻找着陕西文学新的发展道路。随着文学"走出去"战略的实施,陕西文学在对外传播的道路上一马当先,虽然取得了一些成绩,但仍是荆棘丛生,障碍重重。莫言获得诺贝尔文学奖,让中国文学看到了走向世界的希望,也带给各地文坛深深的启示。陕西作家的作品外译起步较早,但却发展缓慢,译本整体数量较少,在国外的影响力也相对有限。如何使陕西文学冲破重围,在国际化突围中获得骄人业绩,是陕西文学乃至中国文学关注的焦点。

一、陕西文学海外传播现状——以贾平凹为例

陕西文学能否在借鉴莫言成功经验的基础上挖掘一条海外传播之路,是值得陕西文学界认真思考的一个问题。路遥、陈忠实、贾平凹这几位当代陕西地域文学的代表作家,他们的作品非常典型地体现出了陕西文学以乡土叙事为主流的鲜明地域文化色彩,他们大多选择从乡土题材和地域文化的角度进入文学创作,很大程度上反映了陕西文学的总体文化审美取向。路遥在世时间相对较短,作品数量较少,外译本更少。但其作品却激励着几代青年积极进取,奋发图强,代表作《人生》《平凡的世界》不仅在国内影响深远,也进入了日本读者的阅读研究视野,日本学者安本实先生是国外研究路遥的第一人,发表了多篇路遥研究论文,有一定影响。陈忠实的《白鹿原》1993 年出版至今,在国内已推出 40 多个版本、发行 170 余万册,还出有日文、韩文、越南和法文 4 种外文版,却一直没有英文版。[①]

贾平凹先生被称为当代文坛"最具国际影响力的中国作家",是陕西文学的一面旗帜,善于守着自己熟悉的生活领地,执着地开辟着属于自己的文学世界,用自己的实践为陕西文学的前进发展指明方向。他的作品面向现实,具有民族性又超越民族的界限。目前,在陕西文学的外文译介上,贾平凹走在前列。早在 20 世纪 80 年代,贾平凹的作品就被不断地翻译成各国文字,进入世界范围,引起了较大的国际影响。贾平凹的作品有着浓郁的地方特色,是陕西文坛的重要代表,其作品的海外传播现状在某种程度上代

---

① 陈忠实.《白鹿原》出版 20 年无英文版,陈忠实:问题出在我. 西安晚报,2013-03-11.

表了陕西文学的国际境遇。

贾平凹的作品主要通过两种形式传播海外：一是中国政府组织出版的英文刊物《中国文学》和"熊猫丛书"，主要由中国的专业外语人士从事翻译，更多关注作品的原始韵味和地域特色，形式上以中短篇小说为主，语言上主要是法语和英语，且常用作礼品赠阅，较少进入流通市场。这些作品的国外影响面较窄，影响力有限，但仍在某种程度上扩大了贾平凹及其作品在海外的知名度。新时期以来，外国有一批翻译家、汉学家、评论家、学者等对中国当代文学产生浓厚兴趣，陆续翻译介绍了大量的作品，形式自由灵活，有中国当代作家作品选，有以单行本形式翻译出版的部分中、长篇小说。由国外翻译出版，语种更加丰富，更多考虑译文的可读性，即市场与读者需求，在保持原貌的基础上采用各种手断进行了易化，在国外读者中影响较大。这种方式不仅繁荣了中国文学的对外翻译，更在一定程度上成就了中国文学的对外介绍与研究，加速了中国文学的世界化进程。

贾平凹作品的外译主要集中在 20 世纪 70 年代末和 90 年代。90 年代以后，贾平凹创作丰富，但外译几乎处于停滞状态。2010年以来，贾平凹的一些早期创作又受到国际世界的关注，瑞典译本《高兴》2014 年在瑞典出版，英文版《废都》2016 年在美国问世。从译本数量上来看，越南语译本最多；从单个作品的英译本传播现状来看，葛浩文翻译的《浮躁》(*Turbulence*)最具影响力，已被世界各国 500 多家图书馆收藏，居贾平凹作品译本的首位。《废都》的译介次数最多，在英、法、日、韩、越南语中都有译本。20 世纪 70、80年代，《中国文学》、"熊猫丛书"就陆续发表、出版贾平凹作品的外文译本，英文译本主要有《天狗》(1991 年)、《晚雨》(1996 年)、《天狗：贾平凹作品选》(2009 年)，由北京外文出版社出版；法语译本有《贾平凹小说选》，1990 年出版。其中英文译本明显多于法语译本,且主要是在国内翻译出版。20 世纪 90 年代,中国经济的发展引起了世界的关注,中国文学也以自己的姿态融入世界艺术殿堂。贾平凹的作品先后被翻译成英、法、德、日、韩、越、瑞典等文字,在国外出版发行。单行本中越南语译本最多,有《浮躁》《废都》《我是农民》《故里》《鬼城》《短篇小说选》《怀念狼》《散文选》《秦腔》《病相报告》等 13 部,分别由不同作家不同出版社翻译出版;英语、法语和日语次之,各 3 部,英语有《浮躁》《古堡》《废都》,法语有《废都》《背新娘的驮夫》《土门》,日语有《废都》《土门》《现代中国文学选集4:贾平凹》;德语、韩语译本各 2 部,德语有《天狗》《太白山记》,韩语有《废都》《高兴》;对诺贝尔文学奖有着很大影响的瑞典语译本至今仅出现一部陈安娜翻译的《高兴》,陈虽有翻译其他作品的行动,但尚未出版。另外在一些作品选的外文译本也收录了贾平凹的小说和散文作品。相对于贾平凹在中国文学史上的重要地位和文学影响力,他的作品在国外并没有得到应有的关注与传播。获得茅盾文学奖的长篇小说《秦腔》,以及其他代表作如《怀念狼》至今仍缺乏有影响力的英译本,《白夜》《高老庄》等作品从未以任何一种文字被译介和出版。

文学的翻译必然引起文化争论。从翻译到研究的过程,也反映了以贾平凹为代表的陕西文学在译介上的欠缺所带来的研究上的偏狭。关于作者的国外研究,英语世界对贾平凹的关注开始最早,影响也较大。仅就英语国家的博士论文来看,1998 年至 2004年就有 4 篇以贾平凹为专题的研究论文,其中王一燕的博士论文修改成书《叙述中国》,这是目前国外学界唯一一部研究贾平凹作品的英文专著。关于作品的国外研究,主要集中在《废都》《浮躁》《古堡》《人极》等几部作品上,当然英文版的《浮躁》则是焦点。1991 年《浮躁》英文版一出版,当年便有书评 5 篇,且解读相对中肯,与国内评论基本一致。关于《废都》的研究,英语、法语并驾齐驱,伯仲难分,相比国内毁誉参半的评论,国外对《废都》的评价则出现了一边倒的正面肯定。《古堡》《人极》,虽不像《废都》《浮躁》那样热门,却也进入了国外学者的研究视野,皆有书评发表,无形中促进了小说的传播。①

在东方,贾平凹作品在日本的被关注却表现出一种异类。贾平凹的小说在日本被正式翻译并出版的单行本仅有 3 部,分别是井口晃翻译的《鸡窝洼人家》(收入《现代中国文学选集 4:贾平凹》)、吉田富夫翻译的《废都》和《土门》。另外,盐旗伸一郎翻译了《猎人》《太白山记》和《有着责任活着》三则短篇。日本对于贾平凹的文学研究却早于对其作品的翻译,既有对贾平凹生平的研究,也有对其创作的分期解读。名和又介、吉田富夫、盐旗伸一郎、加藤三由纪、布施直子都有研究论文公开发表,但数量很少,据统计不足 10 篇②,主要原因是贾平凹的作品在日本的翻译较少,流通太慢。

由于语言问题、文化问题,国外对于贾平凹及其作品的研究也比较单一,规模较小,大多学者将目光锁定于《浮躁》和《废都》,主要讨论原作语言与翻译语言所体现的文化差异。从整体来看,贾平凹在外文世界里的关注度还不够,中国文学的对外传播任重道远。

二、陕西文学海外传播障碍与问题

在文学"走出去"战略的影响下,陕西文学的海外传播也取得些许成绩,有不少作品被翻译出去并受到了世界文学评论界的关

---

① 姜智芹. 欧洲人视野中的贾平凹. 小说评论,2011(4).
② 吴少华. 贾平凹作品在日本的译介与传播. 小说评论,2014(5).

注,但相对于文学创作的现状来看,这些成绩是微不足道的。作为陕西文坛最有代表性的作家,贾平凹作品被翻译出去的数量最多不过是其创作的十之三四,症结在于翻译渠道窄,人员少,大量作品很难及时推广。

(一)翻译是中国文学"走出去"的第一道门槛

陕西文学带有浓郁的地域特色,方言土语、民俗风情处处可见。要想把这些东西原汁原味地翻译出来并传播出去,没有深厚的文学修养和语言积累,是很难成功的。在以贾平凹为代表的陕西文学作品中,除了大量充斥于文学作品中的陕西方言,还有中国古语的运用,而这一语言风格限制了陕西文学的海外传播,对翻译构成了较大的困难。"中国图书对外推广计划"办公室主任吴伟曾说:"我们有些地域作家,用方言写东西,一般说普通话的人都看不大明白,再变成外文,在表达和理解上就是一大衰减。"①著名汉学家葛浩文也表示,曾经尝试翻译《秦腔》,但这部作品中的家乡话太多,因而他选择放弃。② 陈忠实的《白鹿原》1993 年由人民文学出版社出版发行,1997 年获得中国长篇小说茅盾文学奖,在国内已推出 40 多个版本,却一直没有英文版,主要原因是《白鹿原》在翻译上困难重重,首先书名本身就是个难题。关于这个书名,有音译、有意译、有直译、有曲译,但一直难以找到最合适的英文翻译。"白鹿原"三字内涵丰富,寓意深邃,除非是一个既对关中文化熟悉、对小说精髓理解透彻,而且又精通英语的人,否则很难胜任这个工作。③ 贾平凹、陈忠实、路遥他们都是用陕西方言进行写作的

① 吴伟. 向莎士比亚学习传播. 时代周报,2009-09-16.
② 蔡震. 美国著名汉学家葛浩文　译不了贾平凹的《秦腔》. 西安晚报,2008-03-24(12).
③ 曾世湘,姜梦云. 大学副教授质疑《白鹿原》英译. 西安晚报,2012-08-07(18).

现代汉语作家。在他们的作品中出现的诸如"毛草""喝饭""圪蹴""麻达""舔尻子""日塌""忒色""骚情""闲的叫唤""你这货稀松拉跨""嘹扎咧""言传""灵醒""日弄""踢腾""烂包""硷畔"等大量生僻土话，在翻译时会触动译者的每根神经，有时甚至令译者手足无措、举步维艰，无法选择恰当的词句正确传达其意，因而很多作品在外译的道路上被迫搁浅。

（二）文学翻译人才匮乏也是制约陕西文学"走出去"的重要原因

陕西当代文坛经典不少，却无缘进入诺贝尔文学奖视野，这自然与陕西文学的海外译介不足密不可分。在中国文学的外译问题上，好的译者不多，尤其那种能把作品的意境、语言的特质，甚至地域色彩都呈现出来的译者，更是少之又少。贾平凹的作品在中国当代文坛很有分量，可是其作品却缺少经典海外译本，而且在翻译过程中未能展示原著的真正意蕴，翻译质量无法过关，瑞典语的译本更少。贾平凹先生在接受访谈时解答说，在翻译自己的作品时，只有日本译者吉田富夫在翻译《废都》时亲自造访实地考察，其他翻译多是通过书信来往完成的，对于译者的文学底蕴及翻译水平，大概平凹先生也不是非常清楚。优秀的译本能引起世界级的效应，劣质的翻译只能降低原著的审美，失去读者。根据西安外国语大学王瑞老师的数据统计，在贾平凹作品的英译过程中，中国译者占 60％以上，外国译者占 20％多一点，另有几名佚名译者。在整个翻译过程中，中国译者更加关注与原文的相似度，关注方言俚语、民俗文化的挖掘，力图真实地复现原作的语文意蕴；英语本族语译者更关注译作的可读性，较多考虑目标语读者的阅读期待，而中国译者在这方面的把握却不占优势。①

(三)文学错过读者,社会与文化差异造成接受主体的缺失,影响中国文化的海外传播

中国作家在创作时,心中所系是中国读者,中国文学在翻译之后,面对的是外国读者,中外文化的差异,必然导致一种审美误差,而这也正是中国文学在对外传播中缺乏普通读者的关键。中国传统讲究想象,比较含蓄,外国文化相对直接。知名旅美作家沈宁曾毫不遮掩地指出文学作品的消遣、娱乐性本质,以及美国出版界以市场为导向的现实:"外国主流书评的标准很简单,以畅销排座次,卖得多,看的人多,这书就好,反之就不好。美国很多大学教授当然有不同的看法,但对主流社会并无影响力。"②西方读者对中国当代作家的了解非常少。"中美诗学及文化价值的差异、作家的创作动机和表达方式与读者的期待视野不能重合,致使作者和读者失之交臂,这是中国现当代小说在西方国家缺乏影响力的原因之一。"③中国文学在国外的读者主要是一些对中国社会和文化感兴趣的学者与汉学家,接受主体的缺失,致使中国文学在对外交流中处于一种绝对的弱势地位。著名汉学家顾彬认为,"葛浩文对原作的改写使得英译本能够很体面地面对西方读者"。他还指出:"葛浩文用他自己的话总结了作者可能要说的话,抚平了原文中的缺陷。他有时把几段话略去,把一些文化承载词的注释删掉,使小说对西方读者来说,可读性更好。最终的译文与原文显著不同。"④

---

① 王瑞. 贾平凹作品英译及其研究:现状与对策. 外语教学,2014,35(5):93-102.

② 沈宁. 中国文学距离世界有多远. 海内与海外,2005(7).

③ 崔艳秋. 八十年代以来中国现当代小说在美国的评介与传播. 长春:吉林大学,2014:76.

④ Basu, H. Right to rewrite?. *China Daily*,2011-08-19(19).

可见,葛浩文在翻译过程中实践着跨文化改写,这是非精通汉语与英语两种语言文化的译者无法达到的,而像葛浩文这样能够靠着热情来真诚翻译的人太少了。

三、陕西文学国际化突围观念与方法

多年来,中西文化的交流看似有来有往,实际上这种文化的输入与输出呈现一种严重的不平衡现象。随着中国经济的发展、综合国力的提升和中国国际地位的提高,世界开始有意识地了解中国、了解陕西。陕西作家要想在文学层面上为世界提供能够产生共鸣的中国经验,让世界了解陕西,就必须在文学传播策略与方法上有所突破,努力寻找陕西文学国际化突围路径。

(一)内容决定价值,思想决定境界

随着中国符号在世界的放大,越来越多的外国人愿意了解中国,中国文学"走出去"的路子也越来越宽。即便如此,没有好的故事、好的内容,要想走出国门还是一纸空谈。文学应该具有大境界、大气魄,真正将民族性与世界性整合起来。"所谓的大境界,一是在内容上要表现人类相通的意识;二是在价值取向和审美取向上,要真实再现符合人类历史大发展趋势的进行意识和现代意识,弘扬美和善。"①陕西文学有着厚重的陕秦文化传统、"延安文艺"背景,在中国当代文坛享有盛誉。20 世纪 50—60 年代以杜鹏程、柳青、王汶石、李若冰为代表的陕西第一代作家,奠定了陕西文学在整个中国文学发展中的基调。以路遥、陈忠实、贾平凹、高建群、叶广芩等为代表的第二代陕西地域作家群,很好地继承了第一代

---

① 孙立盎. 陕西当代文学的世界性因素研究. 小说评论,2015(3).

作家的成功经验,这两代文学艺术家之间有着较为正常、积极的代际影响。^① 进入 20 世纪 90 年代,以红柯为代表的陕西文坛新生代,开始走上一条"反传统"的文学道路,他们的作品是作家在"去地域化"和"去史诗化"上的自觉努力。陕西有着厚重的文化积累与文学传统,如何根植传统加强创作是当代作家需要斟酌的话题。在中国当代文学史上,以贾平凹、陈忠实、路遥为代表的陕西文学具有很强的影响力,他们不但善于吸收还善于消化,懂得借鉴还懂得超越。在陕西地域写作中,贾平凹就是一个特例。他不但遵循着陕西文学第一代作家的创作经验,又开拓出一个属于自己的全新领域,成功地超越了第一代作家的创作积累,完成了自己的文学突围。著名评论家李国平在接受采访时,坦言"陕西文学一个平庸的时代很快就会到来","平面的、没有思想介入的经验写作几乎是陕西作家写作的最大顽疾"。文学应该"关注社会思潮,吸取当代最前沿的思想成果,捕捉时代的'最隐蔽的精髓'"。陕西作家必须努力探索,不断寻找提升之路,创作出具有中国情感体验的优秀作品,在体认借鉴上一代作家成功经验的基础上,重建对文学的遵从,寻找文学传统、复归文学主流,"从封闭的内循环走开放的外循环"^②,使文学具有时代感,且能很好地回应时代。短短几句话,非常中肯地评价了陕西当代的文学走向,对陕西作家敲响了警钟,指明了方向。

(二)加强创作主体宣传意识

陕西作家一直以来比较保守,为人内敛且不长于交流与推广,他们受中国传统文化影响较深,大多将眼光盯着自己的创作,将自

① 李建军. 论陕西文学的代际传承与其他. 当代文坛,2008(2).
② 李国平. 20 年前的集体出发,树立了文学追求的标尺. 华商报,2013-12-10.

己的交际圈限定在陕西以内。他们大多用方言写作,生活中更是离不开方言,走出陕西,跟他人在语言交流上甚至都存在障碍。作家要有世界眼光,要适时适当地外出交流,与本国文学家交流、与他国爱好中国文学的汉学家交流,加强个体作品的对外宣传、现身宣传,开展"读者见面会",进行文学普及与推广,接触普通读者,并以此为契机,寻找理想的翻译平台,拓展中国文学的外译渠道。德国汉学家顾彬曾批评中国作家几乎没人能看懂外文,葛浩文则表示:"中国作家到国外旅行演讲,必须完全仰赖口译,因此自行到处走动与当地人接触的机会少之又少,通常就和中国同胞在一起,等于人的身体出了国,但其他种种还留在中国。难怪不少人认为中国当代文学缺少国际性,没有宏伟的世界观。"①交流是一种心灵的沟通,语言是了解世界的窗口,了解他国文化可以从了解他国语言开始。以贾平凹为代表的陕西作家,更应加倍努力真正实现与世界文学接轨。

(三)加强国际交流与对话,努力建设国际汉学家关系网

文学翻译具有不对等性,尤其是不同文化会带来文学误解。中国文学进入世界文学圈,首先需要改变文学翻译中的文化冲突。美国汉学家金介甫曾指出:"翻译贾平凹等作家主要的障碍在于,虽然性解放和为个人权利而斗争的主题在中国具有新意,但是对于我们(美国读者)而言确实是陈词滥调。"②当然金介甫的话针对的是《废都》中的性描写来说的,但是贾平凹的《废都》虽然写了性,但更深层次挖掘的是中国在社会转型时期人的困境,尤其展现了知识分子苦闷、无聊、挣扎、抗争的心路历程。通过文化交流,中国

---

① 葛浩文. 滥用成语导致中国小说无法进步. 东方早报,2014-04-22.
② 转引自:高方,贾平凹."眼光只盯着自己,那怎么走向世界?"——贾平凹先生访谈录. 中国翻译,2015(4).

的社会、中国的文化必然会受到正视,自然那种由不了解中国文化所造成的文学误解与文化误读也会得以改变。

20世纪80年代以来,中国文学越来越多地受到英语世界的关注。美国汉学家葛浩文对于中国文学的海外传播起着重要的推动作用,张洁、古华、王朔、阿来、张炜、毕飞宇、莫言、苏童、李锐、刘恒、贾平凹等作家的中长篇小说,都是经葛浩文的手翻译出去的,他为中国文学披上了当代英美文学的色彩,让中国文学从此走向世界。当然,全球的汉学家是相互联络相互影响的。从文学译介到学术理论批评,他们在中国文学的海外传播上起着举足轻重的作用。共同的爱好是联系的纽带,凭借他们对汉语的热情,可以建立世界性的人才电子档案,形成汉学家信息网,资源共享,经常沟通,加强交流,促进陕西文学高质量、多渠道的翻译出版。

争取与海外民间翻译力量建立联系,拓宽翻译渠道。目前在中国真正推动文学国际传播的主要力量仍是国家和政府,宣传渠道仍是官方媒体,政府和媒体在中国文学的海外传播中扮演着十分重要的角色,而对民间力量的关注是不够的。其实民间团体的力量更有利于推动中国文学有效、广泛地传播。2007年美国翻译家陶建(Eric Abrahamsen)创建的一个号称"纸托邦"的博客网站——Paper Republic(http://paper-republic.org/),是一家致力于翻译并传播中国当代文学作品的网站。从2012年出版的英译中国当代文学作品来看,28部单行本(包括香港和台湾各一部),共有29位译者,其中有21位是Paper Republic的成员,占到71.4%,"译员多以英语为母语,中国文化和语言功底深厚,在翻译行业从业多年,多有国际背景,熟悉英美等主要英语国家翻译文学出版和传播的机制流程,是中国当代文学在英语世界不可多得的代言人"①。由此可见，海外民间组织不仅在中国文学的翻译上，更是在中国文学的海外出版传播上经验丰富，对于推进中国文学的海外传播起着非常重要的作用，与之加强合作，是中国当代文学国际传播的一条有效途径。

（四）充分发挥现代影视的助推作用，以影视促进文学的传播

现代影视与文学的亲密接触越来越频繁，文学为影视提供了广阔的发展空间，影视作品同时也促成了读者的阅读"回流"。影视作品作为文学的延伸，对文学的发展与传播起到了不可低估的助推作用。莫言也曾提到："中国文学走向世界，张艺谋、陈凯歌的电影起到了开路先锋的作用。"②刘江凯也曾开玩笑地说："应该给张艺谋颁发'中国当代文学海外传播最佳贡献奖'。"③根据莫言的同名小说改编的电影《红高粱》获1988年柏林国际电影节金熊奖，改编于短篇小说《白狗秋千架》的电影《暖》获第16届东京国际电影节最佳影片金麒麟奖。根据苏童小说《妻妾成群》改编的电影《大红灯笼高高挂》，先后荣获第48届威尼斯电影节银狮奖、英国影视艺术学院最佳外语片奖、纽约影评人协会最佳外语片奖、比利时电影评论家协会大奖。由陈凯歌执导，改编自李碧华同名小说的《霸王别姬》(*Farewell My Concubine*)，1993年获得第46届法国戛纳国际电影节金棕榈奖，成为第一部获得此奖项的华语电影，并且获得美国金球奖最佳外语片奖。这些电影奖项的获得在很大程度上推动了西方读者对中国文学的认可与接受。当然，贾平凹也有几部作品被改编成电影，如《野山》《月月》《五魁》《高兴》。根

---

① 王祥兵. 海外民间翻译力量与中国当代文学的国际传播——以民间网络翻译组织 Paper Republic 为例. 中国翻译，2015(5).

② 术术. 莫言、李锐："法兰西骑士"归来. 新京报，2004-04-15.

③ 赵孟元. 中国当代文学海外传播：翻译与推广非常重要. 今晚报，2012-10-22.

据贾平凹的中篇小说《鸡窝洼人家》改编成的电影《野山》在 1986 年东京"中国电影展"上,受到日本观众的广泛关注,电影的公映,成功推进了《鸡窝洼人家》的日文翻译与传播。由此可见,在中国文学的海外传播之路上,影视起着不可抹杀的作用。

　　(臧小艳,榆林学院文学院副教授;原载于《小说评论》2017 年第 3 期)

路遥文学作品的跨文化传播研究

申朝晖

　　文化差异导致的隔阂必须借助于文化的交流与传播才可以消除，文学作品的翻译、介绍与研究，作为跨文化传播的一个重要组成部分，在全球化的文化语境中日益受到人们的关注与思考。跨文化传播比之于普通的传播活动，涉及面更广泛，制约因素更复杂，运转周期也更长。因此，我们必须了解跨文化传播过程，尊重其内在规律，才能实现中国文学海外传播的战略构想。

　　我以路遥文学作品的跨文化传播为研究对象，因为路遥的文学创作本身就是跨文化传播影响下的产物，俄苏文学及法国文学对路遥文学创作的影响颇深。① 通过研究路遥文学作品的跨文化传播，对其中所蕴含的传播信息进行文化解码，以此分析中国当代文学作品在"走出去"的过程中，如何消减传播障碍，达到预期的传播效果。

　　影响文学作品的跨文化传播的关键因素是翻译。迄今为止，路遥以中篇小说《人生》为代表的文学作品主要被翻译为英语、法语、俄语及日语，除日本外，其在异域文化环境中很难真正"落地生

---

① 韦建国,李继凯,畅广元. 陕西当代作家与世界文学. 北京:中国社会科学出版社,2004:233.

根",更无法奢谈在民众中的反响。由路遥亲自改编的电影《人生》虽然在国内创造了票房奇迹①,但被翻译成不同语言在世界各国放映后②,甚至在 1985 年成为奥斯卡最佳外语片入选作品,也是反响平平。对作家、作品的介绍与研究,也是跨文化传播的重要组成要素。对路遥及其文学作品的介绍与研究,虽然欧美一些国家也有不同程度的涉猎,但主要局限于海外汉学界或华语文化圈。从路遥这个个案出发,我们意识到,与中国每年译介大量的世界文学名著相比,我们的文学作品翻译成外文出版发行的,尤其是在海外产生文化效应的作品为数很少,中国现当代文学作品"需要更广泛的推介,来回应世界对中国的日益关注"③,这也是我进行路遥文学作品的跨文化传播研究的动因。

一、输出传播与引入传播

路遥文学作品的跨文化传播方式主要分为两种类型:一是输出传播,二是引入传播。这两种不同的传播方式,承载着不同的文化话语权,也产生了不同的传播效果。

"文革"结束以后,中国文学与世界文学的交流与传播达到了前所未有的深度与广度,在将外国文学作品"请进来"的同时,中国文学作品也面临着"走出去"的问题。20 世纪 80、90 年代,中国国家机构组织了一批翻译家将现当代的经典作品翻译成外文,外文出版社于 1990 年推出了张荣富翻译的法文版《人生》④,就属于这一活动的成果。这种有组织的文化输出策略,代表着中国文化界

① 怀念吴天明 《人生》西安重映. 西安晚报,2017-04-03(7).
② 谢曼诺夫.《人生》俄译本后记. 雷成德,译. 小说评论,1989(2):78.
③ 梁丽芳. 把中国当代文学带进世界视野. 文艺报,2017-08-11(08).
④ 路遥.《人生》法文版序. 小说评论,1987(5):77.

已经意识到,文学是"一种调动种族和民族的身份认同的力量",能够"推动社会和经济变迁的力量",①在国际文化交流中,中国应该积极主动地进行意义的输送。但遗憾的是,从现有资料来看,法国文化界在路遥文学作品的跨文化传播中并未出现信息的接受与反馈。其实,官方对路遥作品的输出译介远比这个要早,1972 年,《中国文学》杂志收录了路遥与曹谷溪合作的诗歌《当年"八路"延安来》②,但除梁丽芳外,几乎没有人关注过路遥文本的这一传播行为。路遥文学作品的输出传播,还通过民间译介与研究的途径进行。如 2017 年 9 月 12 日,路遥文学爱好者高玉涛发起,由北美华人中的文学爱好者参与的"全球路遥读书会"座谈会在美国洛杉矶召开,并在洛杉矶注册设立全球路遥读书会总部③,就属于典型的民间自发的输出行为。我们由李星在路遥生前受其委托撰写的《在乡村和城市之间——〈人生〉英文版序》④与始终未见其面的"《人生》英译本"也可以推测出,1992 年前后,民间人士计划将《人生》翻译成英语出版。在《人生》之前,路遥的另一中篇小说《惊心动魄的一幕》的英译本,已于 1986 年由曾在陕北插队的北京知青沈宁翻译出版了⑤,但国内外的研究人员几乎都没有关注到这一现象⑥,更无法谈及其在美国的接受与反馈了。近几年来,作为

---

① 利贝斯,卡茨. 意义的输出:《达拉斯》的跨文化解读. 刘自雄,译. 北京:华夏出版社,2003:11.

② Leung, L. F. *Contemporary Chinese Fiction Writers: Biography, Bibliography, and Critical Assessment*. London: Routledge, 2016.

③ 卢威. 全球路遥读书会总部落户洛杉矶. (2017-09-14)[2017-09-15]. http://us.haiwainet.cn/n/2017/0914/c3542743-31116276.html.

④ 李星. 李星文集(一). 西安:太白文艺出版社,2009:210.

⑤ Leung, L. F. *Contemporary Chinese Fiction Writers: Biography, Bibliography, and Critical Assessment*. London: Routledge, 2016.

⑥ 耿强. 文学译介与中国文学"走向世界"——"熊猫丛书"英译中国文学研究. 上海:上海外国语大学,2010.

"陕西文学海外推广计划"项目的《陕西作家短篇小说》(2011 年英文版与 2013 年西班牙文版,五洲传播出版社)与《中国文学陕西卷》(2016 年英、法、俄文版,2017 年西班牙文版,新世界出版社)都收录了路遥的短篇小说《姐姐》,前者还参加了伦敦、法兰克福以及墨西哥瓜达拉哈拉等国际书展,为推介路遥的文学作品做出有益尝试①,但从目前来看,并未形成有效的传播接受活动。究其原因,输出传播是有意识地通过文学作品进行着文化价值观念的灌输,在我方的主动性背后,是他方消极被动地接受,他方往往会对输出传播持有警惕的态度,其传播效果也就不能尽如人意。与此同时,输出传播的译者往往只关注怎么译介文学作品的问题,很少能顾及传播受众的审美观念、阅读兴趣,更遑论所采取的传播手段与接受方式。这种不考虑读者需求意愿的一厢情愿式的传播活动不可能取得理想的传播效果。

与输出传播相对应的是引入传播,这是"建立在一个国家、一个民族内在的对异族他国文学、文化的强烈需求基础上"②的传播行为。在这种传播活动中,传播受众(包括翻译家、读者)往往会在不知不觉中接受特定文化观念的影响,传播对象所承载的文化观念具有隐蔽性,所以,引入传播往往会产生意想不到的传播效果。路遥文学作品的跨文化传播主要是指这种引入传播,但引入传播必须以"视野融合"为基础,即"读者的期待视野与文学文本相融合,才能谈得上接受与理解"③。《人生》俄译本的译者谢曼诺夫,正是被《人生》"对中国当代文学不寻常的关注热情,在十分温柔

---

① 魏晓文,李济朴. 陕西文学 砥砺奋进的五年 蓄势待发的起点. 文化艺术报,2017-10-27(04).

② 姚建彬. 中国当代文学海外传播研究. 北京:北京大学出版社,2016:21.

③ H. R. 姚斯,R. C. 霍拉勃. 接受美学与接受理论. 周宁,金元浦,译. 沈阳:辽宁人民出版社,1987:8.

的形式里所传达的鲜明的社会性而吸引"①,因而将《人生》翻译成俄语版。日本姬路独协大学学者安本实在研究与译介路遥的文学作品时,也饱含着自己浓重的思想情感。安本实在日本关西地区的一个小城长大,来到大阪以后,挥之不去的自卑感与尴尬处境,类同于《人生》中进城的高加林,文本阅读中产生的亲近与共鸣,成为他后来进行路遥文学作品引入传播的动因。② 再如美国芝加哥大学东亚语言与文明系副教授叶纹,从意大利那不勒斯的海岛走出来,与现代都市生活的隔膜,以及在美国的焦虑性体验,都促使她关注并研究路遥的文学作品。为此,她在 2016 年专程来陕北考察路遥的文化足迹,并与延安大学的学生交流了自己在路遥研究过程中的心得体会。由此可见,对跨文化传播中的文学作品而言,需要有一种跨越意识形态与种族、阶层的共同的价值观,这样才能使异域文化接受者产生共鸣,建立起与文学作品和人物形象之间的亲密度、认同感,从而达到"视野融合",使得文学作品的海外传播产生良好的效果。

在文学作品的跨文化传播中,引入传播中受众对信息的接收与反馈要远高于输出传播。因此,在中国文学"走出去"的过程中,主动的推广固然重要,但也要加强对传播途径和方式的研究,吸引海外主动"引进去",才能产生理想的传播效果。但我们也必须认识到,只有文化"输出"才可能导致文化引入,文化引入是以文化输出为前提的。安本实与谢曼诺夫,正是看到出现在日本与莫斯科的汉语版《人生》,才产生对路遥及其文本的阅读兴趣,并进行译介与研究。与此同时,文化引入也会促进文化输出,输出传播会在一定程度上考虑读者的接受情况。在近些年来海外汉学界引入中国

---

① 谢曼诺夫.《人生》俄译本后记. 雷成德,译. 小说评论,1989(2):78.
② 梁向阳,安本实. 一位日本学者的路遥研究情结——日本姬路独协大学教授安本实先生访谈录. 延安文学,2002(5):190.

当代文学的潮流中,2017 年,北京十月文艺出版社将《平凡的世界》翻译成英文,向海外出版界进行推介,同时,《平凡的世界》与《人生》的版权输出也在有序进行中。①

二、单一文本翻译与作家作品的整体观照

路遥文学作品的跨文化传播活动,以 1990 年为界,前后期存在着较为明显的差异。20 世纪 90 年代之前,主要是单一的文本翻译;1991 年之后,形成了全面、系统的整体性观照。

路遥文学作品的翻译起步很早,起点也很高。*Chinese Literature*(《中国文学》)于 1972 年 11 月刊载了路遥的诗歌:"An Old Eighth Route Army Man Comes to Yan'an"(trans. Ku-chi Tsao)(《当年"八路"延安来》,第 55—58 页)。1986 年,美国 University of Iowa Press(爱荷华大学出版社)出版了路遥的中篇小说 *A Soul-stirring Scene*(trans. Shen Ning),即《惊心动魄的一幕》。1988 年,苏联翻译家谢曼诺夫将《人生》翻译成俄语出版。1990 年,Éditions en langues étrangères(外文出版社)出版了 *LA VIE*(法文版《人生》)。上述作品在 1990 年及以前,被翻译成不同文字出现在世界上多个国家与地区,但除俄语版的《人生》外,我们见不到任何海外学者、民众的反馈信息,路遥文学作品的跨文化传播基本上局限在了单一文本翻译领域。单一文本翻译的跨文化传播活动,不涉及对作家作品的介绍,也没有研究成果的跟进与配合,所以,传播的影响力极其有限,传播信息的接受与反馈严重不足。造成单一文本翻译的这种"前传播活动",固然可能是作者文学创作的成就不够突出,但从跨文化传播的角度分析,主要是以

---

① 路艳霞. 中国图书"走出去"势头很强劲. 北京日报,2017-08-26(08).

路遥文学作品为代表的中国文化属于弱势群体文化。在跨文化传播中,政治、经济和文化强势的国家影响甚至操纵着跨文化传播,形成了文化霸权,与此相对,弱势群体的文化往往处于被动一方,受到强势文化的干扰与遮蔽。因此,中国每年总会大量翻译、介绍世界经典文学作品,外国文学研究也是相当活跃。与中国学者、翻译家对海外文化与文学的译介、研究相比,中国文学"走出去"的很少,即使"走出去"了,"西方的汉学研究尤其是西方学者对中国当代文学的研究(也)是相当少的"①。汉学家蓝诗玲说:"中国文学的翻译作品对母语为英语的大众来说,始终缺乏市场,大多数作品只是在某些院校、研究机构的赞助下出版,并没有真正进入书店。"②所以,传播活动背后,隐藏着特定的社会政治话语和文化价值观念,路遥文学作品早期的单一文本翻译,反映的是西方强势文化霸权。当然,我们也要考虑到《中国文学》与外文出版社的图书,在20世纪90年代之前只是以礼品的形式向海外友好人士赠阅,很少进入销售流通渠道,这也是造成路遥生前文学作品的海外传播中,只有单一文本翻译的原因。

进入20世纪90年代,中国的国际影响力日益提升,中国的崛起引起海外对中国社会发展的重视,对中国现当代文学的译介与研究也随之愈益增多。在日本、北美及越南汉学家的努力下,对路遥文学作品的海外传播,从文本的翻译,到作家作品的介绍、研究,再到路遥精神的弘扬,形成了跨文化传播中的整体性观照。日本在路遥文学作品的整体观照方面最具代表性,也取得了丰硕的成果。日本学者安本实翻译出版了《路遥作品集》(收录了《姐姐》《日子》《在困难的日子里》《人生》《痛苦》),发表了以《路遥的文学风

①　田俊武. 当代欧洲学者视野中的中国当代文学. 当代文坛,2009(3):37.
②　饶翔. 中国文学:从"走出去"到"走进去". 光明日报,2014-04-30(01).

土——路遥与陕北》为代表的十多篇学术论文,编辑了《路遥著作目录以及路遥有关资料》,正在撰写《路遥评传》。除安本实外,1999 年 3 月,《创大中国论集》一书中收录了创见大学菱沼透的论文《有关路遥〈人生〉的命名》;曾在湖南大学、湘潭大学任外教的天野节,于 2012 年 1 月在日本《中国当代文学研究会会报》第 26 号上发表了《路遥的生涯和作品(报告归纳)》。[①] 日本学者对路遥作品的译介与研究,使得日本形成了一个路遥文学作品海外整体传播的阵地。20 世纪 90 年代以后,虽然北美没有翻译过路遥的作品,但在路遥及其文学作品的介绍与研究上,颇有收获。加拿大阿尔伯特大学东亚系梁丽芳教授的新著 *Contemporary Chinese Fiction Writers: Biography, Bibliography, and Critical Assessment* 有一节 "Lu Yao(m): Caught between rural and urban"[②],把路遥的"生平资料融入作者的创作发展轨迹中,指出作品特征,加上文本细读,再给以总体评价"[③]。梁丽芳在节末的注释部分,特意"列出英译的小说篇目和出处",便于读者深入阅读与研究,也便于翻译家"根据评介,选择自己喜欢的作品,然后,根据出处找到原文来翻译"。[④] 这就为国际汉学界进一步的路遥文学作品的跨文化传播开辟了道路。加拿大汉学家戴迈河对路遥文学作品的传播不同于梁丽芳,他是将洪子诚的《中国当代文学史》(其中涉及对路遥及其文学作品的介绍与研究)翻译成英语后,由博睿出版社(Brill)出版。21 世纪初,越南也开始了路遥文学作品的跨文化传播,汉学家黎辉萧分析了作为"改革文学"的《人生》中

---

① 梁向阳,丁亚琴. 路遥作品在日本的传播. 小说评论,2016(5):44-48.

② Leung, L. F. *Contemporary Chinese Fiction Writers: Biography, Bibliography, and Critical Assessment.* Loudon: Routledge, 2016.

③ 梁丽芳. 把中国当代文学带进世界视野. 文艺报,2017-08-11(08).

④ 梁丽芳. 把中国当代文学带进世界视野. 文艺报,2017-08-11(08).

的高加林这一人物形象。① 年轻一代的裴氏翠芳与阮氏妙龄的博士论文中都涉及了路遥及其文学创作，也关注到了黎辉萧、武公欢与路遥文学作品的跨文化传播。②

　　从接受美学的角度看，文学作品所承载的文化信息符号，决定了译者、研究人员对文学作品的选择与阐释，也决定着海外读者对作家作品的接受与反馈，但文学作品所处的社会环境对传播活动的影响力同样不可低估。对于1992年过世的路遥而言，其创作已经定型，对其文学作品的跨文化传播，由1990年之前的单一文本翻译到近些年作家作品的翻译、介绍与研究齐头并进的整体观照，与中国社会、经济、文化实力的增长有关。20世纪90年代以来，中国的综合国力有了极大的提升，在对外文化交流与传播的过程中，中国逐渐演变为能够发声、敢于承担的大国形象。在这种情况下，世界各国开始关注到中国社会政治、经济与文化的发展变化，对中国文学作品的译介与研究的热潮就是在这样的背景下产生的。同时，对中国现当代文学作品，包括路遥文本的译介与研究，又进一步加深和扩大了人们对中国文学、文化乃至社会的认识。

三、同质文化圈传播与异质文化圈传播

　　同质文化圈与异质文化圈，主要针对跨文化传播中的两种不同场域而言。文学作品在海外的传播与接受，在很大程度上取决于域外文化语境与自身文化语境的这种亲疏关系。

---

① 黎辉萧. 中国新时期小说1976—2000. 河内：河内国家大学出版社，2007：123.
② 裴氏翠芳. 中国现当代文学在越南. 上海：华东师范大学博士学位论文，2011；阮氏妙龄. 越南当代文学的"他者"与"同行者"——中国新时期小说（20世纪70年代末—20世纪90年代初）在越南. 上海：华东师范大学博士学位论文，2012.

　　同质文化圈传播虽然也属于跨文化传播,但传播中的这两种文化之间存在着"同根"或"同源"的关系,路遥的文学作品在深受汉文化影响、辐射的日本、韩国、朝鲜及东南亚国家或地区的传播就属于同质文化圈传播。同质文化圈有共同的文化基础,民众有文化认同感,更容易接受文化影响,产生理想的传播效果。日本在路遥文学作品的同质文化圈传播中,最具有代表性和说服力。"自古以来,阅读中国文人的作品就是日本知识分子的修身立世之道。"①中日邦交正常化以后,日本汉学界在高校开设了中国现当代文学课程,出版汉学研究刊物,吸引学界竞相研究中国现当代作家及作品。在这样的文化背景下,日本第三代知名汉学家中岛利郎在其编辑的汉学刊物《咿哑》先后刊载了三篇研究路遥的文章,《姬路独协大学外国语学部纪要》《创大中国论集》《中国当代文学研究会会报》《中国学论集》《南腔北调论集》等学术刊物与论文集中,出现了安本实、菱沼透与天野节等人致力于路遥文学作品域外传播的学术成果。但上述这些材料,仅仅是路遥文学作品在日本这个同质文化圈传播情况的冰山一角;日本汉学家多为高校学者,他们通过授课与讲学,推动路遥文学作品在日本学生、民众中的影响力以几何级数的方式增加。路遥文学作品在越南的传播情况不及日本,缺乏文学作品的翻译,但越南的很多高校都开设了中国现当代文学课程,出版文学史及研究专著,并派遣大量留学生来中国学习中国现当代文学。近些年来,在路遥及其文学作品的介绍与研究领域,出现了以汉学家黎辉萧,青年学者裴氏翠芳、阮氏妙龄等为代表的研究人员。

　　异质文化圈传播,指的是传播活动中信息的发出者与接收者来自两种文化差异显著的社会。中国文化在与汉文化有着显著区

---

① 舒晋瑜. 一个日本翻译家眼里的中国当代文学. 中华读书报,2013-02-20(07).

别的美国、英国、法国、德国、俄罗斯等西方国家的传播就属于异质文化圈传播。异质文化之间的差异与隔阂，导致传播活动不畅通，甚至使传播活动无法得到有效开展。路遥文学作品中的异质文化圈传播，主要是指其在欧美主流社会中的传播。法国是中国现当代文学域外传播活动的主力军，"已经形成了一支专门从事中国当代文学的翻译、教学、研究的汉学家队伍"①。早在 1990 年，外文出版社出版了《人生》的法文版，但在目前的资料中，我们无法找到法国文化界对路遥作品的接受与研究，传播活动其实处在未完成的"前传播活动"状态中。路遥生前出访过联邦德国，与德国文化界有过面对面的接触与交流，而且，德国文学界几乎对中国当代作家、作品都进行过译介，但在顾彬的《二十世纪中国文学史》及其他汉学家笔下，我们找不到路遥及其文学作品的蛛丝马迹。路遥文学作品在北美传播时间比较早，也比较全面。但影响还是集中在汉学界与华人文化圈，换句话说，路遥文学作品在北美的跨文化传播近似于在同质文化圈中进行。苏联在路遥文学作品的异质文化圈传播中是个异端。1988 年，谢曼诺夫将《人生》翻译成俄语，并撰写了《〈人生〉俄译本后记》一文。1989 年，由苏联科学院远东研究所研究人员集体编著的《中华人民共和国的文学与艺术(1976—1985)》中收录了鲍列夫斯卡娅的文章《文学中的青年主人公和青年主人公文学》，该文分析了《人生》中的人物形象：高加林与刘巧珍。② 但这一时期，苏联与中国同为社会主义国家，其意识形态是相同的；苏联解体以后，俄罗斯对中国当代文学的海外传播陷入停滞状态。因此，路遥文学作品在苏联的传播不属于典型的异质文化圈传播。

---

① 许钧. 我看中国现当代文学在法国的译介. 中国外语，2013(5)：11.
② 夏康达，王晓平. 二十世纪国外中国文学研究. 北京：学苑出版社，2016：361-363.

路遥文学作品的跨文化传播,在同质文化圈的日本、越南等国的接受与反馈,要明显高于欧美等国,究其原因,固然有"西方社会对中国当代文学的意识形态偏见"①,但主要是东西方之间"看不见的支配力(hidden grip)"②的差异。中西方对文学功能的理解与认知,存在着较大的隔阂。西方自19世纪末以来,普遍关注作品中对现代社会人类生存危机的思考,或者流连于作品中独特的审美体验与表述,但路遥文学作品中鲜明的政治倾向性与功利主义色彩以及对中国特定社会时代和地域文化的依赖性,尤其文本中依然采用的包括在中国文学界都显得过时了的现实主义表现手法,自然难以得到西方民众的理解与青睐。此外,也要考虑到中西方读者阅读习惯的差异。路遥的文学作品以中长篇小说为主,但"西方人不喜欢阅读篇幅太长的作品"③。

当今世界上,没有任何一个国家、任何一种文化可以独立生存、发展,西学仍需东渐,东学也会西传。因此,我们必须加强中国文学与文化的跨文化传播,使西方社会能够听到东方的声音,消除偏见与歧视,达到各民族国家的合作与共赢。以路遥的《人生》《平凡的世界》为代表的中国当代文学作品的跨文化交流与传播,是中国建构海外形象的重要组成部分,在异域文化视镜中占据了一定的份额。但我们也必须注意到,中国当代文学的译介、研究,主要集中在海外的文化界、知识圈,对普通民众的影响不突出,"英国剑桥大学最好的学术书店,中国文学古今所有书籍也不过占据了书

---

① 刘江凯. 认同与"延异"——中国当代文学的海外接受. 北京:北京大学出版社,2012:42.

② [美]拉里·A.萨默瓦,[美]理查德·E.波特,[美]埃德温·R.麦克丹尼尔. 跨文化传播(第六版). 闵惠泉,贺文发,徐培喜,译. 北京:中国人民大学出版社,2013:317.

③ 刘江凯. 认同与"延异"——中国当代文学的海外接受. 北京:北京大学出版社,2012:42.

架的一层,长度不足 1 米"①。这其中,信息的沟通与交流不畅通,西方的傲慢与偏见,纸质文本与信息化、传媒化生活方式的日渐游离,②固然都是造成文化传播障碍的原因,但我们当代文学发展的窘况及其文学作品本身的质量问题,更需要对跨文化传播中的尴尬处境承担责任。

（申朝晖,延安大学文学院副教授,原载于《小说评论》2018 年第 2 期）

---

① 饶翔. 中国文学:从"走出去"到"走进去". 光明日报,2014-04-30(01).
② 谢淼. 新时期文学在德国的传播与德国的中国形象建构. 中国现代文学研究丛刊,2012(2):39.

论贾平凹作品的国外译介与传播

——兼论陕西文学"走出去"的现状与问题

乔　艳

近年来,随着中国文化"走出去"战略的逐步实施,中国文学在国外的译介与传播问题也日益引起学界关注。2012 年莫言获得诺贝尔文学奖,进一步激发了国内学者对中国文学对外传播现状的研究兴趣,其中,陕西作家贾平凹的名字屡被提及。贾平凹是中国当代文学史上的重要作家,其作品自 20 世纪 80 年代起就不断被翻译成各种文字,产生了较大的国际影响。但已有研究多从中国现当代文学对外译介与传播的整体情况入手,对具体作家作品的翻译与影响缺乏全面把握与深入分析。贾平凹的创作富有浓郁的地域特色,是陕西文学的重要代表,其作品在国外译介与传播的情况在某种程度上代表了陕西文学在国际上的境遇与地位,梳理贾平凹作品海外翻译与研究的现状,揭示其流传中的问题与影响因素,不仅可以在更广阔的视域下把握作家的创作,也有利于进一步了解陕西文学对外传播的现状与问题,减少文学传播的盲目性,从而更有效地推动陕西文学"走出去"。

一、贾平凹作品的译介

贾平凹作品的译介分为两个部分:一是在我国政府推动下,由国内相关机构开展的对外译介工作,以 Chinese Literature(《中国文学》)杂志和"Panda Books"("熊猫丛书")为代表,其面对的主要是英语和法语世界;另一部分则是在国外学者、出版社主导下进行的翻译和出版,其翻译的语种更多,在国外读者中的影响也相对较大。

自 20 世纪 70 年代末期起,《中国文学》就陆续刊登贾平凹作品的英译,先后有《七巧儿》(Qi Qiao'er)、《端阳》(Duan Yang)、《一棵小桃树》(A Little Peach Tree)等,其后由该杂志收录的一些作品被作为单行本出版,即著名的"熊猫丛书"①。作家的一些中短篇小说通过该丛书的译介走向了其他国家的读者。其具体译介情况如表 1 所示。②

表 1 贾平凹作品通过"熊猫丛书"译介情况

语种	中文名	译名	译者	出版社及出版时间
英语	《天狗》(收入《天狗》《鸡窝洼人家》《火纸》)	The Heavenly Hound		Beijing: Chinese Literature Press, 1991
	《晚雨》(收入《晚雨》《美穴地》《五魁》《白朗》)	Heavenly Rain	Richard Seldin, etc.	Beijing: Chinese Literature Press, 1996
	《天狗:贾平凹作品选》	The Heavenly Hound and Other Selected Writings		Beijing: Foreign Language Press, 2009
法语	《贾平凹小说选》(收入《野山》《古堡》)	La montagne sauvage: nouvelles choisies		Beijing: Ed. enlangues étrangéres, 1990

① 《中国文学》杂志创刊于 1951 年,2001 年停刊。最初是年鉴形式,后改为季刊、双月刊、月刊,是半个世纪以来唯一一份面向国外读者,及时、系统地翻译、介绍中国纯文学发展动态的国家级刊物。1981 年,《中国文学》杂志开始发行"熊猫丛书",主要用英、法两种文字翻译出版中国现当代和古代的优秀作品,也出版了少量的德语、日语等版本。

② 表中资料主要来源于 OCLC,并参考了 MCLC、Google Books 等加以补充,表中空白处表示资料来源处未提供信息。

　　"熊猫丛书"在对外推广中国文学、提升国际影响力方面做出了重要贡献,但由于其编选的主要目标是对外宣传,在篇目选择与翻译方面多从自身角度出发,未充分考虑国外图书市场的特殊性与读者的阅读兴趣,再加上丛书在国内出版并通过国内发行商销售,因此其海外发行和读者接受效果并不理想,如美国汉学家金介甫就认为,"熊猫版篇目从贾平凹文集《天狗》中选,选目一般"①。

　　此外,国内出版的贾平凹作品英译本还有《贾平凹小说选》②和《老西安》③。一些小说选对作家的中短篇小说也有收录,如1989 年《最好的中国故事》④和 1991 年的《时机还未成熟:当代中国最好的作家及作品》⑤都收入了《火纸》("Touch Paper"),1993年出版的《当代中国文学主题》⑥收入《天狗》。2012 年《饺子馆》("Dumpling Restaurant")、《猎人》("The Hunter")被收入长河出版社推出的中国小说作品选中,并于美国出版。⑦

　　20 世纪 80 年代以来,随着中国在经济、制度方面的巨变和综

---

① 　金介甫. 中国文学(1949—1999)的英译本出版情况述评. 当代作家评论,2006 (3):67.

② 　贾平凹. 贾平凹小说选(英汉对照). 北京:外语教学与研究出版社,1999. 收入《五奎》("The Regrets of a Bride Carrier")、《美穴地》("The Good Fortune Grave")。

③ 　Jia, Pingwa. *Old Xi'an: Evening Glow of an Imperial City*. Beijing: Foreign Language Press,2001.

④ 　Gao, X., Gu, H., Tashi, D., et al. *Best Chinese Stories, 1949—1989*. Beijing: Chinese Literature Press,1989.

⑤ 　Bian, Y. (ed.). *The Time Is Not Yet Ripe: Contemporary China's Best Writers and Their Stories*. Beijing: Foreign Language Press,1991.

⑥ 　Chen, C. *Themes in Contemporary Chinese Literature*. Beijing: New World Press,1993.

⑦ 　Jia, Pingwa. Dumpling Restaurant. In Zhang, V. H. (ed.). *The Girl Named Luo Shan and Other Stories*. San Francisco: Long River Press, 2012; The Hunter. In Zhang, V. H. (ed.). *The Women from Horse Resting Villa and Other Stories*. San Francisco: Long River Press,2012.

合国力的提升,国际社会想了解中国的愿望也日益迫切,而文学则成为一个很好的途径,在此背景下,大量当代作家的作品被国外翻译并出版发行。贾平凹作品先后被翻译成英、法、德、日、韩、越等文字,其主要译本翻译、出版情况见表2。

表2　贾平凹作品主要译本翻译、出版情况

语种	中文名	译名	译者	出版情况
法语	《废都》	*La capitale déchue*	Gneviève Imbot-Bichet	Paris：Stock, 1997
	《背新娘的驮夫》（收入《五奎》《白狼》《美穴地》）	*Le porteur de jeunes mariées*	Lu Hua, Gao Dekun, Zhang Zhengzhong	Paris：Stock, 1995
	《土门》	*Le village englouti*	Geneviève Imbot-Bichet	Paris：Stock, 2000
英语	《浮躁》	*Turbulence*	Howard Goldblatt	Baton Rouge：Louisiana State University Press, 1991
	《古堡》	*The Castle*	Luo Shao-pin	Toronto：York Press, 1997
德语	《天狗》	*Himmelshund*	Oskar Fahr	Duisburg：Autoren-Verlag Matern, 1998
	《太白山记》	*Geschichten vom Taibai-Berg*	Andrea Riemenschnitter	Zürich Berlin Münster：Lit Verlag, 2009
越南语	《浮躁》	*Nôn nóng*	Vũ Công Hoan	Hà Noôi：Nhà xuaát bàn Văn hoc, 1998
	《废都》	*Phé đo*	Vũ Công Hoan	Dà Nãng：Nhà xuát bân Dà năng, 1999
	《苦难中的快乐》（《我是农民》）	*Niêm vui trong nôi khoô*	Pham Hong Hâi	TP. Hô Chí Minh：Nhà xuát bān Văn nghē TP. Hô Chí Minh, 2002
	《故里》	*Que cu*	Lê Bâu	Hô Chí Minh：Văn Nghê TP. Hô Chí Minh, 2002

续表

语种	中文名	译名	译者	出版情况
越南语	《鬼城》	*Quỷ thành*	Lê Bâu	Hô hí Minh：Văn Nghê TP. Hô Chí Minh,2002
	《短篇小说选》	*Truyên ngăn*	Vũ Công Hoan	Hà Nôi： Nhà xuât băn Văn Hoc,2003
	《怀念狼》	*Hoài niem sói*	Vũ Công Hoan	Hà Nôi：Nhà xuát bản Văn hoc,2003
	《散文选》	*Tản văn*	Vũ Công Hoan	Hà Nôi：Văn Hoc, 2003
	《贾平凹短篇小说选》	*Truyen ngán Giả Bình Ao*	Pham Tú Chau	Cong an nhan dan：Cong ty van hóa Phng nam,2003
	《怀念狼》	*Hoài niem sói*	Lê Bâu	Hà Noi： Van hoc,2003
	《病相报告》	*Cuoc tình*	La Gia Tùng	Hà Nôi： Nhà xuát bản Hôi nhà văn, 2004
	《废都》	*Phê đô：tiêu thuyêt*	Vũ Công Hoan	Hà Nôi： Nhà xuât bản Văn hoc,2003
	《秦腔》	*Diêu Tân*	Lê Bâu	Hà Nôi：NXb Văn hóa Thôngtin, 2007
日语	《现代中国文学选集 4：贾平凹》(收入《鬼城》《野山》)	『现代中国文学選集 4：賈平凹』	井口晃	東京：德間書店,1987
	《废都》	『廃都』	吉田富夫	東京：中央公論社,1996
	《土门》	『土門』	吉田富夫	東京：中央公論社,1998
韩语	《废都》	『廢都：가평요장편소설』	Pak Ha-jǒng	서울시：일요신문사,,1994
	《高兴》	『즐거운 인생.』	Kim Yun-jin	파주시：이례,2010

除表 2 所列单行本以外，一些作品选中也收录了贾平凹的小说和散文作品。以英语世界为例，朱虹的《中国西部》①收入《人极》（"How Much Can a Man Bear"）、《木碗世家》（"Family Chronicle of a Wooden Bowl Maker"），《犁沟：农民、知识分子和国家》②收入《水意》（"Floodtime"），《现代中国作家：自画像》③收入《即使在商州，生活也在变》（"Life is Changing, Even in Hilly Shangzhou"）。而由德国著名汉学家吴漠汀（Martin Woesler）编选的《20 世纪中国散文集》④则分别出版了中德对照和中英对照本，其中收录了贾平凹的《月迹》《读山》《秦腔》《丑石》《弈人》等作品。

贾平凹作品在国外的译本涉及多个语种，从译文数量来看，越南语最多。除表 2 所列以外，越南语中还有贾平凹与莫言等作家作品的合集，《中国现代短篇小说选》⑤中收入了《王满堂》（"Vâng Mân Dúòng"）、《一只贝》（"Hòn ngoc sót"）、《文物》（"Văn vât"）等五部短篇。也许是历来受中国文化影响的缘故，越南一直对中国文学保持着浓厚的兴趣，当代文学中的许多作品都有越南语译本，但受语言本身的辐射力所限，越南语译本的影响基本局限于其国内。英语世界对贾平凹作品的译介开始最早，影响也最大。根据 OCLC（联机计算机图书馆中心）的统计资料，葛浩文翻译的《浮

① Zhu, H. (ed.). *The Chinese Western*. New York: Ballantine Books, 1988.

② Siu, H. F. (ed.). *Furrows: Peasants, Intellectuals, and the State: Stories and Histories from Modern China*. Redwood: Stanford University Press, 1990.

③ Helmut, M. (ed.). *Modern Chinese Writers: Self-portrayals*. Armonk: M. E. Sharpe, 1992.

④ Woesler, M. (ed.). *20th Century Chinese Essays in Translation*. Bochum: Bochum UP, 2000; *Ausgewählte chinesische Essays des 20 Jahrhunderts in Übersetzung*. Bochum: MultiLingua, 1998.

⑤ Bau, L. (ed.). *Tap truyen ngan Trung Quoc hien đại*. Hà Noi: Nhà xuat bản Hoi Nhà Van, 1997.

躁》(*Turbulence*)被世界各国约 547 家图书馆收藏,居贾平凹作品译本的首位。

从单个作品翻译情况来看,《废都》的译介次数最多,在法、日、韩、越南语中都有译本,并获得了较大的欢迎。1996 年在日本出版,是销量最好的中国当代文学作品之一。① 1997 年法译本出版,并获得当年法国费米娜文学奖,之后又推出袖珍本,从而有可能被更多的读者阅读和接受。遗憾的是,英语世界一直没有《废都》的译本,美国汉学家葛浩文提到,夏威夷出版社曾计划出版《废都》英译本,最终却因翻译质量太差而放弃。② 由于缺乏权威的英译本,英语世界对《废都》的译名一直没有统一,有 *Abandoned Capital*、*Defunct Capital*、*Ruined Capital*、*Fallen City* 等不同译法,为相关阅读和研究带来了不便。

从总体来看,相比莫言、苏童等作家,国外对贾平凹作品的译介仍然较少,缺乏持续性且不系统。尤其是英语世界在作品的选择、翻译和出版上较为随意。《浮躁》之所以被翻译,是由于获得了1988 年的"美孚飞马文学奖"。该奖项主要颁给很少被译成英文的国家的杰出作品,而奖励内容则包括 2500 美元现金,将作品译成英文并由路易斯安那州立大学出版社以精装本出版。葛浩文被誉为"中国近现代文学的首席翻译家",其译本被称赞"凸现了这部

---

① 吉田富夫:"中国改革开放后被介绍到日本的现代中国文学当中,我所知道的畅销书有两部,其中之一是贾平凹的《废都》。"参见:十问吉田富夫. 中华读书报,2006-08-30.

② 葛浩文:"《废都》英译本始终未能出版。时至今日人们还在谈论此事,为它遗憾。我不是说我有多么喜欢《废都》——其实我觉得这本书有点乏味——只是觉得应该把它介绍到美国,毕竟是一部重要的小说。"《葛浩文谈中国文学》,参见:www.infzm.com/content/6903,检索日期:2013-05-12.

小说很强的情节线索和地方色彩，比熊猫版译本有趣多了"①，可惜译者后来并未翻译更多的贾平凹作品。贾平凹是我国当代最重要的作家之一，但其代表作品《怀念狼》《废都》《秦腔》等至今缺乏有影响力的英译本，而《白夜》《高老庄》等则从未被国外译介和出版，不能不说是一个遗憾。

二、贾平凹作品在国外的研究

海外译介的欠缺在很大程度上影响了普通读者对贾平凹作品的阅读和接受，而这也正是中国文学在国际上的普遍遭遇，即使是最受国外关注的作家在学术界外的读者中也并不十分有名。换句话说，中国文学在国外的读者主要是研究者——汉学家或对中国社会和文化感兴趣的学者。下面就以英语世界为例来说明贾平凹在国外学术界的研究与接受情况。

王一燕的《叙述中国》②是目前国外学界研究贾平凹作品的唯一一部英文专著，2006年由伦敦劳特利奇出版社（Routledge）出版，是该出版社关于当代中国研究系列中仅有的文学方面的著作，被称作"有关中国研究领域的一个可喜贡献"③，在文化研究盛行而中国当代作家的个人研究不被看好的学术界中，其出版显得难能可贵。王一燕对贾平凹的主要作品都进行了分析，并将《废都》作为研究的重点，列专章分析了其中的男性和女性，对《白夜》和

---

① 金介甫. 中国文学(1949—1999)的英译本出版情况述评. 当代作家评论，2006(3)：67.

② Wang，Y. *Narrating China：Jia Pingwa and His Fictional World*. London：Routledge，2006.

③ Huang，A. C. Y. *Narrating China：Jia Pingwa and His Fictional World* by Yiyan Wang. *The Journal of Asian Studies*，2009(November)，68(4)：1272-1274.

《废都》在读者中的接受也进行了对比研究。此外,该书还对《白夜》《土门》《高老庄》《怀念狼》等作品进行了解读。在此基础上,重点分析了陕西方言、传说以及大众文化等在小说中发挥的作用,最后提出贾平凹作为"乡土作家",其对本土文化的坚持是为了更大的"叙述中国"的目标。值得一提的是,书后附有长达20页的作家访谈、贾平凹传记以及双语创作年表,并附有贾平凹作品在中国港台地区的出版情况等,为英语世界的读者进一步了解贾平凹生平与创作提供了详尽的参考资料。

在国外其他学者的研究中,《废都》仍然是关注的焦点。如Carlos Rojas的《苍蝇的眼睛,壁画遗迹,和贾平凹的怀旧癖》[1],文章从《老西安》和《废都》中提到的所谓来自唐朝的"苍蝇"入手,意在以《老西安》的怀旧语调来重读《废都》,将其从之前集中于"性"和"文化衰落"的讨论中解放出来。作者重点分析了《废都》通过一系列恋物癖表现出来的怀旧情怀,借助苍蝇的"双眼皮"来说明《废都》所采用的双重的或分裂的视角,一方面表现怀旧感,另一方面又以"他者"的眼光来观照当代对过去的遗忘。Rong Cai的《当代中国文学的主体危机》[2]则探讨了知识分子传统中对自我的文学探索及其对家国的反映。作者将《废都》作为当代文学的代表,认为其主体在选择和行动上的无能,反映了知识分子在承担社会责任中的沮丧,以及对于国家复兴的潜在焦虑,而《废都》对男性优越感的赞美实际上则传达出对于知识分子边缘化的焦虑。

《废都》受到关注,一方面是由于其在艺术上达到的高度,另一方面,则是因为小说在1993年的畅销与随后的被禁,被看作是典

---

[1] Rojas, C. Flies' eyes, mural remnants, and Jia Pingwa's perverse nostalgia. *East Asia Cultures Critique*, 2006(Winter), 14(3): 749-773.

[2] Rong, C. *The Subject in Crisis in Contemporary Chinese Literature*. Honolulu: University of Hawaii Press, 2004.

型地反映了中国当代社会的文化事件而成为相关研究的焦点。美籍华裔学者查建英发表于 1995 年的长文《黄祸》①，就借《废都》出版、发行及其引发的一系列事件透视了特定时期中国的社会和文化心理。文章开篇指出贾平凹是 20 世纪 70 年代以后作品卖得最好的中国作家，而这部作品就是《废都》，它在 20 世纪 90 年代的中国引起了"文学地震"，销量很大，且有 10 个以上的盗版版本，而其后的被禁在某种程度上起到了进一步促销的效果。围绕着该书的畅销与被禁，文章探讨了中国各界对《废都》的反应，包括政府、出版界、书商、记者、学生、作家、女性主义者等，作者还专程前往西安见到了因为胃病而住院的贾平凹，对其进行了访谈。90 年代的西安被查建英称为"落后""停滞"的城市，而看到西安之后，他却更加理解了《废都》这部作品。Judy Polumbaum 的文章《新中国文学》也分析了《废都》——这部"不断被空格打断"、被禁后却更畅销的小说，并认为"这个故事——结合了神秘、金钱、性暗示和政治控制——揭示出中国当前文学和出版界不为西方所知的各个方面"②。

《浮躁》在美国获奖，并被翻译成英文出版，在英语世界也产生较大的影响。Michael Duckworth 认为，《浮躁》为西方读者提供了一个观察中国巨大变革的视角。主人公金狗意识到应该学习西方发展科学技术，但也拥有儒家的道德观，拒绝迷信和有损人格的赚钱方式，他就像传说中的希腊英雄，离开村庄在世界游历，最后归来成为领导者，在他身上体现出的开放的个人主义哲学，似乎是贾平凹为当代中国问题开出的处方。③

---

① Zha, J. Yellow peril. *TriQuarterly* 93，1995(Spring-summer)：238-264.

② Polumbaum, J. New Chinese literature. *Poets and Writers Magazine*，1995 (January)，23(1)：22.

③ Duckwort，M. An epic eye on China's rural reforms. *Asian Wall Street Journal*，1991(October).

除了长篇以外,中短篇小说也在一定程度上受到关注。Louie Kam 的《男子汉太监:贾平凹〈人极〉中的男性政治》①,从性别视角解读贾平凹中篇小说《人极》。文章在 20 世纪 80 年代关于"男子汉"的讨论的背景下进行,以贾平凹为例探讨中国当代男作家对男性性别角色的描写与定位。Melinda Pirazzoli 的《自由贸易和中国当代文学》②,则从中国经济社会变革的角度,分析了另外三部短篇小说《天狗》《鸡窝洼人家》《火纸》,研究中国当代文学在写作主题和人物塑造等方面的变化。与王朔、刘恒等作家相比,贾平凹关注农村的典型人物,以更乐观的态度展现了农村的改变,并对那些尽可能赢得个人空间且最终成功的人予以同情。文章还分析了贾平凹小说涵盖的主题,如佛教文化、性、迷信、"文化大革命"等,认为贾是当代最不拘一格的作家之一。

在英语世界的研究中,《废都》《浮躁》始终是研究的重点,《土门》《高老庄》等也被论者提及,除此之外,《秦腔》《古堡》等小说的相关研究则很少,部分小说有英文书评,对作家作品做出了一定的介绍,如《古堡》书评将贾平凹的小说称作"中国农村生活的文学编年史"③,并将其与湘西的沈从文和安徽东南部的吴祖缃相比,指出"古堡"作为对商州的神秘画像,是作者"商州系列"中最受欢迎的十个短篇之一,其本身的质量和作者的重要性使《古堡》值得一读。

在以上研究中,贾平凹作品的专论并不多,大部分文章是在讨论中国现当代文学的整体框架下进行的,对单个作家作品的分析点到即止,并未深入探讨和展开。同时,研究采用的多是政治审美

---

① Kam, L. The macho eunuch: The politics of masculinity in Jia Pingwa's "Human Extremities". *Modern China*, 1991, 17(2): 163-187.

② Pirazzoli, M. The free-market economy and contemporary Chinese literature. *World Literature Today*, 1996(Spring), 70(2): 301.

③ Williams, P. F. Perspective on world literature. *World Literature Today*, 1997 (Autumn), 71(4): 884.

视角,将贾平凹作品当作解读中国的途径,借小说来了解当代中国社会在经济、制度等方面的发展与变革,这在《废都》与《浮躁》的相关研究中都可以看到,而这也正是中国文学在海外的处境。一方面,中国近年的崛起,令外国读者想了解中国,成为中国文学被国外读者更广泛接受的背景;另一方面,这一背景又限制了国外读者(研究者)的视角,当代文学往往被作为某种政治或历史文献,文学本身具有的信息传递作用被夸大,而其艺术探索则被忽视。《浮躁》在美国受到重视,因为其"捕捉了变革时期的时代精神"[①],而《废都》则正是外国读者想看到的中国作品,"引起争论"并且有"有轰动效应"[②]。

三、贾平凹作品传播与陕西文学"走出去"

贾平凹作品自 20 世纪 70 年代末起就被翻译成多种文字,在国外出版发行,并且多次获得国外文学奖项和荣誉,在国际上产生了一定的影响,这些都构成了作家作品域外传播的良好基础。然而,从贾平凹作品国外流传的现状来看,还存在着译介不充分、研究角度单一以及普通读者关注少等问题。作为陕西文学的重要作家,贾平凹作品在国外的流传情况,在某种程度上代表了陕西文学对外传播的现状。

作为文学大省,陕西一直不乏优秀作家与作品,但真正能够"走出"国门,产生国际影响的却并不多。中华人民共和国成立以后最早译成外文的陕西作家的作品,应是柳青的《创业史》,1964

---

① Rojas, C. Flies' eyes, mural remnants, and Jia Pingwa's perverse nostalgia. *East Asia Cultures Critique*, 2006(Winter), 14(3): 749-773.

② 梁丽芳. 海外中国当代文学的英译选本. 中国翻译,1994(1): 44.

年日本就出版了该小说上、下两部的日文版①,1977 年国内又推出了英文版②。1990 年,路遥的《人生》③也由国内翻译成法语版出版。陈忠实的小说中,最早译成英文的是《信任》("Trust"),收录于 1983 年《毛的收获:中国新一代的声音》④小说集中,1996 年《白鹿原》⑤的日语版在东京出版,2012 年又出版了法语版⑥,同年,短篇小说《腊月的故事》("Story from the twelfth lunar month")英译本被《清水里的刀子及其他》⑦文集收入并于美国出版。女作家中则有叶广芩《采桑子》⑧的日语版在 2002 年出版。陕西作家的作品在国外的译介开始较早,但发展缓慢,整体数量较少,且译作在国外产生的影响有限,许多中国当代作品在国外的翻译和出版,正如余华所说,"只能说出版了而已,没有说多受欢迎"⑨。

陕西文学在世界上的影响力仍然较弱,究其原因,主要有以下几个方面:

从创作者的角度来看,中国当代小说多与特定时期的历史、政治、文化相关,这一方面引起汉学家以及对中国问题感兴趣的读者的关注,但另一方面,也使大量普通读者因为对当代中国社会缺乏了解而产生隔膜,并进而丧失阅读的兴趣。同时,小说主题与现实

---

① 柳青.創業史. 人民文学研究会,訳. 東京:新日本出版社,1964.
② Liu, C. *Builders of a New Life*. Shapiro, S. (trans.). Beijing:Foreign Language Press,1977.
③ Lu, Yao. *La vie*. Beijing:Éditions en langues étrangèeres,1990.
④ Siu, H. F., Stern, Z. (eds.). *Mao's Harvest:Voices from China's New Generation*. Oxford:Oxford University Press,1983.
⑤ 陈忠实.白鹿原. 林芳,訳. 東京:中央公論社,1996.
⑥ Chen, Z. *Au pays du Cerf blanc*. Solange, C., Shao, B. (traduit). Paris:Seuil,2012.
⑦ Shi, S., et al. *A Knife in Clear Water and Other Stories*. San Francisco:Long River Press,2012.
⑧ 葉広芩.貴門胤裔.吉田富夫,訳. 東京:中央公論新社,2002.
⑨ 当代作家如何"走出去"? 南方都市报,2006-04-03.

的紧密联系，也容易强化国外读者对中国文学的一种偏见，如加拿大汉学家杜迈克（Michael Duke）就曾经说过，"多数中国当代文学作品仍然局限在中国特殊的历史环境里，成了西方文学批评家韦勒克所说的一种历史性文献"①。陕西当代文学有着深厚的现实主义传统，从老一辈作家柳青、路遥到贾平凹、陈忠实都以现实主义小说见长，而其创作就遭遇了这样的悖论：对中国当代社会巨大变革的展现为小说赢得了国外读者的赞誉，但也限制了对其进一步的阅读和接受。

从文学传播的途径与方式看，翻译是文学跨文化传播的基础，也是中国文学提升国际影响力的起点。"中国文学作品要想在世界范围内被阅读，被世界文坛所认可，必然牵涉翻译的问题，尤其是其英译、法译的问题。实际上，语言的问题直接影响到汉语文学的传播。"②而在目前陕西文学作品的翻译中，一方面，大量陕西方言的使用，为翻译增加了难度，也向译者提出了更高的要求。③另一方面，翻译针对的是目的语国家的读者，客观上要求了解该国读者的审美习惯与阅读兴趣，因此，选择目的语国家的译者来从事作品译入工作似乎更为合适。目前我国在国际上影响较大的作家，如莫言、苏童等，其译作大多出自国外译者之手，如翻译莫言的葛浩文、陈安娜，翻译苏童的杜迈可等，一个好的译者的系统译介，保证了翻译质量的稳定和文风的一致性。同时这些译者本身多为汉学家，在翻译的同时往往对作品进行深入、系统的解读，进一步提

① 转引自：耿强. 论英译中国文学的对外传播与接受. 天津外国语大学学报，2012（5）：44.

② 许方，许钧. 翻译与创作——许钧教授谈莫言获奖及其作品的翻译. 小说评论，2013（2）：4.

③ 葛浩文表示，曾尝试翻译《秦腔》，但因其中家乡话太多，而放弃了。见《美国翻译家葛浩文，译不了贾平凹的〈秦腔〉》，参见：http://culture.people.com.cn/GB/22219/7034046.html，检索日期：2013-04-10。

升了作品的影响力。但目前陕西文学在国外传播中还缺乏稳定的译者,作品系统译介少,已有译本在文风、语言甚至题目的翻译上都有很多不一致,大大影响了作品的有效传播。

翻译是文学跨文化传播的重要媒介,但译本能否被接受还要看其是否符合接受方的期待视野和审美习惯,国外尤其是西方读者对中国文学的刻板印象在很大程度上影响了当代文学的对外传播。西方传统观念认为,"中国文学是枯燥的宣传工具",而对出版商来说,"中国现代小说不仅鲜有人知,也缺少文学价值"①。除越南、日本等少数亚洲国家以外,大部分国家的读者对中国文化和文学缺乏系统的认识,对中国文学所蕴含的政治、历史、文化意蕴难以理解,也影响了对作品的阅读和接受。此外,美国等国家的普通读者对翻译作品缺乏兴趣,由此影响到商业出版社的出版意愿;大学出版社虽然受直接的商业利益影响较小,但出版作品主要面向相关领域的学者,供学术研究使用,因此一般发行量都不大。美国每年出版 10 万种图书,其中只有 2%~3%是翻译作品,而中国文学的英译大概每年只有一本。在此背景下,贾平凹、陈忠实等作家的很多重要作品都没有英译本,更不要说英译的个人文集,作家的国际影响很难得到进一步扩大和实质性提高。

2012 年伦敦书展,中国作为主宾国,有 20 多位中国作家应邀参加书展中国项目的讲座活动,却没有一位陕西作家,这件事曾被媒体热烈讨论,其中不能说没有对陕西文学影响力减弱的焦虑。然而与其无谓地担忧,不如先从陕西文学对外传播的现状入手,明确陕西文学在世界上的文学地位,了解当前文学传播中的问题与影响因素,才能进一步减少文学译介与传播的盲目性,从而推动陕

---

① 覃江华.英国汉学家蓝诗玲翻译观论.长江理工大学学报(社科),2010(5):117.

西文学"走出去"战略的顺利实施。

（乔艳，长安大学文学艺术与传播学院副教授；原载于《小说评论》2014 年第 1 期）

贾平凹小说"译出"模式的文本选材嬗变
（1977—2017）

梁红涛

随着贾平凹文学声望的不断积累，在《浮躁》英译本（Howard Goldblatt 译，Louisiana State University Press 于 1991 年出版）面世 25 年之后，贾平凹长篇小说的英译迎来了高潮，仅过去两年时间，《废都》（Howard Goldblatt 译，University of Oklahoma Press 出版）、《高兴》（Nicky Harman 译，Amazon Crossing 出版）、《带灯》（Carlos Rojas 译，CN Times Books Inc. 出版）三部小说的英译本相继问世。以上所列的英美译者和出版社表明，此时段贾平凹小说的英译是英美译者和出版社的主动"译入"行为，文本选材由英美译者和出版社主导。然而，"因需而译，不需不译""因爱而译，不爱不译"是文学翻译取材的要件，贾平凹某些小说就会因"不需"或"不爱"而"不译"，导致英美读者对贾平凹部分小说的"不见"。在此情况下，要全面完整地输出贾平凹小说，本土踊跃"译出"、针对性选材是有效的干预手段。本文对 1977 年至 2017 年贾平凹小说的"译出"选材进行历时性考察和研究，以史鉴今，启发本土理性地进行"译出"选材，弥补"译入"模式选材对贾平凹部分小说的"不见"。

一、"译出"选材的关联因素以及贾平凹小说"译出"概况

（一）"译出"选材的关联因素

为了更清晰地界定"译出"，笔者在此将"译入"一并纳入阐述。当前，中国译界对"译出"与"译入"的概念尚不统一。第一类学者许均、胡德香、潘文国等认为，"译出"是将中国文学译至他国，"译入"反之，这种界定涉及"译至他国的中国文学文本"和"译到中国的他国文学文本"两类被译源文本，不区分翻译行为者。第二类学者李越、王颖冲等认为，中国文学若由源语国（中国）主导译介，可定义为"译出"，若由译语国（他国）主导翻译，可界定为"译入"，这种界定把中国文学文本作为唯一被译源文本，以"谁"主导翻译进行划分，和翻译行为者紧密相关。本文所涉的"译出"与"译入"概念与第二类学者的界定相同。不管是"译出"还是"译入"，都是"某群有鲜明企图的人"在特定的活动场通过语符转化而进行的实践行为，也就是说，翻译活动所处的社会环境以及"人"的主观因素必然影响整个翻译活动，作为整个翻译活动起点的文本选材也不例外。影响文本选材的"人"包括翻译赞助人、译者和译语国读者：赞助人是文本选材的隐性操控者——或绝对权威，或留有余地给译者；译者是文本选材的显性操控者——或绝对服从赞助人，或具有自由度；读者是赞助人，或译者所选文本的接受者——对译本或接受或阻抗。影响文本选材的社会环境诸因素包括政治、经济、社会、历史、文化、意识形态等，与身处其中、受其制约的"人"共同合力，推动着文本选材的走向。

(二)贾平凹小说的"译出"概况

除去以英美国家"译入"模式翻译的贾平凹小说(20 世纪 80 年代,Ballantine Books 出版社"译入"《人极》和《木碗世家》;20 世纪 90 年代,Helen F. Siu"译入"《水意》、Howard Goldblatt"译入"《浮躁》、Shao-Pin Luo"译入"《古堡》;2016 年和 2017 年,Howard Goldblatt"译入"《废都》、Nicky Harman"译入"《高兴》和《倒流河》、Carlos Rojas"译入"《带灯》),中国本土"译出"的贾平凹小说主要包括 20 世纪 70 年代末期至 80 年代初期由行政上隶属国务院外办的《中国文学》①期刊主导"译出"的《果林里》《满月儿》《帮活》等,90 年代"熊猫丛书"②(行政上也隶属国务院外办)主导"译出"的《鸡洼窝人家》《火纸》《天狗》《美穴地》《白朗》和《五魁》以及 2010 年和 2017 年西北大学胡宗峰教授主导"译出"的《黑氏》和《土门》。可见,贾平凹小说的英译活动经历了从"'译出'踽踽独行"到"'译出'与'译入'双轨并行"、"'译出'作品逐渐递减"向"'译入'作品逐渐增多"、"主涉短篇小说"向"主涉长篇小说"、"合集"向"单行本"、"政府主导"向"民间主导"的译介转变:90 年代之前,"政府主导"的"译出"模式独自前行,主涉贾平凹短篇小说,以"合集"的方式出版发行。90 年代至今,"译出"与"译入"双轨并行。90 年代,翻译取材主涉短篇小说并由"政府主导",仍以"合集"的方式出版发行,偶涉长篇,以"单行本"的方式出版发行,"译出"量大于"译入"量。21 世纪头十年,贾平凹小说英语译介陷入一片沉

---

① 《中国文学》(*Chinese Literature*)创刊于 1951 年,是一份由中国政府机构主办、用英法两种语言向国外译介中国文学艺术作品的官方刊物,行销 159 个国家和地区,译介中国文学作品 3000 多篇,于 2001 年停刊。

② "熊猫丛书"于 1981 年由中国外文出版发行事业局支持出版,主要以英法两种语言向欧美等国介绍中国文学与文化,陆续推出过百多本"熊猫丛书",于 2001 年停办。

寂。21 世纪第二个十年开始,主涉长篇、偶涉短篇并且都由"民间主导","译入"量超出"译出"量。

二、20 世纪 70 年代末期至 90 年代中期的"译出"选材

20 世纪 70 年代末期至 80 年代初期,中国社会逐步走出"文革"凝重的氛围,透出改革开放的缕缕曙光,"走出'文革'、走向改革"是这一时期中国社会的主旋律。在此背景下,中国文学的"译出"选材对主流意识形态的体现逐渐淡化,摆脱了"文革"前"政治挂帅"这一绝对的选材标准。作为回应,《中国文学》侧重选择那些反映"走出'文革'模式"的文学作品,"译出"了贾平凹的《满月儿》《果林里》等短篇小说。《满月儿》的人物清纯美丽、善良淳朴,突破了"'两个人物''一定是革命与反动或先进与落后的一对互相对立的矛盾'的'文革'模式①";《果林里》的语言清丽秀美、文风清新古朴,摆脱了之前"样板戏"式的、斗争思维浓烈的"文革"语言模式。

90 年代,改革开放日渐深入,紧贴社会现实、与社会同步的"改革题材小说"受到政府部门的重视和提倡,文学翻译界也倾向于选择"译出"那些承载着"改革元素"的文学作品,"译出"选材侧重对外传播"改革中国"的形象,蕴含一定的政治意味。《鸡洼窝人家》通过两个农村家庭的"换婚重组",刻画了中国改革开放初期守旧与革新人物之间的裂变和抵触,言说了中国改革的必要性和艰巨性。《火纸》中,阿季,开拓创新,是新式农民的缩影;王麻子,愚昧守旧,是旧式农民的化身;丑丑,善良纯美、未婚先孕而了却生命。王麻子把女儿丑丑自杀这一悲剧归于改革的产物——火纸坊,并将其捣毁,映射了历史转折期对"人"进行改革的亟待性和迫

---

① 费秉勋. 贾平凹论. 西安:西北大学出版社,1990:26.

切性。这两部小说富含"改革元素"、契合政府对外塑造"改革中国"形象的政治之需,获得了"熊猫丛书"的"译出"。"熊猫丛书"选择"译出"《鸡洼窝人家》和《火纸》的同时,也"译出"了《天狗》《美穴地》《白朗》《五魁》这四部小说,对它们稍作分析,就可窥视出这一时期"翻译取材"的另一个倾向。《天狗》的主人公天狗因师傅致残与师娘婚内成婚,毫无怨言地履行家庭重担,呈现出天狗光辉璀璨的人性之美。天狗渴望异性,但面对成为自己妻子的师娘时,却时刻压抑、克制欲望,上演了一出旧观念禁锢下的伦理悲剧,折射出传统伦理对人性的束缚和掣肘。在《美穴地》《白朗》《五魁》这三部土匪系列小说中,贾平凹没有用既定的价值观念去演绎人物形象,而是站在人性的高度多向度地透视芸芸众生,塑造出混合着丰富多样、复杂多面的人性内容的土匪形象。可以看出,《天狗》《美穴地》《白朗》《五魁》这四部小说都深度刻画了复杂立体的"人性",它们被选择"译出",标志着"翻译选材"由偏重文学的实用功能向侧重文学的审美功能的转移。但是,值得注意的是,贾平凹小说的"译出"选材主要由行政上隶属国务院外办的《中国文学》期刊和"熊猫丛书"主导,其官方性质决定了期刊的"译出"选材会或轻或重地受主流意识形态的裹挟,纯粹"为艺术而艺术"进行翻译选材是乌托邦式的幻想,选择"译出"《美穴地》《白朗》《五魁》也意在构建"人性中国"的形象,更新之前"压制人性""束缚人性"的旧形象。概言之,《天狗》《美穴地》《白朗》《五魁》被选择"译出"呈现出这一时期"政治宣传与艺术审美的混生纠葛"的翻译取材倾向。

　　贾平凹小说的本土"译出"选材以"自我"需求为导向,目的是向西方社会传播自塑的"改革中国"和"人性中国"的形象。但是,所选文本译至英美世界后,能否实现它们的使命,能否产生实际影响力,需要通过英美读者的接受来实现。显而易见,贾平凹小说"译出"选材是一种国家话语机制控制下、打着"国家机构赞助人"

烙印、以所选文本所承载的信息对西方文化进行"规划"和"干预"的译介活动,译介取材侧重于源语国的自我诉求,相对轻视译语国读者的阅读期望。当西方文化在世界文化场域处于中心地位时,其文化系统机构运行平稳,对系统外文化产品的消费需求处于低谷,系统外因素的"规划"和"干预"会引起系统内部强烈的抵触情绪而难以被内部接受①。耿强和郑晔的博士论文分别考察了"熊猫丛书"和《中国文学》在英美世界的接受:耿强指出"熊猫丛书"的域外传播效果并不理想②;郑晔指出《中国文学》译介的作品始终处于译语文学系统的边缘位置,其译介效果并不显著③。"熊猫丛书"并没有产生预期的效果,有人将其喻为"沉睡的熊猫"④。"熊猫丛书"虽然走出了国门,但其中很多种书其实在我国的驻外机构"沉睡"⑤,"走出去"并不意味着"走进去","入眼"却不"入心"。

三、20 世纪 90 年代中期至今的"译出"选材

20 世纪 70 年代末期至 90 年代中期是贾平凹小说"译出"的一段繁荣时期。之后,贾平凹小说的"译出"活动停滞了近 15 年。原因有两点:其一,90 年代后期,市场经济的威力逐步显现,经济和市场开始介入文学翻译领域,"译出"活动必须从市场出发,按市场规律挑选作品并对外译介,打破了之前"译出"活动受政府主导、

---

① 王祥兵. 海外民间翻译力量与中国当代文学的国际传播——以民间网络翻译组织 Paper Republic 为例. 中国翻译,2015(5):46-52,128.
② 耿强. 文学译介与中国文学走向世界——"熊猫丛书"英译中国文学研究. 上海:上海外国语大学,2010.
③ 郑晔. 国家机构赞助下的中国文学对外译介. 上海:上海外国语大学,2012.
④ 杨四平. 跨文化的对话与想象:现代中国文学海外传播与接受. 上海:东方出版中心,2004:76.
⑤ 吴越. 如何叫醒沉睡的"熊猫". 文汇报,2009-11-23.

不算"经济账"的格局,翻译作为一种职业活动,译者要谋粮,出版社要赢利,显然,一切尚未准备就绪;其二,此时,文化"走出去"的国家战略尚未或正在形成,文化"走出去"的自觉意识比较淡薄,通过文学"译出"传播中国文化进而提升国家软实力尚未引起重视。

21 世纪第二个十年,中国社会发生了深刻的变化,经济实力全球瞩目、文化软实力相对较弱的现实在一定程度上阻碍了国家利益的全球拓展和大国崛起的步伐,通过对外译介中国文学提升文化软实力进而影响"强势他国"就具备了重要的战略意义。在此背景下,各种致力于中国文学文化"走出去"的译介项目纷至沓来,如"中国当代文学百部精品对外译介工程""中国文学海外传播工程"等。作为对国家战略需求的回应,西北大学胡宗峰教授与英国学者罗宾合作,于 2017 年"译出"了贾平凹的长篇小说《土门》。从《土门》的体裁、译者身份和内容进行考量,能够折射出这一时期文本选择的三个重要转变。

一是"选材短篇小说"向"选材长篇小说"的译介转变。之前,中国政府通过《中国文学》杂志和"熊猫丛书""译出"的贾平凹小说无一例外全是短篇,短篇小说中的人物关系单一,人物活动面狭窄,缺乏纵深感和立体感,仅向西方读者传递了中国社会文化的一枝一叶、时代洪流的一瓢一脉;这一时期,《土门》的"译出",表明贾平凹小说"译出"模式选材开始涉及长篇小说。译者胡宗峰教授的翻译宗旨是"向世界传播陕西文化,向世界讲好中国故事"①。较之短篇小说,长篇小说《土门》的文化意蕴更丰富多元,文化阐释更立体纵深,涉及更为广泛、复杂、激烈的社会问题,更利于西方读者感触博大精深的陕西文化,聆听跌宕起伏的中国故事。

---

① 车宏涛. 贾平凹英文版长篇小说《土门》在西北大学全球首发. [2018-08-01]. http://www.sohu.com/a/214463711_700797.

二是"中国政府主导选材"向"民间联合主导选材"的译介转变。之前,贾平凹小说的"译出"选材由中国国家机构赞助人裁定,选材主体的官方身份显著;而《土门》由本土译者西北大学胡宗峰教授和英国学者罗宾共同选择,选材主体的民间身份鲜明。中英译者合作选材以及他们的民间身份具有很大的优越性:其一,中方译者深谙陕西文化,能够精准选择富含民族文化因子的小说文本;西方译者洞悉西方读者的思维模式和审美习惯,可以准确选择契合西方读者口味的小说文本,改变了之前"中国政府机构发起的翻译出版工程,外国人总觉得这是政府机构在做宣传"①这一认知。由"我们所选择的"不一定是"他们所想要的"向"我们共同选择的""既是我们想要的也是他们想要的"的态势转变,既能对外传播中国文化,又最大限度地保证了西方读者的接受。其二,民间身份的优势在于它的可信性,"民间力量具有天然的合法性,在西方受众中可信度较高,民间的声音更容易得到认可"②,"官方的、政府的角色在国际交流,特别是国际文化交流中应当'后置',推到前台的应当是国内外高等院校、研究机构、艺术院团及民间文化艺术团体,这样反而能够达到更有效、更广泛的传播效果"③。概言之,民间机构的"前置"最大可能地保证了《土门》在异域空间的传播效果。

三是"选材重本土需求,轻读者接受"向"两者并重"的译介转变。之前,政府主导"译出"的贾平凹小说以本土需求为基点,作品内容要顺应彼时本土社会的要求和规范才能被选择"译出",作品内容是符合还是有悖于西方读者的阅读期待和审美需求并非"译

---

① 鲍晓英. 中国文化"走出去"之译介模式探索——中国外文局副局长兼总编辑黄友义访谈录. 中国翻译,2013(5):62-65.
② 刘娜. 国际传播中的民间力量及其培育. 新闻界,2011(6):36-39.
③ 贾磊磊. 全球化时代中国文化传播策略的当代转型. 东岳论坛,2013(9):82-87.

出"选材首先考虑的问题;而此时,如前文所言,中国文学的"译出"
旨在回应此时"中国文化'走出去'"、影响"强势他国"的时代召唤,
所以,所选文本须肩负两大使命:满足本土输出中国文化的需求;
重视"强势他国"读者的接受。可见,彼时抑或此时,输出中国文
化、重视本土需求这一主旨始终如一、前后一致。但是,西方读者
的接受是中国文化落地生根、本土需求得以实现的重要保障。一
部作品是否适合"译出"的前提在于它的"可接受性":"可接受性"
明显的作品能在异域文化语境中产生影响,将作品所携带的中国
文化进行广泛而有效的传播;"可接受性"不明显的作品虽可入眼
但不能入心,不但不能有效地传播中国文化,反而会引起异域读者
的拒斥。因此,要影响"强势他国"的读者,精准选择内容上具备极
强"可接受性"的文本进行"译出"就成为"大势所趋"下的"势在必
行"。《土门》破土而出,就在于它的"可接受性"。一个作品的"可
接受性"可以理解为,它是否表达了某些人生活的独特状态,与其
他社群的经验比较,这状态有相近的地方,却不相等,要是把这些
相近却不相等的经验并置,便有助于人们理解不同社群的经验,进
而有助于理解人类生存的总体经验,也有助于人们同情及接纳他
者,因此,这作品"呼唤着翻译"①。具言之,"可接受性"明显的作
品须蕴含着丰富的"民族性"和"世界性"因子,"民族性"元素所展
现的"异质性"吸引异域读者,"世界性"因子所体现的"共通性"使
异域读者易于接受,最大程度上保障了中国文化的有效传播。《土
门》值得选择,原因在于这部小说"民族性"和"世界性"的有机统
一。一方面,《土门》饱含民族性因子:《土门》讲述了城市吞噬乡村
进程中乡民的坚守与退让、现代文明与传统文明的冲突和抵触。

① 杨慧仪. 呼唤翻译的文学:贾平凹小说《带灯》的可译性. 当代作家评论,2013
(5):164-169.

小说虽围绕乡村与城市的争斗展开,但贾平凹只是将城市作为背景,将笔触深入到他最为熟悉的领地——栖息着传统文化的仁厚村,仁厚村所发生的一切,不管是美丽的,还是丑陋的,都深深地镌刻着传统文化的印记,折射出浓郁的民族性元素(如小说中描绘的贾家祠堂、牌坊楼、坟墓、中医、算卦、明清家具等),对于异域读者而言,它们是异质的、陌生的、独特的,能引起异域读者的阅读好奇。另一方面,"民族性"的文学作品虽然能吸引异域受众,但异域受众能否真正接受,还在于它是否趋向人类最相通的境界,是否具有"世界性"的照射,也就是说,"世界性"是"民族性"文学作品抵达异域读者心灵深处最为活跃的因素。《土门》的"世界性"主要体现在主题的世界性:《土门》的故事发生在城乡接合部,世界上每一个国家——先进或落后、彼时或此时——都存有这样一个交叉空间,《土门》的主题是乡村的城市化,而"乡村的都市化,这是一个世界性的题材,也是一个世界性的问题"[1]。仁厚村是一个缩影,仁厚村的命运和处境、仁厚村乡民所面临的生存窘境与精神困境也是世界上万千像仁厚村一样处城乡交叉地带的村庄与乡民的浓缩。贾平凹将主人公成义置于城市吞噬农村、现代淹没传统的滚滚洪流之中,徒有雄心却无力抵抗,成义的困境正好呈现出不同社群相类人物在现代性促使下所共同面临的难题。《土门》,虽然扎根中国的社会现实,但却表现了人类相通的东西,"显然是一部具有世界性意义的小说"[2]。总而言之,《土门》——建凿在"民族性"的土壤之上,蕴含着超越民族的"世界性"因子,"世界性"的照射使"民族性"熠熠生辉,"民族性"的填充使"世界性"充盈厚实,会被世界

---

① 邢小利.《土门》与《土门》之外——关于贾平凹《土门》的对话. 小说评论,1997
(30):31-39,53.
② 邢小利.《土门》与《土门》之外——关于贾平凹《土门》的对话. 小说评论,1997
(30):31-39,53.

各民族的读者理解和接受,有效地传播中国文化。

四、结　语

　　贾平凹小说的本土"译出"活动历经 40 载漫长岁月,"译出"选材随"时""境"的变迁不断嬗变:21 世纪前的"译出"选材过度关照"自我",较少考虑所选文本是在强势英美文化空间中旅行,面对的是阅读诉求不同、诗学观念相异以及意识形态有所抵触的二度空间读者,在"自我需求"与"他者接受"之间更重前者,导致所选文本的译本"入了眼"却"没走心";而当下,《土门》的"译出",标志着贾平凹小说的"译出"选材的理性转型——力图在"自我需求"与"他者接受"之间实现洽洽调和,所取之材既要丰盈中国文化,又要深入英美读者的心灵深处。总之,认真汲取过去 40 年贾平凹小说"译出"选材的经验教训可知,理性的"译出"选材才能让英美读者"洞见""译入"活动中"不选"的贾平凹小说,使得"漏译"的贾平凹小说及其承载的、"他者"忽视的民族形象和民族文化得以传播,弥补英美世界"译入"模式选材的片面性和不完整性。

　　(梁红涛,陕西科技大学讲师,西北大学文学院在读博士;原载于《小说评论》2018 年第 2 期)

第四编

中国文学对外译介与传播的学者对话

翻译与创作

——许钧教授谈莫言获奖及其作品的翻译

许 方 许 钧

 莫言荣获诺贝尔文学奖,中国学界对于其作品与翻译的关系予以了关注,发表了不少的观点。有的认为,再忠实的翻译也是对原著的一种改写,凭翻译将诺贝尔奖授予莫言在一定程度上带有盲目性;有的认为,莫言的作品之所以获奖,在很大程度是靠了"美化"的译文;也有的认为,翻译是莫言作品产生世界影响的必经之路,原作与翻译之间呈现的是互动的关系。带着相关的疑问,笔者就莫言作品的翻译及其引发的争论请教了中国翻译协会常务副会长、南京大学教授许钧。许钧教授有着丰富的翻译经验,翻译出版了《追忆似水年华》(卷四)、《不能承受的生命之轻》、《名士风流》等文学名著。他长期从事翻译研究,对翻译有着深刻的理解。对于莫言获得诺贝尔文学奖,许钧教授认为翻译起到了重要作用,但更重要的还是莫言作品本身的力量。下面是根据谈话,整理形成的文字。

 许方:莫言作为国内第一人获得诺贝尔文学奖是 2012 年最受瞩目的事件之一,这也引起了文学界、翻译界乃至读者大众的广泛讨论,其作品的翻译问题成为大家关注的焦点,由此引发了许多疑问,而翻译界的相对沉默使读者更加渴望得到一些专业的解答。
您长期为翻译实践与理论研究的发展做着努力,是中国翻译协会
成立三十年之际颁发的"翻译事业特别贡献奖"获得者,能向您当
面请教,请您就莫言获奖来谈一谈相关问题,我真的非常荣幸。我
们知道,在与世界的对话中,尤其是中外文化与文学对话中,翻译
是必经之路。而如我们所见,在很长一段时期里,译者如同隐形人
一般,勤勤恳恳地做着翻译工作,却得不到足够的重视和应有的地
位。随着莫言获奖,其作品的译者们,包括英译者"中国现当代文
学的首席翻译家"葛浩文、法译者杜特莱夫妇、瑞典语译者陈安娜
等被推置台前,赢得难得的一致肯定与赞美,翻译界为之而欢欣。
然而高兴之余,有很多需要反思的问题。为何诺贝尔文学奖的颁
发能瞬间在国内掀起大众对于译者的广泛关注与重视?

许钧:首先,诺贝尔奖的影响力毋庸置疑,一百多年的历史,加
之一批资深专家认真严谨的评选工作,其权威性在全世界范围内
越来越得到认可。尽管它也时常遭受质疑,但这些质疑之声从反
面证明着它无法忽视的存在。中国籍作家第一次获得诺贝尔文学
奖,仿佛给了中国当代文学一剂强心针,读者大众为之欢欣,汇集
大量的关注是自然之事。再者,诺贝尔文学奖作为一种世界性的
文学奖,我们不能要求评审们看中文原本。就我所知,瑞典文学院
的评审中只有马悦然一人能直接阅读中文文本,他们评选的依据
是莫言作品的译本,没有翻译,中国作家的作品不可能进入诺奖评
审的视野,译者当然功不可没。读者能够正视到译者的重要性,作
为一名翻译工作者,我自是感到欣慰的。可我不能不提醒大家注
意一个问题,过去西方作家获奖,几乎很少有人去谈翻译的重要
性,如美国、法国作家获奖,没有人去谈译者,也很少有人提起翻译
问题。但凡东方作家获奖,如在莫言之前获诺贝尔文学奖的日本
作家川端康成、大江健三郎,也包括这次莫言获奖,翻译的问题引

起了学界的普遍关注，译者受到了重视，这是一个很有意思的现象。为什么东方作家获奖，才谈翻译的重要性，我觉得存在一个更深层次的原因：虽然在世界范围内，现在学习汉语者越来越多，但我们的语言远不是主流语言，所以中国文学作品要想在世界范围内被阅读，被世界文坛所认可，必然牵涉翻译的问题，尤其是其英译、法译的问题。实际上，语言的问题直接影响到汉语文学的传播。

许方：正是因为汉语目前还不是一种主流的语言，我们的文学作品才需要通过译作呈现给世界读者，那么作品的翻译与译本的传达效果就成了我们下一个要关注的问题。在莫言获奖之后，很多人都有这样一个疑问，诺奖评委们真的读得懂莫言的作品吗？语言的隔阂是世界文学交流中的一大障碍，而汉语灵活含蓄、极具意蕴的特点使翻译成为一个难题，国人对于原作小说的理解、接受与把握尚参差不齐，那么国外读者通过对小说译作的阅读，其效果是否理想呢？最近李建军在1月10日的《文学报》上发表文章，题为《直议莫言与诺奖》，认为："诺贝尔文学奖的评委们无法读懂原汁原味的'实质性文本'，只能阅读经过翻译家'改头换面'的'象征性文本'。而在翻译的过程中，汉语独特的韵味与魅力，几乎荡然无存；在转换之间，中国作家的各个不同的文体特点和语言特色，都被抹平了。"翻译中汉语韵味、作家语言特色及行文特点的丢失使得国外学者及读者很难准确地理解与评价中国文学，对于这个问题您怎么看？

许钧：我想，评论家李建军提出了一个具有根本性的问题。李建军是我非常尊敬的一位文学评论家。但他对翻译的这番判断性的界说，我并不完全赞同。对于莫言作品的翻译而言，其中一些文体特点和语言特色是否真的如他所说"都被抹平了"？我不精通英语，也不懂瑞典语，所以不好对这两个语种的译文下断论。就法语而言,我读过杜特莱翻译的《灵山》,也读过他翻译的莫言的一些作品,如《丰乳肥臀》,而且还做过比较,我个人认为,杜特莱对不同作家的各不相同的文体特点和语言特色还是有深刻的认识的。在我看来,在他的译文中,不同作家的文体特点和语言特色得到了较明显的体现。此外,对于文学作品的解读,我觉得是具有开放性的,每个个体对文本的诠释都不尽相同。安伯托·艾柯就认为,在创作中,作家并没有给作品一个确定的、一成不变的顺序,相反,他提供给公众的是一个可以重组的、有多种选择的作品。这也是文学的魅力之处。国内读者的阅读是根据自身的经验对作品加以阐释,而译者首先是个阅读者,那么翻译就是跨语言、跨文化意义上的译者对于作品的另一种阐释的尝试,这也是文学作品开放性的一种体现。文学作品的价值也就在不断地被理解、被接受的阅读过程中得到拓展。再次,我们也要承认,翻译不可能做到百分之百地传达原文。虽然从理论上说,世界上的任何语言都具有同等的表达力,但语言之间不可能存在完全一致的对等关系,译者因而也不可能给出“绝对精准”的翻译。文化的多样性,包括生活环境、社会习俗、宗教文化、意识形态等方面的差异,都会对作品的理解和翻译构成一定程度的障碍,在这个层面上翻译是“有限度的”,尤其是语言特色层面的传达,困难很多。面对普遍存在的担忧,如汉语的韵味在翻译成另一种语言时很难表现出来,我们应该承认,这种语言表现力的差异是客观存在的,在翻译实践中译者也常常为这样的问题犯难。但认识到这种差异性之后,不应该对翻译采取一种消极的态度,只有认识到问题,才能为解决问题提供可能性,所以要尊重差异,并积极努力地去弥补译语的不足。不要忘了,对他语的翻译也是不断丰富自身语言的一种途径。而作为读者,也要认识到翻译中存在的种种困难,而不是盲目地一味追求理想化的忠实,忽视翻译与原作之间的同源而非同一的血缘关系。

许方:的确,如乔治·穆南所说,翻译"确有限度",从这个角度来说,读者对于翻译所开拓的阅读空间,应该是心存感激的。具体到莫言作品的翻译,虽然译文与原文不完全对等,但比起翻译过程中信息丢失的问题,更多的人还是对翻译的作品予以了肯定,甚至有人认为是翻译成就了莫言的世界性的阅读与影响。中国当代作家逐渐被译介到国外,包括莫言、余华、毕飞宇、苏童、刘震云等在内的一批作家都非常优秀,为何获得诺贝尔奖的是莫言?德国汉学家顾彬对莫言作品本身颇多微词,在 2012 年 10 月 12 日"德国之声"记者的电话连线中谈到过这个问题,认为最关键的是莫言找到了美国翻译家葛浩文,言下之意,没有葛浩文具有"美化"倾向的翻译,莫言不可能获奖。当然也有一些学者肯定了莫言的作品。村上春树此前被猜测是本次诺贝尔文学奖的有力竞争者,他的作品深受西方以及中国读者的喜爱,其在内地的主要翻译者林少华就认为莫言作品里的如红高粱、高密等中国符号,使其具有强烈的民族性和中国色彩,而村上春树的作品中却极少出现典型的日本符号,这是瑞典文学院最终选择莫言的一个原因。[1] 王蒙在谈到莫言获奖时,也表示这当然不是偶然,他认为关键的关键仍然是作品,没有好的作品翻译也好不了,莫言的艺术感觉、想象力、荒诞感与审丑模式等都是他脱颖而出的原因。[2] 那么,在您看来,翻译到底在多大程度上影响了莫言的获奖?

许钧:莫言是中国当代作家中作品被译介到国外最多的一位,被译成法语的作品就有近 20 部。要最大限度地为广大域外读者所认识,并得到诺贝尔评审委员们的垂青,翻译是一个重要的基础,也是必要条件。译者所发挥的作用是不可抹去的。我们在阅

---

① 沈佳音,胡雅君. 莫言凭什么战胜村上春树?. Vista 看天下,2012(28):119.
② 王蒙. 王蒙:莫言获奖十八条. 光明日报,2013-01-11.

读国外作品时,很多读者认为,如果译作精彩,那是原作本来就精彩的缘故,而如果看不到译作的妙处,那是翻译不够到位,没有传达出原作的精彩。这种将译作视作原作的从属品,甚至完全忽视译者劳动的观点不可取,而将奖项的获得完全归功于译者,过分拔高译者的态度与观点也是不可取的。读者要有自己的判断力,对于国外作家的无条件信任与对国内作家的质疑在一定程度上反映了国内读者对中国当代文学的不自信。受社会历史的影响,在政治、经济、文化各方面,我们长期处于追赶西方的阶段,往往对于自己的东西缺乏信心,对于世界不同文化,我们一直坚持的态度应该是开放共融,兼收并蓄,中国文化面对强势文化绝不能妄自菲薄。最近顾彬在 2012 年 11 月出版的《国际汉学》第 23 辑上发表英语文章,题为《直译是可能的吗?》,他在文中谈到,一个优秀的译者永远不会为自己的翻译才能感到骄傲。相反,他永远对自身持一种怀疑的态度。然而译者又是那么重要,他会以“蹩脚的翻译”杀死一个优秀的作家,他也可以通过可读的翻译,让一个“蹩脚的作家”走向世界。我不知道他所说的是否有所指。我同意他的部分观点,作家与翻译家之间,应该是有缘分的。“蹩脚的翻译”确实会杀死优秀的作家。但一个优秀的翻译家,不可能去选一个“蹩脚的作家”来翻译。翻译家,首先要有选择优秀作家的目光。在葛浩文看来,莫言一定是一个优秀的作家。葛浩文翻译水平再高,也不可能把“蹩脚的作家”翻译成优秀的作家。顾彬也没有这样的能耐。在我有限的了解范围里,被蹩脚的翻译杀死的作家很多,然而要从很差的作家译成优秀的作家几乎没有。除了莫言的作品,葛浩文还翻译过很多作家的作品,并不是仅凭好的翻译就能获奖,作品本身的魅力,其题材、叙事手法、故事结构、艺术特色、思想深度等元素的吸引力,与读者期待视野的契合,才能有作品价值的体现,这才是其获奖的关键因素。莫言作品的东方特质与文化上的冲击足以引起西方读者的兴趣。一个好作家遇上好译者是幸运的,然而再好的翻译也不可能让不理想的作品起死回生,我们对于作者与译者的评价应该更加客观。顾彬认为莫言是靠好的翻译才获奖的。对于莫言到底是靠自己作品的品质还是靠翻译的美化的争论,实际上隐藏着一个问题,就是现在有一种把翻译和原作进行分离的倾向,这种争论实际上是把翻译和原作分离开来,强调两者的矛盾,但从翻译的角度来说,情况并非如此,原作与译作是一个不可分割的整体。

许方:单从莫言作品原作与译作的静态比较中很难找到我们想要的答案。这里涉及译者与作者,译作与原作的关系问题,这是翻译研究必然要思考的问题。对译作与原作关系的认识会直接影响到我们关于译者对莫言作品的翻译活动的界定。而将一个整体拆分出对立的两部分,的确会让我们钻进牛角尖。那么,原作与译作之间到底呈现怎样的关系呢?传统译论中,译作只是原作的"翻版",或者说译作是原作的"摹本",在很多人眼里已成了一种比较普遍的、根深蒂固的观念。许多普通读者认为翻译只是照葫芦画瓢的机械活动,这种认识本身就带有对译作的否定意味。而顾彬的观点无疑走向了另一个极端,将译作凌驾于原作之上。那么,应该怎样来认识这样一个关系问题,才能使我们不再试图简单化地比较莫言小说原作与各语种译本的孰优孰劣呢?

许钧:如特里尔所说,每一种语言都有它自身的特质来构筑完整自足的现实图景,语言的现实要素绝不会以完全一样的形式出现在两种不同的语言中,这就说明了要求译者在语言上做到与原作的同一是不可能的,原作的语言在翻译中是非变形不可的。首先,译者在打破语言障碍,以另一种语言构建原作特质时,所真正要指向的是原作意欲表现的世界,这个世界即作品的源,同源的指向才是译作与原作本质上的关系,这种同源性确保了译作与原作不可分割的整体性。其次,作品在从一种语言到另一种语言的转换过程中,变的不光是语言,还有语言所赖以生存的土壤,原作的由特定的文化沉淀积累所构成的文化语境需要在具有不同文化土壤的译作中构建起来。面对不同的语言,不同的文化,不同的读者,译作也就为原作打开了新的空间。正如本雅明的观点,译作标志着作品生命的延续,原作在此中得到更新与再生,赋予原作以新的价值。无论原作还是译作都是作品生命的载体,如果我们认识到这两个层面,再去争论是莫言原作打动评审还是译作为其撑腰,就显得没有意义了。

许方:作为原作生命延续的译作,是在译者的理解与阐释下完成的,而这一过程并非机械性的消极行为,而是一个创造的能动过程。莫言本人也十分清醒地认识到翻译对于他的创造的重要性,他在公开场合多次表达了对译者的尊敬与感激,并邀请英语、法语、瑞典语和日语的译者共同出席诺贝尔奖颁奖礼。他在诺贝尔颁奖典礼的晚宴中致辞,感谢把他的作品翻译成各语言的翻译家们:"没有他们的创造性的劳动,文学只是各种语言的文学。正是因为有了他们的劳动,文学才可以变为世界的文学。"莫言站在世界文化交流的角度,对译作对于原作所做的具有创造意义的工作给予了充分的肯定,可见他对翻译有着深刻的理解。

许钧:莫言对译者的尊敬,让我感动。他在晚宴致辞中强调的那简短的两句话极具深意,其中的两个关键词"创造性劳动"与"世界文学"就值得我们去思考。首先,为什么说翻译是一项具有创造性的劳动,法国文论家埃斯卡皮认为,一是因为译作赋予了原作一个崭新的面貌,使原作能够与更广泛的读者进行崭新的文学交流;二是因为翻译不仅延长了作品生命,而且还赋予了作品第二次生命。当我们把目光投向一部作品的生成与传播时,翻译活动中语言符号体系的改变,作品传播的文化语境的改变以及作品意义所赖以生存的条件的改变，必然使作品的面貌发生改变。通过这个层面考察翻译活动，译者的工作无疑是创造性的。而文学翻译是世界文学形成的有效因素及重要手段，它的积极作用是不言而喻的。谈到世界文学，它是歌德非常珍视的一个概念，各民族的文学在相互借鉴与融合中保有其独特个性，为世界文学的发展不断注入活力，从而促进人类文明的进步。当今世界各国的频繁交往，为文学的世界性打造了一个良好平台，对翻译的尊重与不断实践对世界文学的发展与传播发挥着举足轻重的作用。在现阶段汉语为非主流传播语言的情况下，莫言的作品也将通过译者这个"共同创造"者为争取更多的域外读者关注中国文学与文化，起到重要的作用，同时莫言的作品也会为丰富世界文学展现出特殊的价值。

　　许方：作家与译者可以说是一种合作关系。作家对于其作品的翻译，会持不一样的态度。有的作家不允许译者随意改动原作，比如昆德拉，非常在意其原作的忠实翻译。有的则如莫言，给予译者很大的空间，让译者做主，"想怎么弄就怎么弄"。在这样一个翻译空间里，葛浩文的翻译不是逐字逐句翻译，甚至不是逐段翻译，顾彬说其是整体的编译。如果单从忠实的角度看，这并不能算好的译文，但这种方式下的译文更具接受国的文学表现色彩，使西方读者更易接受。从读者的接受角度来看，读者对莫言作品的喜爱证明了译本的成功。这让我想到林纾的翻译，他不谙外文，在合作翻译出的译作中有意或无意删节、增补或改译原文的现象非常普遍，但这也不妨碍他的译作受到读者的喜爱。那么，葛浩文采取这种翻译策略除了莫言给予的自由外，是否有更深层的原因呢？

　　许钧：回答你的问题前，我想首先做个说明。莫言对葛浩文的信任，不是盲目的，他所说的"想怎么弄就怎么弄"，是基于对葛浩文的了解与信任。我在三十年前翻译法国作家勒克莱齐奥的作品，勒克莱齐奥当时对译者也是采取非常信任的态度，把译者当作

共同创造者。2008 年,他获得了诺贝尔文学奖,他对译者的态度
没有变。你知道,作者对译者的信任,对于译者而言会转化为一种
责任。关于葛浩文的翻译方法,我认为不是一个简单的方法问题。
葛浩文完全可以采取全译的方法,但翻译是为了接受,是为了更多
的不通汉语的英语读者能喜爱莫言的作品。如果比较一下,你会
发现,一百多年前林纾的翻译策略与现在国内译者普遍所采取的
做法有着很大的差别。为什么会存在这种差别? 我觉得,翻译的
接受不是一个简单的语言问题,还有接受国的文化语境与接受心
态、译出与译入国的文化关系等要素。翻译活动,具有某种阶段性
和历史性。在不同的历史阶段,采取怎样的翻译策略,要视目的而
定。正是从这个角度,歌德总结出了历史上实际存在的翻译的三
个阶段。第一阶段是为了让读者了解外部世界而让外国作品披上
本国色彩,使之亲切易于接受。第二阶段除了语言上的归化,译者
更试图吸收思想、观念、精神上的东西。第三阶段是追求译作与原
作完全一致,真正地取代原作。葛浩文对于莫言作品的翻译策略
是为了达到介绍作品的目的,对作品的某种删改也是以接受为出
发点。谢天振在谈莫言"外译"成功的启示时也提到了这个问题,
他指出,一个民族接受外来文化、文学需要一个接受过程,这是一
个规律问题。① 现今国内对于外国文学作品的翻译提倡忠实于原
文,出版的一般也都是全译本,这是因为在接受西方文学的道路上
我们已走了很久,如果再来对国外作品进行过多的删改已经适应
不了读者以及社会对于翻译的一种要求。而中国文学,尤其是当
代文学在西方国家的译介所处的还是一个初级阶段,我们应该容
许他们在介绍我们的作品时,考虑到原语与译语的差异后,以读者
为依归,进行适时适地的调整,最大限度地吸引西方读者的兴趣。

---

① 谢天振. 莫言作品"外译"成功的启示. 文汇读书周报,2012-12-14.

当然,这种翻译方法不是无节制的,如葛浩文对于原作的处理就是有选择性的,他自称,对于作品中仅仅是语言要求的表达,他自然会根据英语的表达需要去处理,而对于作者含有特殊表现目的的部分,他会努力保留。① 我想,随着中国作品的不断外译,之后一定会有适应需要的忠实译本的出现。就莫言的作品翻译而言,我相信,随着莫言的获奖,国外的读者一定不会局限于如今的翻译处理方法,会对翻译提出新的要求,要求原汁原味地翻译,形神兼备,最大限度地再现原作的韵味、精神与风姿。

许方:提到国内作品的外译,中国文学一直有着走进世界主流文学的美好愿望。然而中国文学输出与西方文学输入的巨大逆差却是不争的事实,从翻译作品在西方国家和我国的出版比例上也可得以窥见:在西方国家的出版物中,翻译作品所占的份额非常之小,法国10%,美国只有3%;而西方国家向中国输出的作品,或者说中国从西方国家翻译过来的作品达到了出版总量的一半以上。近些年来,中国文化"走出去"的呼声一直很高,南京大学的高方博士一直在关注文学译介与中国文学"走出去"的问题,她认为:"随着中国改革开放进程的不断深入与加快,中国走向世界的重要性和迫切性从来没有像今天这样受到国人的认同。"②文学是中国文化的重要组成部分,翻译界为中国文学的对外译介做了很多努力,中国作协副主席何建明所做的调查显示,近十年翻译出去的中国当代文学作品数量占到了三十年来所译作品的三分之二③,可见中国文学走向世界的速度在加快。您也曾经预测,世界阅读中国

---

① 覃江华,刘军平. 一心翻译梦,万古芳风流——葛浩文的翻译人生与翻译思想. 东方翻译,2012(6):45.

② 高方,毕飞宇. 文学译介、文化交流与中国文化"走出去"——作家毕飞宇访谈录. 中国翻译,2012(3):52.

③ 张贺,王珏. 中国文学如何更好走向世界. 人民日报,2012-11-23.

的时代即将到来。此次莫言获得诺贝尔文学奖会吸引更多的关注,而诺贝尔奖的影响力势必让西方读者的目光聚焦到莫言的作品,这对中国文学"走出去"有着怎样的积极意义呢?

许钧:文学"走出去"是一个缓慢的过程。西方对于我们的古典小说尚算熟悉,而对中国当代作家的作品接触得有限,的确与我国大量引进国外作品的状况相比,失衡严重。我曾经提到过,这种现象既有历史因素,也有文化因素。中国历史上的对外封闭状态,西方文化中根深蒂固的文化中心主义,包括西方一些国家采取的重扩张轻接受的文化策略,都影响了西方对中国作家的译介。当然,随着中国的发展,国际影响力的提高,政府的重视和中国图书出版机构的积极努力,中国文学会越来越多地为世界所阅读。现在的评奖有一种广告效应,莫言的获奖势必在文学界、研究界掀起一阵"莫言热"。以诺贝尔奖为契机,引起世界范围内对于中国文学的关注,在一定程度上也有利于推动文学事业的发展。我在上面谈到过,除了莫言,我们还有一批优秀作家,他们的作品都是中国文学宝贵的财富。奖项是对作家的肯定,何况是诺贝尔文学奖,国人高兴是自然的,但这个时候更要提醒自己坦然面对,毕竟最有价值的还是文学本身。面对奖项也要有清醒的认识,奖项奖励的是个人,并不代表整个中国当代文学,要让中国文学得到世界普遍的深度的阅读,我们还有很长的路要走。

(许方,博士,华中科技大学外国语学院讲师;许钧,浙江大学外国语言文化与国际交流学院教授;原载于《小说评论》2013 年第 2 期)

关于中国文学对外译介的对话

刘云虹　[法]杜特莱

　　杜特莱(Noël Dutrait)先生是法国著名翻译家、汉学家,法国
埃克斯-马赛大学中国语言与文学教授、亚洲研究院院长。他多年
以来致力于中国当代文学的译介,翻译出版了阿城、苏童、莫言、韩
少功等作家的作品二十余部,其中包括诺贝尔文学奖得主莫言的
主要作品《酒国》《丰乳肥臀》《四十一炮》等,他的翻译被认为是推
动莫言获得诺奖的重要因素之一。笔者在法国访学期间曾就中国
当代文学的译介问题与杜特莱教授进行了交流,但由于时间关系,
留下了不少未尽的话题。2015 年年末,杜特莱教授在繁忙的教
学、翻译和研究工作之余欣然接受笔者的访谈,结合自己的翻译经
历、对翻译活动和中国当代文学的认识与理解,就中国当代文学在
法国的译介与传播以及翻译的选择、标准、观念、方法等涉及翻译
的根本性问题发表了看法,并提出了一些非常有借鉴价值的重要
观点。这些看法和观点不仅有助于我们进一步深入了解中国当代
文学在法国的接受情况,也可以说在一定程度上回应了目前国内
翻译界对于翻译观念与翻译方法问题的某些争论、质疑和模糊
认识。

　　刘云虹:杜特莱先生,您好! 您多年在中国语言、文学和文化

领域从事翻译、研究和教学工作,是一位在中国很有知名度和影响力的汉学家。作为长期关注、译介和研究中国文学的学者,您心目中中国文学的整体形象是什么样的? 在这么多年中有没有什么变化?

杜特莱:我认为,三十多年以来,中国文学发展得非常快,目前已经成为世界上最重要的文学之一。中国文学几乎对所有的主题都有所涉及,对最敏感的主题有时会采取迂回的方法来表现,并且,中国文学常常运用一些非常新颖的传播方式,例如网络,甚至是手机。

刘云虹:您多年来坚持从事中国文学的译介,翻译了阿城、莫言、苏童等中国当代重要作家的作品。您曾在一次访谈中提到,您的翻译最初是从报告文学开始的,后来逐渐对当代文学产生了兴趣,并开始选择翻译一些中国当代文学作品。我们知道,在法国的汉学传统中,汉学家一直比较关注中国的古典或经典文学,那么您为何对中国当代文学特别感兴趣? 中国当代文学中最吸引您的是什么?

杜特莱:我1969年开始学习中文,那时我的目标并不是用中文阅读经典文学作品,而是通过阅读小说来从"内部"了解中国社会。不幸的是,在那个年代,文学完全是为宣传服务的,对了解中国社会并不能提供多少帮助。直到20世纪70年代末,中国文学才真正展示社会现实。正如您所说,那时的法国汉学家中没有多少人对这种新的文学感兴趣,因此,阿城的小说出版后,法国读者非常高兴能通过翻译阅读这种"新文学"。对我的翻译家同行来说也同样如此,例如很早就开始翻译莫言作品的尚德兰(Chantal Chen-Andro)和陆文夫作品的译者安妮·居里安(Annie Curien),后者把著名的《美食家》一书译成法语,名为《一位中国美食家的生活与激情》。因此,我可以说,中国当代文学中最吸引我的地方就是,通过阅读我可以直接地了解中国人的精神状态以及他们的生活处境。

刘云虹:凡是有翻译实践经验的人都深有体会,翻译是一个不断选择的过程,从"译什么"到"怎么译",翻译过程的方方面面都渗透着译者的选择。请问,在长期的翻译活动中,您对原著是如何进行选择的? 或者说通过什么渠道来选择和决定翻译哪些作品?

杜特莱:实际上,我对翻译的选择经常是出于偶然,有时候也是根据出版社的要求。例如,当我选择翻译阿城的小说时,是因为不少中国朋友向我推荐了他的小说集《棋王》。我想,有那么多中国人都在谈论这本书,那这本书一定值得翻译,于是就决定将它译成法语。对莫言作品的翻译,是瑟伊出版社向我推荐了他的作品。

刘云虹:如果我没记错的话,您从 20 世纪 80 年代开始翻译中国当代文学作品,目前已经完成了二十余部译著。我们知道,翻译要沟通两种语言、两种文化,是一项充满限制、困难和挑战的工作,译者常常被比喻为"戴着镣铐的舞者",您翻译的阿城、莫言、苏童等作家的作品又都很有特点,这在一定程度上可能给您的翻译造成了某些障碍。请问,您在翻译过程中遇到的翻译障碍具体有哪些? 对于这些障碍,您是如何克服或处理的? 有没有出于某种原因而对原著进行删节或改写的情况?

杜特莱:在我看来,译者在翻译中国文学作品时遇到的最大困难,是动词时态问题。当中国作家没有明确指出故事是在现在、过去,还是在将来时,常常难以判断在法语中应该使用哪种时态。译者的选择因此就变得很棘手。如果可以和作家本人取得联系,与他们进行交流,往往会帮助译者找到令人满意的解决办法,从而克服这类困难。

我可以再举一个例子,我刚刚翻译了莫言的小说《战友重逢》。这部小说讲述了两个参加了 1979 年中国对越自卫反击战的士兵在战后重逢的故事。读者很容易明白,他们已经死了,因此时态对他们并没有影响。在我的翻译中,当他们两人互相交谈时,我选择让他们用现在时说话,但是,一旦叙述者开始讲述过去的事实,我就不得不使用过去时态,包括简单过去时、复合过去时和未完成过去时。我们知道,在法语中,只有在书面语中才使用简单过去时。所以如果使用简单过去时来翻译这两个中国士兵之间的对话,读者就会感觉他们在用一种非常奇怪的方式说话。因此,高声朗读翻译好的文本,听听小说中人物的对话是不是与法国人在类似语境下交谈时采用的方式相同,这一点非常重要。

刘云虹:翻译不仅是语言层面的文字转换工作,更是一项受文本内外诸多因素制约、具有丰富内涵和复杂过程的活动。在对外国文学的译介中,由于社会、文化、意识形态等因素的影响,不同国家在不同的历史时期可能采取不同的翻译方法。以法国文学在中国的译介为例,我们可以看到,早期中国在对法国文学的翻译中多采取改写和删节的方法,近代著名翻译家林纾的翻译就是一个典型的例子。他采用改写和删节的方法翻译了《茶花女》等多部法国著名小说,在中国近代翻译史上产生了重要影响,对中国近代文学的发展做出了卓越贡献。目前,从总体来看,中国对法国文学的翻译已经和林纾那个时代的翻译大不相同,普遍以"忠实"为原则,力求把原汁原味的翻译呈现给广大爱好法国文学的读者。对此,您怎么看?

杜特莱:我始终努力做一个尽可能忠实的译者,即使作家本人有时候鼓励我进行改写或删去一些对法国读者来说难以理解的段落。我觉得,我不是作家,也没有能力重新改写一部文学作品,哪怕是删去其中几个段落。即使一部作品在翻译中被删改了,那么它也很可能会在以后的重译中得到完整呈现。一部出版的文学作品既不属于它的作者,也不属于它的译者,它是世界文学的一部分。因此，迟早有一天，一定有译者会完成一个比现有译本更加忠实的重译本。

刘云虹：您说得很有道理。其实，每位译者心目中都有自己认为应该坚持的翻译原则，这既是翻译观念的问题，也涉及对翻译标准的认识和理解。我记得，埃科（Umberto Eco）在他的著作《说的几乎是一回事——翻译经验》中有一段耐人寻味的话，他写道："地球几乎与火星一样，因为两者都绕着太阳转，并且都是球体，但地球也可以几乎像另一个太阳系中运行的其他任何星球一样，它也几乎和太阳一样，因为两者都是天体，它还几乎像占卜者的水晶球一样，或者几乎如同一只气球、一个橙子。"通过这个简单而有趣的例子，埃科引出的是对翻译标准的探讨。在不同的标准下，地球、火星与橙子几乎可以相互等同，这样的说法似乎有些夸张；然而，当我们面对原文需进行翻译或面对译文需做出评价时，翻译标准问题显然是无法回避的。翻译说的是否与原文几乎是一回事，"几乎"一词的所有弹性和全部疆界都取决于标准。那么，在您看来，翻译应该具有怎样的标准？或者说，应该立足于怎样的标准来从事翻译和评价翻译？

杜特莱：我十分赞同埃科的观点。对我来说，要使翻译取得成功，唯一的方法在于不要定下过于僵化的基础原则。当译者可以完美地翻译一句话，又丝毫不违背原文的意思时，一切都没问题。如果一个句子中包含某些对法语读者来说难以理解的词，那就必须努力找到一个对等词，可能的话，还要加上尽量简短的一条注释，以便帮助读者理解。在我看来，译者应该以灵活的方式来应对每一种情况，首先为作者服务，其次为读者服务。我们知道，翻译一定有所损失（例如，在对难以转换的文字游戏的翻译中），但我们也可以找到一些能展现作者想法的准确的词或词组来进行"补偿"。某些译者从头至尾地对作品进行改写，读者读到的根本不是张三或李四的书,而是杜邦先生或迪朗先生的书。我总是害怕读我的翻译的法国读者会觉得阿城、韩少功、莫言或苏童都用同样的方式写作。如果是这样的话,那对我来说就是彻底的失败。这也就意味着我没有能力翻译出这些作者迥然不同的风格。

刘云虹:风格是作品的灵魂,译者对作品风格的把握和传达确实是翻译成功的关键所在。您翻译了莫言的作品。早在他得奖之前,您就开始关注并翻译他的作品。我读过您 2010 年编著的《翻译:限制的艺术》一书,其中您在题为《翻译现实与莫言的魔幻现实主义》的论文中,明确提到并探讨了莫言的魔幻现实主义写作风格。而我们知道,瑞典文学院诺贝尔奖评审委员会决定把 2012 年诺贝尔文学奖授予中国作家莫言时,给出的获奖理由正是"莫言以魔幻现实主义融合了民间故事、历史与当代"。我想,这也许不是单纯的巧合,您以中国当代文学的翻译者和研究者身份对莫言作品进行的解读是否对诺奖对莫言作品的评价有影响? 您对诺奖给予莫言的评价有何看法?

杜特莱:我不知道颁发这个奖的瑞典文学院的评委们是否读过我的文章,不过,我翻译的《丰乳肥臀》由瑟伊出版社出版时,书的红色腰封上确实写着"莫言,中国的加西亚·马尔克斯"! 在我看来,2012 年的诺贝尔文学奖选择了莫言,这是一个非常棒的选择。莫言涉及了关于中国社会的所有主题,同时也从来没有忽视文学本身的品质。他不是一个站在这边或那边的政治激进主义分子,而是一个讲故事的人,一位作家,一个关注周围世界的观察者。他能探测人类的灵魂,并展现美与丑、人性与非人性在什么程度上是接近的。他的作品的广度使他成为一个文学巨人。

刘云虹:看来您非常喜欢和欣赏莫言的作品。我看过您在 2002 年接受的一次访谈,那次访谈中,您被问及"在您的视野中,在中国仍在进行活跃创作的作家中,会不会出现一个诺贝尔奖获得者?",您回答说"莫言很有可能"。您早在莫言获奖十年前做出的这个判断,除了您个人对莫言作品的喜爱之外,还有其他什么原因吗? 现在评论界普遍认为,莫言获得诺贝尔文学奖的原因是多方面的,既有作品本身的,也有翻译和出版传播方面的,甚至后者的作用更为显著,您认为呢? 就近年来中国当代文学在法国的传播与接受情况来看,出版机构在其中发挥了什么样的作用、产生了什么样的影响? 对这样的作用和影响,您如何评价?

杜特莱:在阅读和翻译莫言的小说时,我体会到他的作品的丰富性。我认为他是中国当代最伟大的作家之一,因此我表示他有可能获得诺贝尔文学奖。如果莫言没有获奖,谁也不会记得我曾经说过的那些话。至于莫言获得诺奖的其他原因,我并不知道,瑞典文学院不会向任何人透露诺奖的评选过程。

刘云虹:我们知道,您在翻译中与中国作家建立了友谊,有过一定的交流,您还应邀去过莫言的家乡。能不能请您谈谈您在访问莫言故乡高密时的印象和感受? 除了与莫言的交流之外,您与其他作家之间是否也有类似的交流和友谊? 与中国作家的这些交流活动对您的翻译有什么样的影响,起到了什么样的作用?

杜特莱:我第一次与莫言见面是 1999 年在北京。那时我正在翻译《酒国》,我问了他很多问题。后来,我去过高密两次,第一次是和莫言一起,参观了他童年的旧居。当时我正在翻译《丰乳肥臀》,能亲眼看看小说故事发生的地方,这对我来说非常有意思。在高密和莫言的朋友们一起聚餐时的欢乐气氛,让我感受到了《酒国》中所描绘的喝酒艺术,这在山东确实是一个现实。第二次,我在莫言获得诺奖后又去了高密,我想参观高密的莫言纪念馆和他曾经居住过的地方。再后来,2015 年,莫言来到埃克斯-马赛大学参加一个关于他的作品的国际研讨会,并被授予名誉博士学位。当我翻译莫言的小说时,我经常给他发电子邮件,他总是耐心地回答我的问题。此外,在诺贝尔文学奖的颁奖典礼上,莫言对所有翻译他作品的译者都表示了热情的感谢,认为没有他们,他根本不会获得这个奖。

刘云虹:能翻译当代作家的作品,并通过翻译与作家结下深厚的友谊,进而更深入、更真切地了解作品所展现的文化和社会现实,这对译者来说真是一件幸福的事。您对莫言在其他语种国家的译者有没有接触和了解,比如美国翻译家、汉学家葛浩文?

杜特莱:在北京、巴黎和埃克斯-马赛的三次国际研讨会上,莫言在不同国家的译者有机会见面,并交流他们的翻译经验,包括德国、荷兰、瑞典、挪威、意大利、日本和其他国家的译者。我只见过葛浩文先生一次,是在斯德哥尔摩诺贝尔文学奖的颁奖典礼上。

刘云虹:莫言获奖以后,中国文化界和学界对翻译的重要性以及译者在文学对外译介与传播中的作用给予了普遍关注,并就莫言获奖与葛浩文的翻译展开了广泛而持续的讨论。讨论的焦点不仅针对翻译与创作、翻译与获奖的关系问题,而且涉及翻译对中国文学、文化"走出去"的影响和作用等具有更深层次意义的问题。由于莫言获奖后媒体对翻译问题空前热切的关注,伴随着汉学家葛浩文的名字迅速进入公众视野的除了他的翻译作品、他对中国文学的执着热爱和有力推介,还有他在译介中国文学作品时所采用的特色鲜明的翻译方法。在众多的媒体上,"删节""改译"甚至"整体编译"等翻译策略成了葛浩文翻译的标签。在媒体的助力下,翻译界的部分学者甚至将葛浩文的翻译定性为"连译带改"的翻译,并将这种"不忠实"的翻译方法上升为译介中国文学的唯一正确方法,甚至是唯一正确模式。对此,学界和翻译界都有不同的声音,有赞同和支持的,也有质疑和反对的,可以说是各持己见,莫衷一是。那么,对于翻译方法、翻译的忠实性以及翻译在文学传播中的作用等问题,您的看法如何?

杜特莱：就像我已经说过的，我认为应对原文本"尽可能"绝对忠实。当这种忠实无法实现时，我选择找到最接近作者意图的对等的表达。此外，我觉得，在注释中进行简要的解释，也可以帮助译者跨越翻译障碍。这样，译者就能确信法国读者可以更好地欣赏原著。当然，就语言层次而言，也必须在法语中使用符合原文风格的表达。对莫言的作品来说，困难往往在于如何翻译山东农民、国家干部或知识分子在说话时不同的语言层次。译者总是像走在钢丝绳上一样，左右摇摆。他必须努力保持平衡，既不掉在这边，也不掉在那边，换句话说，就是既不完全是"异化翻译"，也不完全是"归化翻译"，而是根据他所翻译的文本进行合理的选择。我发现，莫言的其他法语译者，例如林雅翎（Sylvie Gentil）、尚德兰、尚多礼（François Sastourné），对翻译的看法几乎和我一样。而这并没有妨碍我们的翻译在市场上获得巨大成功，即使在莫言获得诺贝尔文学奖以前也同样如此。

刘云虹：我非常同意您的观点。由于种种翻译困难和障碍的存在，对原文本的忠实也许无法一劳永逸地实现，但这应该是每位译者努力和追求的方向。从广义上来看，翻译是一个动态的过程，包含了从翻译生产到翻译传播的诸多层面，对拟翻译文本的选择、对原文本的理解与传译以及翻译作品的传播与接受等，都是这个过程中的重要环节。您刚刚谈到，在对原文本的理解与传译过程中，您经常通过电子邮件与作者进行联系，和他们有密切的交流，在他们的帮助下，您克服了翻译中遇到的一些困难和障碍。那么，当您完成翻译，把译稿交给出版社之后，您与编辑之间是不是也会就译文有所交流和沟通呢？据我所知，在美国，出版社的编辑常常为了吸引和打动读者而要求译者对译文进行删改，葛浩文先生在一次访谈中曾提到，"除了删减之外，编辑最爱提的另一个要求是调整小说的结构"。对此，您怎么看？在法国有没有类似的情况？

就您的经验而言,有没有编辑根据市场需要或出于对读者接受的考虑而对译文提出删改意见的? 如果有的话,您是怎么处理和应对的?

杜特莱:出版我的译著的出版社一直都很尊重我的翻译。编辑只是修改打字错误或者对某句话提出改进意见,使它更容易理解。只有一家出版社对我翻译的苏童的小说《米》进行了改动。这部小说里,苏童在所有的对话中都没有使用引号。在翻译过程中,我尊重了作家的这个选择,但编辑坚持把所有他认为必要的地方都加上了引号。在我看来,这很遗憾,因为,通过这种方法,苏童想要展现的是一种新的自我表达方式。在法国,也会有某些出版社认为有必要对原著进行改写,从而使作品更符合法国读者的口味,但对我来说,我完全反对这种改写,因为法国读者希望读到的是一部中国文学作品,并不是一个适合他口味的文本。

刘云虹:是的,实际上这涉及的不仅是对作品的尊重,也是对读者的尊重。据我所知,您不仅从事中国文学的译介,也进行相关的研究,您 2002 年出版了《中国当代文学爱好者阅读指南》一书。这是一本写给读者的书,在很大程度上表明了作为翻译家,您对读者的关注。您认为,目前法国读者对中国文学的阅读和了解情况如何? 译者、汉学家和出版者是否有可能或有必要对读者的阅读进行一定的引导?

杜特莱:在法国,已经翻译出版了很多中国的古典和当代作品。但与欧洲文学和美国文学相比,法国普通读者对中国文学的了解还非常有限。译者和出版商的作用仅仅在于选择能够打动法国读者的作品。在 20 世纪 80 和 90 年代,阅读中国文学的法国读者数量有了显著增加。目前,作品被译为法语的中国作家的数量和能阅读到的翻译作品的数量相当可观,这也许可能会让法国读者望而却步,因为他们总是不知道如何在书店里选择一本中国文学的翻译作品。

刘云虹:这的确是个很现实的问题,看来,外国文学的传播不仅需要好的译者,也需要译者、专家和出版社对读者进行必要的引导。就像我们刚刚所谈到的,您在翻译过程中与作者保持密切的交流与沟通,那么,在翻译作品出版以后,您与广大读者之间有没有交流? 例如,通过电子邮件的方式,或者在一些讲座、书展、新书推介会和读者见面会上? 在中国,有不少读者会在网络平台上对翻译作品进行评价,他们对翻译提出的意见和建议在一定程度上也会对译者和出版社有借鉴作用。请问,在法国是不是也同样如此? 您会关注网络平台上读者对您的翻译作品的评价吗?

杜特莱:在法国,有时也会有一些读者对翻译作品进行评价,发表他们的意见。不过,必须承认,只有非常少的读者能读懂中文。读者主要是对作品本身感兴趣,对译者的工作关注得并不多。我常常被邀请做讲座,主题既有中国当代文学,也有对中国文学作品的翻译。完全不懂中文的读者很难理解,译者如何能够把中文翻译成法语。我试图向他们解释,即使中文和法语的语言系统相差甚远,翻译也不是不可能的。

刘云虹:我相信,在您和其他翻译家、汉学家的努力下,法国读者会更加理解翻译活动,也会更加了解中国当代文学。在日益加快的全球化进程中,不同文化间的交流越来越频繁,也越来越必不可少,您认为,在未来十年甚至更长时间里,中国文学在法国的接受情况会呈现出什么样的趋势? 可以肯定的是,外国文学的传播与接受是一个漫长的过程,这其中离不开一代又一代翻译家的努力,请问,在法国,中国文学译介的新生力量如何? 新一代的翻译家有没有成长起来?

杜特莱:很难预见今后二十年法国对中国文学的接受情况如何。法国读者的期待视野是什么? 明天的莫言、苏童和阎连科是什么样的？根本没法说！不过,我认为,新一代的汉学家对中国文学非常感兴趣,并且他们的汉语水平很高。他们基本上都在中国生活过不少年,都十分了解中国社会。可以肯定,法国读者将会读到非常优秀的新的翻译作品。我相信,对中国来说也是如此,很多在法国大学深造的中国学生都具有相当不错的语言水平。

刘云虹:翻译是一项非常有意思和有意义的工作,也是一项十分艰苦的工作。多年来您一直致力于中国当代文学的翻译和传播,我想,这既是您的兴趣,也是您的一种追求吧。请问,您对下一步的翻译有什么设想和计划呢？

杜特莱:我刚刚翻译完了莫言的小说《战友重逢》,瑟伊出版社2016 年 6 月将出版这部小说。我从 2016 年 1 月起就是荣休教授了,我会有更多属于自己的时间来进行翻译。

刘云虹:最后,能否请您就翻译对中国翻译界的同行和朋友说几句话？

杜特莱:我觉得,文学翻译是一项非常棒的工作。我们通过深入阅读作品领略作家的才华,然后再通过翻译让不懂出发语的读者能欣赏这部作品。人们常常问我自己是否写小说,我回答说我根本不需要这么做,我用自己的母语写出了和莫言的《丰乳肥臀》同样出色的作品。多么幸福啊！

（刘云虹,南京大学外国语学院;杜特莱,法国埃克斯-马赛大学亚洲研究院;原载于《小说评论》2016 年第 5 期）

文学译介与作品转世

——关于小说译介与创作的对话

许诗焱　［美］陶　建(Eric Abrahamsen)　鲁　羊　等

2017 年 5 月 31 日,中国当代文学英译杂志 *Pathlight*(《路灯》)总编辑陶建(Eric Abrahamsen)和作家鲁羊应邀在南京先锋书店进行了一场题为"身体上的国境线:文学翻译与作品转世"的对话,对话由 *Chinese Arts & Letters*(《中华人文》)编辑、南京师范大学外国语学院教授许诗焱主持,来自艺术界、文学界和出版界的嘉宾毛焰、杨昊成、何平、育邦、王振羽、刘立杆、何同彬等参加了此次对话。两位主讲人与到场的嘉宾及听众一起,就英语与汉语的差异、译者与作者的互动、译入与译出的对比、翻译与写作的关系等问题进行了深入的交流。

一、身体上的国境线

许诗焱:今天对话的题目是"身体上的国境线",这个题目非常吸引人,相信在座的很多听众都是被这个题目吸引来的。"身体"和"国境线"这两个概念对大家来说都不算陌生,但将这两个概念结合在一起,却产生出一种奇妙的画面感,不仅给人以无限的遐想,同时也提供了开阔的阐释空间。据这次对话的主办方《青春》

杂志社介绍,这个题目来自鲁羊老师的建议。鲁羊老师,您是怎么想到这样一个题目的呢?

鲁羊:"身体上的国境线"其实也不是我想出来的,而是我的一个朋友贺奕,他有一部长篇小说,叫《身体上的国境线》。贺奕是北京语言大学的老师,教外国人汉语,因此接触很多不同国家的人。这部小说是关于不同国籍的男女之间的情爱故事,由此体现不同文化之间的隔阂与沟通。我觉得这个标题挺合适,而且还挺哗众取宠的。

但这个标题其实也包含了我的想法,跟我翻译《老人与海》的过程有关。这是我第一次翻译一部完整的英文小说。翻译的时候,我先是阅读原文,从头到尾地看,看了好几遍,还把其中的一些句子读出声来。我想去感受一下海明威是怎么说话的,我不是要去模仿他说话,但我至少要知道他说话的气息和节奏。其实要去复制那种气息和节奏是不可能的。如果有人对你说,他是完全直译的,他绝对保持忠实,不要听他忽悠——不可能。任何一种语言都有它独有的表达方式,包括气息和节奏,这是没有办法改变的,这也是"身体上的国境线"的一部分。

我之前也大体知道海明威的语言风格,比如"冰山理论"啦,比如简短有力啦,等等,但大家也许并不知道,海明威的作品中也有不少很长的句子,非常长,不仅是长,而且在大家觉得已经结束该画上句号的地方,"噗",他又来了一段。Eric 曾经有过一个比喻,说海明威的长句子像古琴曲,你以为它已经结束了,该喘一口气了吧,可是它其实还有一段。这样的句子在英语里是非常有力量的,但是如果你原样复制这样的气息和节奏到汉语中,汉语的句子却没有力量了;因为在汉语中,短的句子才是有力量的,所以必须把句子切断,必须切成短的句子。在译文中完全复制原文的气息和节奏,是绝对不可能的——这是我初次尝试翻译的感受。Eric,你对这个问题是怎么看的呢？

Eric：这个问题我本来也是想问你的。其实我读海明威，就是这种感觉，就像我学弹古琴的时候感觉到的那样，这句怎么还没有结束？感觉你是走路的时候不小心踩到了一条毯子，人就会往前托一下。所以我一直也很好奇，这样一种节奏在汉语中如何体现？而且反过来，我在看中国文学作品的时候也有同样的感受。将汉语的气息和节奏完全复制到英语中是不可能的，但你又不能不管。我觉得应该主要还是去看读者的感受，译者能不能用另外一种方法，给读者同样的感受？这就是文学翻译的难度所在。

鲁羊：我觉得，把一种语言的作品翻译成另外一种语言，比如说把海明威的作品翻译到汉语中，其实是为他找到/创造/制作/发现一个新的躯体。假设海明威所要表达的全部的意思汇合在一起叫作灵魂，那么它脱离了英语的躯体，它必须在汉语中找到另外一个躯体。这个躯体不仅仅需要原来那个躯体的表面特征，比如体型和肤色，还必须具有原来那个躯体所具有的身体素质。比如海明威在英语中的躯体，我感觉是简净而有力的，在汉语中尽管不可能找到一模一样的躯体，但这个躯体至少不应该是拖沓的、无力的。翻译，从某种意义上说，它也是一个关于身体的问题。

Eric：其实我刚看到这个标题的时候，尽管我不知道你原先的想法，但我马上就有一种强烈的反应，感觉这个标题就来自我生活的本身。我在中国生活了 15 年，我是 2001 年来的，那个时候 22 岁，直到去年年底才回美国，我 15 年来一直在中国学中文、做翻译、做出版。我一看到这个标题就感觉到，这说的应该是我自己；这不是一个比喻，这真的就是我自己的身体。我的经历也是一个翻译的过程。我是来学习的，学习的方法就是模仿。大家都说我汉语说得好，其实也不是特别好。我唯一比较强的是模仿能力，模仿说汉语的那种感觉，而写作或者其他的方面，其实也就那样。

　　许诗焱：Eric 实在是太谦虚了，其实他在翻译方面已经取得了很大的成就。他从 2006 年开始从事中国文学翻译，翻译过苏童、毕飞宇、阿乙、盛可以、徐则臣等中国著名作家的作品。他还曾因翻译王小波的杂文而获得 2009 年度美国 PEN 笔会的文学翻译奖，而且这部译著也是当年唯一入选并获得此殊荣的中国文学翻译作品。2015 年 8 月，他获得了第九届"中华图书特殊贡献奖"青年成就奖。

　　鲁羊：Eric，你别谦虚了。老外对于汉语的四声是很难掌握的，而你四声的感觉很好。

　　Eric：我就是这个意思。我就是口音比较好，模仿能力比较强。来了一段时间之后，我就在中国社会里面找到了自己的一个位置，学会怎么样和中国人打交道，怎么样和中国人交流。这些其实都是一个翻译的过程。后来时间长了，我就逐渐地开始觉得，学习的这个阶段应该差不多了，应该回到自己原创的这个感觉上。其实我一直知道，就算我在中国，我也是个美国人。我跟中国人交流没有问题，但我能强烈地感觉到，这不是我的环境，它跟语言有密切的关系。我们自我表现的主要渠道就是语言；没有语言，你就不知道自己是谁。你不让我说英语，我真的不知道自己是谁。时间长了，我就知道我必须回去一趟，开始用自己的语言写作，不再做翻译了，不再去模仿别人。我应该承认，我自己也有我自己的声音，我要去找它。所以我看到这个标题，我一下子就想到了这么多，而且是好多年的这些想法和感受。可能超出了今天谈话的范围，但对于我来说是很重要的。

　　鲁羊：Eric，我觉得你回美国这个决定特别正确。到了这个阶段，如果你想翻译好中国文学，你回美国去找英语的感觉，是极其重要的，比你再去了解中国的文化，再去学习中国的歇后语，要重要得多。

许诗焱：所以，鲁羊老师这个题目借用得特别贴切——"身体上的国境线"。今天来的很多听众都是外语专业的，我觉得这条国境线在每个人的身上都存在。我在美国的时候，有美国人问我："你觉得你是 banana 吗？""banana"就是那种长着中国人的面孔却完全是西方思维的人，我说我绝对不是。但我觉得我的身上是有这条国境线的，总是能感受到两种语言、两种文化，而且这条国境线有时候也会发生偏移。就像 Eric 刚才讲的，在中国待的时间比较长了，这条国境线就往中国偏一点，回到美国，慢慢地又会向美国偏一点，这条线不时地在漂移，但它一直都在。要跨越这条"身体上的国境线"，可能还有一种方式，就是中西合璧式的深度合作，比如大家所熟悉的葛浩文林丽君、杨宪益戴乃迭这样的跨国夫妻组合。当然，像这样能自如地往返于两种话语体系和文化脉络之间的译者夫妻是可遇而不可求的，目前中国文学外译所通常采用的方法，是让英语为母语的译者与汉语为母语的编辑进行合作，尽可能地让译文既符合目标读者的阅读习惯和审美趣味，同时又比较准确地传达蕴藏在原文背后的文化内涵。

二、从"纸上共和国"到"纸托邦"

许诗焱：我跟 Eric 是第一次见面，但我们其实 2013 年就认识了。当时他为 *Chinese Arts & Letters* 创刊号翻译了一个短篇小说——毕飞宇老师获得鲁迅文学奖的作品《哺乳期的女人》。我担任期刊的编辑，和他有频繁的邮件交流，一起讨论译稿的修改。我当时就觉得 Eric 中文特别好，也很了解中国的文化，今天见了面，发现他中文说得也这么好。而且，Eric 正在做一件非常有意义的事，他创立了一个中国文学作品外译的网络平台，Paper Republic，积极推动中国文化"走出去"。目前，Paper Republic 已经发展为一个促进中国与世界文学交流与出版的重要平台。2011 年，Paper Republic 与《人民文学》合作，推出《人民文学》英文版 *Pathlight*。2015 年，Paper Republic 又发起"Read Paper Republic"项目，每周免费发布一篇英译中国短篇小说、散文或诗歌。这种在线发表的形式在内容选择和发表时间上都更为灵活，与定期出版的 *Pathlight* 形成有效的互补。

Eric，我注意到，Paper Republic 最初是被翻译成"纸上共和国"，后来又被翻译成了"纸托邦"，我觉得"纸托邦"这种译法特别好，一下子就从意识形态变成了理想主义。这个译法的改动是谁的主意啊？

Eric：是冬梅。

许诗焱：哦，冬梅是 Eric 的夫人。

鲁羊：我们为冬梅鼓鼓掌，"纸上共和国"已经翻译得很好了，但"纸托邦"翻译得太棒了，特别出彩。

许诗焱：谢谢冬梅。Paper Republic 被翻译成"纸上共和国"和"纸托邦"，带给大家的是两种完全不同的感觉，其中所体现的就是翻译的重要性。

鲁羊：Eric，我要问你一个问题，你在翻译中国文学作品的时候，这些作品的来源途径是什么？

Eric：最初做翻译的时候，是通过自己的阅读，也会看网上的评论，但大多是朋友的推荐，特别是作家推荐其他的作家。比如，我翻译鲁羊老师的第一部作品，我记得应该就是通过韩东的推荐。当然我也会有自己的判断，最基本的判断就是我喜不喜欢。后来，我做得比较多的是译介，在国内外的文学界、出版界之间做很多工作。一本书从中国译介到美国，非常难，而且这个过程也具有偶然性。之前更偶然，现在的情况比过去要好一些。之前各种渠道都有，各种奇怪的渠道，比如一本书被谁放在了谁的车座上，或者谁坐飞机的时候跟旁边的乘客聊到某一本书。所以我现在做的工作,就是想去沟通国内外的文学界和出版界,比较系统地去译介中国文学。

以《人民文学》英文版为例,每一期杂志都由 Paper Republic 和《人民文学》的编辑合作完成。我们为杂志选好话题,有时是一个主题,比如"神话和历史",有时是某个文学事件,比如 2015 年美国 BEA 书展,我们列出与之相关的作品,再将这份短名单删减为最终成刊的内容。《人民文学》的编辑会与多语种的杂志编辑进行类似的工序:英文版的 *Pathlight*(《路灯》)、法文版的 *Promesses Litteraires*(《希望文学》),意大利文版的 *Caratteri*(《字》)和德文版的 *Leuchtspur*(《光的轨迹》),每一版都有各自的外语编辑。

许诗焱:目前中国文学英译期刊,除了 *Pathlight* 之外,还有 *Chinese Literature Today*(《今日中国文学》)和 *Chinese Arts & Letters*。*Chinese Literature Today* 由俄克拉何马大学、北京师范大学、国家汉办合作出版,*Chinese Arts & Letters* 由江苏省委宣传部、江苏省作协、凤凰出版传媒集团、南京师范大学合作出版。这些期刊都有一个共同的目的,就是希望能够及时地、系统地反映中国文学的状况,更为有效地推动中国文学走向世界。今天,*Chinese Arts & Letters* 的主编、南京师范大学的杨昊成教授也来了。杨老师,请您谈谈 *Chinese Arts & Letters* 这份期刊的总体构想。

杨昊成:*Chinese Arts & Letters* 致力于为喜爱中国文化的西方普通读者提供一份读物,所以栏目设置也充分考虑到他们的需要,雅俗共赏,避免将期刊做成专业性太强的小众文学刊物。每期均有一位主推作家,译介其代表作品并配发访谈和相关评论,不仅可以增强读者的阅读兴趣,同时也能为文本重构一个文化语境,便于目标读者群理解相对陌生的文化土壤中产生的作品。为了呈现更为广阔的文化语境,每期还刊发关于中国文化的专文,内容涉及书法、绘画、园林等多种中国文化符号。专文均由国内外知名学者用英文撰写,具有专业性和权威性,使期刊兼具中西方视角与立场,实现中国文学与世界学术界的互动。

三、作家翻译作家

许诗焱:刚才谈到 Paper Republic 的翻译,两种不同的翻译方法产生了如此不同的效果,实在令人惊叹。我们正好就此切入今天谈话的一个重要主题,鲁羊老师翻译的这本《老人与海》。海明威的这部作品是公认的经典,之前已经有过很多译本,今天的嘉宾杨昊成老师也曾经翻译过。而鲁羊老师今年刚刚推出的这个版本,被称为"海明威等了 64 年的译本",是这部小说"在当代汉语中的一次成功转世",其特别之处在于,译者本人就是一位著名的作家。鲁羊老师是当代标杆性作家之一,著有《银色老虎》等小说集五部和长篇小说《鸣指》。鲁羊老师也是 Eric 喜欢的作家,他翻译了鲁羊老师的《银色老虎》和《九三年的后半夜》。

Eric:我认识鲁羊老师很多年,一直不知道他会英语,直到他告诉我他在翻译《老人与海》。鲁羊老师,你是怎么会开始做这样一件事的?

鲁羊:我做这件事情,绝对不是要抢翻译家的饭碗,也不是觉得这部小说以前翻译得不好。是"作家榜"来找我,说他们要重新翻译一批经典的外国文学作品,这次签约的译者都不是职业的翻译家,而是写诗的、写小说的,"作家榜"想让诗人去翻译诗人,小说家去翻译小说家。这个动机首先我觉得没有什么问题。尽管今天在座的有一些职业翻译家,但我觉得偶尔这样尝试一下,也还是可行的。我一开始并不愿意接受翻译《老人与海》这个任务,因为我觉得这部小说已经有了四十几个译本,为什么还要我来翻译呢?
他们就反复劝说我,给了我好几条翻译它的理由,其中一条理由打
动了我:"《老人与海》需要一个叫鲁羊的译本,因为你是个写小说
的人,我们就需要你的这个译本。"

我是外文系毕业的,我当时在南京大学学的是日语,但英语是
必修课,也读过一些英文原著。我接这个翻译任务的时候,自己也
衡量了一下,因为首先在理解原文方面不能存在原则性的出入。
但我想,我的译本,重点是在汉语,因为它面对的就是阅读汉语的
人、说汉语的人。如果在汉语这方面达不到要求的话,我觉得是真
正的失败。我希望这部作品的汉语译文,它本身的文字应该就是
一部杰作应该有的文字。Eric,我一直想问你一个问题:汉语作品
被翻译成英语呈献给英语读者的时候,它究竟是一个什么样的状
态?它的文本在英语之中是否够得上一部优秀作品的质量或者说
是水平?以英语为母语的人,他们看到翻译成英语的中国文学文
本时,究竟是一种什么样的感受?

Eric:首先我觉得"作家榜"找你来翻译《老人与海》,这个原则
是非常对的——找一个作家,去翻译另外一个作家的作品。让小
说家去翻译小说家的作品,诗人去翻译诗人的作品,这个原则很开
明,而且在很多地方,大家还没有开始意识到这一点。尤其是在翻
译中国文学作品时,大家经常担心的是,译者对中国的了解够不
够,译者是否能够把握其中的文化背景。大家都把注意力放在这
个上面,而很少会有人去关心,译者写出来的英语有没有人愿意去
看。这就会导致一种情况,英语读者在阅读中国文学译本时,会觉
得不知所云,也不知道它妙在哪儿。我看到的最多的反应是,嗯,
读完了,但是没有从中感受到任何乐趣。现在情况有了一些好转,
让我觉得比较乐观的是,翻译过程中越来越多地强调译者的文学
素养和文学水平。这就回到了刚才的问题上,找一个能写小说的

人,或者说本身就是一个作家的人,去翻译,你有自己的风格,你有自己的声音。你越有写作能力,你越有自己的声音,你的翻译就越有个性,你不一定适合去翻译所有的文学作品,但特定的某个作家的作品,你可以用自己的风格、自己的口吻去翻译。你不是在翻译学术论文,文学翻译我觉得还是一个再创作的过程。

那我再接着问一个问题:你翻译了海明威的《老人与海》之后,它哪里让你觉得好? 是它的文字,它的故事,还是其他的地方?

鲁羊:海明威我大学时就读过,我们都是文艺青年嘛,尽管现在老了一点。我和今天的嘉宾刘立杆,当时我们都是南京大学的学生,他是写诗的。海明威当时是文艺青年必看的,其中就包括《老人与海》。可是,虽然学过英语,可谁也不想费这个劲去看原文吧,就读中文的译本。我记得研究生的时候为了写一篇读书报告,又看了一遍,可是我一直对这篇小说毫无感觉,而且因为这篇小说对海明威这个人产生了误会。现在回过头来看,是误会,当时我真的觉得是这样:海明威在那么多人眼中是那么伟大的作家,为什么到了我这里,我觉得他不是那么伟大? 他的语言甚至可以说是笨拙的,他表现的主题也老是硬汉啊,硬汉啊——当时我也受到文学批评、文学研究的影响,对于海明威的主题和文风有一些先入为主的印象。在 30 年的时间里,我对海明威没有任何兴趣,而且我不能理解那些对他崇拜有加的人,为什么对这么一个作家五体投地,我实在搞不懂。但这次翻译的经历完全改变了我对《老人与海》和对海明威的看法,我在"译者后记"里面写了:"当我拿起这本书的早期原版,译到五分之一时,惊讶地发现,这件事做对了。在一间闹哄哄的路边饭馆里等着上菜,我读着书中的一些句子,几乎热泪盈眶。"我感受到了震撼,那种震撼的状态来自误解的消散。以前我认为海明威的主题不就是硬汉嘛,类似于美国电影里的施瓦辛格啊,大块的肌肉啊,而我一直觉得光靠肌肉是不行的,而且把肌肉弄到那种程度,是很可怕的。其实这都是我的误解,海明威,至少在他最后的这本书里,是一个让我非常非常喜欢的作家的类型。他不仅写了勇气,他更多的是写了失望。他不仅有坚持和硬汉的一面,还有非常柔情的、细腻的一面,甚至到了催人泪下的那种伤感的程度。

许诗焱:我特别同意鲁羊老师的观点。去年夏天,何平老师约我为他主持的《文艺报》专栏写一篇稿子,专栏的主题是"文学批评回到文学本体"。我交给何平老师的那篇稿子是《翻译过程中的"文本批评"》,通过葛浩文、林丽君在翻译毕飞宇的《推拿》时向作者毕飞宇所提出的131个问题,说明译者对文本解读的细致程度要远远超过普通读者,甚至是专业的研究者。这131个问题是我在俄克拉何马大学中国文学翻译档案馆发现的,我2015年曾在那里访学。译者要将原文的意思传递到译文中去,首先必须推开原文的肌理,剖析原文的确切含义,因此译者往往是原文最仔细的读者。译者阅读原文的过程中所提出的问题,不仅仅是为翻译做准备,同时也是从译者的角度对文本的一种解读,也是非常有价值的文本批评。这里我还想问鲁羊老师一个问题,这次翻译的经历对于您将来的创作是否有积极的影响?

鲁羊:《老人与海》是一部伟大的作品,翻译这部作品给我的启发特别多。它对于我的那种正面的启发,甚至是引导,非常重要,甚至会决定我今后十年的工作取向。我觉得翻译是一件微妙的事情,一个人如果懂一门外语,可以尝试翻译一部文学作品,一部你喜欢的文学作品,无论是长的还是短的,也不一定要去出版。当你翻译过一遍之后,你会真切地体会到作家是如何写作的,比如他是如何选择字句的,他是如何让句子呈现出来的,他到底是如何布局的……翻译一部喜欢的文学作品,你不是要去成为翻译家,而是会了解到,写作是怎么回事儿。只有真正翻译了一部作品,你才知道它有多好。

育邦：我自己也偷偷地尝试过翻译。有一天比较无聊，我就开始翻译我特别喜欢的一位美国诗人弗罗斯特，我翻了他的三首诗，都很短。但就是这三首短诗，我大概花了十几天的时间，每一个词都在推敲。我就发现，翻译特别不容易，太难太难了，原文里的各种东西都需要表达出来。就像鲁羊老师说的，翻译一次，你才知道它是多么的好。只有试着翻译一位作家，你才知道他的优点是多么的微妙，才真正知道，他的好不是浪得虚名。

许诗焱：没想到今天的活动还让我们发现了不少偷偷尝试翻译的作家。其实真的有作家是在同时进行文学翻译和文学创作，比如我们大家都很熟悉的村上春树，他在创作小说的同时，已经出版了大约70部美国现代文学译作。村上春树也认为，"翻译工作对于作家来说的有益之处，在于能够验证和分析一流作家所写的文章"。我看到鲁羊老师在《老人与海》的"译者后记"中有这样一句话："既经我手，必有我气息，努力抑制这气息，让它不要太重，不至于遮蔽了原作的面目和气息，是我在翻译过程中努力克服的困难。"村上春树在谈到自己的翻译工作时，也曾说过："在写自己的小说时，完全是按自己喜欢的方式写个人喜欢的事情。所以在翻译的时候，就尽量将'自我'抹杀，有一种强烈地想要在制约中谦虚而又小心翼翼地移动的感觉。"鲁羊老师，您以前说过的"在翻译中任性的幅度就相当于手指的微微抖动"，是不是大约就是这样的意思啊？

鲁羊：是的，这就是我想要表达的意思。大约就是要克服自己取代海明威的冲动吧。因为你太想自己写这样一部伟大的作品了。我是多么想成为这样一部漂亮的、伟大的作品的作者，但是不可以，任凭你怎么激动也不可以，你只能允许自己的手指微微颤抖那么一下。

四、"销魂的呱嗒板儿"

许诗焱:今天的对话开始之前,有位听众问我,我是不是在 *Chinese Arts & Letters* 担任专职编辑。嗯,其实编辑的工作是兼职的,我的全职工作是在南京师范大学外国语学院教书,主要教文学类和翻译类的课程。今天的对话对我的教学很有启发,以后我会把我的收获在课堂上与学生们分享。我的几位同事今天也来了;她们也有一些问题。

听众:我在课上会带着学生读英文诗,也会读英文诗的中文译本。当大家读到一些中国诗人翻译的英文诗时,都会觉得翻译得真好,语言特别有诗意,能体会到语言上的那种美感。但我们去对照英文的原文,有时会发现诗人对原文的理解也有一些不到位的地方。我想问问鲁羊老师,您是如何看待这种情况的?

鲁羊:译文里面有错误,还能不能算作是好的译文?这当然是要看比例,但我并没有一个具体的数据,我想举个例子来说明。我特别喜欢的一个诗人是里尔克。太喜欢了,喜欢到不能用"喜欢"这个词,但我又不喜欢用那些肉麻的词,只好说是非常喜欢。我特别喜欢他的一首长诗,叫《给一个朋友的安魂曲》,我几次三番地在课堂上给学生念这首诗,后来我才知道,那个译本不是直接从德语翻译过来的,而是从英语转译的。而且我有个朋友从国外留学归来,他在国外也是学文学的,他告诉我,那个从英语转译过来的里尔克的长诗,大约有 18 到 20 处错误,而且这些错误是语言的错误。但是我要告诉你一个事实,这些错误从来没有影响过我喜欢这首诗。我自己也觉得很奇怪,不知道这是为什么。然后我给自己找了一个理由,也算是强词夺理吧:即使有树枝的遮挡,但是透进来的,你知道它还是阳光,而不是电灯泡。也就是说,即使有 20 处错误在译文里出现,它依然无法遮挡那透进来的阳光。

但是也有反面的例子。里尔克有一首诗是写盲人的,中国的盲人出行是靠竹竿的帮助,在欧洲盲人出行有时是打着响板,因为他看不见别人,只好用响板告诉别人"我来了"。但是,我在一个译本里看到的是,"他打着呱嗒板儿"。那位译者,当然我相信他的德语好极了,我也相信他研究里尔克研究了很多年,也许是研究了一辈子,而且他翻译了厚厚的那么一本里尔克的诗集。但是我看到这首描写盲人的短诗,看到这个"呱嗒板儿",我就把这本诗集放下了,因为我实在没办法再看下去了。

毛焰:我也有过类似的经历。我有一套书,是艾米莉·狄金森的全集,而且那个译者研究了艾米莉·狄金森二十多年。但是,就是因为一个词,我断然拒绝了那套书。艾米莉·狄金森的诗里,有一个重要的概念,叫作"欣喜"。当然英语原文里是什么,我并不知道,我也没去查过。但是在那个译者笔下,这个概念被翻译成了"销魂"。天呐,我根本就不能接受艾米莉·狄金森的"销魂"。所以我就完全放弃了这套书,转而去看另外的一个版本。

鲁羊:毛焰,你的这个原则性我太喜欢了。我们这两个例子有得一拼,我可以把它们叫作"销魂的呱嗒板儿"! 这就是原则性:有些错误绝对不能忍。我打个比方吧,就像你正在吃饭,吃得好好的,忽然发现这么长的一条虫子,你就再也吃不下去了。Eric,我想问问你,英语读者在阅读中国文学英译本时,是否也会遇到这样的虫子?

Eric:是的,也会遇到。我现在做编辑,我所看到的更多的是不好的译文,而不是好的译文。所以做编辑虽然挺有意思,也很充实,但是也很疲劳的。看到大量译得不好的译文,只能尽我所能，把这些问题改掉，没有别的办法。实在太糟糕的译文，只能退稿，对他说："谢谢你的投稿！但这个稿子不行，也许下次吧。"

我认为更加重要的，是要为文学作品找到合适的译者。我自己做翻译，刚才说了主要是因为自己喜欢，但同时也要进行选择。好多作家，我也觉得好，也喜欢，但我不会去翻译，因为他的语言不是我的语言，我在英语里面找不到这样的声音。所以，我觉得自己能翻译的作家，不多，鲁羊老师是其中的一位。当我翻译的作品呈现在读者面前，我觉得我所做的工作的一切价值，就在于读者对这本书的反应。让我最高兴的，就是读者眼睛一亮，他觉得这本书好，他会把这本书放在书架最显眼的位置，认为这本书是属于他自己的。

许诗焱：因为喜爱，因为译者与作者意气相投，而愿意花时间去精雕细琢，努力去寻求一切可以寻求的帮助，尽可能地去接近它原来的风格，让作品的灵魂在新的语言躯体中转世。就像鲁羊老师在《老人与海》的"译者后记"中所说的："我希望对得起这本书的作者，用这种费力不讨好的方式感谢他。我想说，虽然错误在所难免，我做得还不错。"

在对话即将结束之际，让我们回到"身体上的国境线"这个主题。我觉得，经过大家的交流，"身体上的国境线"被赋予了更为丰富的内涵。它不仅仅是指异国恋情侣在情爱的世界所跨越的那条国境线，也指译者在语言的世界、文化的世界所跨越的那条国境线。同时，如果我们按照传统意义去理解"文学创作"和"文学翻译"，它们经常被看作是两个相对独立的王国，那么我们今天的对话其实就是试图跨越文学创作和文学翻译之间的国境线。对于作家而言，跨界翻译为他们理解文学提供了新的视角，进而促进自身的创作；对于译者而言，跨界创作则可以进一步强调翻译的再创作本质,更加凸显译本的文学性。不论是对于作家还是译者,跨越这条国境线都可以促进文学创作与文学翻译两方面的革新与丰富。

（许诗焱,南京师范大学外国语学院教授;[美]陶建(Eric Abrahamsen),纸托邦(Paper Republic)创始人;鲁羊,南京师范大学文学院副教授;原载于《小说评论》2017年第5期)

后　记

在新的历史时期,翻译活动在中国变得越来越丰富,翻译路径也发生了根本性的变化。我在《中国外语》2015年第5期曾写过一篇小文章,题目叫《中西古今关系之变下的翻译思考》,明确提出要进一步深化对翻译本质的认识,明确翻译在新的中西古今关系之变中的作用与地位。同时,要从跨文化交流的高度,以文化多样性的维护为目标,去考察翻译活动的丰富性、复杂性与创造性,进一步认识翻译活动的各种价值。在中国文化"走出去"战略实施过程中,中国文学外译被赋予了新的社会和文化意义,具有重要的文化建构力量。那么,在新的语境下,中国文学在域外有着怎样的形象? 中国文学外译的状况如何? 中国文学在域外的翻译和传播中遭遇到何种障碍? 其接受途径与传播效果如何? 中国文学外译是否给翻译研究提出新的问题? 翻译方法与翻译效果之间是否存在必然的联系? 这一个个问题,需要我们翻译研究界加以思考,予以回答。

实际上,中国的比较文学界和翻译学界对于中国文学在国外的译介与传播问题一直非常关注。记得在20世纪90年代初,比较文学界就合力推出了一套很有价值的丛书,主要梳理了中国文学在国外的研究与接受状况。在我比较熟悉的中法文学交流领域,南京大学的钱林森教授于1990年在花城出版社出版的《中国文学在法国》具有开拓性的价值。在新的历史时期,钱林森教授又主编了《法国汉学家论中国文学》,全书分为"古典诗词""古典戏剧和小说"和"现当代文学"三卷,约 120 万字,展现了一百多年来法国汉学研究和中法文学交融碰撞的历史脉络。就我们翻译研究界而言,这方面也有过很有意义的探索,如高方的《中国现代文学在法国的译介与接受》、王颖冲的《中国现当代文学在英语国家的翻译和接受》等研究成果,具有代表性。近几年来,随着中国综合国力的增强,中国文化"走出去"上升为国家战略,中国文学在国外的译介与传播成为学界重要的关注点。正是在这样的背景之下,在南京召开的一次中国当代作家作品研讨会上,我与《小说评论》的主编李国平先生一拍即合,决定在《小说评论》杂志开设"小说译介与传播研究"栏目,就中国文学,尤其是中国当代文学在域外的译介与传播展开持续性的研究。

在我们看来,中国文学"走出去",翻译是必经之路。对中国文学在域外的译介与传播问题加以思考与研究,其价值是多方面的:一是通过中国文学作品在域外的翻译、阐释与接受状况的梳理与研究,可以为中国文学界提供了解自身的新途径与新角度,如歌德所言,可以通过"异域"明镜照自身;二是通过对中国文学译介问题的整体思考与个案研究,可以为中国文化"走出去"战略的实施,为中国文学的翻译与传播提供理论的参照与实践的引导;三是在翻译研究的理论层面,提供丰富且重要的思考与探索的材料。从一开始,李国平主编与我就明确了这一栏目的选文原则:一是要把握中国文学译介的整体趋势与发展状况,对一些具有普遍意义的问题展开研究;二是要选择具有代表性的作家或作品的译介个案加以深入研究;三是要拓展视野,以开放的眼光去梳理与展现中国文学在不同语种国家与地区的译介与传播的状况;四是宏观思考与个案分析相结合,理论与实践互动。

回望"小说译介与传播研究"栏目开设以来所走过的路,我们发现，我们当初所商定的原则得到了很好的贯彻，收获也很丰富。许多副教授在《中国当代文学在西方译介与接受的障碍及其原因探析》一文中对此有中肯的评价：《小说评论》开设"小说译介与传播研究"栏目，"就中国当代文学在域外译介的基本状况、译介的重点、译介的方法、译介的效果进行探索，整体思考与个案研究相结合，涉及近20位重要的中国现当代作家在英语、法语、德语、西班牙语、俄语、日语、韩语、泰语国家的译介和接受问题，在学界产生了积极的反响"，如"如姜智芹的《中国当代文学海外传播与中国形象塑造》(《小说评论》2014年第2期)、曹丹红和许钧的《关于中国文学对外译介的若干思考》(《小说评论》2016年第1期)被《新华文摘》全文转载(见《新华文摘》2014年第15期和2016年第9期)，过婧、刘云虹的文章《中国文学对外译介中的异质性问题》(《小说评论》2015年第3期)在中国作家协会创研部的报告《2015年中国文学发展状况》中作为2015年度文学理论的代表性成果之一被引，认为相关的研究文章'不再仅仅满足于对海外出版和学界的一般情况梳理，或是对译本的简单比对，而是从中国学者的立场出发，对文学译介的历史和现状展开一定的反思和批判'(见《人民日报》2016年5月3日第16版)"。

如我们在"中华翻译研究文库"的总序中所言，学术重积累，积累是创新的基础。基于这一认识，我们决定对"小说译介与传播研究"栏目的研究工作做一阶段性的总结，将该栏目开设以来所发表的文章结集分卷一、卷二出版，与学界及时分享我们的研究成果，也期望以我们的研究引起学界更多的关注，对中国文学译介与传播问题展开更为深入的思考与积极的探索。

许 钧

2018年4月20日

图书在版编目（CIP）数据

中国文学译介与传播研究. 卷一/许钧，李国平主
编. —杭州：浙江大学出版社，2018.10（2019.5重印）
（中华翻译研究文库）
ISBN 978-7-308-18697-1

Ⅰ.①中… Ⅱ.①许… ②李… Ⅲ.①中国文学－文
学翻译－文集 ②中国文学－文化交流－文集 Ⅳ.
①I046-53 ②I206-53

中国版本图书馆 CIP 数据核字（2018）第 228076 号

中华译学馆

中国文学译介与传播研究（卷一）
许　钧　李国平　主编

出 品 人	鲁东明
总 编 辑	袁亚春
丛书策划	张　琛　包灵灵
责任编辑	包灵灵
责任校对	刘序雯　仲亚萍
封面设计	程　晨
出版发行	浙江大学出版社
	（杭州市天目山路 148 号　邮政编码 310007）
	（网址：http://www.zjupress.com）
排　　版	浙江时代出版服务有限公司
印　　刷	浙江新华数码印务有限公司
开　　本	710mm×1000mm　1/16
印　　张	27.5
字　　数	360 千
版 印 次	2018 年 10 月第 1 版　2019 年 5 月第 2 次印刷
书　　号	ISBN 978-7-308-18697-1
定　　价	88.00 元

版权所有　翻印必究　印装差错　负责调换

浙江大学出版社市场运营中心联系方式　（0571）88925591；http://zjdxcbs.tmall.com